Français

Seconde

Le nouveau programme en 100 fiches

Marie Dehen
Certifiée de Lettres classiques

Charlotte Benoist Martinez
Agrégée de Lettres classiques

ellipses

Retrouvez tous les titres de la collection
sur www.editions-ellipses.fr

ISBN 9782340-031524
©Ellipses Édition Marketing S.A., 2019
32, rue Bargue 75740 Paris cedex 15

www.editions-ellipses.fr

TESTS DE POSITIONNEMENT

Test de compréhension écrite n° 1

1

Texte

La mer, qui commença la vie sur ce globe, en serait encore la bienfaisante nourrice, si l'homme savait seulement respecter l'ordre qui y règne et s'abstenait de le troubler.

Il ne doit pas oublier qu'elle a sa vie propre et sacrée, ses fonctions toutes indépendantes, pour le salut de la planète. Elle contribue puissamment à en créer l'harmonie, à en assurer la conservation, la salubrité. Tout cela se faisait, pendant des millions de siècles peut-être, avant la naissance de l'homme. On se passait à merveille de lui et de sa sagesse. Ses aînés, enfants de la mer, accomplissaient entre eux parfaitement la circulation de substance, les échanges, les successions de vie, qui sont le mouvement rapide de purification constante. Que peut-il à ce mouvement, continué si loin de lui, dans ce monde obscur et profond ? Peu en bien, davantage en mal. La destruction de telle espèce peut être une atteinte fâcheuse à l'ordre, à l'harmonie du tout. Qu'il prélève une moisson raisonnable sur celles qui pullulent surabondamment, à la bonne heure ; qu'il vive sur des individus, mais qu'il conserve les espèces ; dans chacune il doit respecter le rôle, que toutes elles jouent, de fonctionnaires de la nature.

Nous avons déjà traversé deux âges de barbarie.

Au premier, on dit comme Homère : « la mer stérile. » On ne la traverse que pour chercher au delà des trésors fabuleux, ou exagérés follement.

Au second, on aperçut que la richesse de la mer est surtout en elle-même, et l'on mit la main dessus, mais de manière aveugle, brutale, violente.

À la haine de la nature qu'eut le Moyen âge, s'est ajoutée l'âpreté mercantile, industrielle, armée de machines terribles, qui tuent de loin, tuent sans péril, tuent en masse. À chaque progrès dans l'art, progrès de barbarie féroce, progrès dans l'extermination.

Extrait tiré de *La Mer* de Jules Michelet, 1861,
Livre III, Chapitre IV « Le droit de la Mer »

Questions

Pour chaque question, choisissez la bonne réponse.

1. Selon le texte de Michelet, l'homme :

- ❑ veille au respect de l'ordre de la mer.
- ❑ n'a pas d'influence sur la mer.
- ❑ est accusé de troubler l'ordre de la mer.
- ❑ vénère la mer et jamais ne la salirait.

2. La mer :

- ❑ nuit à la Terre.
- ❑ est un danger pour les vivants.
- ❑ contribue à la vie sur Terre.
- ❑ salit les plages.

3. La disparition d'une espèce :

- ❑ n'a pas d'impact sur l'harmonie générale de la Terre.
- ❑ est une atteinte à l'équilibre naturel.
- ❑ permet de faciliter la naissance de nouvelles espèces.
- ❑ est positive pour la vie sur Terre.

4. L'homme :

- ❑ ne doit pas pratiquer la pêche.
- ❑ n'a jamais exploité de manière respectueuse la richesse maritime.
- ❑ doit prélever des ressources en quantité raisonnable.
- ❑ devrait cesser toute activité maritime.

5. L'homme :

- ❑ a d'abord vu en la mer la richesse de ses ressources intérieures.
- ❑ a été plus respectueux envers la mer au fur et à mesure des siècles.
- ❑ a utilisé les progrès techniques pour tirer encore plus profit des ressources qu'offrait la mer.
- ❑ n'a jamais considéré la mer comme sa propriété.

6. Michelet nous invite à :

- ❑ continuer sur la même voie que nos ancêtres.
- ❑ stopper cette machine destructrice et prendre soin de notre Mer nourricière.
- ❑ créer des bateaux de pêche avec des capacités plus importantes pour pouvoir vendre davantage de poissons.
- ❑ exterminer plus d'espèces pour soulager les Océans.

⇨ *Correction du test en fin d'ouvrage.*

Test de compréhension écrite n° 2

2

Texte

Extrait de la *Déclaration des droits de la femme et de la citoyenne* d'Olympe de Gouges.

> À décréter par l'Assemblée nationale dans ses dernières séances ou dans celle de la prochaine législature.
>
> PRÉAMBULE
> Les mères, les filles, les sœurs, représentantes de la nation, demandent d'être constituées en assemblée nationale. Considérant que l'ignorance, l'oubli ou le mépris des droits de la femme, sont les seules causes des malheurs publics et de la corruption des gouvernements, ont résolu d'exposer dans une déclaration solennelle, les droits naturels, inaliénables et sacrés de la femme, afin que cette déclaration, constamment présente à tous les membres du corps social, leur rappelle sans cesse leurs droits et leurs devoirs, afin que les actes du pouvoir des femmes, et ceux du pouvoir des hommes pouvant être à chaque instant comparés avec le but de toute institution politique, en soient plus respectés, afin que les réclamations des citoyennes, fondées désormais sur des principes simples et incontestables, tournent toujours au maintien de la constitution, des bonnes mœurs, et au bonheur de tous.
> En conséquence, le sexe supérieur en beauté comme en courage, dans les souffrances maternelles, reconnaît et déclare, en présence et sous les auspices de l'Être suprême, les Droits suivants de la Femme et de la Citoyenne.

Questions

1. **En prenant appui sur ce texte, répondez par vrai ou faux aux propositions suivantes.**

	VRAI	FAUX
Olympe de Gouges souhaite que les femmes aient moins de droits que les hommes.		
Olympe de Gouges écrit afin de permettre aux femmes d'avoir autant de droits que les hommes.		
Olympe de Gouges rédige cette déclaration pour que les hommes soient les seuls représentants de la nation.		
Olympe de Gouges désire que les femmes prennent le pouvoir à la place des hommes.		
Olympe de Gouges pense que les malheurs de tous viennent du partage de pouvoir entre hommes et femmes.		

2. **Dans le texte, il est indiqué que :**
   - ❑ les femmes de la nation ne veulent pas être représentées politiquement.
   - ❑ les femmes de la nation doivent avoir des droits et des devoirs clairement définis à l'égal de ceux des hommes.
   - ❑ les femmes de la nation souhaitent n'avoir que des droits et demandent l'annulation de tous les devoirs qui pèsent sur elles.

3. **Selon ce texte, les droits de la femme sont :**
   - ❑ infondés et absurdes.
   - ❑ évidents et sans contestation possible.
   - ❑ à débattre.

4. **Quelle phrase résume le mieux le message du document ?**
   - ❑ Les femmes et les hommes doivent avoir les mêmes droits et les mêmes devoirs reconnus par tous de la même manière.
   - ❑ La loi permet aux hommes d'asservir les femmes.
   - ❑ Les femmes menacent de se révolter si elles n'obtiennent pas les mêmes droits que les hommes.

5. **Ce texte est :**
   - ❑ un extrait de roman.
   - ❑ une vraie proposition de déclaration des droits de la femme écrite à la fin du XVIIIe siècle juste après la révolution française.
   - ❑ un essai politico-philosophique.

⇨ *Correction du test en fin d'ouvrage.*

Test de compréhension orale 3

Allez sur internet écouter la chanson de Charles Trenet *Douce France* en entier. Ci-dessous n'est donné que le refrain, or vous aurez besoin du poème complet associé à la musique pour répondre aux questions.

Douce France
Cher pays de mon enfance
Bercée de tendre insouciance
Je t'ai gardée dans mon cœur !
Mon village au clocher aux maisons sages
Où les enfants de mon âge
Ont partagé mon bonheur
Oui je t'aime
Et je te donne ce poème
Oui je t'aime
Dans la joie ou la douleur
Douce France
Cher pays de mon enfance
Bercée de tendre insouciance
Je t'ai gardée dans mon cœur

Douce France, Charles Trenet, 1943
Paroles de Charles Trenet et Musique de Charles Trenet et Léo Chauliac

Questions

1. **Dans cette chanson, Charles Trenet :**
   - ❑ se remémore son enfance.
   - ❑ décrit sa famille.
   - ❑ pense à sa femme.

2. **Les souvenirs le rendent :**
   ❑ heureux. ❑ triste. ❑ méchant.

3. **De quel adjectif qualifie-t-il la France ?**
   ❑ agréable. ❑ calme. ❑ douce.

4. **Charles Trenet a-t-il :**
   - ❑ oublié la France.
   - ❑ renié la France.
   - ❑ continué à chérir la France.

5. **Charles Trenet préfère :**
   - ❑ la France aux autres contrées qu'il a visitées.
   - ❑ les pays étrangers qu'il a visités.
   - ❑ découvrir toujours de nouveaux horizons.

6. **La chanson a été écrite et chantée :**
   ❑ en 1900. ❑ en 1943. ❑ en 1967.

7. **À votre avis, Charles Trenet écrit ce texte :**
   - ❑ car il se sent vieillir et est nostalgique de son passé personnel.
   - ❑ car il veut revoir la France libre et belle qu'il a connue et souhaite ainsi lui témoigner son amour dans les temps difficiles de la guerre.

8. **Le pronom personnel « je » du poème représente :**
   - ❑ seulement Charles Trenet.
   - ❑ les citoyens français de sa génération.
   - ❑ tous les Français qui lisent ce poème, aiment leur pays et souhaitent y vivre dans la paix.

9. **Qu'a gardé dans son cœur Charles Trenet dans la chanson ?**
   - ❑ Son amour pour la France.
   - ❑ Son amour pour la France insouciante et libre qu'il a connue.
   - ❑ Sa haine pour le passé.

10. **Par ce poème, il souhaite :**
    - ❑ partager sa nostalgie et pleurer sur le désespoir de revoir un jour cette France de son enfance.
    - ❑ montrer le bonheur perdu.
    - ❑ donner à ses concitoyens l'espoir que le bonheur va revenir.

11. **La musique est :**
    - ❑ douce car elle s'accorde à la tristesse profonde que produit le sentiment de nostalgie.
    - ❑ douce car elle accompagne l'idée des paroles, de ce bonheur de vivre simplement.
    - ❑ rythmée car elle se veut entraînante et drôle.

12. **Dans cette chanson, l'enfance est le symbole :**
    - ❑ de l'innocence du temps d'avant-guerre.
    - ❑ du passé perdu à jamais.
    - ❑ d'une ignorance coupable de l'avenir.

⇨ *Correction du test en fin d'ouvrage.*

Test de grammaire n° 1 : la pronominalisation

4

Exercice 1

Dans cet extrait de la préface de *Cromwell* de Victor Hugo, relevez tous les pronoms, donnez leur nature et indiquez quel est leur antécédent.

> Il est temps de faire justice des critiques entassées [...] et de dire hautement que Molière occupe la sommité de notre drame [...] Chez lui, le vers embrasse l'idée, s'y incorpore étroitement, la resserre et la développe tout à la fois, lui prête une figure plus svelte, plus stricte, plus complète, et nous la donne en quelque sorte en élixir. Le vers est la forme optique de la pensée. Voila pourquoi il convient surtout à la perspective scénique. Fait d'une certaine façon, il communique son relief à des choses qui, sans lui, passeraient insignifiantes et vulgaires. Il rend plus solide et plus fin le tissu du style. C'est le nœud qui arrête le fil. C'est la ceinture qui soutient le vêtement et lui donne tous ses plis.
>
> La préface de *Cromwell*, Victor Hugo (1827)

Exercice 2

Dans ces phrases, corrigez les fautes et expliquez-les.

1. Tout le groupe des jeunes filles est venu me voir car pour eux, les enjeux sont cruciaux.
2. La direction des ressources humaines souhaite le valider en tant que directeur du service, car pour eux, il a les compétences requises.
3. Le public a eu raison de l'empereur qui leur a cédé et leur a accordé la vie du gladiateur.
4. Le peuple qui a vécu cette diaspora a été traumatisé : ils ont perdu leurs racines.

⇨ *Correction du test en fin d'ouvrage.*

5 Test de grammaire n° 2 : les chaînes d'accords

Exercice 1

Accordez les mots entre parenthèses.

- (*Lourd*) et (*noir*) les (*vague*) de l'océan (*bombarder*) la plage.
- Le bruissement des (*feuille*) (*mort*), (*amassé*) sur la voie que (*prendre*) des (*passant*) (*triste*) et (*endormi*), (*résonner*) dans les (*silence*) (*infini*) de l'hiver.
- La plupart de ces matelots (*repartir*) vers des (*horizon*) (*incertain*).
- (*Regardé*) par une myriade d'(*admirateur*) (*captivé*) par sa voix (*étincelant*), la Castafiore chante, (*illuminé*) sous les lumières du théâtre, (*seul*) au milieu d'une scène immense.
- Leur costume et leur parure, qu'il est allé chercher chez le teinturier et qui (*être*) désormais d'un blanc (*immaculé*), (*être prêt*) pour la représentation.
- Les princesses portaient des robes de (*soirée*) (*bleu vert*) qui (*leur*) (*aller*) à ravir.
- (*Tout*) les chats du quartier, qui (*être*) légion, (*venir*) manger dans les gamelles que je (*leur*) prépare (*tout*) les jours que Dieu fait.
- Durant votre périple en Inde, vous avez croisé de (*misérable*) (*va-nu-pieds*) qui vous (*avoir fait*) bien de la peine et qui (*avoir suscité*) en vous une grande compassion.

Exercice 2

Réalisez les accords des mots entre parenthèses. Les phrases sont des extraits du texte de Zola, *Le Docteur Pascal*.

- Pascal avait complaisamment (*apporter*) la fiole de substance (*nerveux*), qu'il regardait, (*poser*) sur la table.
- Ainsi, mademoiselle, reprit-il d'un air de plaisanterie (*bourru*), vous ne croyez pas à mon élixir de résurrection.
- Comprends donc petite (*têtu*), que jamais on n'a (*constater*) scientifiquement une (*seul*) dérogation aux lois (*invariable*) qui régissent l'univers.
- (*Seul*), jusqu'à ce jour, l'intelligence (*humain*) est (*intervenu*).

- Il s'était (*lever*), le geste (*large*), et une (*tel*) foi le soulevait, que la jeune fille le regardait, (*surpris*) de le trouver si (*jeune*), sous ses cheveux (*blanc*).
- Je crois que (*tout*) est illusion et vanité, en dehors du trésor des vérités lentement (*acquis*).
- Je crois que la somme de ces vérités, (*augmenter*) toujours, finira par donner à l'homme un pouvoir (*incalculable*).
- Et son geste, (*élargi*) encore, faisait le tour du (*vaste*) horizon, comme pour prendre à témoin (*cet*) campagne en flammes, où bouillaient les sèves de (*tout*) les existences.

Exercice 3

Conjuguez correctement les verbes entre parenthèses en tenant compte des indications. Ces extraits proviennent de l'œuvre de Nietzsche *La Naissance de la tragédie*.

- La science n'(*exister* – conditionnel présent) pas, si elle n'(*avoir* – imparfait de l'indicatif) pour seule déesse la vérité nue et rien d'autre.
- Et s'il s'en (*trouver* – conditionnel présent) un qui (*démontrer* – subjonctif imparfait) à l'évidence qu'on ne peut pas atteindre les antipodes par une voie pareille.
- C'est pourquoi Lessing, le plus probe des hommes théoriques, (*oser* – passé composé) dire que pour lui, la recherche de la vérité (*importer* – l'imparfait) plus que la vérité elle-même.
- Il est vrai qu'à côté de cet aveu isolé – qu'on (*imputer* – futur simple de l'indicatif) à un excès de probité sinon à l'impertinence – il existe un fantasme profond qui (*venir* – passé simple de l'indicatif) au monde, pour la première fois, en la personne de Socrate.
- (*Considérer* – impératif 1re personne du pluriel) maintenant Socrate à la lumière de cette idée : il nous (*apparaître* – futur simple de l'indicatif) comme le premier qui non seulement (*savoir* – passé simple) vivre, mais – qui plus est – mourir [...]

⇨ *Correction du test en fin d'ouvrage.*

6 Test de grammaire n° 3 : connaître le fonctionnement du verbe

Exercice 1

Classez ces verbes en deux colonnes, *temps simples* d'un côté et *temps composés* de l'autre :

elle brille • il serait • j'ai désigné • on aurait dû • ils avaient inséré • elles eussent soupçonné • vous eûtes pu • elle gagnât • vous enveloppiez • il est apparu • nous perdrons • tu connusses • je reçus • tu serais passé • j'eus voulu • vous rendriez • j'aie mangé • nous ayons vu • il aura pris • il rende.

Exercice 2

Donnez le *mode*, le *temps* et la *personne* de chacun des verbes de l'exercice 1.

Exercice 3

Conjuguez aux temps, modes et personnes demandés ces verbes fréquents.

être : indicatif, passé antérieur, 2e personne du pluriel • avoir : subjonctif, passé, 2e personne du singulier • aller : conditionnel, présent, 3e personne du pluriel • faire : indicatif, passé simple, 2e personne du pluriel • dire : subjonctif, présent, 1re personne du singulier • prendre : indicatif, présent, 3e personne du pluriel • pouvoir : indicatif, plus-que-parfait, 2e personne du pluriel • voir : indicatif, futur simple, 1re personne du singulier • devoir : indicatif, futur antérieur, 3e personne du pluriel • vouloir : subjonctif, présent, 1re personne du singulier • savoir : subjonctif, imparfait, 2e personne du singulier/ falloir : indicatif, passé simple, 3e personne du singulier • valoir : conditionnel, présent, 2e personne du singulier.

⇨ *Correction du test en fin d'ouvrage.*

Test de grammaire n° 4 : choisir les terminaisons verbales appropriées

7

Exercice 1

Distinguez les finales verbales en « e ».

a. Quelles sont les formes verbales suivantes ?

J'amenais • j'amènerais • j'amènerai • vous amènerez • ils amèneraient • amenées • amener • en ayant amené • tu avais amené • j'aurais amené • il ait amené • amenez • avoir amené.

b. Quel « é » convient-il de mettre à chaque trou de ce texte : « é », « è », « ait », « aient », « ée », « ais », « ai », « est » ou « es » ?

Je me souviens, c'ét............ un matin, l'été,
La fenêtre ét............ entrouverte, je m'approch............,
J'apercev............ mon père au fond du jardin.
Il ét............ immobile, il regard............ .
Où, quoi, je ne s............, au-dehors de tout,
Voût............ comme il ét............ déjà mais redressant
Son regard vers l'inaccompli ou l'impossible.
Il av............ dépos............ la pioche, la bêche,
L'air ét............ frais ce matin-là du monde,
Mais impénétrable............ la fraîcheur même, et cruel
Le souvenir des matins de l'enfance.
Qui ét............-il, qui av............-il ét............ dans la lumière,
Je ne le sav............ pas, je ne le s............ encore.

Yves Bonnefoy, « La Maison natale », *Les Planches courbes*

Exercice 2

En conjuguant chaque verbe comme demandé, vous pourrez distinguer les *homophonies verbales qui existent en « i »*.

- prier : indicatif, présent, 2e personne du singulier
- servir : indicatif, passé composé, 2e personne du pluriel
- se méfier : impératif, présent, 2e personne du singulier
- finir : subjonctif, passé, 1re personne du singulier
- acquérir : indicatif, passé simple, 3e personne du singulier
- sentir : subjonctif, imparfait, 3e personne du singulier
- cueillir : indicatif, passé antérieur, 1re personne du pluriel
- faillir : participe, passé
- fuir : subjonctif, présent, 3e personne du singulier
- ouïr : conditionnel, passé, 1re personne du singulier

Exercice 3

Le jeu des différences. Quelles différences y a-t-il entre les éléments de ces trinômes ?

a. il moulut • (qu')il moulût • moulu
b. nous suivions • nous suivrions • (que) nous suivions
c. j'ai lu • aie lu • (que) j'aie lu
d. ayons connu • nous avons connu • (que) nous ayons connu
e. plu • qu'il plût • je plus

⇨ *Correction du test en fin d'ouvrage.*

ÉTUDE DE LA LANGUE : GRAMMAIRE, ORTHOGRAPHE, LEXIQUE

Les réflexes à acquérir en grammaire : la commutation

8

Dans le nouveau programme, la grammaire doit toujours être liée à des **exercices de manipulation** syntaxique et morphologique. La **syntaxe** est l'ensemble des règles qui établissent les relations entre les différentes unités d'une phrase. La **morphologie** est l'étude de la structure des mots. Un des tests à maîtriser absolument en classe de Seconde est la commutation.

La commutation (ou le remplacement)

La commutation est le fait de **remplacer** (« mutare » en latin signifie « déplacer, changer ») un élément linguistique par un autre (« cum » en latin marque l'accompagnement ou le moyen). Le remplacement peut se faire à différents niveaux : le groupe syntaxique, l'unité lexicale, le morphème ou encore le phonème. Ce procédé nécessite **d'écrire le déroulement** et d'avoir un **regard critique sur le résultat.**

À quoi sert la commutation ?

1. À étudier les **phonèmes** qui sont des **unités de son sans sens** mais qui ont une fonction distinctive.

Par exemple, distinguer les homonymes.

→ Exemple : Comment écrire le verbe penser dans « J'ai (pensé/penser ?) très fort à elle. »

Le procédé :

- Je remplace « pensé » par un verbe du troisième groupe : « mordu » ou « mordre ».
- Je dois faire abstraction du sens de la phrase ; en effet, si le verbe « penser » est dans ce contexte transitif indirect et se construit avec la préposition « à », le verbe mordre est transitif direct : leur construction est donc différente.
- Je peux dire « J'ai mordu » mais pas « J'ai mordre » : le syntagme verbal est composé de l'auxiliaire et du participe passé. Il convient par conséquent d'écrire « pensé ».

2. À identifier **la structure interne des mots et également à comprendre le fonctionnement des morphèmes** (c'est-à-dire des unités linguistiques minimales qui possèdent un sens).

→ Exemple : *Louis cuisinait avec talent.*

La méthode :

- Je remplace *cuisinait* par *cuisina*
- Je me rends compte que cuisin- est le radical et « ait » et « a » sont des flexions qui indiquent le temps du verbe et aussi la personne.

Nota bene : Les morphèmes se divisent en deux groupes :

- Les morphèmes indépendants : noms, verbes, adjectifs, adverbes, déterminants, connecteurs
- les morphèmes dépendants : affixes (préfixes, infixes, suffixes), formes contractées (du, au)

3. À prouver l'appartenance d'une unité à **une classe grammaticale** ou à identifier sa **fonction.**

→ Exemple : *L'acrobate danse.* Quelle est la classe grammaticale de « danse » ?

Le procédé :

- Je peux remplacer *danse* par *court.*
- Or je sais que *court* est un verbe.
- Donc *danse* est un verbe.
- À ne pas confondre avec le nom « danse ».

4. À mettre en évidence des **relations entre les syntagmes** de la phrase c'est-à-dire entre ses constituants.

→ Exemple : *Un jeune enfant s'amuse.*

Le raisonnement :

- Si je remplace *un* par *trois*, je dois ajouter les marques de pluriel en respectant la fonction syntaxique et l'appartenance grammaticale des mots concernés par l'accord.
- Je procède à des commutations pour identifier les constituants de la phrase :
  - *trois jeunes enfants = syntagme nominal* donc nécessité d'ajouter la marque du pluriel des noms
  - *s'amusent = syntagme verbal* donc ajout de la marque de la troisième personne du pluriel des verbes.

5. À **comprendre et manipuler la langue** en percevant ses richesses et ses difficultés.

Prenons pour exemple la proposition complétive.

→ Exemple : *Julie annonce à Serge* *que je viens demain*.
= *Julie annonce à Serge* *ma venue*.

La proposition complétive est remplacée par un syntagme nominal complément d'un verbe. On peut commuter des constituants de nature différente afin d'obtenir un sens identique et éviter les répétitions.

6. À percevoir le **sens véritable** du mot par la changement d'idée que crée le remplacement.

→ Exemple : *« l'échec scolaire » et « l'échec de l'École ».*

L'adjectif ne peut pas être remplacé par le GN : la périphrase perd son sens. Pourquoi ? Parce que l'adjectif « scolaire » se rapporte à une personne : on peut dire « l'échec scolaire de cet élève », l'adjectif appelle une précision d'information : « de cet élève » ou « des élèves en France en 2014 » ou « des collégiens ». En revanche, « de l'École » est une information signifiante à elle seule dans la phrase : on peut dire « c'est l'École qui échoue ».

Pour les latinistes, cet emploi de la commutation peut rappeler – d'une façon un peu différente mais qui questionne aussi le sens du texte la question du génitif subjectif (« Metus hostium » = La crainte des ennemis = les ennemis ont peur) et du génitif objectif (Metus hostium = La crainte des ennemis = on craint les ennemis). C'est souvent le contexte qui permet de définir le bon sens.

9 Les réflexes à acquérir en grammaire (suite) : le déplacement, la suppression, l'adjonction, la pronominalisation et le passage à la voix passive

Dans cette fiche nous allons expliquer ce que sont le déplacement, la suppression, l'adjonction, la pronominalisation et le passage à la voix passive. Toutes ces **méthodes** sont autant de **moyens** pour analyser les mots d'une phrase : ce sont des **outils** que vous devez maîtriser pour comprendre la langue, la **manipuler** et l'utiliser.

Le déplacement

Il existe plusieurs types de déplacements :

- Le déplacement de la proposition subordonnée circonstancielle avant la proposition principale.
  - → Exemple : *Arnaud s'obstine bien qu'il ait tort. = Bien qu'il ait tort, Arnaud s'obstine.*
- L'emploi de la formule « c'est... que »
  - → Exemple : *Marie pense à Achille. = C'est à Achille que Marie pense.*
- Le fait de détacher un constituant en tête ou en fin de phrase.
  - → Exemple : *Benjamin a apprécié le film = Le film, Benjamin l'a apprécié = Benjamin l'a apprécié, le film.*

À quoi sert le déplacement ?

1. À connaître la **nature du syntagme nominal** qui suit le verbe.
  - → Exemples : *Manon écrit tous les jours. / Manon écrit toutes les lettres.*
  Tous les jours, Manon écrit. : Il s'agit d'un complément circonstanciel puisqu'on peut le détacher en tête de phrase.
  Toutes les lettres, Manon écrit. : Il est impossible de déplacer l'élément car c'est un complément d'objet direct.

2. À **insister** sur certains constituants sémantiques.
  - → Exemple : *Ce livre, c'est Valérie qui me l'a offert. Valérie, c'est elle qui m'a offert ce livre.*

Dans la première phrase, on insiste sur le livre, dans la deuxième sur la personne.

La suppression (ou l'effacement)

L'objectif du test de suppression est de se rendre compte du degré d'importance d'un élément dans la phrase. Il permet d'établir une distinction entre les éléments **obligatoires** pour la compréhension du sens et les éléments **facultatifs**.

→ Exemple : *Le beau chat gris de mes amis miaule à la porte.*

Je peux supprimer :

Le ~~beau~~ chat gris de mes amis miaule à la porte.

Le ~~beau~~ chat ~~gris~~ de mes amis miaule à la porte.

Le ~~beau~~ chat ~~gris de mes amis~~ miaule à la porte.

Le ~~beau~~ chat ~~gris de mes amis~~ miaule ~~à de la porte~~.

Déductions : On constate que la phrase garde du sens quand on supprime l'adjectif « beau », l'adjectif « gris », le groupe nominal « de mes amis » qui est complément du nom « chat » et le groupe prépositionnel « à la porte » qui est complément circonstanciel. Ainsi, les éléments facultatifs de la phrase sont ces constituants-là puisqu'on peut les supprimer. Seuls restent obligatoires les constituants nécessaires à une phrase verbale : le sujet « Le chat » et le groupe verbal « miaule ».

Ce test d'effacement permet de faire **ressortir le message principal** délivré par la phrase.

L'adjonction (ou addition)

Cette méthode est l'inverse de la précédente. On procède par **ajouts**. Attention, les ajouts suivent des règles de **hiérarchisation** : on ne peut pas les placer indifféremment dans une phrase car ils dépendent de certains constituants déjà présents. En outre, concernant certains ajouts, notamment les adverbes, le **sens de la phrase peut être profondément modifié selon leur place** dans la phrase qui détermine le mot sur lequel ils portent.

→ Exemple : *Le bébé pleure.* = Phrase verbale simple réduite aux éléments obligatoires : groupe nominal sujet « Le bébé » et verbe « pleure ».

Ajouts possibles : *Le bébé de Monsieur et Madame Barré qui vient de naître pleure sans cesse parce qu'il a des douleurs d'estomac.*

- « de Monsieur et Madame Barré » : complément du nom bébé, ne peut être placé qu'après le nom qu'il complète.
- « qui vient de naître » : proposition relative complément de l'antécédent « bébé », elle doit être placée après le nom « bébé » mais, comme le complément « de Monsieur et Madame Barré » doit être immédiatement placé à côté du nom « bébé », elle le suit.

- « sans cesse » : complément circonstanciel qui peut être déplacé seulement en tête de phrase car sinon le sens change. Ainsi, on peut faire l'expérience suivante de déplacement : « Le bébé de Monsieur et Madame Barré qui vient de naître pleure parce qu'il a des douleurs d'estomac sans cesse ». cette phrase a un sens différent car « sans cesse » porte sur les douleurs d'estomac et non plus sur les pleurs. De même, « Le bébé de Monsieur et Madame Barré qui vient de naître sans cesse pleure parce qu'il a des douleurs d'estomac. » transforme la phrase en phrase absurde puisqu'on ne naît qu'une fois.
- « parce qu'il a des douleurs d'estomac » est une proposition subordonnée circonstancielle. Dans cette phrase, on ne peut déplacer cet élément qu'en tête de phrase à cause des liens entre les autres constituants déjà expliqués ci-dessus.

Ce test permet de comprendre **la structure** d'une phrase et de connaître les méthodes pour **enrichir son expression.**

La pronominalisation

La pronominalisation est le fait d'employer des pronoms à la place d'un autre mot. La pronominalisation est soit **obligatoire** soit **facultative**.

- Elle est nécessaire dans les **verbes dits « pronominaux »**.
  → Exemple : *« se voir », on ne dit pas « Jean voit Jean », on dit « Jean __se__ voit ».*
- La plupart du temps, la pronominalisation est utilisée pour **éviter une répétition**.
  → Exemple : *Sofia est venue voir Édouard parce qu'__elle__ veut __l'__inviter au cinéma demain. Le pronom « elle » reprend Sofia et « l' » reprend Édouard : ils permettent d'éviter les répétitions.*
- Le mot référent qu'elle reprend peut signifier un **autre objet**.
  → Exemple : *« Ton pull est bleu, alors que __le mien__ est vert émeraude. » Le pull bleu est différent du pull vert qui est pourtant pronominalisé par « le mien ».*
- Les **pronoms relatifs** suivent des règles selon la fonction qu'ils ont par rapport au verbe de la subordonnée.
  → Exemple : *On n'écrit pas « La personne que je te parle. » mais « La personne __dont__ je te parle. »*
- Le cas de « leur ». Leur ne prend jamais de s quand il est pronom.
  → Exemple : *Tu montres à tes enfants des bêtises. = Tu __leur__ montres des bêtises.*

Le passage à la voix passive ou la passivation

On dit d'une phrase qu'elle est à la « voix passive » quand le sujet **subit** l'action. Il existe souvent un **complément d'agent** dans la phrase à la voix passive qui est le véritable agissant. Au contraire, à la voix active, le sujet **réalise** l'action. La passivation permet d'envisager différemment l'action en mettant en valeur non plus le véritable sujet qui devient secondaire en position de complément d'agent mais celui qui subit l'action et occupe la place de sujet grammatical.

→ Exemple : *L'acrobate est admiré par les spectateurs.* = voix passive : le sujet « l'acrobate » subit l'action d'être regardé par le véritable agissant qui est signifié par le complément d'agent « par les spectateurs ». *À la voix active, on aurait « Les spectateurs admirent l'acrobate. »*

- Certaines constructions actives **n'ont pas de passif** correspondant.
  → Exemple : *Alexandre a de belles bretelles.*
  Le passif n'est pas possible : on ne dit pas « De belles bretelles sont eues par Alexandre. »
- Reconnaître un **complément d'agent.**
  → Exemple 1 : *Il est étonné par son silence. On peut dire « Son silence l'étonne. » :* « par son silence » est bien complément d'agent.

  → Exemple 2 : *Il est scandalisé par moments.* « Par moments » n'est pas le sujet sémantique du verbe être scandalisé. On ne dira pas « Des moments le scandalisent. » C'est un complément circonstanciel de temps.
- Ne pas confondre **adjectif** dans une formulation active et **participe passé** dans une tournure passive.
  → Exemple : *Le livre est ouvert à la page 10. :* « ouvert » est un adjectif. *Le livre a été ouvert par Guillaume.* : dans cet exemple au contraire, « ouvert » est le participe passé du verbe ouvrir au passif. On peut dire : Guillaume a ouvert le livre.
- Le **passif pronominal**
  → Exemple : *Les huîtres <u>se dégustent</u> très bien avec un bon vin blanc.*
  Équivalent actif : <u>On déguste</u> très bien les huîtres avec un bon vin blanc.

10 Les classes grammaticales et les fonctions

La distinction entre classe grammaticale et fonction

La classe grammaticale (ou nature grammaticale) est **l'identité du mot** c'est-à-dire ce qu'il est : verbe, nom, adjectif, préposition, etc. Elle est prédéterminée quelle que soit sa place dans la phrase. Les mots n'ont en général qu'une seule classe grammaticale mais certains peuvent en avoir plusieurs comme *la* qui peut être *article défini* « La vie » ou bien *pronom personnel* « Tu la félicites ».

En revanche, **la fonction** est **le rôle du mot dans la phrase**. Elle change selon le contexte : dans « Le chat ronronne », *chat* est sujet du verbe *ronronner* ; « Je caresse le chat », *chat* est alors COD du verbe *caresser*.

→ Exemple : *Tu achètes une baguette de pain.*

	Classe grammaticale	Fonction
Tu	pronom personnel	sujet du verbe *achètes*
achètes	verbe	pas de fonction
une	article indéfini	détermine le nom *baguette*
baguette	nom	COD du verbe *acheter*
de pain	groupe nominal prépositionnel	complément du nom *baguette*

Les fonctions concernant l'adjectif

- **Le complément de l'adjectif** est relié à l'adjectif par une préposition.
  → Exemple : *un panier plein de pommes : plein = adjectif / de pommes = complément de plein*
- **Le complément du comparatif** est introduit par « que » et fonctionne en corrélation avec moins, plus, aussi ou autant.
  → Exemple : *plus aimable que toi*
  aimable = adjectif / que toi = complément du comparatif
- **Le complément du superlatif relatif** est introduit par « de ».
  → Exemple : *le plus gentil de tous : gentil = adjectif / de tous = complément du superlatif relatif*

Les fonctions concernant le nom

- **L'épithète** est une expansion du nom auquel elle est directement reliée.
- **Le complément du nom** est relié au nom par une préposition.
- **L'apposition** est séparée du nom par une virgule ou par deux points.
- **La mise en apostrophe** désigne dans l'énoncé le destinataire de l'énoncé.
- **Le complément de l'antécédent** existe quand un nom est complété **par une proposition subordonnée relative.** Le nom est alors appelé antécédent.
  → Exemple : *Le conte que tu lis.*
  le conte = antécédent / que tu lis = proposition subordonnée relative

Les fonctions concernant le pronom

Complément du pronom

Celles d'entre nous : celles = pronom / d'entre nous = complément du pronom

Les fonctions concernant le verbe

- **Sujet**
- **COD** = complément d'objet direct
- **COI** = complément d'objet indirect
- **COS** = complément d'objet second
- **Attribut du sujet** avec des verbes d'état
- **Attribut du COD**
- **Complément d'agent** avec des verbes à la voix passive
- **Compléments essentiels de temps, de lieu, de mesure.**

Les fonctions concernant la phrase

Les **compléments circonstanciels** peuvent être supprimés et déplacés sans que la phrase devienne incompréhensible. Il existe des compléments de temps, lieu, manière, moyen, comparaison, cause, but, conséquence, condition, opposition, concession.

Les classes grammaticales

Elles se divisent en deux groupes : les classes grammaticales **invariables** qui s'écrivent toujours de la même manière et les classes grammaticales **variables** qui changent selon le genre, le nombre, la personne.

Lisez et apprenez les deux schémas qui suivent.

LES CLASSES GRAMMATICALES INVARIABLES

Les **interjections** sont « jetées » entre deux éléments et **matérialisent la présence du locuteur.**

Chut ! Bravo ! Aie ! Chic ! Zut ! Ah ! Oh ! Eh ! Eh bien ! Silence ! Bon ! Diable ! Hourra ! Quoi ! Hé ! Pouah ! Beurk ! Ouf ! Attention ! Tant mieux ! La barbe !

Elles sont accompagnées en général d'un point d'exclamation et s'emploient essentiellement à l'oral.

Les **conjonctions de subordination** marquent **un lien de dépendance entre une proposition appelée principale et celle qui en dépend appelée de fait subordonnée**.

quand (temps ou hypothèse), *comme* (comparaison, temps, cause), *si* (hypothèse, interrogative indirecte, opposition), *que* (peut reprendre toutes les conjonctions)

Elles peuvent être composées et dans ce cas n'ont plus qu'un sens : *alors que, depuis que, quel ... que, en ce que, à condition que, au fur et à mesure que, en supposant que, de sorte que, si ... que, moins ... que*

Les **onomatopées retranscrivent des sons**.

cui-cui, plouf, dring, tic-tac

Les **conjonctions de coordination** font **la liaison entre des éléments de même classe grammaticale.**

mais, ou, et, donc, or, ni, car

Les prépositions introduisent un mot ou un groupe de mots et **marquent un lien de dépendance.**

à, dans, par, pour, en, vers, avec, de, sans, sous, avant, après
« Adam part pour Anvers avec deux cents sous »(phrase mnémotechnique)

Les prépositions *à* et *de* se contractent avec les articles *le* et *les*.
à + le = au
à + les = aux
de + le = du
de + les = des

Les locutions prépositives sont composées de plusieurs mots
à bord de, loin de

Les adverbes **modifient le sens d'un mot.**

mal, bien, souvent, aussi, parfois, trop, tout

Une **locution adverbiale** telle que *à toute vitesse* n'est pas modifiable et peut être remplacée par un adverbe.
là-dessus, après-demain, nulle part, tout à fait, peu à peu

Certains sont formés par dérivation à partir d'un autre mot auquel a été ajouté le suffixe « ment » (mens en latin signifiant manière, esprit)
quasiment, nullement, grandement, gentiment

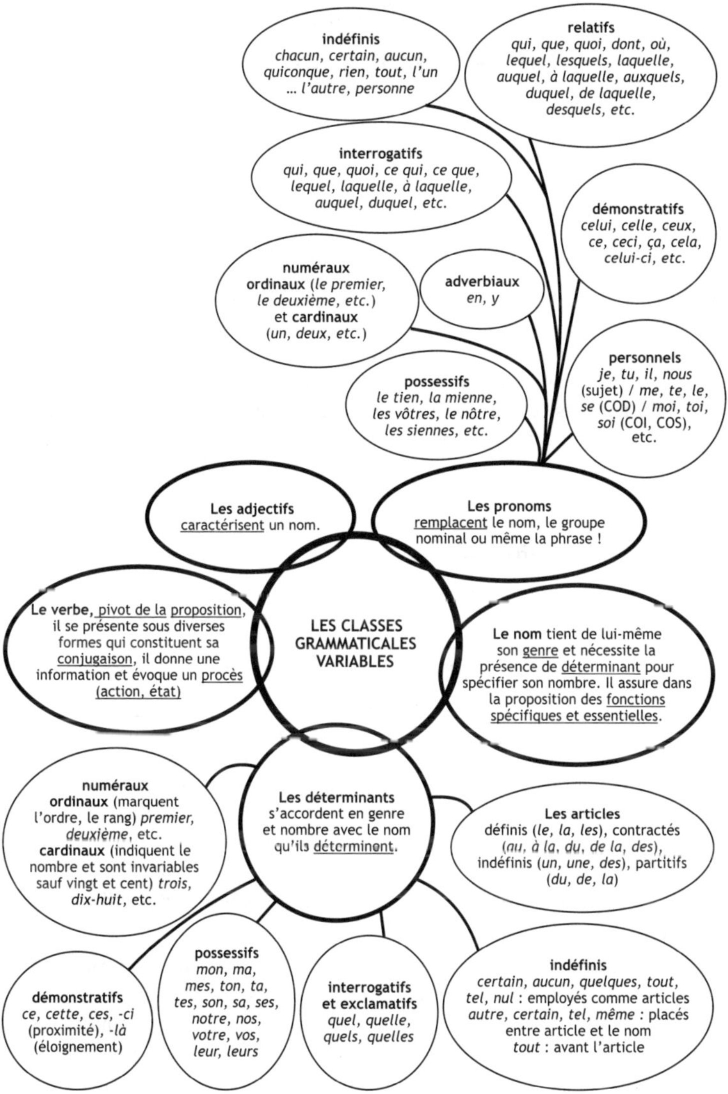
LES CLASSES GRAMMATICALES VARIABLES
Les pronoms remplacent le nom, le groupe nominal ou même la phrase !
indéfinis chacun, certain, aucun, quiconque, rien, tout, l'un … l'autre, personne
relatifs qui, que, quoi, dont, où, lequel, lesquels, laquelle, auquel, à laquelle, auxquels, duquel, de laquelle, desquels, etc.
interrogatifs qui, que, quoi, ce qui, ce que, lequel, laquelle, à laquelle, auquel, duquel, etc.
démonstratifs celui, celle, ceux, ce, ceci, ça, cela, celui-ci, etc.
numéraux ordinaux (le premier, le deuxième, etc.) et cardinaux (un, deux, etc.)
adverbiaux en, y
personnels je, tu, il, nous (sujet) / me, te, le, se (COD) / moi, toi, soi (COI, COS), etc.
possessifs le tien, la mienne, les vôtres, le nôtre, les siennes, etc.
Les adjectifs caractérisent un nom.
Le verbe, pivot de la proposition, il se présente sous diverses formes qui constituent sa conjugaison, il donne une information et évoque un procès (action, état)
Le nom tient de lui-même son genre et nécessite la présence de déterminant pour spécifier son nombre. Il assure dans la proposition des fonctions spécifiques et essentielles.
Les déterminants s'accordent en genre et nombre avec le nom qu'ils déterminent.
numéraux ordinaux (marquent l'ordre, le rang) premier, deuxième, etc. cardinaux (indiquent le nombre et sont invariables sauf vingt et cent) trois, dix-huit, etc.
Les articles définis (le, la, les), contractés (au, à la, du, de la, des), indéfinis (un, une, des), partitifs (du, de, la)
démonstratifs ce, cette, ces, -ci (proximité), -là (éloignement)
possessifs mon, ma, mes, ton, ta, tes, son, sa, ses, notre, nos, votre, vos, leur, leurs
interrogatifs et exclamatifs quel, quelle, quels, quelles
indéfinis certain, aucun, quelques, tout, tel, nul : employés comme articles autre, certain, tel, même : placés entre article et le nom tout : avant l'article

11 Accords et fonctions dans la phrase simple

La phrase a **différents constituants** que l'on peut schématiser ainsi :

Phrase verbale = sujet + groupe verbal + compléments de phrase

On peut analyser les rapports entre les mots à **différents niveaux** : d'une façon **globale** comme ci-dessus « **la phrase verbale** » entière et **les relations entre ses divers constituants** – par exemple entre le « sujet » et « le groupe verbal » -, mais aussi, de manière plus restreinte, en étudiant **les constituants eux-mêmes**. Pour comprendre le sens de ce qu'on entend ou lit et pour pouvoir créer des paroles ou des écrits compréhensibles, il convient de maîtriser ces **deux niveaux d'analyse**.

Les accords dans le GN

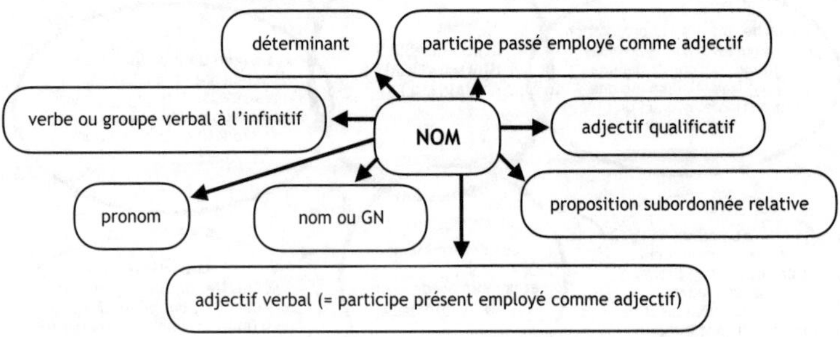

Ci-dessus sont représentées les classes grammaticales des différentes **expansions du nom**.

Dans une phrase, les mots sont liés par des **relations de grammaire et de sens**. Lorsqu'un mot prend une forme **en fonction** d'un autre mot, on parle d'**accord**. Les mots qui appartiennent aux classes grammaticales variables sont concernés par ces changements de forme. Ils s'accordent selon **le genre, le nombre et la personne** du mot qui les détermine.

Règles des noms composés

Ne s'accordent pas	Verbe + verbe. → Exemple : *des savoir-faire*
S'accordent	Nom + nom. → Exemple : *des bateaux-mouches*
	Adjectif + nom. → Exemple : *des grands-parents*
	Nom + adjectif. → Exemple : *des châteaux-forts*
Le premier élément est invariable et le deuxième, qui est un nom, s'accorde selon le sens	Verbe + nom. → Exemple : *des porte-monnaie*
	Adverbe + nom. → Exemple : *des arrière-pensées*
	Préposition + nom. → Exemple : *les avant-premières*
	Élément en o ou en i + nom. → Exemple : *des pièces tragi-comiques*

Règles du pluriel des noms

- Les noms se terminant au singulier par un **s**, un **x** ou un **z** restent **identiques** au pluriel.
  → Exemple : *des nez.*
- La plupart des noms en **al** et en **ail** font leur pluriel en **aux**.
  → Exemple : *un idéal / des idéaux.*
- Le **x** est la marque du pluriel pour les noms en **(e)au et (o)eu**.
  → Exemple : *un cadeau / des cadeaux.*

Les **déterminants** s'accordent en genre et en nombre avec le mot auquel ils se rapportent.

Les déterminants **numéraux cardinaux** sont **invariables** SAUF **vingt** et **cent** quand ils ne sont suivis d'aucun chiffre et qu'ils sont multipliés.

→ Exemple : *deux-cent vingt-trois / deux cents / trois mille deux cent vingts francs.*

Il est obligatoire d'employer la particule « **ne** » avec les déterminants indéfinis **aucun** et **nul**.

→ Exemple : *Aucun de mes amis n'est venu me voir.*

Les **adjectifs** s'accordent en genre et en nombre avec le mot auquel ils se rapportent.

Adjectifs masculins	
Singulier	**Pluriel**
en **s** ou en **x** → Exemple : *chaleureux*	restent identiques : en **s** ou en **x** → Exemple : *chaleureux*
en **al** → Exemple : *égal*	en **aux** → Exemple : *égaux*
en **eau** → Exemple : beau	en **eaux** → Exemple : *beaux*

Les adjectifs de couleur dérivés d'un nom sont invariables SAUF **rose, mauve, fauve, pourpre, écarlate**.

→ Exemple : *des manteaux corail / Les rivières pourpres.*

Les adjectifs de couleur composés ne s'accordent pas.

→ Exemple : *une assiette vert clair.*

Demi et **nu** sont invariables quand ils sont devant le nom, ils s'accordent quand ils sont placés après.

→ Exemples : *une demi-heure / une heure et demie / des nu-pieds / des pieds nus.*

Les adjectifs composés d'une **abréviation** ou d'un **mot invariable**, garde cet élément invariable mais l'adjectif s'accorde.

→ Exemple : *la mythologie <u>gréco</u>-romaine*

Les adjectifs composés de deux adjectifs s'accordent.

→ Exemple : *sauces aigres-douces*

Les **participes présents et les participes passés** employés comme adjectifs suivent les règles d'accord de l'adjectif.

→ Exemple : *<u>Endormie</u> depuis une heure, elle se réveilla en sursaut. / Elles sont <u>dansantes</u> ces musiques de guinguette.*

Un groupe nominal complété par un autre groupe nominal **s'accorde selon le sens**.

→ Exemple : *Une botte de radis trop <u>mûrs</u>.* Il faut veiller aux différents sens possibles d'un même énoncé selon la grammaire.

→ Exemple : *« Un colis de rubans bleus » et « un colis de rubans bleu ». Dans le premier cas, les rubans sont bleus, dans le second, c'est le colis.*

Les accords entre le sujet et le verbe

Le sujet est un constituant obligatoire. Il **commande le verbe** et donc l'accord du verbe. Il peut appartenir à **différentes classes grammaticales** (nom, pronom, infinitif, etc.). Il faut aussi faire attention aux **sujets inversés** qui se trouvent **après le verbe** qu'ils commandent et non devant. C'est le cas notamment dans les interrogatives « *Que disent-<u>ils ?</u>* » et dans les incises « *« J'ai pris mes clés ! », a crié <u>Édouard</u>* ».

Les groupes nominaux, notamment ceux qui commencent par un adverbe, comme **beaucoup, la plupart, trop, combien de** s'accordent à la 3e personne du pluriel.

→ Exemple : *La plupart des voiliers sont prêts à partir.*

Les pronoms

Le **pronom personnel** ne porte pas la marque du genre : c'est le **contexte** qui permet de le connaître et de faire les bons accords.

→ Exemple : « ***Je** suis déçue* », la personne qui s'exprime est de sexe féminin.

Pour le **pronom relatif**, il est nécessaire de trouver le mot auquel il se rapporte c'est-à-dire son **antécédent**.

→ Exemple : *« **Toi qui** m'**as** dit que j'étais belle. » « Toi » est l'antécédent de « qui ».*

Le participe présent

Le **participe présent** est invariable. Le gérondif qui est constitué de la préposition en et d'un participe présent est également invariable.

→ Exemple : *Dînant aux chandelles, ils ne s'aperçurent jamais de la coupure de courant ! / En partant, elle a oublié de prendre sa sacoche.*

Les participes passés

Avec l'**auxiliaire être**, le participe passé s'accorde en genre et en nombre avec le **sujet**.

→ Exemple : *Julie et Manon sont venues voir leur grande sœur à son match de tennis. (féminin pluriel)*

Avec l'**auxiliaire avoir**, le participe ne s'accorde JAMAIS avec le sujet. Il s'accorde seulement avec le **COD** quand ce dernier est placé **avant** le participe passé.

→ Exemple : *J'ai vu les filles de Serge. / Les filles de Serge, je les ai vues. (les filles de Serge est COD, il est placé après le participe passé dans la première phrase, il n'y a pas d'accord ; en revanche, il est placé avant dans la seconde, l'accord se fait.)*

Les participes passés des **verbes pronominaux** s'accordent selon le sens.

→ Exemples : *Claudie s'est cognée. (s' = COD, sens réfléchi) / Claudie s'est cogné la tête contre la porte. (le COD est la tête, donc il n'y a pas d'accord avec le sujet) / Ils se sont parlé. (se = COI car on dit « parler à quelqu'un » donc il n'y a pas d'accord.)*

Nota bene : se rendre compte, se rire de, se jouer de, se plaire et se complaire sont invariables.

→ Exemple : *Ils se sont complu dans des médisances noires.*

Quand le sujet est un **infinitif,** le verbe se met au masculin singulier de la 3e personne.

→ Exemple : *<u>Vivre</u> est difficile mais c'est notre aventure commune.*

Classes grammaticales et fonctions syntaxiques dans la phrase simple

Tableau récapitulatif

Fonctions	Classes grammaticales
Sujet	▪ Nom ou GN ou nom propre ▪ Pronom ▪ Infinitif ▪ Proposition infinitive ▪ Proposition conjonctive ▪ Proposition relative
Attribut du sujet	▪ Nom ou GN ou nom propre ▪ Pronom ▪ Adjectif ou participe passé ▪ Infinitif
COD	▪ Nom ou GN ou Nom propre ▪ Pronom ▪ Infinitif ▪ Proposition infinitive ▪ Proposition conjonctive ▪ Proposition interrogative
Attribut du COD	▪ Nom ou GN ou nom propre ▪ Adjectif ▪ Infinitif
COI	▪ Nom ou GN ou nom propre ▪ Pronom ▪ Infinitif ▪ Pronoms adverbiaux y ou en
Compléments circonstanciels	▪ Préposition + nom, GN ou pronom ▪ Préposition + infinitif ▪ Adverbe ▪ Gérondif ▪ Pronom (pour la comparaison par exemple) ▪ Adjectif (pour la comparaison également) ▪ Proposition participiale ▪ Proposition subordonnée conjonctive

Exercices de manipulation et d'application

Exercice 1

Faites les bons accords.

- les conflits franco-britannique
- des gens matinal
- ce quelque chiens
- des passe-muraille
- des lunettes bleu gris
- des allume-cigare
- des rideaux rose
- des origines italo-suédois
- des avant-gardiste
- des gâteau artisanal

Exercice 2

Corrigez toutes les fautes.

- Je t'ai épousé car tu ais une femme délicieuse.
- Venu trop tard, vous ête reparti trop tôt.
- Arrêtes de croire que tu est le meilleure.
- Que je soi sûr d'être gentille avec toi.
- Ils on passer leurs vie à commettre des faute.
- il aurai eu raison de ce rebellé si j'avait tenus de tel propos.

Exercice 3

Donnez la fonction et la classe grammaticale de chaque constituant du texte ci-dessous.

> Tout de suite après mon arrestation, j'ai été interrogé plusieurs fois. Mais il s'agissait d'interrogatoires d'identité qui n'ont pas duré longtemps. La première fois au commissariat, mon affaire semblait n'intéresser personne. Huit jours après, au contraire, le juge d'instruction m'a regardé avec curiosité.
>
> *L'Étranger*, Albert Camus, Deuxième partie, Chapitre I

⇨ *Correction des exercices en fin d'ouvrage.*

12 Le verbe et ses formes

Comment identifier une forme verbale ?

Dans la phrase, le verbe est un élément clé qui lie les autres éléments entre eux et permet la construction du sens global de la phrase.

Un verbe se définit par :

- la **personne** : 1re, 2e ou 3e personne.
- le **nombre** : **singulier** ou **pluriel**.
- le **temps** : présent, passé composé, imparfait, plus-que-parfait, futur, futur antérieur, passé simple, passé antérieur.
- l'**aspect** : il indique si une action est **achevée** ou **inachevée**.
- le **mode :** il existe des modes personnels qui dépendent d'une personne – **l'indicatif, le subjonctif, l'impératif, le conditionnel** – et des modes impersonnels qui ne varient pas en personne – **l'infinitif, le participe et le gérondif.**
- la **voix** : la voix peut être **active** – on dit que le sujet fait l'action – ou **passive** – dans ce cas, le sujet subit l'action et le véritable acteur est le complément d'agent quand il est exprimé.
  → Exemple : Dans la phrase : « *Joachim prend un ballon.* » le verbe est à la voix active alors que dans la phrase « *Le ballon est pris par Joachim.* », le verbe est à la voix passive, le sujet grammatical « le ballon » subit l'action et le véritable sujet sémantique est exprimé par le complément d'agent « par Joachim ».

Étude morphologique et sémantique du verbe

Nous prendrons comme exemple le verbe conjugué : « vous donnerez ».

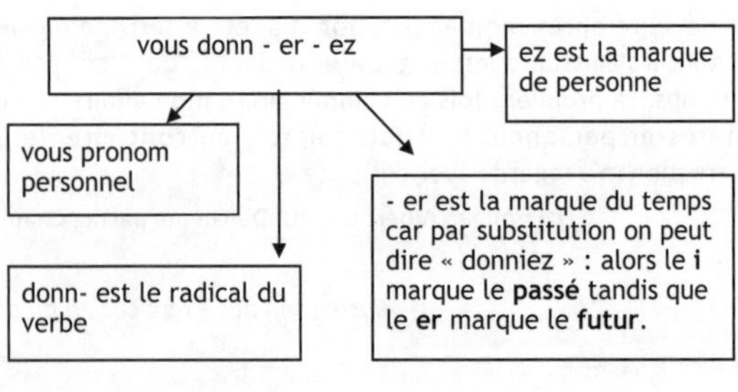

On nomme **affixes** les éléments qui sont ajoutés au radical et qui indiquent les temps, les personnes, les nombres. Le conditionnel possède trois affixes après le radical, c'est le maximum d'affixes qui peuvent être associés.

→ Exemple : *Vous donn-er-i-ez est composé du radical donn et de trois affixes er, i, ez.*

Les affixes suivent un ordre : ceux qui occupent la position finale sont ceux qui portent la marque de la personne et du nombre alors que les affixes qui indiquent le temps, comme -ai/-i pour l'imparfait et -r pour le futur, suivent le radical et précédent l'affixe de la terminaison.

→ Exemple 1 : *je donn-e, tu donn-es, il donn-e, nous donn-ons, vous donn-ez, ils donn-ent. Les affixes sont e, es, e, ons, ez, ent et sont la marque du présent de l'indicatif des verbes du premier groupe aux six personnes existantes.*

→ Exemple 2 : *j'ouvri-r-ai, tu ouvri-r-as, il ouvri-r-a, nous ouvri-r-ons, vous ouvri-r-ez, ils ouvri-r-ont. Au radical est ajouté l'affixe r qui est la marque du futur et ensuite les affixes -ai, -as, -a, -ons, -ez, -ont qui sont les marques des personnes et des nombres au futur de l'indicatif.*

Associer à chaque temps simple son temps composé

Aux **quatre temps simples** de l'indicatif correspondent **quatre temps composés** formés avec les auxiliaires être et avoir.

Auxiliaire (être ou avoir) au	Temps composé associé
présent elle est / elle a	**passé composé** → ex. : elle a chanté / elle est allée
imparfait elle était / elle avait	**plus-que-parfait** → ex. : elle avait chanté / elle était allée
futur elle sera / elle aura	**futur antérieur** → ex. : elle aura chanté / elle sera allée
passé simple elle fut / elle eut	**passé antérieur** → ex. : elle eut chanté / elle fut allée

Conjuguer les différents modes et leurs temps

Afin d'illustrer nos propos nous prendrons le verbe sentir comme exemple.

L'indicatif possède **huit temps** : quatre temps simples et quatre temps composés comme énumérés ci-dessus.

	Présent	Passé composé	Imparfait	Plus-que-parfait
je	sens	ai senti	sent**ais**	avais senti
tu	sens	as senti	sent**ais**	avais senti
il	sent	a senti	sent**ait**	avait senti
nous	sentons	avons senti	sent**ions**	avions senti
vous	sentez	avez senti	sent**iez**	aviez senti
ils	sentent	ont senti	sent**aient**	avaient senti

	Futur	Futur antérieur	Passé simple	Passé antérieur
je	sentir**ai**	**aurai** senti	sentis	eus senti
tu	sentir**as**	auras senti	sentis	eus senti
il	sentir**a**	aura senti	sentit	eut senti
nous	sentir**ons**	aurons senti	sent**îmes**	**eûmes** senti
vous	sentir**ez**	aurez senti	sent**îtes**	**eûtes** senti
ils	sentir**ont**	auront senti	sentirent	eurent senti

La formation des temps simples de l'indicatif

- **Au présent**, les verbes ont des conjugaisons différentes selon leur groupe :

  1er groupe : **-e,-es,-e, -ons,-ez, -ent**

  2e groupe : **-is, -is, -it, -issons, -issez, -issent**

  3e groupe : **-s, -s, -t, -ons, -ez, -ent**

  Nota bene : Les verbes en -dre font -ds, -ds, d (Exemple : *je prends, tu prends, il prend*) sauf les verbes en -indre et -soudre qui font -s, -s et -t (Exemple : *je peins, tu peins, il peint*).

- **Au futur**, la plupart du temps, on ajoute à l'infinitif du verbe les terminaisons -**ai, -as, -a, -ons, -ez, -ont.**

- **À l'imparfait**, on ajoute les désinences **-ais, -ais, -ait, -ions, -iez, -aient** au radical de la 1re personne du pluriel du présent.

- Au **passé simple**, les terminaisons ne sont pas semblables selon les groupes :

  1er groupe : **-ai, -as, -a, -âmes, -âtes, èrent**

  2e groupe : **-is, -is, -it, îmes, îtes, -irent**

  3e groupe : **-is, -is, -it, îmes, îtes, -irent** (exemple : nous écrivîmes) / **-us, -us, -ut, -ûmes, -ûtes, -urent** (exemple : vous lûtes) / **-ins, -ins, -int, -înmes, -întes, -inrent** (exemple : ils vinrent).

Pour ce qui est de la **formation des temps composés** de l'indicatif, il vous suffit de vous référer au paragraphe qui précède intitulé « Associer à chaque temps simple son temps composé ».

- Le conditionnel se conjugue à **deux temp**s : le conditionnel présent et le conditionnel passé.

Le conditionnel présent	Le conditionnel passé
je sentir**ais** tu sentir**ais** il sentir**ait** nous sentir**ions** vous sentir**iez** ils sentir**aient**	j'**aurais** senti tu **aurais** senti il **aurait** senti nous **aurions** senti vous **auriez** senti ils **auraient** senti

Le **conditionnel présent** se forme à partir du **même radical que celui du futur** auquel on ajoute les **désinences de l'imparfait de l'indicatif** en gras et soulignées dans le tableau. Il se distingue du futur à la première personne du singulier par le **s** de la désinence : en effet, on trouve « ai » au futur et « ais » au conditionnel. De la même manière, le **i** permet de bien définir le conditionnel par rapport au futur aux deux premières personnes du pluriel « nous » et « vous » : « ions » et « iez » au conditionnel sont les désinences alors qu'au futur on a « ons » et « ez ».

Le **conditionnel passé** est le temps composé du conditionnel présent : il se crée en associant **l'auxiliaire (être ou avoir) conjugué au conditionnel présent** au **participe passé** du verbe.

- Le subjonctif a **quatre temps** : **le présent, le passé, l'imparfait et le plus-que-parfait.**

Subjonctif présent	Subjonctif passé
(que) je sent**e** tu sent**es** il sent**e** nous sent**ions** vous sent**iez** ils sent**ent**	(que) j'**aie** senti tu **aies** senti il **ait** senti nous **ayons** senti vous **ayez** senti ils **aient** senti

Subjonctif imparfait	Subjonctif plus-que-parfait
(que) je senti**sse** tu senti**sses** il sent**ît** nous senti**ssions** vous senti**ssiez** ils senti**ssent**	(que) j'**eusse** senti tu **eusses** senti il **eût** senti nous **eussions** senti vous **eussiez** senti ils **eussent** senti

Subjonctif présent =
radical du présent de l'indicatif +
-e, -es, -e, -ions, -iez, -ent

Subjonctif imparfait =
radical du passé simple
+ -sse, -sses, -ât/-ît/-ût/-înt, -ssions,
-ssiez, -ssent

Exactement comme pour l'indicatif, à chacun des deux temps simples du subjonctif correspond un temps composé : le **subjonctif passé** se forme à partir de **l'auxiliaire (être ou avoir) au subjonctif présent** associé au **participe passé** et le **subjonctif plus-que-parfait** est créé à partir de **l'auxiliaire au subjonctif imparfait** adjoint au **participe passé.**

Subjonctif passé =
auxiliaire au subjonctif présent
+ participe passé

Subjonctif plus-que-parfait =
auxiliaire au subjonctif imparfait
+ participe passé

L'infinitif, l'impératif, le participe et le gérondif ne se conjuguent qu'à **deux temps : le présent et le passé.**

- L'infinitif passé se forme à partir de l'auxiliaire (être ou avoir) à l'infinitif associé au participe passé du verbe.
  → Exemple : *infinitif présent : sentir / infinitif passé : avoir senti*
- L'impératif se conjugue seulement à **trois personnes** : la 2e du singulier, la 1re du pluriel et la 2e du pluriel. L'impératif passé se crée avec l'auxiliaire à l'impératif présent et le participe passé.
  → Exemple : *Impératif présent : « Sens, Sentons, Sentez » / Impératif passé : « **Aie** senti, **Ayons** senti, **Ayez** senti ».*
- Le participe présent est invariable et se termine par « ant ». Le participe passé se construit avec l'auxiliaire au participe présent et le participe passé. Le participe a les mêmes fonctions qu'un adjectif.
  → Exemple : *Le participe présent est « sent**ant »** et le participe passé « senti » ou « **ayant** senti ».*
- Le gérondif est un participe précédé de « en ». Il sert de complément circonstanciel et a le même sujet que celui du verbe.
  → Exemple : *Le gérondif présent est « **en** sentant » et le gérondif passé « **en** ayant senti ».*

Le verbe : valeurs temporelles, aspectuelles et modales

Valeurs temporelles

L'action est **située** dans le **temps** par rapport au moment de l'énonciation.

L'indicatif

- Le présent situe l'action dans le temps de l'énonciation, le futur la situe dans l'avenir et les temps du passé dans le passé.

- De façon globale, **les temps composés marquent l'antériorité** par rapport aux temps simples auxquels ils correspondent : **présent/passé composé, imparfait/plus-que-parfait, passé simple/passé antérieur, futur/futur antérieur.**
  - → Exemple : *Quand il aura appris sa leçon, il pourra jouer au tennis.* Les deux actions sont envisagées dans un temps futur mais le fait d'apprendre sa leçon – au futur antérieur – est pensé comme antérieur à celui de jouer au tennis – au futur.

- **Les temps du passé** les uns par rapport aux autres.

  Le passé composé est interchangeable avec le **passé simple** quand il correspond à une action ponctuelle dans le passé. Ces deux temps s'opposent à **l'imparfait** qui décrit une action durable dans le passé.
  - → Exemple : *Elle dansait (imparfait) quand il entra (passé simple) / est entré (passé composé).*

  Le **plus-que-parfait** comme le **passé antérieur** sert à noter **l'antériorité** par rapport à des faits à l'imparfait ou au passé simple.
  - → Exemples : *Une fois qu'elle eut achevé son récit, elle se mit à déverser des larmes innombrables.* Le passé antérieur « eut achevé » marque l'antériorité sur l'action exprimée au passé simple « se mit ».
    Quand ils s'étaient assez échauffés, ils commençaient le match. L'action au plus-que-parfait « s'étaient échauffés » précède celle à l'imparfait.

- Les **formes surcomposées**

  Ces formes indiquent des **actions antérieures** aux actions exprimées aux temps composés : passé composé/passé surcomposé, plus-que-parfait/plus-que-parfait surcomposé, futur antérieur/futur antérieur surcomposé.

  → Exemple 1 : *Quand elles ont eu pris leur déjeuner, elles sont parties prendre le métro. (passé surcomposé/passé composé)*

  → Exemple 2 : *Quand vous aviez eu entendu ce réalisateur, vous avez voulu regarder son dernier film. (plus-que-parfait surcomposé/plus-que-parfait)*

  → Exemple 3 : *Dès que nous aurons eu fini cet ouvrage, nous aurons fêté cela avec nos amis. (futur antérieur surcomposé/futur antérieur)*

Le conditionnel

Le **conditionnel** sert à marquer le **futur** dans le **passé** en situant une action à venir par rapport à un moment passé.

→ Exemple 1 : *Elle disait qu'elle partagerait ses gains avec tous ses frères et sœurs en cas de victoire.* Le **conditionnel présent** « partagerait » a valeur de **futur** dans la subordonnée dépendant d'une principale régie par un verbe au passé.

→ Exemple 2 : *Ils avaient pensé qu'elle serait arrivée avant eux.* De même, le **conditionnel passé** « serait arrivée » indique une action future dans la subordonnée dépendant d'une principale régie par un verbe au passé.

Le subjonctif

Comme pour l'indicatif, les temps composés du subjonctif marquent **l'antériorité** par rapport aux temps simples du subjonctif ; ainsi, le **subjonctif passé** indique une action antérieure à celle exprimée au **subjonctif présen**t et le **subjonctif plus-que-parfait** joue ce même rôle par rapport au **subjonctif imparfait**.

L'infinitif

L'infinitif présent situe l'action simultanément ou postérieurement à celle du verbe de la principale alors que l'infinitif passé indique qu'elle est antérieure à celle du verbe de la principale.

→ Exemple 1 : *Ils veulent partir en Inde. (infinitif présent : action postérieure à celle du verbe de la principale)*

→ Exemple 2 : *Ils regrettent d'être partis en Inde. (infinitif passé : action antérieure à celle du verbe de la principale)*

Valeurs aspectuelles

La valeur aspectuelle envisage la durée de l'action **en elle-même** indépendamment de sa valeur temporelle.

L'indicatif

Action accomplie

De manière générale, **les temps composés marquent l'accompli** par rapport aux temps simples.

L'action est **achevée.** Le **passé composé** possède cette valeur aspectuelle d'accompli du présent.

- → Exemple : *Elle a bu la tasse.*

Les actions achevées dans le passé sont citées au **passé antérieur** et au **plus-que parfait**.

- → Exemple : *Elle avait bu (plus-que-parfait) tout son verre avant de commencer à manger. / Quand elle eut compris (passé antérieur) la consigne, elle répondit à la question posée.*

Le **futur antérieur** note l'accompli dans le futur.

- → Exemple : *Quand j'aurai emménagé (futur antérieur) au Pérou, je serai (futur) heureuse.*

Action inaccomplie

L'action **se poursuit.** Le **présent** peut marquer cette continuité.

- → Exemple : *Elle finit de manger.*

Le passé composé peut indiquer que l'action va être accomplie dans le futur proche.

- → Exemple : *Nous sommes partis dans un quart d'heure.*

Les différentes valeurs du présent

Le **présent passif** est également un moyen de marquer qu'une action est accomplie.

- → Exemple : *La maison est vendue.*

Le présent a eu valeur **intemporelle ou omnitemporelle** dans les phrases au « **présent de vérité générale** ».

- → Exemple : *« Qui vole un œuf, vole un bœuf. »*

Le présent peut aussi marquer **la répétition.**

- → Exemple : *À chaque automne, les cigognes migrent.*

Le présent peut également marquer un **futur proche** ou un **passé proche**.

- → Exemples : *Je pars en vacances dans les Landes demain matin. (futur proche) / Je finis juste ce livre : je l'ai adoré. (passé proche)*

On a souvent recours à des **périphrases verbales** pour exprimer le futur proche ou le passé proche : « aller + infinitif » et « être sur le point de + infinitif ».

→ Exemple : *Je vais partir. / Je viens de finir ce livre.*

Le **présent de narration** actualise une action qui appartient au passé.

→ Exemple : *Il se préparait à frapper, quand soudain, il entend au loin les chevaux des cavaliers sans âme.*

De la même manière, le futur peut être un **futur historique**.

→ Exemple : *« Et comme vous le savez, l'URSS deviendra la Russie actuelle. »*

La distinction entre le passé simple et l'imparfait

Quand l'action est **limitée** dans le temps dans le passé, on emploie le passé simple.

→ Exemple : *Ils dansèrent durant le bal masqué.*

Quand l'action **n'est pas limitée dans le temps** dans le passé, on utilise l'imparfait.

→ Exemple : *Ils dansaient pour se détendre.*

Le subjonctif

Comme pour l'indicatif, les temps composés du subjonctif marquent **l'accompli** par rapport aux temps simples ; ainsi, le subjonctif passé indique l'accompli par rapport au subjonctif présent et le subjonctif plus-que-parfait le fait vis-à-vis du subjonctif imparfait.

→ Exemple 1 : *J'aimerais qu'il gagne. (subjonctif présent : inaccompli) / J'aimerais qu'il ait gagné. (subjonctif passé : accompli)*

→ Exemple 2 : *Je priais pour qu'il gagnât (subjonctif imparfait : inaccompli) / Je priais pour qu'il eût gagné. (subjonctif plus-que-parfait : accompli)*

L'impératif

L'impératif présent aura tendance à indiquer une action sans la limiter dans le temps tandis que l'impératif passé donne clairement une limite à l'action dans le temps.

→ Exemple 1 : *Lave-toi demain. (présent : inaccompli)*

→ Exemple 2 : *Sois lavé demain. (passé : accompli)*

Valeurs modales

La valeur modale indique la façon dont est **envisagée** l'action : souhait, ordre, atténuation, hypothèse, etc.

L'indicatif

L'imparfait

Dans un système à **l'irréel du présent**, le verbe de la principale est au conditionnel présent et celui de la subordonnée circonstancielle de condition à l'imparfait : l'action est envisagée comme **irréalisable** quand on la situe dans le présent.

- Exemple : *Si j'étais doué en langues* ***aujourd'hui****, je serais trilingue en deux mois.* (= Mais je ne suis pas doué en langues maintenant.)

Dans un système au **potentiel**, le verbe de la principale est également au conditionnel présent et celui de la subordonnée circonstancielle de condition à l'imparfait, mais l'action est envisagée comme **réalisable** car on imagine que la condition sera réalisée un jour.

- Exemple : *Si j'étais doué* ***demain*** *en langues, je serais trilingue en deux mois.* (= C'est possible, je le deviendrai en travaillant tous les jours.)

L'imparfait peut également servir à formuler **une demande** sans que cela paraisse.

- Exemple : *« Je voulais savoir si vous aviez prévu quelque chose pour demain soir. »*

Le futur

Le futur ne marque pas toujours une certitude : il peut donner à entendre une **atténuation** ou une **probabilité**.

- Exemple : *Je vous demanderai le silence quand nous serons à l'intérieur de ce lieu sacré. (atténuation) / Il donnera certainement des conseils à ta sœur. (probabilité)*

Le plus-que-parfait de l'indicatif

Le plus-que-parfait peut être employé pour **atténuer** un dire.

- Exemple : *J'étais venu pour te demander si tout allait bien.*

Le conditionnel

Comme il possède les caractéristiques du passé et du futur, il est approprié pour formuler des **hypothèses.**

Le **conditionnel** marque **l'hypothèse** et la **condition**.

- Exemple 1 : *S'il soutenait le contraire, ce serait un menteur.* ***(imparfait / conditionnel présent)***
- Exemple 2 : *Si elles avaient voulu dire la vérité, elles auraient dû le faire devant le juge.* ***(plus-que-parfait / conditionnel passé)***

Nous avons abordé dans un paragraphe précédent (sur les valeurs de l'imparfait) l'irréel du présent et le potentiel. Dans le système de **l'irréel du passé**, on utilise le **conditionnel passé** dans la subordonnée et le **plus-que-parfait** dans la principale. Les deux exemples précédents en sont des illustrations : l'exemple 1 est un cas **d'irréel du présent**, l'exemple 2 un cas **d'irréel du passé**.

Le **conditionnel** représente **l'incertitude** d'un fait.

→ Exemple : *Jean serait passé voir Paul hier.*

Il permet aussi **d'atténuer** des propos pour donner un **conseil** ou formuler une **demande** ou un **avis**.

→ Exemples : *J'aimerais te parler. (demande) / Il serait judicieux de changer d'attitude. (conseil) / Nous serions d'accord pour vous rejoindre. (avis)*

Le subjonctif

Ce mode peut servir à exprimer le **souhait.**

→ Exemple : *Puissiez-vous arriver à bon port sans peine !*

Il est possible de l'employer pour donner un **ordre**.

→ Exemple : *Qu'il me suive immédiatement !*

Il est aussi utilisé pour signifier une **condition**.

→ Exemple : *Qu'elles viennent enfin me voir et je serais heureux !* On peut dire : « Si elles viennent enfin me voir, alors je serais heureux. »

L'ordre et la défense peuvent également être exprimés à l'impératif et à l'infinitif.

→ Exemple : *Viens demain. (impératif présent)*

→ Exemple : *Frapper avant d'entrer. (infinitif)*

La concordance des temps 14

La concordance des temps : qu'est-ce que c'est ?

Dans une phrase complexe, quand le **verbe de la proposition subordonnée** s'accorde en fonction du **temps du verbe de la proposition principale**, les temps « concordent » (du latin « concordare » : « vivre en bonne intelligence ») c'est-à-dire qu'ils s'accordent en suivant des règles.

À quoi sert-elle dans le récit ?

La concordance des temps permet d'une part de **structurer le récit** en situant les faits les uns par rapport aux autres sur l'axe du temps (antériorité, simultanéité et postériorité). Nous étudierons ainsi les rapports temporels dans les complétives. La concordance des temps permet d'autre part de **modéliser le récit**, c'est-à-dire d'imaginer des possibles en envisageant les faits au sein de **systèmes hypothétiques**.

Les règles de concordance des temps

Avant ***Antériorité*** *de « ante » « avant »* *en latin*	*Pendant* ***Simultanéité*** *de « simul »* *« en même temps »* *en latin*	*Après* ***Postériorité*** *de « post » « après »* *en latin*

Les rapports temporels dans les complétives à l'indicatif

- Quand le temps de la principale est au **présent, au futur ou à l'impératif**, l'antériorité est exprimée par le **passé composé ou l'imparfait**, la simultanéité l'est par le **présent** et la postériorité par le **futur**.
  → Exemple : *Il annonce (présent) / Il annoncera (futur) / Annonce (impératif) qu'il est venu ou qu'il venait (antériorité) / qu'il vient (simultanéité) / qu'il viendra (postériorité).*

- Quand le temps de la principale est au **passé**, l'antériorité est exprimée par le **plus-que-parfait ou le passé antérieur**, la simultanéité par **l'imparfait ou le passé simple** et la postériorité par le **conditionnel présent** (aussi appelé futur dans le passé) ou le **conditionnel passé**.
  → Exemple : *Il annonça (passé simple) / Il a annoncé (passé composé) / Il annonçait (imparfait) qu'il était venu ou qu'il fut venu (antériorité) / qu'il venait ou qu'il vint (simultanéité) / qu'il viendrait ou qu'il serait venu (postériorité).*

Rapports temporels dans les complétives au subjonctif

Avec les verbes exprimant le **souhait, le désir, l'envie, le doute, l'incertitude, l'obligation, l'émotion,** le verbe de la subordonnée se conjugue au subjonctif. Le subjonctif se conjugue à quatre temps : le présent et le passé sont très utilisés, l'imparfait et le plus-que-parfait ne le sont qu'à l'écrit dans la langue soutenue.

Confer la fiche sur la forme des verbes selon les temps pour réviser la conjugaison du subjonctif.

- Quand le temps de la principale est au **présent, au futur ou à l'impératif**, l'antériorité est exprimée par le **subjonctif passé**, la simultanéité et la postériorité par le **subjonctif présent**.
  → Exemple : *Elle craint (présent) / Elle craindra (futur) / Crains (impératif) que je sois parti (antériorité) / que je parte (simultanéité et postériorité).*
- Quand le temps de la principale est au **passé**, l'antériorité est exprimée par **le subjonctif passé ou le subjonctif plus-que-parfait**, la simultanéité et la postériorité par l**e subjonctif présent et le subjonctif imparfait.**
  → Exemple : *Il fallait (imparfait) / Il fallut (passé simple) / Il a fallu (passé composé) que tu aies participé ou que tu eusses participé (antériorité) / que tu participes ou que tu participasses (simultanéité ou postériorité)*

Les systèmes hypothétiques

L'éventuel (action réalisable)

Proposition subordonnée à **l'indicatif présent** + proposition principale à **l'indicatif futur**.

→ Exemple : *Si tu viens, je serai heureux.*

Le potentiel (action réalisable)

Proposition subordonnée à **l'indicatif imparfait** + proposition principale au **conditionnel présent**

→ Exemple : *Si tu venais, je serais heureux.*

L'irréel du présent (action irréalisable)

Proposition subordonnée à **l'indicatif imparfait** + proposition principale au **conditionnel présent**

→ Exemple : *Si tu venais, je serais heureux.*

Nota bene : Les temps verbaux utilisés au potentiel et à l'irréel du présent sont les mêmes, c'est le **contexte** qui permet de déterminer si l'action est réalisable ou ne l'est pas.

L'irréel du passé (action irréalisable)

Proposition subordonnée à l'**indicatif plus-que-parfait** + Proposition principale au **conditionnel passé.**

→ Exemple : *Si tu étais venu, j'aurais été heureux.*

Exercices d'application

1. **Conjuguez les verbes en respectant la concordance des temps dans ces complétives à l'indicatif.**
   - **a.** Nous avons cru qu'il (*vaincre* – postériorité)
   - **b.** Vous pensez qu'elle (*vaincre* – simultanéité)
   - **c.** Ils ont dit qu'elles (*vaincre* – antériorité)
   - **d.** Dis que nous (*vaincre* – postériorité)
   - **e.** Il dira que vous (*vaincre* – antériorité)
   - **f.** Il a crié que je (*vaincre*- simultanéité)
2. **Conjuguez les verbes en respectant la concordance des temps dans ces complétives au subjonctif.**
   - **a.** Il a souhaité que tu (*gagner* – simultanéité)
   - **b.** Elles souhaitaient que vous (*gagner* – antériorité)
   - **c.** Souhaite qu'elles (*gagner* – postériorité)
   - **d.** Il avait peur que nous (*vieillir* – antériorité)
   - **e.** Il voudra que je (*vaincre* – antériorité)
   - **f.** Nous souhaitons qu'il (*vaincre* – simultanéité)
3. **Conjuguez les verbes correctement en fonction du système hypothétique.**
   - **a.** Si tu (*courir*), je te (*rejoindre*). – Irréel du présent
   - **b.** Si vous (*manger*), nous (*déguster*) avec vous les plats avec plaisir. – Irréel du passé

c. S'ils (*tendre*) leurs mains en signe de paix, vous (*signer*) l'accord. – Potentiel

d. Si je te (*voir*) au loin, je (*prendre*) mes jambes à mon cou. – Éventuel

e. Si nous (*voyager*) au Japon, tu (*ramener*) des souvenirs pour tes amis. – Irréel du passé

f. Si elle (*finir*) tôt, ils (*aller*) au théâtre. – Irréel du présent

⇨ *Correction des exercices en fin d'ouvrage.*

Les relations au sein de la phrase complexe

15

Qu'est-ce qu'une phrase complexe ?

Elle est composée au minimum de **deux propositions**. On appelle **proposition** un ensemble de mots qui fait sens **autour d'un verbe conjugué à un mode personnel** qui en est le **noyau**.

DEUX NOYAUX VERBAUX = DEUX PROPOSITIONS

TROIS NOYAUX VERBAUX = TROIS PROPOSITIONS

...

→ Exemple : *Il dit que les personnages essaient par leurs propos d'agir les uns sur les autres.*

Méthode de questionnement

1. Combien compte-t-on de verbes conjugués ?

2. Quels sont les constituants qui forment un ensemble sémantique autour de chacun ?

3. Comment sont reliées ces propositions ?

4. Qu'induit ce lien ?

Réponses

1. On compte deux verbes conjugués « dit » et « essaient ».

2. Les groupes sémantiques construits autour de ces verbes sont « Il dit » et « les personnages essaient par leurs propos d'agir les uns sur les autres ».

3. Ces deux propositions sont unies par la conjonction de subordination « que ».

4. Le lien de subordination induit que la première proposition est la principale dont dépend la seconde qui est, par voie de conséquence, sa subordonnée. Quel type de subordonnée est-ce ? La subordonnée est introduite par « que », conjonction de subordination, c'est donc une conjonctive. En outre, elle complète le verbe dire puisqu'elle répond à la question « Qu'est-ce qu'il dit ? » : elle a pour fonction d'être COD de ce verbe, c'est donc la subordonnée conjonctive complétive du verbe « dire ».

Étude des rapports entre les propositions

Dans cette leçon, nous étudions la grammaire des énoncés en vue de comprendre le sens qui en émane car **l'objectif de l'analyse grammaticale est la maîtrise du sens.**

La juxtaposition

Les propositions juxtaposées sont liées par **une virgule, deux points, un point-virgule**. Elles sont **indépendantes**.

→ Exemple : *Ils rient aux éclats : elle a encore fait une blague.*

Analyse

Les deux noyaux verbaux sont « rient » et « a fait ». Les propositions sont « ils rient aux éclats » et « elle a encore fait une blague ». Elles sont liées par la ponctuation « : », deux points. Elles sont donc juxtaposées. Ce lien syntaxique discret marque de façon subtile le lien de cause à effet au sein de la phrase. **Si l'on remplace** les deux points par « *car* » ou « *parce que* », le sens reste le même et nous permet de nous assurer de la signification du message de l'énoncé. On peut également utiliser le présentatif « *C'est* parce qu'elle a fait une blague, *qu*'ils rient aux éclats. » L'auteur fait le choix inverse dans le texte : il présente la conséquence et ensuite la cause afin peut-être de créer un effet d'attente chez le lecteur.

La coordination

Les propositions sont unies par une **conjonction de coordination *mais, ou, et, donc, or, ni, car*.** Elles sont sur le même plan syntaxique c'est-à-dire qu'elles ont **la même fonction**. Chaque proposition est **autonome** par rapport aux autres. Elles peuvent aussi être liées par un **adverbe** ou une **locution adverbiale** comme ***puis, cependant, en effet, aussi, c'est pourquoi, etc.***

→ Exemple : *Il a le droit de s'exprimer mais semble préférer l'obligation de se taire.*

Questionnement

1. Quels sont les noyaux verbaux ? De fait, quelles sont donc les propositions ?

2. Comment sont-elles liées ?

3. Le sens du texte : quel lien sémantique est ainsi signifié ?

Réponse

Les noyaux verbaux sont « a » et « semble ». Les propositions construites autour de ces deux noyaux sont « il a le droit de s'exprimer » et « semble préférer l'obligation de se taire ». Elles sont reliées par la conjonction de coordination « mais » qui rend compte d'une opposition : il s'agit donc de propositions coordonnées.

Interprétation du sens de l'énoncé à partir de l'analyse syntaxique

Ici on pourra plutôt parler d'un rapport sémantique mettant en avant une contradiction. On peut **commuter** ainsi le lien de coordination avec un autre de subordination « *Alors qu'*il a le droit de s'exprimer, il semble préférer l'obligation de se taire » mais la phrase garde davantage de sens avec « *bien que* » qui souligne la contradiction profonde : « *Bien qu'*il ait le droit de s'exprimer, il semble préférer l'obligation de se taire ». Grâce à cette substitution, on est assuré du sens. L'auteur marque ainsi, par la mise en parallèle syntaxique des deux propositions sur un même plan, sa critique de l'attitude du personnage qu'il décrit : il condamne de cette façon la passivité du personnage qui est d'accord pour subir la censure.

La subordination

Contrairement à la juxtaposition et à la coordination, la subordination situe les propositions sur des **plans syntaxiques différents ;** en effet, il existe un **lien de dépendance** entre la principale et la subordonnée, d'où leur nom ! Attention, une subordonnée peut aussi dépendre d'une autre subordonnée… On compte plusieurs **subordonnants** possibles et donc plusieurs types de subordonnées. Les exemples de cette partie de la leçon seront à tirer du dernier exercice d'appropriation proposé.

La proposition subordonnée relative

Définition : elle complète un nom qui s'appelle alors l'antécédent

Mot subordonnant : le pronom relatif (voir la fiche de révision sur les classes grammaticales)

Fonction : complément de l'antécédent

La proposition subordonnée conjonctive en que

Définition : elle est introduite par la conjonction de subordination « que »

Mot subordonnant : la conjonction de subordination « que »

Fonctions possibles : sujet, attribut du sujet, complément de l'adjectif, complément du nom, complément circonstanciel

La proposition subordonnée conjonctive circonstancielle

Définition : elle indique une circonstance – temps, cause, conséquence, but, comparaison, opposition, concession, condition, supposition – et peut être supprimée ou déplacée sans rendre la phrase incompréhensible.

Mots subordonnants : les conjonctions de subordination *quand, lorsque, avant que, depuis que, chaque fois que, puisque, sous prétexte que, non que, au point que, pour que, si… que, afin que, de peur de, de façon que, dans l'espoir que, autant que, moins que, comme, de même que, ainsi que, plus que, comme si, de même que si, quoique, bien que, encore que, quelque (+ adjectif) que, quand bien même, si, sauf si, selon que, à condition que, pour peu que, etc.*

Fonction : complément circonstanciel

La proposition subordonnée interrogative indirecte

Définition : elle répond indirectement à une question

Mot subordonnant : Mot interrogatif

Fonction : COD du verbe de la principale

Exercice d'application

Identifiez les natures et les fonctions des subordonnées.

- Viens me voir que je te parle.
- Je suis certaine que tu vas réussir.
- Il est loin le temps dont tu parles.
- Il se demande si demain il fera encore ce froid hivernal.
- Même si tu venais me chercher, je ne changerais pas d'avis.
- Que tu veuilles partir ne m'étonne guère.
- Si je l'avais vraiment voulu, je l'aurais fait.
- Vous ignorez encore comment cela finira.
- Elle est trop éloignée de ton monde pour que tu puisses espérer faire partie un jour du sien.
- On souhaite que vous changiez.
- Son plus grand désir est qu'ils unissent enfin leur famille.
- Il ne dit mot de crainte qu'on ne le reconnaisse.
- Nous ne savons pas lequel nous choisirons.
- Il est reparti comme il est venu.
- « Si grands que soient les rois, ils sont ce que nous sommes. » Corneille

➪ *Correction du test en fin d'ouvrage.*

16 La syntaxe des propositions subordonnées relatives

Principe fondamental déjà étudié : la syntaxe et la relation des subordonnées avec la principale

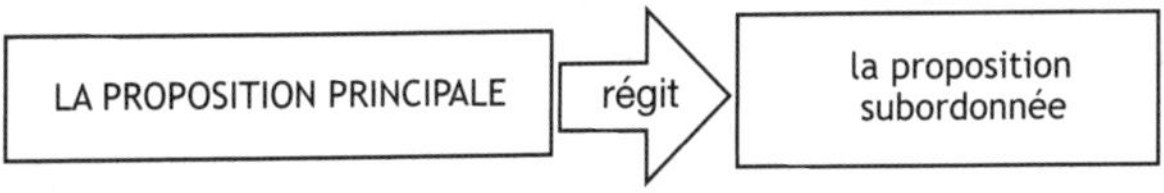

Rappel : Une subordonnée peut dépendre d'une autre subordonnée. Une principale peut avoir plusieurs subordonnées.

La structure des relatives

Principe général

Une proposition relative est introduite par un **pronom relatif** et **complète en général un nom** qui est appelé **antécédent**. Dans ce cas, elle est donc une **expansion du nom.** Cependant, l'antécédent n'est pas toujours un nom ! Il peut aussi être un **pronom**, un **adjectif** ou un **adverbe** *(Exemple : « Là où tu vas, je vais » : « où tu vas » est une proposition relative introduite par le pronom relatif « où » et qui a pour antécédent l'adverbe de lieu « Là »).* Dans tous les cas, la relative a pour fonction d'être **complément de l'antécédent**. Quand la relative n'a pas d'antécédent, elle est **substantive** et a souvent pour fonction d'être sujet (*Exemple : « Qui aime bien, châtie bien. » : « Qui aime bien » est une proposition relative substantive sujet).* La relative substantive peut occuper toutes les fonctions qu'aurait eues l'antécédent.

Nota bene : **Le pronom relatif a également une fonction à l'intérieur de la relative !**

La démarche à acquérir

→ Exemple : *La maison que nous habitons est inondable.*

- Phrase complexe composée de deux propositions : une principale et une proposition subordonnée relative.
- Proposition principale : la maison est inondable
- Proposition relative : que nous habitons
- Pronom relatif : que

- Antécédent : la maison
- Fonction de la relative : complément de l'antécédent « maison », expansion du nom « maison »
- Fonction du pronom dans la relative : il répond à la question « qu'habitons-nous ? » donc il est COD du verbe habiter.

Tableau récapitulatif

Fonctions	Relatifs
Sujet	qui, lequel, laquelle, lesquels, lesquelles
COD	que, lequel, laquelle, lesquels, lesquelles
COI / COS	qui, que, quoi, dont, auquel, duquel, à (de) laquelle, auxquels, desquels, auxquels, desquelles
Complément du nom	dont
Complément circonstanciel de lieu	où

Exercice

Écrivez sur un brouillon tous les pronoms relatifs que vous connaissez puis vérifiez vos connaissances grâce à la fiche sur la nature des mots.

→ Exemple : *Toi qui crois toujours tout, essaie d'avoir un peu d'esprit critique.*

Les questions à se poser :

1. Quel est le relatif ?
2. Quel nom reprend-il ?
3. Quelle fonction a-t-il dans la relative ?

Correction :

1. Le relatif est « qui ».
2. Il reprend le pronom personnel d'insistance « toi ».
3. Au sein de la relative, il est sujet car il répond à la question « Qui croit toujours tout ? »

Focus sur les relatives introduites par *dont, auquel, duquel*

Dont

Il joue le rôle d'un **complément prépositionnel introduit par *de*** et marque **l'appartenance** en remplaçant les formulations telles que de qui, duquel, de laquelle, desquels, desquelles, de quoi.

Il peut désigner un être animé.

- Exemple : *Œdipe, <u>dont des peintres comme Ingres, De Chirico et Bacon se sont inspirés</u>, est un des personnages les plus intéressants de la mythologie gréco-romaine.*

« dont » remplace le nom propre « Œdipe ». La relative est complément du nom Œdipe. On pourrait dire « duquel ». Dans la relative, « dont » a pour fonction d'être le COI du verbe « s'inspirer ».

Il peut aussi remplacer un inanimé.

- Exemple : *Bernard partageait ses pensées avec Lenina et critiquait le corps social <u>dont pourtant il faisait partie</u>, lui qui appartenait au groupe des Alphas.*

« dont » a pour antécédent le GN « corps social ». La relative est complément du GN « corps social » et « dont » le remplace dans la relative dans laquelle il est complément de la locution verbale « faire partie de ».

Duquel

Duquel est la **forme contractée** de « **lequel** » et de la préposition « **de** » et, la plupart du temps, il est un substitut de dont qui, comme lui, marque l'appartenance.

duquel = de lequel
desquelles = de lesquelles
desquels = de lesquels

- Exemple : *Le Père Noël était passé déposer un coffre splendide <u>duquel dépassaient des cadeaux.</u>*

« duquel » est le relatif et a pour antécédent le GN « un coffre splendide ». Il est le complément de ce groupe nominal. Au sein de la relative, il remplace le GN et est complément du verbe dépasser, on peut dire « les cadeaux dépassaient du coffre. »

Auquel

Auquel est la **forme contractée** de « **lequel** » et la préposition « **à** ».

auquel = à lequel
auxquels = à lesquels
auxquelles = à lesquelles

- Exemple : *Je ne suis plus d'accord avec les idées du groupe politique <u>auquel j'appartiens.</u>*

« auquel » a pour antécédent le GN « groupe politique ». La relative est une expansion de ce GN. Au sein de la relative, le relatif est COI du verbe appartenir.

Savoir distinguer les subordonnées conjonctives en que des relatives

La distinction est facile à faire si vous avez compris les éléments de leçon précédemment expliqués.

La **relative** est introduite par un **pronom relatif** qui **remplace** un **nom**, un **pronom** ou un **adverbe**. Cette relative **complète** ce nom, ce pronom ou cet adverbe auquel elle se rapporte.

La **conjonctive**, elle, est introduite par une **conjonction de subordination,** vide de sens, et qui **complète un verbe**.

→ Exemple : *La femme qu'elle dit qu'elle a appelée nous a confirmé sa venue hier.*

- Le premier « qu' » se rapporte au **GN** « femme » : il **complète donc un nom**, c'est un pronom relatif. Il introduit **la proposition relative** « qu'elle dit qu'elle a appelée » qui contient une autre proposition subordonnée. La relative est une **expansion du GN** « la femme ».
- Le second « qu' » dépend du **verbe** dire qui le précède. Il **complète un verbe.** C'est une **conjonction de subordination**. Ce « qu' » introduit donc une **proposition conjonctive** « qu'elle a appelée ». C'est une **conjonctive complétive** qui a pour fonction d'être COD du verbe dire.

Savoir transformer des phrases

*La **commutation** des relatives avec d'autres types d'expansions permet de vérifier leur nature et de percevoir le sens de l'énoncé. Vous pouvez relire la fiche sur la commutation si besoin est.*

Exercices de manipulation

1. **Relevez les propositions relatives et analysez-les comme dans les exemples de la leçon.**

   Jean-Michel Guenassia, dont nous parlions hier ensemble, a écrit un de mes romans préférés qui a pour titre *La valse du ciel et des étoiles* et dans lequel il imagine la vie du célèbre peintre Vincent Van Gogh.

2. **Remplacez les relatives de l'extrait du texte précédent (exercice 1) par des expansions du nom d'une autre nature et expliquez la distinction de sens ou d'effet qui en résulte.**

⇨ *Correction des exercices en fin d'ouvrage.*

La syntaxe de la négation et la syntaxe de l'interrogation

17

La syntaxe de la négation

Où placer la négation ?

Seul le verbe peut être encadré par une négation bien que celle-ci ne porte pas forcément sur lui. Quand le verbe est conjugué à un **temps composé**, la négation **encadre l'auxiliaire**. Quand il est à **l'infinitif**, la négation se place **devant** le verbe.

→ Exemples : *Il* ***ne*** ***ment*** ***jamais****. Il* ***n'a*** ***jamais*** *menti. On se doit de* ***ne pas*** ***mentir.***

Sur quel élément porte la négation ?

→ Exemple : *Virginie n'est pas partie vendredi.*

Que signifie cette phrase ? Virginie n'est pas partie du tout (**porte sur toute la phrase entière**) ? Virginie n'est pas partie vendredi mais elle est partie un autre jour (**porte sur le complément**) ? Ce n'est pas Virginie qui est partie mais Sophie (**porte sur le sujet**) ? Seul **le contexte** peut indiquer sur quel élément porte la négation.

« Ne » en corrélation avec un second terme.

L'**adverbe ne (ou n')** marque la négation avec :

- un pronom indéfini **aucun, personne, rien, nul**
  → Exemple : ***Personne ne*** *pense à moi. /* ***Aucun*** *de mes amis* ***ne*** *pense à moi.*
- un déterminant indéfini : **nul, aucun**
  → Exemple : ***Aucun*** *chien* ***n'****a été choisi.*
- un adverbe : **pas, guère, jamais, plus, point, etc.**
  → Exemple : *Il* ***n'****aime* ***pas*** *le lait. Il* ***n'****aimera* ***jamais*** *le lait. Il* ***n'****aime* ***guère*** *le lait. Il* ***n'****aime* ***plus*** *le lait. Il* ***n'****aime* ***point*** *le lait.*
- La conjonction de coordination **ni… ni**
  → Exemple : *Il* ***ne*** *vient* ***ni*** *en train* ***ni*** *en voiture.*

Cas particuliers

- Emploi de l'adverbe **ne seul**

On peut réduire la négation au seul mot ne.

→ Exemples : *Que **ne** s'est-il prononcé en faveur des mal-logés ce jour-là ! / On **ne** peut être d'accord avec ces méthodes.*

- Emploi d'un **antonyme**

→ Exemple : *Question « Samuel vient-il **chez nous** à Noël ? » Réponse : « Samuel ira **dans sa famille** à Noël. »*

Dans cet exemple, le deuxième locuteur répond de manière négative en changeant le complément de lieu sur lequel porte l'interrogation.

Piège en « ne… que » !

Ne… que n'est pas une négation mais marque la **restriction**.

→ Exemple : *Il **ne** vit **que** de la vente de ses fromages de chèvre.* = Il vit **uniquement** de la vente de ses fromages de chèvre.

La syntaxe de l'interrogation

L'interrogation directe

Pronom-sujet postposé

Quand le sujet est un pronom, il se place **après** le verbe suivi obligatoirement d'un **tiret**.

→ Exemple : ***Vient-elle** aujourd'hui ?*

Le pronom personnel de reprise

Quand le sujet est un **nom**, il est repris par un **pronom de la 3e personne** après le verbe.

→ Exemple : ***Julie** vient-**elle** aujourd'hui ?*

Le « t » euphonique

On ajoute un t entre le verbe (quand sa terminaison est **a** ou **e)** et le pronom-sujet de la **3e personne du singulier.** Attention les **tirets** sont obligatoires de chaque côté du t.

→ Exemple : *Viendr**a-t-elle** aujourd'hui ?*

Interrogation totale ou partielle ?

Quand on ne peut répondre que par oui ou par non à la question, on dit que c'est une interrogation totale. À l'inverse, quand on peut répondre sur un élément, on parle d'interrogation partielle.

→ Exemples : *As-tu vu la lune hier soir ?* = interrogation totale.
Qui as-tu vu hier soir ? = Interrogation partielle.

Les mots interrogatifs

Ils appartiennent à des types variés :

- les **pronoms interrogatifs** : qui, quoi, dont, où, lequel, auquel, que, quoi (avec préposition), etc.
- des **déterminants interrogatifs** : quel, quels, quelle, quelles, etc.
- des **adverbes interrogatifs** : quand, comment, combien, pourquoi, etc.

C'est sur eux que porte clairement l'interrogation.

→ Exemples : ***Quand*** *vient-elle ?* ***Qui*** *est venu ?* ***Quels amis*** *viendront ?* ***À quoi*** *penses-tu ?*

L'interrogation indirecte

Le style indirect

L'interrogation est alors posée dans un système syntaxique qui établit un lien de **subordination** entre une **proposition principale** dont le noyau est un verbe de questionnement ou de doute – demander, ignorer, ne pas savoir, vérifier, etc. – et une **proposition subordonnée interrogative indirecte**.

→ Exemple 1 : *Je te demande quand tu arriveras.* « Je te demande » est la proposition principale et « quand tu arriveras » est la proposition subordonnée interrogative indirecte. On peut dire : « Quand arriveras-tu ? »

→ Exemple 2 : *Elle ignore si tu dis la vérité sur cette affaire.* « Elle ignore » est la proposition principale, « si tu dis la vérité » est la subordonnée. On peut dire : « Dis tu la vérité ? »

Quel est ce « où » ?

« Où » peut être pronom relatif et renvoyer à un nom qu'il complète mais il peut aussi être pronom interrogatif et introduire une interrogative directe ou indirecte.

→ Exemple 1 : *Le lieu* ***où*** *ils vont est dangereux.* « où ils vont » est une proposition subordonnée **relative** qui complète le nom lieu. « Où » est donc un **pronom relatif.**

→ Exemple 2 : *Ils ne savent pas encore* ***où*** *ils vont mettre les pieds.* « où ils vont mettre les pieds » dépend du verbe « savoir », il s'agit donc d'une proposition subordonnée. On peut dire « Où vont-ils mettre les pieds ? Ils ne le savent pas encore. » C'est donc une **interrogation**. Où est donc un **pronom interrogatif** qui introduit une **proposition subordonnée interrogative indirecte**.

18 Les modes de néologie : dérivation, composition, emprunt

La dérivation

La dérivation permet d'obtenir des mots de la **même famille** autour d'un **radical** grâce à l'ajout d'un **préfixe** (fixé **avant** le radical) ou/et d'un **suffixe** (fixé **après** le radical).

→ Exemple : *« chron » vient de Cronos en grec ancien et signifie le temps.*

Quatre mots dérivés de ce radical :

- *une chronique* : « chron » radical + « ique » suffixe (= récit qui suit l'ordre chronologique)
- *synchrone* : « syn » préfixe signifiant « en même temps » en grec + « chron » radical (= qui se fait en même temps)
- *un anachronisme* : « ana » préfixe + « chron » radical + « isme » suffixe (= confusion entre les périodes)
- *une uchronie* : « u » préfixe provenant de « ou » en grec qui signifie « non » + radical « chron » + suffixe « ie » (= récit imaginaire de l'Histoire telle qu'elle aurait pu se dérouler)

La composition

Ce principe de formation de nouveaux mots repose sur **l'association de deux constituants** tels que des **mots** déjà existants dans la langue française ou bien des **racines d'origine gréco-latine**.

1. Les trois constitutions de mots composés de deux mots existants.

→ Exemples :

– *un garde-malade* : mot composé de deux mots liés par un **tiret**
– *une bande dessinée* : mot composé de deux mots liés **sans tiret**
– *moyenâgeux* : mot composé de deux mots **attachés**

2. Constitution de mots constitués de racines gréco-latines.

→ Exemples :
– *cancérigène* : latin « cancer » « crabe » + grec « genos » « gène »
– *antibiotique* : latin « anti » « contre » + grec « biotikos » « vie »
– *cartographe* : latin « charta » « carte » + grec « graphos » « écrire »

L'emprunt

La langue française a **majoritairement** emprunté au **grec** et au **latin** : ce qui signifie que des termes latins et grecs sont devenus – tels quels – des termes français.

→ Exemples : *barbare (barbaros en grec), catastrophe (catatrophe en grec), généalogie (genealogia en grec), a fortiori (en latin signifie à plus forte raison), etc.*

Le français possède également d'autres mots qu'il a empruntés à d'autres langues.

→ Exemples : *sérénade (italien), boléro (espagnol), slalom (norvégien), etc.*

De nos jours, les emprunts sont de plus en plus d'origine anglo-saxonne.

→ Exemples : *barbecue, miss, vintage, email, etc.*

Exercices

1. **Donnez des mots dérivés du radical latin « audio » signifiant « écouter, entendre ».**

2. **Expliquez la composition des mots :**
mammectomie • thalassothérapie • cryptogramme • calorifère • phonographe • somnambule.

3. **Cherchez l'origine des mots suivants :**
cataclysme • hôpital • timing • âcre • eldorado • légal • blasphème • master • alter ego • pharmacie • kayak • thorax • tragédie • cavalier.

⇨ *Correction des exercices en fin d'ouvrage.*

19 Les relations lexicales : synonymie, antonymie, hypéronymie

Synonymie

« Synonymie » vient de deux mots grecs : « syn » (« avec ») et « onoma » (« le mot ») : étymologiquement, c'est donc « un mot qui va avec un autre mot ». Deux mots qui ont un **sens similaire** sont synonymes. Ils sont de la même classe grammaticale. Cependant, les mots, même synonymes, restent différents, soit par leur **niveau de langue**, soit par les **nuances** qu'ils apportent. On a recours à la synonymie pour **apporter une précision** dans le propos tenu ou pour **éviter une répétition**.

Exemple

Le mot intelligent, qui signifie capable de réfléchir, a pour synonymes les mots suivants, qui en même temps ont chacun un sens propre :

- perspicace = qui comprend des choses complexes
- subtil = fin d'esprit
- malin = astucieux, rusé
- spirituel = qui manie les idées avec finesse
- pétillant = vif

On constate la difficulté de formuler clairement les sens particuliers de chacun des synonymes. Tous apportent une information supplémentaire ou plutôt différente du mot initial « intelligent ». Les synonymes se ressemblent mais ne sont jamais tout à fait identiques.

Antonymie

« Antonymie » vient de deux mots grecs : « anti » (« contre ») et « onoma » (« le mot ») : étymologiquement un antonyme est « un mot qui s'oppose à un autre ». Deux mots qui ont un **sens opposé** sont antonymes. Ils sont de la même classe grammaticale. Les antonymes peuvent être créés à partir des **préfixes** tels que « a », « dé », « in », etc. On utilise les antonymes pour **créer des effets de style** grâce à des figures de style comme **l'antithèse** et **la litote**. On peut aussi employer un antonyme pour **éviter la tournure négative**.

Exemples

- obéir / <u>dés</u>obéir (préfixe en dé)
- supportable / <u>in</u>supportable (préfixe en in)
- « Cette **obscure clarté** qui tombe des étoiles » (Corneille, *Le Cid*, Rodrigue) : **antithèse** célèbre créée grâce au groupe nominal qui réunit des termes antithétiques : l'adjectif « obscure » et le nom « clarté ».
- « Va, je ne te hais point. » (Corneille, *Le Cid*, Chimène) : **litote** par laquelle Chimène avoue à mots couverts son amour à Rodrigue, elle utilise **l'antonyme d'aimer** dans une tournure négative.
- « **Elle a vécu,** Myrto, la jeune Tarentine ! / Un vaisseau la portait aux bords de Camarine… » (Chénier, *Élégies*) : **litote** (cf. l'explication de ce texte dans l'Objet d'étude Poésie) que Chénier emploie pour dire la mort. Il utilise **l'antonyme de mourir**, le verbe vivre, mais au passé composé qui marque le temps révolu.

Hypéronymie

« Hyperonymie » vient de deux mots grecs : « hyper » (« au-dessus ») et « onoma » (« le mot »). Son antonyme est **l'hyponymie** qui vient également du grec « hypo » (« en-dessous ») et « onoma » (« le mot »). Ces deux termes établissent une hiérarchisation entre les mots : dans le rapport d'hyperonymie, le mot hyperonyme **englobe les autres mots** car il a un **sens plus général**. Les hyponymes ont des sens **plus spécifiques** que le sens plus large de l'hyperonyme.

Exemple

Hyperonyme : le chat

Hyponymes : le persan, le siamois, le chartreux, le mandarin, le savannah

Exercice

> La première fois qu'Aurélien vit Bérénice, il la trouva <u>franchement</u> **laide**. Elle lui **déplut**, enfin. Il n'aima pas comment elle était habillée. Une étoffe qu'il n'aurait pas choisie. Il avait des idées sur les étoffes. Une étoffe qu'il avait vue sur plusieurs femmes. Cela lui fit mal augurer de celle-ci qui portait un nom de princesse d'Orient sans avoir l'air de <u>se considérer</u> dans <u>l'obligation</u> d'avoir du goût. Ses cheveux étaient **ternes** ce jour-là, mal tenus. Les cheveux coupés, ça demande des soins constants.
>
> Aragon, *Aurélien*, Incipit

Questions sur le texte :

- Donnez le **synonyme** le plus approprié pour chaque mot souligné et justifiez.
- Quel verbe pourrait remplacer « augurer » ?
- Quels seraient les **antonymes** des mots **en gras** ?
- Quel est **l'hyperonyme** du mot « étoffe » ?
- Quels pourraient être les **hyponymes** du mot « soin » ?

⇨ *Correction de l'exercice en fin d'ouvrage.*

Les registres de langue : familier, courant et soutenu

20

Définitions

- Les **registres de langues** permettent d'exprimer des choses similaires sur des tons différents, correspondant à des situations particulières ou à des effets voulus par les auteurs.
  → Un bouquin (familier) / un livre (courant) / un ouvrage (soutenu).
- Le **registre familier** utilise un **vocabulaire très cru**, **argotique**, voire **grossier**. La fin d'un mot peut être coupée ou modifiée. (« cantoche » pour « cantine »). La **syntaxe** est souvent **irrégulière**, **déformant** en général **les règles grammaticales**.
- Le **registre courant** se reconnaît par élimination : **ni familier**, **ni soutenu**, il utilise une **syntaxe** et un **vocabulaire corrects**, sans recherche ni vulgarité particulière.
- Le **registre soutenu** utilise au contraire un **vocabulaire très recherché**, **précis** et **élégant**. La **syntaxe** est **travaillée**, faisant la part belle aux phrases complexes, aux tournures inversées et aux subjonctifs imparfaits.

Effets sur le lecteur

Dans un texte littéraire le **registre familier** est le fruit d'un choix de l'auteur pour faire rire ou pour choquer. Dans la mesure où il est empreint d'oralité, il sert aussi à faire exister une certaine proximité entre l'auteur et son lecteur. Enfin, dans un texte réaliste ou naturaliste, il est utilisé pour rendre compte d'un langage populaire ou régional précis.

Le **registre courant** n'a pas d'effet particulier en soi, puisqu'il est usuel. C'est davantage son absence qui est significative.

Le **registre soutenu** donne à un texte une certaine solennité et une perfection formelle que l'on retrouve particulièrement dans les textes classiques, mais pas seulement.

Exemples

Dans *Gargantua* (1534), Rabelais nous décrit les activités matinales de son héros, en utilisant un **langage familier** et grossier afin de donner un ton cru et comique à sa description :

> « Puis fientait, pissait, rendait sa gorge, rotait, pétait, baillait, crachait, toussait, sanglotait, éternuait et se morvait en archidiacre, et déjeunait pour abattre la rosée et mauvais air : belles tripes frites, belles carbonnades, beaux jambons, belles cabirotades, et force soupes de prime. »

Dans son *Traité d'éducation des filles* (1687), Fénelon expose ses principes pédagogiques à travers un **registre soutenu**. Le vocabulaire et les tournures soignées qu'il emploie révèlent un souci de perfection dans la forme, tout à fait propre à son époque :

> « Ne prenez jamais sans une extrême nécessité un air austère et impérieux qui fait trembler les enfants ; souvent c'est affectation et pédanterie dans ceux qui gouvernent[1] : car, pour les enfants, ils ne sont d'ordinaire que trop timides et honteux. Vous leur fermeriez le cœur et leur ôteriez la confiance, sans laquelle il n'y a nul fruit à espérer de l'éducation. Faites-vous aimer d'eux, qu'ils soient libres avec vous, et qu'ils ne craignent point de vous laisser voir leurs défauts. Pour y réussir, soyez indulgent à ceux qui ne se déguisent point devant vous[2]. »

1. « Ceux qui gouvernent » : les professeurs, les précepteurs.
2. « Ne se déguisent point devant vous » : ne vous mentent pas.

Types de textes : narratif, descriptif

21

Définitions

- Un **texte narratif** a pour principale mission de faire avancer un récit, en racontant un enchaînement d'événements. On l'identifie notamment par la présence de **passés simples**, de **présents de narration**, de **verbes d'action** ; par des **indicateurs de temps** (tout à coup ; ce matin-là...)
- Un **texte descriptif** a pour principale mission de planter un décor, une ambiance, de dresser un portrait. Il est identifiable par la présence de **nombreux imparfaits**, de **verbes d'état**, par l'utilisation d'un **lexique fouillé**, avec des termes concrets pour décrire un personnage, un lieu...

Effets sur le lecteur

Un **texte narratif** ayant pour but de faire avancer un récit, il doit normalement tenir en haleine le lecteur et exciter sa curiosité.

Un **texte descriptif** crée une pause dans le récit en permettant d'en préciser les cadres. Il donne des informations concrètes, mais peut aussi susciter l'émotion du lecteur si l'auteur n'adopte pas une tonalité neutre pour sa description. Il fait ainsi écho aux passages narratifs qui le suivent ou le précèdent.

Exemples

Dans *Les Misérables* (1862) Victor Hugo décrit avec des termes volontairement effrayants une forêt dans laquelle doit marcher la petite Cosette pour aller puiser l'eau. Le premier paragraphe cité ci-dessous est de type **descriptif** et prépare le suivant qui est **narratif**. L'auteur veut nous faire partager la peur de l'enfant, et nous émouvoir sur son triste sort.

> « Le bois **était ténébreux**, sans aucun **froissement de feuilles**, sans aucune de ces **vagues et fraîches lueurs de l'été**. De **grands branchages** s'y **dressaient** affreusement. [...] Les **ronces se tordaient** comme de **longs bras armés de griffes** cherchant à prendre des proies. Quelques **bruyères sèches**, chassées par le vent, passaient rapidement et **avaient l'air** de s'enfuir avec épouvante devant quelque chose qui **arrivait**. De tous côtés il y avait des **étendues lugubres**.

[...]

Alors, par une sorte d'instinct, pour sortir de cet état singulier, qu'elle ne comprenait pas, mais qui l'effrayait, elle **se mit** à compter à haute voix un, deux, trois, quatre, jusqu'à dix, et, quand elle eut fini, elle **recommença**. Cela lui **rendit** la perception vraie des choses qui l'entouraient. Elle **sentit** le froid à ses mains qu'elle avait mouillées en puisant de l'eau. Elle **se leva**. La peur lui était revenue, une peur naturelle et insurmontable. Elle n'**eut** plus qu'une pensée, s'enfuir [...] »

La situation d'énonciation 22

Définitions

- L'**énoncé** constitue le message essentiel d'un texte, quelle que soit sa teneur.
- La **situation d'énonciation** regroupe l'ensemble des informations qui renseignent le lecteur sur les conditions dans lesquelles l'énoncé est produit : le **locuteur** (celui qui s'exprime), le **destinataire** (celui à qui il s'adresse), le **lieu** (où est écrit le texte ; où se passe l'action), le **temps** (à quelle époque, quel jour, à quelle heure...), le **sujet traité**. Autrement dit, il s'agit de la réponse aux questions suivantes : Qui parle ? À qui ? Où ? Quand ? De quoi parle-t-il ?
- Il est prudent de repérer et de distinguer **la situation d'énonciation d'un passage étudié**, de **celle de l'œuvre entière**. Si l'ouvrage est une fiction, et non un recueil de lettres, une autobiographie ou un essai, il y a **deux niveaux de situation d'énonciation** : dans un extrait, le locuteur n'est pas nécessairement l'auteur, l'époque dans laquelle il place ses personnages n'est pas forcément la sienne, etc.

Effets sur le lecteur

La compréhension de la **situation d'énonciation** permet au lecteur de saisir précisément les intentions de l'auteur et le contexte dans lequel une œuvre est écrite. Dans le cas d'une fiction, cela fait saisir avec justesse l'univers que l'écrivain a voulu créer, et évite au lecteur de commettre des erreurs d'interprétation.

Exemples

Dans le *Discours préliminaire* de L'*Encyclopédie* (1751) D'Alembert présente le gigantesque travail que représente l'ouvrage. L'extrait suivant se rattache au genre littéraire de l'essai. La **situation d'énonciation** y est très simple : Diderot s'adresse à ses lecteurs, dans la France du XVIIIe siècle et traite des métiers manuels auxquels il entend faire une belle part :

> « Les arts mécaniques, dépendants d'une opération manuelle, et asservis, qu'on me permette ce terme, à une espèce de routine, ont été abandonnés à ceux d'entre les hommes que les préjugés ont placés dans la classe la plus inférieure. L'indigence qui a forcé ces hommes à

s'appliquer à un pareil travail, plus souvent que le goût et le génie ne les y ont entraînés, est devenue ensuite une raison pour les mépriser, tant elle nuit à tout ce qui l'accompagne. [...] Cependant l'avantage que les arts libéraux ont sur les arts mécaniques [...] est suffisamment compensé par l'utilité bien supérieure que ces derniers nous procurent pour la plupart. »

Dans l'extrait qui suit des *Lettres persanes* (1721) de Montesquieu (Lettre 37), Usbek écrit depuis Paris à son ami Ibben resté en Perse, pour lui présenter le roi de France. La lettre est datée de 1713. Voilà la situation d'énonciation du passage cité. Néanmoins, pour en saisir toute la saveur, il faut également se rappeler la situation d'énonciation de l'œuvre entière : c'est le philosophe Montesquieu qui, à travers son roman épistolaire, s'adresse implicitement à des lecteurs français pour émettre, dans le cas présent, des critiques sur Louis XIV. L'écriture réelle du texte est vraisemblablement à situer entre la date fictive et la date de publication.

« Le roi de France est vieux. Nous n'avons point d'exemple dans nos histoires d'un monarque qui ait si longtemps régné. On dit qu'il possède à un très haut degré le talent de se faire obéir : il gouverne avec le même génie sa famille, sa Cour, son État. [...]
J'ai étudié son caractère et j'y ai trouvé des contradictions qu'il m'est impossible de résoudre. Par exemple, il a un ministre qui n'a que dix-huit ans, et une maîtresse qui en a quatre-vingts ; il aime sa religion, et il ne peut souffrir ceux qui disent qu'il la faut observer à la rigueur ; [...] il n'est occupé, depuis le matin jusques au soir, qu'à faire parler de lui [...]. »

Points de vue ou focalisations 23

Définitions

- Le **point de vue interne** (ou focalisation interne) est un procédé consistant à décrire une situation, un objet, ou un personnage à travers les yeux d'un observateur particulier. La description est donc limitée et subjective.
- Le **point de vue externe** (ou focalisation externe) consiste à décrire une situation, un objet ou un personnage à travers un regard qui pourrait être celui d'un appareil photo, c'est-à-dire que l'on a seulement accès aux apparences, et non aux pensées du ou des personnages décrits, encore moins à ce qui a précédé.
- Le **point de vue omniscient** (ou focalisation zéro) décrit les situations, les personnages et les objets avec le regard d'un narrateur qui sait tout : passé, avenir, pensées des uns et des autres…

Effets sur le lecteur

Le **point de vue interne** permet d'entrer dans la **pensée d'un personnage**, dont le lecteur peut alors **se sentir plus proche**. Il se retrouve souvent dans les romans d'apprentissage, qui dévoilent une vision du monde s'élargissant au rythme des découvertes et réflexions du héros.

Le **point de vue externe** est empreint d'une certaine neutralité. Il peut permettre des effets de suspens et de mystère, par exemple si l'auteur choisit de nous présenter son héros en nous le montrant d'abord vivre pendant quelques pages, sans nous donner aucune information sur son identité, son passé, ses états d'âme…

Le **point de vue omniscient** est très utilisé par les romanciers réalistes ou naturalistes, car il permet de décortiquer tous les aspects d'une situation : passé, intentions, états d'esprit des personnages, etc. Le réel peut ainsi être présenté avec une grande exhaustivité, conformément aux principes esthétiques du réalisme et du naturalisme.

Exemples

Dans l'extrait suivant de *Madame Bovary* (1857), Flaubert utilise le **point de vue interne** à deux reprises pour montrer l'incompréhension absolue qui existe entre les époux Bovary. Dans les deux premiers paragraphes, il décrit Charles à travers les yeux d'Emma, son épouse ; et dans les deux suivants, il décrit Emma à travers les yeux de Charles. Le contraste est saisissant !

> « La conversation de Charles était plate comme un trottoir de rue, et les idées de tout le monde y défilaient dans leur costume ordinaire, sans exciter d'émotion, de rire ou de rêverie. [...] Il ne savait ni nager, ni faire des armes, ni tirer au pistolet, et il ne put, un jour, lui expliquer un terme d'équitation qu'elle avait rencontré dans un roman.
> Un homme, au contraire, ne devait-il pas, tout connaître, exceller en des activités multiples, vous initier aux énergies de la passion, aux raffinements de la vie, à tous les mystères ? Mais il n'enseignait rien celui-là, ne savait rien, ne souhaitait rien. [...]
> Elle dessinait quelquefois ; et c'était pour Charles un grand amusement que de rester là, tout debout, à la regarder penchée sur son carton, clignant des yeux afin de mieux voir son ouvrage, ou arrondissant, sur son pouce, des boulettes de mie de pain. Quant au piano, plus les doigts y couraient vite, plus il s'émerveillait. [...]
> Charles finissait par s'estimer davantage de ce qu'il possédait une telle femme. Il montrait avec orgueil, dans la salle, deux petits croquis d'elle, à la mine de plomb [...]. »

Dans sa volonté d'exhaustivité, Zola décrit le plus souvent les situations et les personnages avec un **point de vue omniscient**, permettant au lecteur de connaître un grand nombre d'informations, comme par exemple ici, dans *Thérèse Raquin* (1867), la petite enfance de son héroïne :

> « Thérèse allait avoir dix-huit ans. Un jour, seize années auparavant, lorsque Mme Raquin était encore mercière, son frère, le capitaine Degans, lui apporta une petite fille dans ses bras. Il arrivait d'Algérie.
> — Voici une enfant dont tu es la tante, lui dit-il avec un sourire. Sa mère est morte... Moi je ne sais qu'en faire. Je te la donne.
> La mercière prit l'enfant, lui sourit, baisa ses joues roses. Degans resta huit jours à Vernon. Sa sœur l'interrogea à peine sur cette fille qu'il lui donnait. Elle sut vaguement que la chère petite était née à Oran et qu'elle avait pour mère une indigène d'une grande beauté. Le capitaine, une heure avant son départ, lui remit un acte de naissance dans lequel Thérèse, reconnue par lui, portait son nom. Il partit, et on ne le revit plus ; quelques années plus tard, il se fit tuer en Afrique. »

Les registres lyrique et pathétique 24

Définitions

Le **registre lyrique** – ou la tonalité lyrique – réside dans l'expression exaltée des sentiments personnels. Il repose principalement sur les **champs lexicaux** de **sentiments** (joie, tristesse, amour, rancœur...) et sur l'utilisation de la **première personne**. L'exaltation peut être manifestée par des **figures d'intensité** (hyperboles...), des **interjections**, des **exclamations**, ou encore par des **métaphores**.

Effets sur le lecteur

Le registre lyrique vise à émouvoir le lecteur en lui faisant sentir ce que ressent le poète ou le personnage qui parle. C'est le chant du « moi » profond qui veut faire partager à son lecteur les émotions qu'il vit intérieurement et exprime avec force.

Exemple

Dans l'extrait suivant du « Lac » de Lamartine (*Les Méditations*, 1820), le poète s'épanche sur ses amours passées. Le **lyrisme** est créé ici par les exclamations et interjections manifestant le sentiment d'impuissance du poète face au temps qui passe. Il rappelle aussi le bonheur qu'il a connu jadis, et la tristesse qui l'étreint à présent. La première personne est importante aussi dans ce passage : au pluriel, elle désigne les deux amants ; au singulier, elle désigne le poète resté seul après la mort de la femme aimée.

> « **Ô temps !** Suspends ton vol, et **vous**, **heures propices !**
> Suspendez votre cours :
> Laissez-**nous** savourer les rapides **délices**
> **Des plus beaux de nos jours !**
> [...]
> Mais **je** demande en vain quelques moments encore,
> Le temps **m'**échappe et fuit ;
> **Je** dis à cette nuit : Sois plus lente ; et l'aurore
> Va dissiper la nuit.
> [...]
> Temps jaloux, se peut-il que ces moments d'**ivresse**,
> Où l'amour à longs flots nous verse le **bonheur**,
> S'envole loin de nous de la même vitesse
> Que les jours de **malheur** ? »

Définitions

> Le **registre pathétique** – ou la tonalité pathétique – crée une insistance sur la souffrance des personnages. Voici des procédés stylistiques qui le font émerger : **champ lexical** de la **souffrance**, des **sensations** ; **apostrophes**. On peut aussi trouver des images à tonalité pathétiques, dessinées par des métaphores, synecdoques…

Le registre pathétique a pour but de faire naître la compassion du spectateur par rapport à la souffrance des personnages. Proche du tragique et du lyrique, on peut le retrouver aussi bien dans les tragédies classiques, pour accentuer la pitié du spectateur à l'égard des personnages, que dans la poésie romantique, où il renforce l'éventuelle expression de souffrance du poète.

Exemple

Dans le poème « La maison du Berger » (*Les Destinées*, 1844), Alfred de Vigny, sous prétexte d'inviter une femme à le suivre loin de la ville, écrit une longue plainte au ton **pathétique**, dans laquelle il s'épanche sur le mal-être que lui cause la vie en société. La deuxième strophe file la métaphore d'un prisonnier aux galères, assimilant sa douleur à celle que vit le poète, enfermé dans la vie mondaine. En voici un extrait :

« Si ton cœur, **gémissant** du poids de notre vie,
Se traîne et **se débat** comme un aigle **blessé**,
Portant comme le mien, sur son aile **asservie**,
Tout un monde **fatal**, **écrasant** et **glacé** ;
S'il ne bat qu'en **saignant** par sa **plaie immortelle**,
S'il ne voit plus l'amour, son étoile fidèle,
Éclairer pour lui seul l'horizon effacé ;
Si ton âme **enchaînée**, ainsi que l'est mon âme,
Lasse de son **boulet** et de son **pain amer**,
Sur sa **galère** en deuil laisse tomber la rame,
Penche sa **tête pâle** et **pleure** sur la mer,
Et, cherchant dans les flots une route inconnue,
Y voit, en **frissonnant**, sur son épaule nue
La lettre sociale écrite avec le **fer**[1]. »

1. Allusion au fer rouge qui marquait les galériens.

Les registres polémique et satirique

25

Définition

Le **registre polémique** – ou tonalité polémique – regroupe l'ensemble des procédés stylistiques qui donnent à un texte le ton d'une attaque en règle contre une idée, un point de vue ou une personne.

On y retrouve généralement les procédés suivants : **champs lexicaux** de l'**indignation** et de la **dévalorisation** ; **apostrophes** et **exclamations** ; **utilisation de la première personne** ; **figures d'opposition** (antithèses...).

Effets sur le lecteur

Le registre polémique a pour but de discréditer l'idée ou la personne qui est attaquée, en suscitant l'indignation, la colère, et bien sûr en emportant l'adhésion du lecteur. Les apostrophes et exclamations servent à échauffer les esprits tandis que l'utilisation de la première personne implique directement l'auteur dans son discours, afin de galvaniser les lecteurs ou les auditeurs. Enfin, les figures d'opposition visent à mettre sous les yeux de la personne qui lit des contradictions telles dans la thèse qui est attaquée, qu'elle en devient insoutenable.

Exemple

Dans l'article « Superstition » du *Dictionnaire philosophique* (1764), Voltaire attaque violemment, et très efficacement, tout ce qui dans les pratiques religieuses cautionne l'hypocrisie et s'éloigne de l'idée de justice :

> « Presque tout ce qui va au-delà de l'adoration d'un Être suprême et de la soumission du cœur à ses ordres éternels est superstition. C'en est une très dangereuse que le pardon des crimes attaché à certaines cérémonies.
> [...]
> Vous pensez que Dieu oubliera votre homicide si vous vous baignez dans un fleuve, si vous immolez une brebis noire, et si on prononce sur vous des paroles. Un second homicide vous sera donc pardonné au même prix, et ainsi un troisième, et cent meurtres ne vous coûteront que cent brebis noires et cent ablutions ! Faites mieux, misérables humains : point de meurtres et point de brebis noires.
> Quelle infâme idée d'imaginer qu'un prêtre d'Isis et de Cybèle, en jouant des cymbales et des castagnettes, vous réconciliera avec la Divinité ! Et qu'est-il donc ce prêtre de Cybèle, cet eunuque errant qui

vit de vos faiblesses, pour s'établir médiateur entre le ciel et vous ? Quelles patentes[1] a-t-il reçues de Dieu ? Il reçoit de l'argent de vous pour marmotter des paroles, et vous pensez que l'Être des êtres ratifie les paroles de ce charlatan ? »

Définition

- Le **registre satirique** (ou la tonalité satirique), voisin de l'ironie, donne à un texte le ton d'une moquerie visant les travers et les contradictions ridicules d'une personne ou d'un groupe social.
- Il repose sur les procédés suivants : **gradations** et **hyperboles**, **exclamations**, **lexique dévalorisant**, **distorsions**[1].

Effets sur le lecteur

Le registre satirique fait sourire le lecteur aux dépens de la ou des personnes qui sont visées. Les différents procédés sur lesquels il repose permettent d'exprimer une fausse naïveté ou une caricature qui grossit les défauts fustigés. Par-delà le rire qui est suscité peut naître une réflexion critique et philosophique.

Exemple

Dans son *Histoire des oracles* (1686), Fontenelle s'amuse à ridiculiser la facilité avec laquelle les hommes s'accommodent du merveilleux, sans toujours chercher à raisonner avec prudence. L'histoire racontée dans l'extrait suivant met en lumière l'importance de la rationalité qui peut éviter bien des erreurs de jugements... On y retrouve beaucoup de distorsions, des exclamations et quelques termes dévalorisants.

> « En 1593, le bruit courut que, les dents étant tombées à un enfant de Silésie âgé de sept ans, il lui en était venu une d'or à la place d'une de ses grosses dents. Hortsius, professeur en médecine dans l'université de Helmstad, écrivit en 1595 l'histoire de cette dent, et **prétendit** qu'elle était en partie naturelle, en partie miraculeuse, et **qu'elle avait été envoyée de Dieu à cet enfant pour consoler les chrétiens affligés par les Turcs ! Figurez-vous quelle consolation, et quel rapport de cette dent aux chrétiens ni aux Turcs ! En la même année, afin que cette dent d'or ne manquât pas d'historiens, Rullendus en écrit encore l'histoire**. [...] **Il ne manquait autre chose à tant de beaux ouvrages, sinon qu'il fût vrai que la dent était en or**. Quand l'orfèvre l'eût examinée, il se trouva que c'était une feuille d'or appliquée à la dent, avec beaucoup d'adresse : mais on commença par faire des livres, et puis l'on consulta l'orfèvre. [...] Cela veut dire que, non seulement **nous n'avons pas les principes qui mènent au vrai**, mais que nous en avons d'autres **qui s'accommodent très bien avec le faux**. »

1. Patente : Lettre de noblesse, lettre de nomination → envoi en mission.

L'ironie 26

Définition

L'**ironie** consiste à dire le contraire de ce que l'on veut suggérer. Cela permet de tourner en dérision quelqu'un ou quelque chose en créant une complicité implicite avec le lecteur.

Elle repose essentiellement sur des procédés comme les **antiphrases** et les **euphémismes**.

Effets sur le lecteur

L'ironie a généralement un effet **comique**. Elle nourrit parfois un bon mot au ton badin et léger ; mais dans un texte littéraire, le sourire qui en découle sert plus souvent à **dénoncer**, à **dénigrer** un adversaire ou une idée. Ses effets de **décalage** et de **distorsion** en ont fait **« l'arme » favorite des auteurs des Lumières.**

Exemple

L'article « Torture » du *Dictionnaire philosophique* (1764) de Voltaire nous offre de beaux exemples d'ironie. Dans l'extrait qui suit se retrouvent surtout des euphémismes qui ont pour but de choquer en montrant le peu de cas qui est fait de la torture.

> « Le grave magistrat qui a acheté pour quelque argent le droit de **faire ces expériences**[1] **sur son prochain**, va conter à dîner à sa femme ce qui s'est passé le matin. La première fois madame en a été révoltée, à la seconde elle y a pris goût, parce qu'après tout **les femmes sont curieuses** ; et ensuite la première chose qu'elle lui dit lorsqu'il rentre en robe chez lui : « **Mon petit cœur, n'avez-vous fait donner aujourd'hui la question à personne ?** »
> Les Français, qui passent, je ne sais pourquoi, pour un peuple fort humain, s'étonnent que les Anglais, qui ont eu l'inhumanité de nous prendre tout le Canada, aient renoncé au **plaisir de donner la question**. »

1. Ces expériences : torture d'un être humain.

27 Le registre épidictique : l'éloge et le blâme

Définition

- Le **registre épidictique** regroupe tout ce qui forme l'éloge et le blâme. Partie intégrante de la rhétorique, le registre épidictique était enseigné et pratiqué dès l'Antiquité.
- L'**éloge** se retrouve dans les panégyriques, dans la littérature hagiographique, dans les oraisons funèbres… Le **blâme** apparaît dans les pamphlets et toutes sortes de littératures dont le but est de dénigrer un personnage ou sa politique.
- L'éloge et le blâme reposent sur le même type de procédés, utilisés de façon opposée : **champs lexicaux, mélioratifs** pour l'éloge, **dépréciatifs** pour le blâme ; **figures d'intensité, figures d'analogies, énumérations, exclamations**. Dans le cas de l'**éloge**, toutes ces figures sont **flatteuses** ; elles visent à **gonfler le prestige et la grandeur de la personne louée**. Au contraire, pour le **blâme**, elles sont toutes **infamantes** et construisent un **portrait abominable du personnage blâmé**.

Effets sur le lecteur

Le registre épidictique livre le lecteur à la subjectivité forte et assumée de l'auteur. Il est davantage fait appel à son émotion qu'à sa raison, afin de susciter rapidement un enthousiasme ou un dégoût tout aussi marqué que celui de l'auteur.

Exemple

Dans *Les Caractères* (1688), La Bruyère dresse le portrait d'un homme rendu odieux par l'assurance que lui donne sa richesse. À travers ce personnage de Giton, l'auteur **blâme** sévèrement la vanité et la suffisance :

> « Giton a le teint frais [...]. Il fait répéter celui qui l'entretient et il ne goûte que médiocrement ce qu'il lui dit. [...] Il interrompt, il redresse ceux qui ont la parole : on ne l'interrompt pas ; on l'écoute aussi longtemps qu'il veut parler ; on est de son avis ; on croit les nouvelles qu'il débite. [...] Il est enjoué, grand rieur, impatient, présomptueux, colère, libertin, politique, mystérieux sur les affaires du temps : il se croit des talents et de l'esprit. Il est riche. »

Dans *Les Aventures de Télémaque*, Fénelon fait prononcer à Mentor un **discours élogieux** au sujet d'un certain Aristodème, suggérant ainsi aux Crétois d'en faire leur roi. Dans l'extrait qui suit sont exaltées les vertus de travail, de courage, d'honnêteté, d'humilité, de frugalité, etc. :

> « Il vit gaiement dans un endroit écarté de l'île, où il cultive son champ de ses propres mains. Un de ses fils travaille avec lui. Ils s'aiment tendrement. Ils sont heureux. Par leur frugalité et par leur travail, ils se sont mis dans l'abondance des choses nécessaires à une vie simple. [...] Vous avez au milieu de vous un homme [...] qui sait la guerre, qui a montré son courage non seulement contre les flèches et contre les dards, mais contre l'affreuse pauvreté, qui a méprisé les richesses acquises par la flatterie, qui aime le travail, [...] qui déteste le faste, qui ne se laisse point amollir par un amour aveugle de ses enfants, qui aime la vertu de l'un et qui condamne le vice de l'autre [...] Voilà votre roi, s'il est vrai que vous désiriez faire régner chez vous les lois du sage Minos. »

28 Les figures d'insistance, d'intensité et d'atténuation

Les figures d'insistance : parallélisme, anaphore, épiphore, antépiphore, anadiplose

Définitions

- **Le parallélisme** consiste en la répétition dans un énoncé d'une même structure syntaxique afin de créer une correspondance entre les deux groupes de mots.
  → Exemple :
  « Il avait pour asile, il avait pour appui
  Une blanche aubépine, une fleur comme lui »
  (Victor Hugo, « L'enfant », *Les Orientales*, 1829)
- **L'anaphore** est la répétition d'un même mot ou groupe de mots en tête de phrase ou de vers.
- **L'épiphore** est l'inverse de l'anaphore, c'est-à-dire qu'il s'agit de la répétition d'un mot ou groupe de mots, en fin de phrase ou de vers.
  → Exemple :
  « Sur le perron une dame apparut, parée pour la visite, coiffée pour la visite, avec des phrases prêtes pour la visite »
  (Maupassant, *Le Horla*, 1887)
- Quand un même mot ou groupe de mots est répété au début et à la fin d'un passage, on parle cette fois **d'antépiphore.**
- **L'anadiplose** consiste à reprendre, au début d'un groupe syntaxique, un mot ou groupe de mots qui se situai(en)t à la fin du précédent. Cela crée un effet d'insistance tout en faisant une liaison.
  → Exemple :
  « Et Cérès, que fit-elle ?
  Ce qu'elle fit ?
  Un prompt courroux
  L'anima contre vous »
  (La Fontaine, « Le pouvoir des Fables »)

Effets sur le lecteur

Ces figures d'insistance et de répétition contribuent à donner rythme, musicalité et énergie au texte. Elles accentuent donc sa beauté, son lyrisme ou encore son aspect incantatoire (sacré), surtout s'il s'agit d'un poème. Selon le contexte, l'insistance créée peut aussi avoir un effet pathétique ou au contraire un effet comique et caricatural. Cela sera à déterminer en fonction du genre, du thème et de la tonalité du texte étudié.

Exemple

Dans *Horace* de Corneille (acte IV, scène 5), Camille se lamente sur la mort de son amant, ennemi de Rome, qui a été tué par son propre frère Horace. À travers l'**anaphore** du mot « Rome », elle cristallise autour de la ville éternelle les reproches amers qu'elle fait à son frère. Cela confère au passage une grande intensité tragique :

> « CAMILLE
> **Rome**, l'unique objet de mon ressentiment !
> **Rome**, à qui vient ton bras d'immoler mon Amant !
> **Rome** qui t'a vu naître, et que ton cœur adore !
> **Rome** enfin que je hais parce qu'elle t'honore ! »

Les figures d'intensité : gradation, hyperbole

Définitions

- La **gradation** consiste en une énumération de mots ou groupes de mots dont l'intensité thématique va crescendo ou decrescendo, créant une tension (aussi bien comique que tragique).
  → Exemple :
  « [...] je n'en puis plus, je me meurs, je suis mort, je suis enterré. »
  (Molière, *L'Avare*, acte IV, scène 7)
- **L'hyperbole** est l'exagération considérable d'une situation, non dans le but de mentir, mais simplement pour lui conférer une intensité particulière.
  → Exemple :
  « Rome entière noyée au sang de ses enfants »
  (Corneille, *Cinna*, acte I, scène 3)

Effets sur le lecteur

Ces figures d'intensité concentrent l'attention du lecteur ou du spectateur sur des termes souvent bien plus forts et impressionnants que les réalités qu'ils décrivent. Cela crée une emphase dont le but est de frapper l'imagination en accentuant la tonalité du passage : comique, tragique, pathétique, lyrique...

Les figures d'atténuation : euphémisme, litote, métalepse

Définitions

- **L'euphémisme réside dans une expression qui** désigne une réalité en diminuant fortement son caractère dramatique ou tabou.
  → Exemple :« La servante au grand cœur dont vous étiez jalouse
  Et qui dort son sommeil sous une humble pelouse »
  (Baudelaire, *Les Fleurs du Mal*, 1857)
- La **litote** consiste à laisser entendre implicitement, mais avec force, une réalité que l'on exprime en l'atténuant, ou bien en la niant.
  → Exemples : « Ce garçon n'est pas sot, et je ne plains pas la soubrette qui l'aura. » (Marivaux, *Le Jeu de l'Amour et du Hasard*, 1730) ;
  « Va, je ne te hais point. » (= je t'aime...)
  (Corneille, *Le Cid*, acte III, scène 4)
- La **métalepse** présente une situation en exprimant ce qui l'a précédé ou ses conséquences.
  → Exemple : « Il a deux trous rouges au côté droit »
  (Rimbaud, « Le Dormeur du val », 1870)

Effets sur le lecteur

Si l'euphémisme a réellement pour but de ménager la sensibilité du lecteur, la litote et la métalepse servent souvent à affirmer avec plus de force ce que l'on feint d'avoir voulu atténuer. Aussi dans l'exemple du *Cid*, cité plus haut, Chimène fait à Rodrigue l'aveu de sa passion toujours intacte, même après que celui-ci a tué son père. Ce que la décence et la fidélité à son père mort lui interdisaient d'exprimer franchement, la litote lui permet de le sous-entendre comme un cri du cœur !

De même, dans « Le Dormeur du val », Rimbaud nous fait comprendre de façon faussement crue que le soldat est mort. La métalepse ici a pour but de transmettre au lecteur une révolte certaine face à la mort absurde de ce jeune inconnu, tué à la guerre.

Les figures d'opposition, d'analogie et de substitution 29

Les figures d'opposition : antithèse, oxymore, antiphrase

Définitions

- Une **antithèse** oppose dans un même énoncé, deux mots ou groupes de mots de sens contraires. En général, ces deux éléments sont de même nature grammaticale ou ont des structures syntaxiques identiques, comme dans le parallélisme.
  → Exemple : « J'ai su monter, j'ai su descendre
  J'ai vu l'aube et l'ombre en mes cieux :
  J'ai connu la pourpre et la cendre
  Qui me va mieux »
  (Victor Hugo, *Les Contemplations*, « En frappant à une porte »)
- Un **oxymore** est une alliance de mots dont le sens est tout à fait opposé. Généralement, ces mots ne sont pas de même nature et sont interdépendants syntaxiquement (un nom avec un adjectif par exemple).
  → Exemple : « Cette sublime horreur »
  (Balzac, *Le colonel Chabert*, 1832)
- Une **antiphrase** consiste à utiliser un mot ou une expression pour signifier exactement l'inverse de ce qui est affirmé.
  → Exemple : « De petits esprits exagèrent trop l'injustice que l'on fait aux Africains »
  (Montesquieu, *De l'Esprit des lois*, « De l'esclavage des nègres »)

Effets sur le lecteur

L'effet recherché dans ces figures d'opposition consiste à frapper l'imagination, par des alliances ou des affirmations tout à fait contradictoires. Il s'agit donc de choquer le lecteur, au sens littéral du terme, soit pour mettre en avant les tourments intérieurs du poète (exemple de Victor Hugo), soit pour l'amener à réfléchir sur ce qui lui est présenté. Dans l'exemple de Montesquieu, le but est évidemment argumentatif : la phrase est ironique et l'auteur l'utilise pour dénoncer l'esclavage.

Les figures d'analogie : comparaison, métaphore, métaphore filée, personnification, allégorie

Définitions

- La **comparaison** est une figure de style qui associe deux éléments exprimés, le comparé et le comparant, au moyen d'un outil de comparaison (*comme, pareil à, semblable à*...) lui-même exprimé.
  → Exemple : « La politique (*comparé*) épouvantait, comme une drogue dangereuse (*comparant*). » (Zola, *La Curée*, 1872)

- La **métaphore** établit également un rapprochement entre deux éléments, mais ne les exprime pas systématiquement tous les deux, et n'utilise jamais d'outil de comparaison.
  → Exemple : « La Nature (*comparé*) est un temple (*comparant*) où de vivants piliers
  Laissent parfois sortir de confuses paroles »
  (Baudelaire, *Les Fleurs du Mal*, « Correspondances », 1857)

- La **métaphore filée** est une métaphore dont l'image créée se prolonge sur plusieurs lignes, voire plusieurs paragraphes.

- La **personnification** est une forme particulière de métaphore, à travers laquelle des caractéristiques humaines sont attribuées à une chose ou à un animal.
  → Exemple : « La rue (*chose comparée*) assourdissante autour de moi hurlait (verbe désignant une action humaine et conférant cette « qualité » à la rue). »
  (Baudelaire, *Les Fleurs du Mal*, « À une passante », 1857)

- **L'allégorie** est une forme très particulière de personnification, qui donne un caractère humain à une idée abstraite, comme la mort, la vie, l'amour, la paix...
  → Exemple : « Je vis cette faucheuse. Elle était dans son champ.
  Elle allait à grands pas moissonnant et fauchant,
  Noir squelette laissant passer le crépuscule »
  (Victor Hugo, *Les Contemplations*, 1856, « Mors »)

Effets sur le lecteur

Le but premier d'une analogie est de créer une image pour faciliter l'expression d'une idée, d'un sentiment, ou pour préciser une description. L'auteur qui utilise une telle figure devient une sorte de peintre qui dessine un tableau dans l'esprit de son lecteur. L'image ainsi convoquée donne naissance à des émotions, négatives ou positives, qui renforcent l'impact du texte.

Chez Hugo, la « faucheuse » est l'allégorie de la mort. L'image est saisissante dans la mesure où elle met en évidence l'aspect inévitable, arbitraire et parfois injuste de la fin qui attend chaque homme.

Exemple

Dans *La Curée*, Zola utilise **une métaphore filée** à travers laquelle la « spéculation » est assimilée à un « flot montant ». L'image créée de façon progressive donne un caractère inéluctable, voire inquiétant, à cette sorte de ruée vers l'or présentée comme dénuée de la moindre honnêteté :

> « Il y avait au fond de la cohue, **un frémissement sourd**, **un bruit naissant** de pièces de cent sous, des rires clairs de femmes, des **tintements encore affaiblis** de vaisselle et de baisers. Dans le grand silence de l'ordre, dans la paix aplatie du nouveau règne, **montaient toutes sortes de rumeurs** aimables, de promesses dorées et voluptueuses. [...] Et, dans la ville où le sang de décembre était à peine lavé, **grandissait timide encore**, cette folie de jouissance qui devait jeter la patrie au cabanon des nations pourries et déshonorées. Aristide Saccard, depuis le premier jour, **sentait venir ce flot montant de la spéculation, dont l'écume allait couvrir Paris entier**. Il en suivit **les progrès** avec une attention profonde. »

Les figures de substitution : métonymie, synecdoque

Définitions

- La **métonymie** consiste à désigner quelqu'un ou quelque chose par un mot qui lui est lié : le contenant pour le contenu, le lieu pour ses habitants, l'auteur pour son œuvre, l'instrument pour le musicien...
  → Exemple : « Ce soir, nous irons boire un verre », « L'Élysée a condamné fermement ces propos » ; « Pendant les vacances, vous lirez un petit Balzac » ; « Il est premier violon de l'Opéra de Paris ».
- La **synecdoque** est une forme particulière de métonymie, dans laquelle on fait référence à un tout en en exprimant une partie.
  → Exemple : « Mon bras qu'avec respect toute l'Espagne admire,
  Mon bras, qui tant de fois a sauvé cet empire,
  Tant de fois affermi le trône de son roi,
  Trahit donc ma querelle et ne fait rien pour moi ! »
  (Corneille, *Le Cid*, acte I, scène 4)

Effets sur le lecteur

Les figures de substitution ont pour effet, tout en désignant implicitement un élément, de mettre l'accent sur un de ses aspects précis. Ainsi, symboliquement, la réalité est sublimée.

Dans les exemples de métonymies donnés plus haut, l'attention est portée respectivement sur la convivialité, sur la fonction présidentielle, sur le caractère classique et « honorable » d'un livre, et enfin sur la préséance de l'œuvre musicale sur l'artiste qui l'interprète.

La synecdoque citée, extraite du *Cid*, nomme le « bras » pour désigner Don Diègue (père de Rodrigue). Cela permet une mise en lumière de sa force guerrière passée. En cristallisant son amertume sur son bras, le personnage insiste en fait sur sa faiblesse présente, due à sa vieillesse.

MÉTHODOLOGIE LITTÉRAIRE ET ÉPREUVES DU BACCALAURÉAT

B-A BA de la rédaction : comment construire des phrases correctes

30

Quelles que soient vos ambitions littéraires, tant que vous êtes élèves, ne vous prenez pas pour Voltaire, et encore moins pour Céline ! Autrement dit, sur le plan formel, évitez d'innover… Une syntaxe correcte contribuera à démarquer franchement votre copie. Si cette bonne utilisation de la langue est en plus assortie d'une réflexion pertinente et cohérente, vous aurez toutes les chances de recevoir une note excellente !

Les phrases simples : sujet – verbe conjugué – (complément ou attribut)

Certes, la grammaire française admet des phrases non verbales, mais l'expérience prouve que celles-ci sont rarement utilisées à bon escient par les élèves. Aussi, lorsque vous relisez un travail rédigé, prenez l'habitude de vérifier que chacune de vos phrases comporte ces trois éléments, ou seulement les deux premiers, si votre verbe est intransitif.

RAPPEL :

Verbe transitif : verbe se construisant avec un complément d'objet direct (acheter un livre) ou indirect (parler à son voisin).

Verbe d'état : verbe se construisant avec un attribut (être heureux, devenir un artiste…)

Verbe intransitif : verbe se construisant sans complément d'objet (marcher).

Les phrases complexes : plusieurs verbes conjugués

Sont appelées ainsi les phrases qui comportent **plusieurs verbes conjugués**, donc **plusieurs propositions**. Pour les écrire correctement, il convient de savoir faire la distinction entre une **proposition principale** (ou **indépendante**) et une **proposition subordonnée**.

La principale est à la subordonnée ce qu'un tronc d'un arbre est à une branche. La première peut exister sans la seconde, mais la réciproque n'est pas vraie. Prenez donc bien garde à ne pas confondre les deux !

Une phrase complexe peut faire coexister **plusieurs propositions indépendantes**. Elles seront alors reliées par des virgules ou des conjonctions de coordination. **Une telle phrase peut être transformée en plusieurs**.

→ Exemples :
L'auteur évoque ses souvenirs d'enfance et nous transmet sa nostalgie.
L'auteur évoque ses souvenirs d'enfance. Il nous transmet sa nostalgie.

Une proposition subordonnée ne peut en aucun cas être détachée de sa proposition principale. Elle ne peut donc en aucun cas constituer une phrase à elle toute seule.

→ Exemple :
Le jeune garçon racontait une histoire qu'il avait entendue là-bas.
Le jeune garçon racontait une histoire. → *Phrase correcte.*
Qu'il avait entendue là-bas. → *Ceci n'est pas une phrase !*

On peut distinguer plusieurs sortes de subordonnées. Pour ce qui nous occupe, il convient de repérer au moins les suivantes :

Les **subordonnées relatives**, complétant des noms, sont toujours introduites par un **pronom relatif** (qui, que, quoi, dont, où, lequel…).

→ Exemple :
Il nous montra la maison ***qu'****il avait si longtemps habitée.*

Les **subordonnées complétives**, complétant les verbes (elles ont valeur de complément d'objet), sont introduites soit par la **conjonction** *que*, soit par un **adverbe interrogatif** (quand, comment, pourquoi, où, combien, si), soit par un **pronom interrogatif** (qui, ce que), soit par un **adjectif interrogatif** (quel). Certaines complétives sont à l'**infinitif**, parfois précédées de *à* ou *de*.

→ Exemples :
Ils pensent ***que*** *le temps arrangera tout.*
Nous leur expliquerons ***comment*** *cela est arrivé.*
Dites-nous ***qui*** *est venu.*
Je me demande ***quelle*** *heure il est.*
L'enfant entendit ***arriver*** *ses parents. / Il nous conseilla* ***de revenir*** *très vite.*

Les ornements et précisions

Au-delà de ce qui est expliqué plus haut, rien n'est strictement essentiel à la correction syntaxique d'une phrase, mais il peut être utile, pour le sens, de mettre certains éléments en plus. Sachant cela, vous pouvez vous autoriser, dans vos relectures, à ajouter ou retrancher des parties non essentielles (compléments circonstanciels, compléments de noms, adverbes n'introduisant pas de subordonnées, adjectifs, nouvelles subordonnées...) selon que vous souhaitez préciser ou alléger vos phrases.

→ Exemple :
La princesse de Clèves refuse obstinément de reparaître à la Cour.
Dans cet exemple, les parties soulignées peuvent être retranchées sans faire perdre à la phrase sa correction syntaxique. Mais il serait aussi possible, à l'inverse, de rajouter un complément circonstanciel ainsi qu'une deuxième subordonnée complétive, pour donner plus de précisions.

→ Exemple :
Après la mort de son mari, la princesse de Clèves refuse obstinément de reparaître à la Cour et de revoir M. de Nemours.

31 Du bon usage de la langue française : vocabulaire et tournures à utiliser

La correction des tournures et la richesse du vocabulaire sont aussi importantes que la syntaxe. Elles contribuent à la clarté de vos phrases et à la bonne impression faite au correcteur.

Expressions à bannir (aussi bien à l'oral qu'à l'écrit !)	Expressions à privilégier
Des fois...	Parfois...
Dû à sa mauvaise expérience, le personnage se méfie de l'amour...	En raison de / À cause de sa mauvaise expérience, le personnage se méfie de l'amour...
De par son charisme, le héros galvanise les foules...	Par son charisme/Grâce à son charisme, le héros galvanise les foules...
L'auteur se rappelle ici *de* ses lectures de jeunesse...	L'auteur se rappelle ici ses lectures de jeunesse...
Après qu'il *ait* déclaré...	Après qu'il a déclaré... (indicatif !)
Par contre...	En revanche...
Malgré qu'il soit...	Bien qu'il soit...
Le poète lui dit *comme quoi* il l'aime...	Le poète lui dit qu'il l'aime / lui déclare son amour...
Suite à cela...	À la suite de cela...
C'est un message très dur, *voire même* révoltant...	C'est un message très dur, voire révoltant...
Nous rechercherons en quoi ce texte s'apparente-*t-il* au courant romantique...	Nous rechercherons en quoi ce texte s'apparente au courant romantique...
Nous nous demanderons *c'est quoi* ses motivations...	Nous nous demanderons quelles sont ses motivations...

Expressions ou termes courants	Synonymes
Parler de…	Traiter de, évoquer, narrer, relater, discuter…
Montrer…	Présenter, révéler, suggérer, manifester, imposer, exposer, démontrer, mettre en valeur, mettre en exergue…
Déclarer…	Affirmer, répondre, rétorquer, répliquer, assumer, prendre position en faveur de / contre, décréter, clamer…
Écrire…	Coucher sur le papier, inscrire dans le marbre, léguer à la postérité, proposer, livrer…
Critiquer…	1. Blâmer, contester, dénoncer, désapprouver, s'insurger contre, fustiger ; 2. Analyser, explorer, relire…
Adhérer…	Souscrire, être persuadé, être convaincu, accepter l'idée que/de…
Louer…	Faire l'éloge de, vanter, prôner, chanter les louanges de, exalter, célébrer…
Comprendre…	Percevoir, constater, lire, découvrir, entendre, observer, ressentir, recevoir…
Tout d'abord…	En premier lieu, d'une part, le premier aspect, le premier versant, dans un premier temps, d'abord, de prime abord, d'un côté…
Ensuite…	En second lieu, d'autre part, le deuxième aspect, le second versant, de plus, par ailleurs, en outre, outre, du reste, d'un autre côté…
Enfin	En dernier lieu, pour conclure, en conclusion, finalement…
Mais…	Cependant, pourtant, néanmoins, toutefois, en revanche, au contraire…
De même	Également, aussi, de la même façon/manière…

32 Questions à se poser systématiquement pour étudier un texte

Quel que soit l'exercice imposé (question de corpus, commentaire...), il convient d'acquérir certains automatismes pour questionner un texte et pouvoir ensuite en proposer sereinement une explication. Avec un peu d'habitude, les interrogations qui suivent pourront ne plus être traitées à l'écrit, mais seulement mentalement, de façon à vérifier que vous ne faites pas fausse route dans vos interprétations.

Premières impressions de lecture

Après avoir lu le texte au moins deux fois, notez, à brûle-pourpoint[1] deux à quatre intuitions ou hypothèses de lecture : ce qui a pu vous frapper ; ce qui vous semble évident, choquant, intéressant ; le thème...

L'œuvre vue de loin (observation du paratexte et liens avec les connaissances annexes)

L'auteur ?

(rappel des grandes lignes de sa vie si vous les connaissez)

Son siècle ? (événements ; grands hommes ; mouvements littéraires, artistiques, philosophiques)

Ses œuvres ?

L'œuvre dont est issu le texte étudié ? (si vous la connaissez, rapide résumé ou rappel du thème principal)

L'œuvre vue de près

Genre ?

Théâtre (sous-genre : comédie, tragédie, tragi-comédie, drame...) ; poésie ; roman (sous-genre : autobiographie ; biographie ; épistolaire...) ; conte ; nouvelle ; épopée ; fable/apologue ; épistolaire ; essai...

1. À brûle-pourpoint : « à chaud », tout de suite, sans prendre le temps de trop raisonner.

Tonalité ?

Lyrique ; pathétique ; comique ; tragique ; polémique ; fantastique ; épique ; épidictique (l'éloge / le blâme) ; didactique...

Situation d'énonciation ?

Qui est le narrateur ? À qui s'adresse-t-il ? Qui sont les personnages en présence ? ; Où sont-ils ? Comment le narrateur et/ou les personnages s'expriment-ils ? (dialogue théâtral, monologue, lettre...) ; Quand ? (moment de l'intrigue / époque historique) ; Pourquoi ? (quel est l'enjeu du passage étudié ?)

Thème(s) ?

L'amour ; la mort ; la guerre ; l'honneur ; la peur ; l'enfance ; la vieillesse ; le mariage ; la raison d'État ; la vie ; la nature...

Type du texte ?

Narratif ; Descriptif ; Explicatif ; Argumentatif.

Visée(s) de l'auteur ?

Défendre une cause ; dénoncer quelqu'un ou quelque chose ; faire rire, pleurer, réfléchir, réagir ; choquer ; distraire ; tenir en haleine ; instruire...

Effet(s) produits ?

Plaît ; ennuie ; amuse ; effraie ; émeut ; instruit...

33 Comment introduire les citations

Les citations sont d'une grande importance dans un devoir de français car elles attestent que vous prenez bien appui sur les propos d'un auteur pour développer vos analyses.

Les règles

1. Toute citation se donne entre **guillemets**.

2. Toute citation se doit d'être **référencée** : nom de l'auteur, de l'œuvre dont elle est issue (les **titres d'œuvres** s'écrivent **en italique à l'ordinateur**, et sont **soulignés dans une copie manuscrite** ; les **titres de poèmes**, de **fables** s'écrivent entre **guillemets**), chapitre ou partie quand c'est possible. Dans le cas d'un commentaire, ou d'une question de corpus, il faut indiquer, entre parenthèses, la ligne ou le vers, afin que le correcteur puisse retrouver facilement le passage dans le texte.

3. Au milieu d'une citation un peu longue, un passage jugé inutile pour la démonstration (mais dont l'absence ne changera pas le sens de la citation !) sera coupé par des points de suspension entre crochets : **[...]**.

4. Pour citer deux vers ou plus, deux solutions possibles : aller à la ligne pour chaque vers ; ou citer les vers à la suite les uns des autres en les séparant par une barre oblique : **/**.

Exemples

1. **« J'ai voulu peindre la déchéance fatale d'une famille ouvrière, dans le milieu empesté de nos faubourgs. Au bout de l'ivrognerie et de la fainéantise, il y a le relâchement des liens de la famille, les ordures de la promiscuité, l'oubli progressif des sentiments honnêtes, puis comme dénouement la honte et la mort. C'est de la morale en action, simplement. »**

Zola, Préface de *L'Assommoir*, 1877

→ Dans sa préface de *L'Assommoir* (1877), Zola écrit : « J'ai voulu peindre la déchéance fatale d'une famille ouvrière, dans le milieu empesté de nos faubourgs. Au bout de l'ivrognerie et de la fainéantise, il y a le relâchement des liens de la famille, les ordures de la promiscuité, l'oubli progressif des sentiments honnêtes, puis comme dénouement la honte et la mort. C'est de la morale en action, simplement. »

→ Zola explique qu'il a « voulu peindre la déchéance fatale d'une famille ouvrière, dans le milieu empesté de nos faubourgs. Au bout de l'ivrognerie et de la fainéantise, il y a […] l'oubli progressif des sentiments honnêtes, puis comme dénouement la honte et la mort. C'est de la morale en action, simplement. » (Préface de *L'Assommoir*, 1877.)

2. « Que dans tous vos discours la passion émue Aille chercher le cœur, l'échauffe et le remue »

Boileau, *Art Poétique*, chant III, 1674

→ Voici ce que conseille Boileau aux auteurs de tragédies, au chant III de son *Art Poétique* (1674) :

« Que dans tous vos discours la passion émue
Aille chercher le cœur, l'échauffe et le remue. »

→ Voici ce que conseille Boileau aux auteurs de tragédies, au chant III de son *Art Poétique* (1674) : « Que dans tous vos discours la passion émue / Aille chercher le cœur, l'échauffe et le remue. »

3. « je ne sais pas si j'ai fait leur fortune, mais ils n'ont pas fait la mienne »

Voltaire, *Candide*, 1759, chapitre XIX

→ Enfin, un parallélisme de construction peut être relevé pour montrer l'amertume de l'esclave à l'égard de ses parents et de sa situation présente : « je ne sais pas si j'ai fait leur fortune, mais ils n'ont pas fait la mienne[1] » (ligne 18).

4. « Le Poète est semblable au prince des nuées »

Baudelaire, *Les Fleurs du mal*, 1861, « L'Albatros »

→ Dans le dernier quatrain, Baudelaire éclaire l'anecdote qu'il vient de raconter, en utilisant une comparaison : « Le Poète est semblable au prince des nuées[2] » (v. 13).

1. Phrase que l'on imagine issue d'un commentaire de texte…
2. Idem : phrase que l'on imagine issue d'un commentaire de texte…

34 Comment éviter la paraphrase

La paraphrase est la hantise de tous les élèves puisqu'elle est discriminante du point de vue de la note. Il n'est pas toujours aisé de la repérer… sauf si l'on a appris à la distinguer du commentaire !

Définitions

La paraphrase n'est en fait rien d'autre qu'une reformulation de ce que dit un auteur. Ce n'est donc pas un mal en soi. C'est plutôt une étape nécessaire qui permet de bannir les contresens, mais il faut impérativement la dépasser dans le cadre d'un commentaire composé. Pour l'éviter, il convient de se poser les bonnes questions en face d'une phrase ou d'un texte que l'on doit expliquer.

La **paraphrase** répond aux questions : « **Quoi ? Que dit l'auteur ?** »

→ Cela appelle une **reformulation**.

Le **commentaire** répond aux questions : « **Pourquoi l'auteur écrit-il cela ? Pourquoi écrit-il de cette façon ? Quel est l'effet produit ?** »

→ Cela appelle une **explication**, un **développement**, des **précisions**, éventuellement des **liens** avec d'autres passages, d'autres textes…

Remarque : En général, un commentaire pertinent nomme un procédé d'écriture ou une figure de style, un élément de ponctuation ou une catégorie grammaticale dont il va ensuite expliquer l'effet et l'intérêt.

→ Exemple
« Je le vis, je rougis, je pâlis à sa vue » (Racine, *Phèdre*, I, 3)

Paraphrase : Phèdre raconte qu'elle a aperçu Hippolyte, qu'il l'a fait rougir, et qu'elle est ensuite devenue toute blanche.

Commentaire : Dans ce vers prononcé par Phèdre, l'héroïne décrit le trouble profond qui s'est emparé d'elle lorsqu'elle s'est prise de passion pour son beau-fils Hippolyte. Elle utilise une énumération construite sur un rythme ternaire. Celui-ci suggère la rapidité avec laquelle la passion s'est emparée de son corps aussi bien que de son cœur. On note également une assonance en *–i* que l'on peut interpréter comme la résonnance d'un cri de souffrance exprimant son désespoir face à cette passion qui ne peut connaître de fin heureuse, et dont elle ne peut être délivrée.

La dissertation sur œuvre : enjeux et méthode (série générale)

35

L'Épreuve écrite : déroulement

À l'écrit, l'épreuve portera **sur un des objets d'étude étudiés en classe de Première** et vous aurez à choisir entre **trois sujets de dissertation sur œuvre** **(un sujet pour chacune des trois œuvres** au programme de cet objet d'étude) et un **commentaire composé sur un texte, du même objet d'étude, qui n'est pas extrait d'une œuvre au programme**. Il faut donc maîtriser ces deux exercices pour pouvoir choisir le sujet qui vous conviendra le mieux le jour de l'épreuve.

Vous disposerez de **4 heures** sur table.

Le coefficient sera de **5**.

La dissertation sur œuvre : méthodologie

Les enjeux de cet exercice sont multiples : il s'agit d'allier connaissances littéraires, réflexion personnelle et bonne compréhension du sujet proposé.

Votre objectif absolu est d'éviter le hors sujet et de ne pas vouloir aborder toute l'œuvre mais de vous concentrer sur le thème retenu dans le sujet donné.

Le sujet de la dissertation porte nécessairement sur :

- **une question littéraire**
- **une œuvre au programme**
- **un des parcours associés**

Vous devez choisir un seul sujet de dissertation sur œuvre parmi les trois proposés.

Étape 1

Lecture et analyse du sujet : Au brouillon, repérez les **mots-clés** du sujet, écrivez-en une définition et déterminez les champs de réflexion qu'ils sous-entendent plus ou moins clairement. Essayez de cerner **quel type**

de sujet est donné : porte-t-il sur un **thème** (ex : l'argent dans le roman), un **personnage** (ex : la figure de l'empereur), une **notion** (ex : le sonnet), une **citation** du roman (un titre de chapitre) ?

Étape 2

Reformulation du sujet : Toujours au brouillon, en quelques phrases, avec vos mots à vous, **réécrivez le sujet**, pour vous assurer que vous l'avez parfaitement compris et que vous vous l'êtes bien approprié.

Étape 3

Connaissance de l'œuvre : Notez au brouillon sur une autre feuille **tout ce qui dans l'œuvre fait référence au sujet : personnages, chapitres, actions, citations, etc.** Le mieux est d'avoir réalisé en amont des fiches pour chaque œuvre dans lesquelles vous aurez relevé ce qui vous a marqué et ce qui vous a paru important dans l'œuvre afin de pouvoir réviser ces fiches synthétiques avant l'épreuve, c'est ce que vous permet de faire **le carnet de lecture** par exemple. Notez également les **liens possibles avec d'autres œuvres de l'objet d'étude** et même, si vous en connaissez, des **critiques ou des analyses** de l'œuvre <u>toujours en rapport avec le sujet</u>.

Étape 4

À partir du sujet et de votre reformulation, écrivez plusieurs **questions** qui pourraient orienter et guider votre réflexion. Choisissez ensuite celle qui vous paraît la plus cohérente par rapport au sujet et à l'objet d'étude : elle deviendra votre **problématique**.

Étape 5

Rédigez au brouillon une brève réponse à cette problématique, formée de **trois idées fortes à partir de tout ce que vous avez déjà marqué sur vos différents brouillons.** Cela constituera l'ébauche des grands axes pour votre plan. L'idée est de discuter le sujet d'abord en révélant son **sens** et sa profondeur avant d'en montrer les **limites** puis de donner un avis synthétique qui ouvre de **nouvelles perspectives sur le thème abordé que le sujet donné ne révèle pas forcément, dans un plan qui suit en quelques sortes ces grands axes :**

- « Thèse » (argumentant dans le sens du sujet)
- « Antithèse » (montrant que le thème abordé peut être traité d'une autre manière…)
- « Synthèse » (ouverture sur des interprétations nouvelles du sujet)

Étape 6

Une fois le tableau rempli, demandez-vous si vos réflexions sont suffisamment étoffées et si, toutes ensemble, elles répondent bien à votre problématique. Complétez-les si nécessaire, puis précisez et organisez vos grands axes : ils doivent se répondre et se compléter.

Lorsque vous êtes sûr(e) de vous, écrivez clairement, sur un nouveau brouillon, votre **problématique suivie d'un plan détaillé** indiquant les titres de vos grands axes, et ceux de vos sous-parties. Gardez cette feuille précieusement et bien en évidence jusqu'à la fin de votre travail, de façon à savoir toujours où vous en êtes.

Étape 7

Au brouillon, **rédigez intégralement votre introduction** en prenant le temps de soigner votre phrase d'accroche et votre syntaxe. C'est à vous de voir si vous préférez la recopier ensuite directement au propre ou laisser un espace vide en début de copie pour la recopier une fois le développement rédigé. Cette option est souvent conseillée, afin de pouvoir procéder à des ajustements au dernier moment.

Étape 8

Rédigez votre développement directement sur votre copie, sans passer par le brouillon. Le travail de réflexion et d'organisation ayant déjà été effectué, suivez simplement votre plan, en soignant la présentation qui doit être très claire, ainsi que la syntaxe. Veillez à donner **un exemple pertinent et différent dans chaque sous-partie**.

Présentation :

- Un alinéa au début de chaque paragraphe.
- Sautez deux lignes entre l'introduction et le premier grand axe, entre les grands axes, entre le dernier axe et la conclusion.
- Sautez une ligne entre les sous-parties (ou contentez-vous d'un alinéa très clair).
- Un paragraphe pour l'introduction, un paragraphe par sous-partie, un paragraphe pour la conclusion.
- Chaque titre de grand axe doit être indiqué clairement dans une phrase rédigée comportant un connecteur (tout d'abord, ensuite, d'une part, d'autre part…), qui sera mise en exergue avant les sous-parties.
- Les titres des sous-parties seront indiqués aussi de façon rédigée dans la première phrase des paragraphes concernés.

Étape 9

Rédigez votre conclusion au brouillon. L'introduction et la conclusion sont les points d'entrée et de sortie de lecture pour votre examinateur : l'une donne le ton et l'autre laisse la dernière impression. Ce sont les « points d'orgue » de la copie. Il faut donc veiller à ce qu'elles soient très claires et bien rédigées.

Étape 10

Relisez l'ensemble de la dissertation en vérifiant prioritairement l'orthographe, la lisibilité et la syntaxe, ainsi que la propreté de votre copie. Ne négligez jamais ce temps de relecture qui est extrêmement important : tout le monde oublie des fautes et doit se relire. Votre examinateur jugera aussi votre copie sur l'orthographe et la correction de la langue.

Exemples dans cet ouvrage

Fiche 49 vous trouverez un complément de méthodologie pour réussir une dissertation sur œuvre et un sujet vous sera proposé sur *Les Amours* de Ronsard avec consignes et méthodes pas à pas. Vous trouverez ensuite la correction de cet exercice à la **Fiche 50**.

De même, un autre exemple de sujet corrigé de dissertation vous est donné en **Fiche 68** sur *l'Étranger* de Camus.

Le commentaire composé : enjeux et méthode (série générale et série technologique)

36

Série générale

L'Épreuve écrite : déroulement

À l'écrit, l'épreuve portera **sur un des objets d'étude étudiés en classe de Première** et vous aurez à choisir entre **trois sujets de dissertation sur œuvre** **(un sujet pour chacune des trois œuvres** au programme de cet objet d'étude) et un **commentaire composé sur un texte, du même objet d'étude, qui n'est pas extrait d'une œuvre au programme**. Il faut donc maîtriser ces deux exercices pour pouvoir choisir le sujet qui vous conviendra le mieux le jour de l'épreuve.

Vous disposerez de **4 heures** sur table.

Le coefficient sera de **5**.

Série technologique

L'Épreuve écrite : déroulement

Il n'y a pas de dissertation sur œuvre en série technologique. L'épreuve compte trois exercices : un **commentaire composé** (noté sur 20 points), une **contraction de texte** (noté sur 10 points) et un **essai** (noté sur 10 points).

Le commentaire porte sur un texte qui **n'est pas extrait d'une œuvre au programme** et il est en lien avec un objet d'étude étudié en classe excepté l'objet d'étude sur la littérature d'idées. La contraction de texte est à réaliser à partir d'un texte de forme moderne relevant de la littérature d'idées. Il s'agit de réduire un texte d'environ 1 000 mots à un quart en reformulant les idées principales (Voir fiche suivante). De même, le sujet de l'essai relève de l'objet d'étude sur la littérature d'idées : votre réponse s'appuiera sur votre connaissance de l'œuvre et vos lectures personnelles.

Le commentaire composé

Pour cet exercice, il s'agit de donner une interprétation à la fois pertinente, fouillée et construite du texte. Toutes les connaissances que vous aurez acquises sur les différents objets d'étude seront autant de garanties pour éviter des interprétations abusives, voire des hors sujets. Il faut donc allier votre culture générale et votre sensibilité personnelle pour proposer une étude cohérente.

Étape 1

Lisez le texte et le paratexte. Au brouillon, notez vos premières impressions de lecture, puis répondez rapidement aux questions générales à poser sur tout texte. Si c'est un extrait tiré d'une œuvre étudiée en cours ou que vous avez lue lors de vos lectures personnelles, situez-le par rapport au passage **qui précède et** à celui **qui suit dans l'œuvre**. Cette contextualisation vous permettra d'orienter intelligemment votre questionnement sur le texte et de trouver une problématique plus pertinente. En outre, elle sera très appréciée de l'examinateur ; il conviendra de situer l'extrait dès la rédaction de l'introduction.

Étape 2

Analyse linéaire détaillée. « Balayez » intégralement le texte en remplissant au fur et à mesure les trois premières colonnes d'un tableau qui en comptera finalement 4. Lisez autant que nécessaire le texte car, plus votre analyse avancera, plus vous repérerez de nouveaux éléments intéressants.

Citations	Procédés ou figures de styles	Effet produit	(Axes)

Attention à éviter le bavardage : ce que vous indiquerez dans la colonne « Effets produits » **ne doit pas paraphraser le texte**, mais apporter une interprétation du passage cité. Vous en vérifierez la pertinence en vous demandant sans cesse si elle est cohérente par rapport à l'objet d'étude, à ce que vous savez de l'auteur, etc.

Étape 3

Ébauche du plan. Relisez l'ensemble du travail effectué à l'étape 2 et tâchez d'établir des points communs entre vos différentes remarques en remplissant la quatrième colonne du tableau : les axes. Il s'agit de trouver **deux ou trois thématiques** qui deviendront ensuite les grandes parties de votre développement (en classe de Seconde, sauf avis contraire de votre professeur, préférez en trouver seulement deux, pour plus de simplicité et d'efficacité).

Étape 4

Une fois établis vos grands axes de réflexion, vérifiez leur cohérence par rapport à l'objet d'étude, puis demandez-vous à quelle(s) question(s) ils pourraient répondre. Parmi ces interrogations, choisissez celle qui vous semble la plus pertinente et la plus intéressante **pour guider votre étude**. Vous allez ainsi formuler une problématique à laquelle votre commentaire répondra directement.

Étape 5

Plan détaillé. Désormais guidé par votre problématique, organisez vos axes de lecture en les numérotant, par exemple du plus évident au plus subtil. Vous partagerez ensuite chacun en deux ou trois sous-parties (encore une fois, en classe de Seconde, privilégiez deux sous-parties) qui regrouperont les remarques de votre tableau en sous-ensembles cohérents.

Quand tout vous paraît clair et juste, récrivez sur un autre brouillon la problématique, puis les grands axes et sous-parties numérotés de votre commentaire. Gardez ensuite cette feuille précieusement et bien visible jusqu'à la fin de votre rédaction.

NB : il est possible, à ce stade, que de nouveaux éléments vous viennent à l'esprit, ou que certains relevés dans votre tableau vous apparaissent tout à coup inutiles. **N'ayez pas peur de rectifier vos analyses** si cela vous semble impératif, mais n'y perdez pas trop de temps non plus.

Étape 6

Au brouillon, rédigez intégralement votre introduction en prenant bien le temps de travailler la phrase d'accroche et la syntaxe de l'ensemble. Certains professeurs conseillent de la laisser ensuite reposer au brouillon et de la recopier en dernier sur la copie, afin de se laisser la possibilité de modifier des passages en fonction de ce qui a été écrit dans le développement. Mais dans ce cas-là, il faut lui prévoir un espace en début de copie, et un temps à la fin de l'épreuve pour la recopier.

Cela dit, il peut aussi être rassurant pour vous de l'écrire sur votre copie dès que vous l'estimez convenable, quitte à donner quelques coups d'effaceur lors de la relecture finale…

Étape 7

Rédigez directement au propre le développement des grands axes. Si le travail préparatoire a été efficace, il s'agit seulement de mettre sous forme rédigée une étude qui a déjà été réalisée. Concentrez-vous donc, au long de votre rédaction, sur le respect du plan choisi, sans oublier aucune remarque ; mais prenez garde aussi à votre syntaxe et à l'orthographe.

Concernant la présentation, **il faut que votre plan complet apparaisse clairement au correcteur dans votre rédaction**.

Vous sauterez donc 2 lignes entre l'introduction et le premier axe, entre les différents axes, ainsi qu'entre le dernier axe et la conclusion. Sautez une seule ligne (ou contentez-vous d'un alinéa très clair) entre les sous-parties d'un même axe.

Le titre de chaque grand axe fera l'objet d'une phrase détachée des sous-parties et entièrement rédigée, dans laquelle sera également présent un connecteur permettant au professeur de retrouver les étapes de votre commentaire. (Par exemple : « D'une part » pour le I, « D'autre part » pour le II).

Les titres des sous-parties devront apparaître clairement dans la première phrase de chaque paragraphe.

Étape 8

Rédigez la conclusion d'abord au brouillon puis au propre. Ayez les mêmes exigences de relecture quant à la langue que celles que vous avez eues à la rédaction de l'introduction.

Étape 9

<u>**Relisez**</u> attentivement l'ensemble de votre travail en faisant la chasse aux fautes d'orthographe et de syntaxe. Vérifiez aussi la lisibilité de votre travail, surtout pour les derniers paragraphes s'ils ont été écrits dans la précipitation. Vérifiez la propreté de votre copie : il ne doit pas y avoir de ratures !

Exemples dans cet ouvrage

Pour réaliser des exercices de commentaire composé et lire des exemples de correction, rendez-vous :

- **Fiche 54** (poème de Chénier)
- **Fiche 60** (« J'accuse » de Zola)
- **Fiche 90** (un extrait de *Bérénice* de Racine)

La contraction et l'essai (série technologique)

37

La contraction d'un texte

La méthodologie

Dans cet exercice de lecture et d'écriture, on attend de vous que vous sachiez extraire les idées principales d'un texte et les restituer sans les déformer en les reformulant.

Le texte à réduire est un texte relevant de l'objet d'étude « La littérature d'idées ». Il fait environ 1 000 mots et vous devez en restituer l'essentiel en ne conservant que 250 mots (avec une marge de + ou – 10 %).

Il faut d'abord noter **quatre éléments** clés au brouillon :

L'énonciation

Il convient de répondre aux questions dites des **« 5 W : Who ? What ? Where ? When ? Why ? »** qui correspondent en français à « Qui ? Quoi ? Où ? Quand ? Comment ? » (Confer la fiche qui explique en détail ce qu'est la situation d'énonciation.)

La thèse

La thèse est l'**idée défendue** par l'auteur sur le sujet qu'il aborde. (Confer la fiche qui détaille ce sujet et en donne un exemple.)

La composition du texte

Pour cela, il faut connaître le **type de texte**. Le texte peut être informatif, descriptif, narratif, engagé et persuasif, etc.

Il convient de **repérer et marquer :**

- les **indices d'ordre temporel et spatial**
- les **liens logiques**

Comment le repère-t-on ? En relevant les **jonctions** qui sont faites entre les paragraphes : les **conjonctions de coordination**, les **conjonctions de subordination**, les **adverbes** sont d'une grande importance car ils **structurent** le texte et vous permettent de comprendre sa composition en organisant les idées les unes par rapport aux autres.

→ Exemple d'indices temporels : *Ce jour-là, plus tard, et depuis, dernièrement, enfin, etc.*

→ Exemples d'indices spatiaux : *Ailleurs, En Nouvelle-Calédonie, loin de chez eux, etc.*

→ Exemples de liens logiques : *alors que, cependant, parce que, mais, tellement que, même si, or, etc.*

Le mouvement du texte

Le mouvement est en quelque sorte le plan du texte. Il permet de dégager les grands axes du texte, sa **colonne vertébrale** en quelque sorte.

Afin de le percevoir, il faut cerner les **grandes parties** du texte comme autant d'**étapes** auxquelles on peut même donner un **titre.** Il faut surtout être bien attentif à la structure qui prend appui sur :

- l'introduction
- les grandes idées et les grandes articulations au sein du développement
- la conclusion

Quand vous avez repéré tout cela, faites un **premier résumé** au brouillon.

Ce résumé sera sûrement trop long. Ne revenez pas au texte initial mais **relisez votre production** et **améliorez-la** pour que la lecture en soit la plus fluide possible. Si votre texte est trop long, vous devez soit faire de nouvelles **suppressions** soit **reformuler** de manière plus brève.

À garder bien en tête…

- Ne pas faire d'interprétations personnelles
- Ne pas vouloir tout restituer : aller à l'essentiel, réunir les parties quand cela est possible, ne pas diluer son propos, être synthétique
- Ne pas tout enlever : garder les grandes idées, cerner l'essentiel
- Respecter les idées de l'auteur, ne pas les déformer
- Compter le nombre de mots en fonction de ce qui vous est demandé dans le texte avant de rendre la copie.

La mise en application

Rendez-vous fiche n° 61 dans le Chapitre « Objet d'étude : Littérature d'idées et presse du XIXe au XXIe » et faites l'exercice proposé puis lisez la correction.

L'essai

Petite histoire littéraire...

Le genre de l'essai a été inventé au XVIe siècle par **Montaigne** qui l'envisageait comme une forme d'écriture qui permettait l'accès à **la conscience en train de penser** : le mot « essai » garde son sens originel **d'ébauche**, de **travail en cheminement.** Dans ses *Essais*, Montaigne s'adresse au lecteur comme à un ami avec lequel il souhaite dialoguer et auquel il a le désir de **livrer ses réflexions**. Les sujets ne sont pas figés mais bien plutôt abordés et analysés par **un homme qui se donne à lire aux autres.**

L'essai a été réutilisé au cours des siècles qui ont suivi par de nombreux auteurs et sur des sujets très variés. On pourra citer comme exemple *Essai sur l'origine des langues* de Rousseau au XVIIe siècle, *Racine et Shakespeare* de Stendhal au XIXe siècle ou encore *Le Mythe de Sisyphe* de Camus au XXe siècle.

Une définition claire...

L'essai aborde un **thème** (voir la fiche sur la thèse et le thème) et prend appui sur un corpus de textes et **d'idées** pour répondre de **manière construite et argumentée** au sujet abordé en y exposant **un point de vue personnel** c'est-à-dire en défendant une **thèse**.

Exemple dans cet ouvrage

Rendez-vous **Fiche 61** !

38 L'épreuve orale : description et méthode (série générale et série technologique)

L'oral se compose de deux parties qui s'enchaînent. **Pour la première partie**, l'examinateur, auquel on a remis en amont de l'épreuve le dossier des textes étudiés par le candidat durant l'année, **indique à ce dernier quel texte il doit étudier ainsi que la question de grammaire.** Le passage du texte à analyser fait environ 20 lignes. La question de grammaire ne porte que sur une phrase ou une partie de phrase de l'extrait. **Le candidat devra en outre pour la seconde partie de l'épreuve choisir un texte au sein du même objet d'étude** que le texte donné en analyse par l'examinateur et préparer l'explication de ce choix.

Distinction selon les séries

- **En série générale**, le dossier du candidat est composé de **24 textes :** chaque objet d'étude est illustré par 6 textes, 3 étant des extraits des œuvres au programme et les 3 autres des textes des parcours associés.
- **En série technologique**, le dossier est composé de **16 textes :** on compte 4 textes par objet d'étude soit 2 extraits des œuvres au programme et 2 autres textes tirés des textes des parcours associés.

  L'objectif de l'épreuve reste le même pour tous les candidats : savoir dialoguer, justifier la pertinence de ses choix et mettre en relation les différents champs de l'art.

Déroulement détaillé de l'épreuve : durée et notation

Préparation sur table : **30 minutes**
Passage devant l'examinateur : **20 minutes**
Coefficient : 5

I. Première partie : « exposé sur un des textes du descriptif » d'une durée de **12 minutes noté sur 12 points** et composé de la manière suivante :

1. Situer le texte dans le parcours associé. Le lire à voix haute de manière juste et pertinente : sur **2 points**.

2. Réaliser une explication de texte linéaire : sur **8 points**.

3. Répondre à la question de grammaire : sur **2 points**.

II. Seconde partie : « présentation de l'œuvre choisie par le candidat »

Vous devrez justifier votre choix d'un texte du dossier en lien avec l'objet d'étude du texte analysé en explication de texte : passage de **8 minutes noté sur 8 points.**

Objet indispensable : **une montre**.

Préparation de l'épreuve (30 minutes)

→ Astuce : numérotez vos feuilles de brouillon au fur et à mesure et **n'écrivez que sur le recto**, de façon à ne pas vous perdre dans vos notes. Cela contribuera à diminuer votre stress...

Préparer l'explication de texte linéaire

Vous n'avez que peu de temps de préparation : vous devez donc avoir une méthodologie claire parfaitement maîtrisée pour savoir où vous allez et ne pas perdre une seconde du temps global de préparation.

Étape 1

Lisez attentivement le texte 2 ou 3 fois en soulignant, au crayon à papier ou au crayon de couleur effaçable, les **éléments qui vous paraissent répondre à la question posée**. **Numérotez** les lignes du texte, de façon à ne noter que les références sur votre feuille de brouillon : cela vous fera gagner du temps.

Étape 2

À partir de la question posée sur le texte par l'examinateur et des éléments importants du texte que vos avez identifiés, écrivez **la problématique** du texte en vous demandant quels sont les questionnements qu'il soulève par rapport au thème du sujet en liant toujours la **forme** (poésie, théâtre, incipit d'un roman, etc.) et le **fond** (les idées). En réalité, la problématique sera très proche de la question posée par l'examinateur et pourra en être en quelque sorte une reformulation.

Reprenez en suivant l'ordre du texte les éléments relevés à l'étape 1 et pour chacun marquez le procédé stylistique utilisé et expliquez son effet, son intérêt, toujours dans l'optique de répondre à la problématique.

NB : Ne rédigez pas de phrases complètes, vous n'en avez pas le temps. Préparez seulement des notes rapides et les plus claires possible.

Étape 3

Préparez une très brève introduction sans rédiger :

- **Présentation du texte** : mouvement littéraire auquel il se rattache ; titre de l'œuvre ; auteur ; le moment où se situe le texte dans l'œuvre, contextualisation plus précise si nécessaire.
- **Lecture du texte.** Elle compte pour deux points et doit être expressive.
- **Présentation de la problématique**

Étape 4

Préparez une brève conclusion :

- **Réponse claire à la problématique**.
- **Citation** qui ouvre sur l'objet d'étude et annonce le choix de l'autre texte qui sera étudié après la question de grammaire.

Préparer la question de grammaire

La question de grammaire porte sur une phrase entière ou sur une partie de phrase si cette dernière est très longue. L'examinateur vous l'a donnée en même temps que le texte à étudier : vous devez en faire une analyse précise à partir des leçons de grammaire étudiées durant l'année.

Commencez par une étude « macroscopique » de la phrase en expliquant sa composition syntaxique : quelles sont les propositions, de quelle manière elles sont liées entre elles puis, dans un deuxième temps, indiquez les différents constituants et faites-en l'analyse.

Ainsi vous analyserez :

- les relations au sein de la phrase et la syntaxe des propositions (voir Fiches 11, 15, 16 et 17)
- les classes grammaticales des mots (voir Fiche 10)
- les verbes : temps, modes et valeurs (voir Fiches 12, 13 et 14)
- En outre, n'hésitez pas à vous arrêter sur le lexique également, si jamais la phrase présente un cas de polysémie par exemple (voir Fiches 18 et 19).

N.B. : Ne rédigez rien et allez à l'essentiel. Notez surtout la structure de votre analyse et arrêtez vous sur les problèmes que soulève la phrase : c'est sur cela que vous attendra l'examinateur.

Préparer la présentation du texte choisi de manière personnelle

Pour cette dernière partie, vous devez choisir un des textes de votre dossier en lien avec l'objet d'étude abordé. Vous êtes jugé sur votre capacité à **justifier** votre choix et montrer en quoi votre texte est pertinent par rapport à l'objet d'étude traité et pour quelles raisons vous avez pris ce texte-là par rapport au texte analysé précédemment.

Le passage (20 minutes)

La première et la seconde parties **s'enchaînent sans pause entre les deux**. C'est à vous de faire les transitions et de veiller à respecter les temps d'oral à accorder à chacune.

La première partie ne doit pas excéder **12 minutes**, sinon, l'examinateur vous arrêtera avant la fin de votre analyse : veillez donc à apporter **une montre** le jour de l'examen ! Elle comprend **la mise en contexte du texte au sein du parcours associé, une lecture expressive, une analyse linéaire et la question de grammaire.** En principe, l'examinateur n'est pas censé intervenir, sauf si vous n'utilisez pas tout le temps imparti ou s'il veut vous faire répéter quelque chose qu'il n'a pas bien compris. Soyez clair et précis dans l'avancée de votre explication.

Faites une **transition** pour annoncer que vous avez achevé votre explication linéaire et que vous allez passer à l'étude de la grammaire.

La question de grammaire. Votre brouillon doit suivre un **plan précis d'analyse** allant de la **structure de la phrase** (analyse d'ensemble comprenant l'étude des diverses propositions) **à une étude centrée sur les différents constituants** considérés d'abord les uns par rapport aux autres puis en eux-mêmes.

N'oubliez pas d'annoncer que vous avez terminé votre analyse et que vous souhaitez passer au dernier point de l'oral à savoir votre choix de texte.

La lecture et la justification du choix du texte de votre dossier occupent les **8 dernières minutes**. Il s'agit d'une ouverture sur une **discussion possible au cours de laquelle vous devez être en mesure d'argumenter votre choix de texte et expliquer à l'examinateur en quoi il est intéressant dans le cadre de l'objet d'étude.** Ce sera l'occasion pour lui de vous poser des questions visant à vous permettre de montrer vos connaissances personnelles, vos expériences artistiques (visites de musées, pièces de théâtre...), vos lectures... Il est vivement conseillé d'avoir lu, ou du moins d'être capable de parler des œuvres dont vous n'avez étudié en classe que des extraits...

Pour préparer cette dernière partie de l'épreuve, il est donc essentiel d'avoir beaucoup lu, mais aussi de bien maîtriser les **notions d'histoire littéraire, les repères historiques et les biographies** des auteurs en lien avec les objets d'étude.

Exemples dans cet ouvrage

Vous trouverez des **explications de textes** (plus développées que ce qui est attendu lors de l'oral) :

- **Fiche 50** (cinq poèmes des *Amours* de Ronsard)
- **Fiche 54** (poème de Chénier)
- **Fiche 60** (« J'accuse » de Zola)
- **Fiche 73** (extrait des *Confessions* de Rousseau)

En **grammaire**, tous les exemples détaillés des leçons de langue sont autant d'exemples de la manière de traiter la question de grammaire.

Tenir un carnet de lecture 39

Il est **PERSONNEL**

PAPIER OU **NUMERIQUE**

TON CARNET DE LECTURE

À QUOI TE SERT-IL ?

Garde la **trace** de tes rencontres avec les œuvres.

Rends compte de tes sorties : **spectacles**, visites de **musée**, **rencontres** avec les écrivains et les artistes, **concerts, spectacles de danse, opéra, performances, lectures publiques.**

Consigne tes **expériences** de lecteur.

Marque tes **questions** sur les livres.

Note tes **impressions** et tes **appréciations.**

Critique.

Analyse.

Crée !

COMMENT RÉDIGER ?

Restitue toutes tes **impressions** de lecteur.

Donne ton **jugement** personnel sur un texte ou sur une œuvre.

Imagine un **pastiche** du texte.

Réécris un passage

Change le cadre spatio-temporel d'un extrait.

Change la focalisation d'un passage.

Insère des éléments nouveaux dans le texte.

Associe au texte une œuvre **iconographique**, une séquence **filmique** ou une **vidéo en justifiant tes choix.**

Construis une édition numérique enrichie du texte avec des notes, des illustrations, des images fixes ou animées.

Écris un **essai** sur une question éthique ou esthétique soulevée par l'oeuvre.

Rédige une **note d'intention de mise en scène.**

Invente un **synopsis** ou un extrait de **scénario** !

Exercices proposés dans cet ouvrage

- **Fiche 51** *Les Amours* de Ronsard
- **Fiche 82** *La chambre des officiers* de Marc Dugain
- **Fiche 84** *Douze nouvelles du monde contemporain*
- **Fiche 95** *Le Malade imaginaire* de Molière
- **Fiche 100** *Antigone* d'Anouilh

FOCUS HISTORIQUES

XVIIe siècle : contexte historique

« Le Grand Siècle » ou « Le siècle de Louis XIV » : voici les surnoms que l'on a pu donner à cette période qui fut brillante sur le plan politique et culturel. Le Roi-Soleil a tellement marqué son temps qu'il en éclipse ses prédécesseurs dans la mémoire collective. Transition entre la fin de la Renaissance et les prémices des Lumières, le XVIIe siècle fut plein de grandeur, mais aussi de zones d'ombre.

Dates clés

- **1589-1610 : Henri IV**
- 1598 : Édit de Nantes
- **1610-1643 : Louis XIII**
- 1635 : Création de l'Académie française
- **1643-1661 : Régence d'Anne d'Autriche**
- 1648-1652 : Fronde
- **1661-1715 : Règne personnel de Louis XIV**
- 1661-1668 : Construction du palais de Versailles (agrandissement d'un pavillon de chasse de Louis XIII)
- 1685 : Révocation de l'édit de Nantes

Panorama

L'aube du XVIIe siècle est apparue sous le règne d'Henri IV, dit le « Vert Galant ». Ce truculent roi de Navarre avait accepté de renoncer à sa foi protestante pour asseoir sa légitimité sur le trône de France. Par **l'édit de Nantes**, **en 1598**, il accorda aux protestants la liberté du culte et mit ainsi fin aux guerres de religion des décennies précédentes. Non content de pacifier son peuple, il s'appuya sur son ministre Sully pour redresser les finances et encourager les productions françaises. Néanmoins, la satisfaction n'était pas entière puisque Henri IV fut assassiné en 1610 par un moine illuminé du nom de Ravaillac, qui déclara avoir commis cet acte pour répondre à une mission divine.

Son fils Louis XIII n'avait que neuf ans lorsqu'il devint roi. La régence fut assurée par sa mère, Marie de Médicis, et par son mystérieux ministre, l'Italien Concini, que le jeune roi dut faire assassiner en 1617 pour prendre véritablement le pouvoir. Quelques années plus tard, en 1624, le cardinal de Richelieu devint ministre. C'est à lui que l'on doit la fondation de l'Académie Française. Il gouverna avec autorité jusqu'à sa mort en 1642 et fut remplacé par le cardinal Mazarin.

En 1643, Louis XIII mourut, laissant un petit héritier de cinq ans : Louis XIV, né en 1638. Le nouveau roi était un « *enfant du miracle* » dont la naissance avait été attendue pendant vingt-trois ans ! Ses premières années n'eurent de règne que le nom puisque c'est Anne d'Autriche, sa mère, qui gouverna soutenue par Mazarin. Mais surtout, de 1648 à 1652 le trône dut faire face à la Fronde. Il y eut la révolte des parlements d'abord, puis des grands seigneurs ensuite, contre l'autorité royale alors affaiblie par la régence. Cet épisode marqua profondément Louis XIV. Les historiens s'accordent à dire qu'il en conçut le désir de gouverner seul et de mettre au pas tous ses sujets, sans exception.

En 1661, Mazarin mourut après avoir, dans le même élan que Richelieu, préparé l'avènement d'un pouvoir absolu. Ce fut le début du règne personnel de Louis XIV, le lever du Roi-Soleil...

Cette période fut d'une extraordinaire richesse culturelle. Le monarque consacra le goût du temps pour le sublime. C'est sous sa protection que purent s'épanouir le talent de Molière pour la comédie et celui de Racine pour la tragédie. C'est aussi sous son règne que sortirent de terre notamment les Invalides, et bien sûr le palais de Versailles. Celui-ci fut autant le poumon du pouvoir absolu que de l'hégémonie culturelle française. Sur le plan économique, le ministre Colbert favorisa l'industrie par le développement des manufactures, ainsi que le commerce extérieur, spécialement avec les colonies.

Cependant, cette prospérité et cette modernisation n'empêchaient pas les tensions et les nombreux conflits. Aussi le règne fut-il marqué par plusieurs guerres meurtrières. Par ailleurs en 1685 à Fontainebleau, Louis XIV révoqua l'Édit de Nantes signé par son grand-père. Cela rouvrit la blessure des guerres civiles et contribua à affaiblir la France.

Le Roi Soleil s'éteignit en 1715 après soixante-douze ans de règne. Ses dernières années avaient été marquées par de nombreux deuils. Lui qui avait eu tant de fils laissa pour seul héritier son arrière-petit-fils de cinq ans : **Louis XV**.

XVIIIe siècle : contexte historique 41

Le siècle des Lumières fut particulièrement brillant sur le plan philosophique. Il connut de profondes mutations qui s'accompagnèrent de grands progrès, comme de grands excès.

Dates clés

- **1715-1723 : Régence de Philippe d'Orléans.**
- **1723-1774 : Louis XV.**
- 1756-1763 : Guerre de Sept Ans (contre l'Angleterre).
- **1774-1792 : Louis XVI.**
- **1789 : Révolution Française.**
- 1793-1794 : Terreur jacobine et début des guerres de Vendée.
- **1795-1799 : Directoire.**
- **1799-1804 : Consulat.**

Panorama

On considère que le XVIIIe siècle commença véritablement à la mort de Louis XIV en 1715. Son arrière-petit-fils Louis XV n'ayant alors que cinq ans, c'est son neveu Philippe d'Orléans qui devint régent du royaume jusqu'en 1723. La Régence fut marquée par des fêtes et des plaisirs luxueux qui faisaient comme une réponse à l'austérité des dernières années de Louis XIV. Dans la haute société, le temps était aux plaisirs et au libertinage, ce que le peintre Watteau a merveilleusement illustré dans ses scènes de fêtes galantes, comme par exemple *L'embarquement pour Cythère* (1718). L'autre point marquant de cette période est plus sombre. En effet, afin de redresser les finances du royaume, on donna licence à un certain John Law, contrôleur des finances, de mettre en place un système financier à base de papier-monnaie, ce qui était une grande nouveauté ! Il ne s'agissait ni plus ni moins d'une sorte de système boursier avant l'heure, auquel on donna le nom de son inventeur. Aussi, un grand nombre de particuliers investirent des sommes folles dans ce nouveau projet qui devait apporter la fortune… Mais malheureusement, assez vite, la spéculation fut telle que le système s'effondra de manière lamentable, laissant derrière lui le désarroi et la ruine.

Lorsqu'en 1723 Louis XV prit sa place sur le trône, il jouissait d'un immense prestige car il incarnait de grands espoirs. Tout juste âgé de treize ans, il laissa en réalité son ministre Fleury gouverner à sa place. Ce dernier mit au point un certain nombre de réformes favorables au commerce. Cela contribua à rétablir une certaine prospérité et à soutenir la démographie qui s'épanouissait particulièrement, au point que la France fut à cette époque le pays le plus peuplé d'Europe. Ce furent également des années très riches sur le plan intellectuel puisqu'en dépit de la censure et autres obstacles, les idées des Lumières progressaient. Les philosophes jouissaient de la protection de personnages haut placés, dont la marquise de Pompadour, maîtresse du roi. Sur le plan militaire, la France eut à soutenir notamment la Guerre de Sept ans, contre l'Angleterre, qui fit des coupes franches dans ses possessions et dans son armée. Ce long conflit s'acheva sur le traité de Paris qui laissait aux Anglais les colonies françaises du Canada et des Indes. Louis XV s'éteignit en 1774, léguant à son petit-fils un pays fragilisé par les guerres, et une couronne au prestige flétri par les affaires de mœurs de la fin du règne.

Le jeune Louis XVI, bien qu'un peu débonnaire, était favorable à des réformes qui auraient établi notamment une égalité devant l'impôt. Mais il se heurta en cela à l'opposition de la noblesse parlementaire et dut renvoyer les ministres qu'il avait d'abord choisis. En 1778, il décida de faire participer la France à la guerre d'Indépendance que les tout jeunes États-Unis d'Amérique livraient contre l'Angleterre. Quoique prestigieuse et victorieuse, cette guerre fut ruineuse pour les finances du royaume et contribua à appauvrir la population qui se trouvait écrasée d'impôts.

En 1789, la pression liée aux éventuelles réformes fiscales était telle que les parlements exigèrent la convocation des États-Généraux. La même année, suivirent les actes fondateurs de la Révolution : prise de la Bastille le 14 juillet, abolition des privilèges le 4 août, Déclaration des Droits de l'homme et du citoyen le 26 août. Louis XVI accepta de renoncer à un pouvoir dit de droit divin, au profit d'une monarchie parlementaire. Mais il se fit happer par le tourbillon révolutionnaire qui s'enflammait, sans parvenir à se maintenir au pouvoir. En 1792, la monarchie fut abolie et le roi fut emprisonné avec sa famille. Il fut guillotiné au début de l'année 1793, ce qui déclencha aussitôt une coalition européenne contre la république naissante. Ce fut donc la guerre aux frontières.

Les conscriptions, c'est-à-dire l'appel sous les drapeaux, ainsi que la Constitution Civile du Clergé qui obligeait les prêtres à renier l'Église romaine, furent très mal acceptées dans certains endroits, spécialement en Vendée où se déclencha une guerre civile. Ce que l'on appela vite la Terreur se mettait en place. Sous l'égide de Robespierre, la « loi des suspects » envoyait à la guillotine quiconque était soupçonné de trahison. Robespierre lui-même en fit les frais puisqu'il périt sur l'échafaud en 1794.

En 1795 fut instauré le Directoire, régime plus modéré qui eut pour tâche essentielle de lutter contre les forces européennes coalisées. C'est dans ce contexte qu'émergea un jeune général corse, Napoléon Bonaparte. Celui-ci se fit remarquer par de nombreuses victoires, par son charisme et sa détermination. Cela le conduisit à prendre le pouvoir par le coup d'État du 18 Brumaire (9 novembre 1799), au château de Saint Cloud, mettant ainsi fin au Directoire. Suivit ensuite le Consulat, qui devait mener à l'Empire en 1804.

42 XIXe siècle : contexte historique

Le XIXe siècle fut une période de grands bouleversements où le pire côtoya le meilleur : progrès scientifiques et misères sociales ; crises politiques majeures et espoirs sans cesse renaissants de liberté et d'égalité. La littérature fut à l'image de cette diversité. Aussi variée que les événements, elle se fit le miroir des mœurs et des progrès, des espérances et des déceptions de son temps.

Dates clés

- **1804-1815 : Napoléon Ier**
- **1815-1848 : Restauration**
- 1815-1824 : Louis XVIII
- 1824-1830 : Charles X
- 1830 : Les Trois Glorieuses
- 1830-1848 : Monarchie de Juillet : Louis-Philippe
- 1848 : Révolution de 1848 (du 22 au 25 février)
- **1848-1851 : IIe République**
- **1851-1870 : Second Empire : Napoléon III**
- 1870 : Défaite de Sedan, chute du second empire
- **1871 : La Commune** (du 18 mars au 28 mai)
- **1871 : IIIe République** (jusqu'en 1940)

Panorama

L'année 1804 se termina par le sacre de Napoléon, jusqu'alors Premier Consul, qui devint empereur le 2 décembre. Cette « folie des grandeurs », jugée choquante par beaucoup confirmait en fait la mise en œuvre d'une certaine stabilité intérieure. La France avait déjà commencé de s'apaiser avec le Concordat de 1801, réconciliant officiellement l'Église et l'État Français. De même se mettait en place une réorganisation intérieure avec notamment le Code Civil, ou Code Napoléon, promulgué en mars 1804, et dont la plupart des articles sont encore valables aujourd'hui. Sur le plan militaire, Napoléon continua de forger son mythe en entraînant les armées françaises dans une frénésie de conquêtes aussi sanglantes que glorieuses, jusqu'à la défaite de Waterloo, le 18 juin 1815, qui mit définitivement fin à l'épopée napoléonienne. L'empereur fut envoyé en exil sur l'île de Sainte-Hélène, tandis que le frère de Louis XVI remontait sur le trône des Bourbons.

Pendant quinze ans, Louis XVIII, puis son dernier frère, Charles X, essayèrent de revenir à l'Ancien Régime. Mais après les rêves de gloire suscités par Napoléon et avec l'évolution des mentalités, les déceptions furent aussi nombreuses que les revendications. En 1830, le régime *ultra-royaliste* de Charles X fut renversé en une révolution de trois jours : les 27, 28 et 29 juillet, d'où le nom des Trois Glorieuses. Le duc d'Orléans, son cousin, devint alors « roi des Français » sous le nom de Louis-Philippe. Ce fut la Monarchie de Juillet, un régime constitutionnel qui ne revendiquait plus le caractère absolu de l'Ancien Régime. Elle commença par la conquête de l'Algérie en 1830. Ce fut une période d'enrichissement considérable de la bourgeoisie, au point que l'on a pu parler d'une monarchie bourgeoise. Mais les inégalités étaient toujours très présentes et Paris s'enflamma en 1848 avec une nouvelle révolution. Louis-Philippe abdiqua et la Seconde République fut proclamée par le poète député Alphonse de Lamartine.

Cette république fut bien courte puisque le Prince-Président élu le 10 décembre 1848, Louis-Napoléon Bonaparte, y mit fin en devenant Napoléon III par le coup d'État du 2 décembre 1851. Instauré dans la violence, ce coup d'État fortement critiqué par Victor Hugo valut à celui-ci très long exil.

Le Second Empire fut une ère de forte autorité et de censure littéraire. C'est également à cette époque que Paris fut largement réaménagé avec les grands travaux d'urbanisme du baron Hausmann. En juillet 1870, d'importantes tensions avec la Prusse aboutirent à une guerre qui se solda par la défaite de Sedan, le 2 septembre, où Napoléon III fut fait prisonnier. Après quelques troubles, la République fut vite proclamée et un gouvernement provisoire fut mis en place. Néanmoins, la France désormais occupée par les Prussiens, assista le 19 janvier 1871 à la proclamation de l'Empire Allemand… dans la Galerie des Glaces du Château de Versailles. En mai de la même année, l'Alsace et la Lorraine étaient annexées par l'Allemagne. Ces deux derniers éléments illustrent bien l'humiliation subie et les désirs de revanche qui animèrent les Français jusqu'en 1914…

En mars 1871, Paris s'enflamma de nouveau, ce fut le début de la Commune. Ce furent plusieurs semaines de troubles entre le peuple parisien et le gouvernement établi à Versailles. Elles s'achevèrent dans une répression sanglante à la fin du mois de mai. Adolphe Thiers devint le premier ministre de cette Troisième République, très fragile au début, mais qui allait durer jusqu'à la défaite de 1940. Les premiers temps furent emplis de crises diverses et de décisions majeures. En 1882, Jules Ferry fit décréter la scolarité primaire laïque obligatoire pour tous, ce qui est encore le cas aujourd'hui. On retiendra spécialement l'Affaire Dreyfus, au cours de laquelle Zola s'illustra, en 1898, en prenant la défense de l'officier juif injustement condamné, dans sa célèbre lettre ouverte « J'accuse ».

Début du XXe siècle : contexte historique

43

La première moitié du XXe siècle vit, en quelques décennies seulement, les deux guerres les plus meurtrières de l'histoire de l'Europe. Ces expériences traumatisantes, de même que les espoirs suscités par les périodes de paix qui les ont précédées, n'ont pas manqué d'influencer fortement les écrivains et autres artistes. Ceux-ci se sont fait plus que jamais l'écho des aspirations et interrogations de leur temps.

Dates clés

- **1900-1914 : La Belle époque**
- **1914-1918 : Première Guerre mondiale**
- **1919-1939 : L'Entre-deux-guerres** (Les « Années folles »)
- **1939-1945 : Seconde Guerre mondiale**

Panorama

Les premières années du XXe siècle eurent pour la France le charme insouciant du calme avant la tempête, d'où l'expression de « Belle époque » pour caractériser cette période. Ce fut le crépuscule d'un monde que la guerre allait bientôt faire définitivement voler en éclats. Sur le plan politique, la menace était grandissante, principalement pour deux raisons. D'une part, face à l'Allemagne triomphante du Kaiser Guillaume II, la France était entrée dans la Triple Entente, la liant à l'Angleterre et à la Russie. Parallèlement existait la Triplice, réunissant l'Allemagne, l'Autriche-Hongrie et l'Italie. D'autre part, au sud-est de l'Europe, dans les Balkans, il existait de très fortes tensions entre l'influence austro-hongroise et l'influence russe. Le 28 juillet 1914, l'assassinat à Sarajevo de l'archiduc François-Ferdinand mit le feu aux poudres. Il s'en suivit très rapidement une escalade de déclarations de guerre découlant du jeu des alliances. Ainsi, l'Autriche déclara la guerre à la Serbie, ce qui conduisit l'Allemagne à déclarer la guerre à la Russie, puis à la France, dès le 3 août.

La Première Guerre mondiale était déclenchée, devenant dès 1915 une guerre de position, qui enlisa les armées dans l'horreur des tranchées. En 1917, la révolution bolchévique conduisit la Russie à se retirer du conflit. Peu après, les Américains entrèrent également en guerre, et en novembre 1918, l'Allemagne fut finalement défaite. La paix fut officiellement signée le 11 novembre. Le traité de Versailles qui suivit, le 28 juin 1919, laissa aux Allemands un amer désir de revanche qui conduisit plusieurs décennies plus tard à l'enclanchement de la seconde guerre mondiale.

La période de l'Entre-deux-guerres, appelée aussi « Les années folles » mêla l'immense soulagement lié à la paix enfin revenue, et les lourdes conséquences du premier conflit mondial : bilan humain catastrophique, et nouvelles menaces pas forcément bien repérées sur le plan international, du fait de ce nouvel équilibre des forces européennes. Ce fut une époque de grand enthousiasme sur le plan culturel, qui fit souffler un vent léger de modernité et de liberté jusque dans le domaine de la mode ! Mais en 1929, une terrible crise financière partie des États-Unis ébranla tout spécialement l'Europe et entraîna notamment un appauvrissement généralisé de certains pays. C'est dans ce contexte que l'idéologie fasciste prospéra en Allemagne et en Italie. Tandis que l'Espagne était saignée par la guerre civile de 1936, opposant républicains aux franquistes, la France portait au pouvoir le Front Populaire et voyait, entre autres, l'arrivée des premiers congés payés.

L'Allemagne d'Hitler qui opérait depuis longtemps un réarmement forcené conclut une alliance avec l'Italie de Mussolini, et se mit à annexer ses voisins européens. Le 3 septembre 1939, après l'invasion de la Pologne, la France et l'Angleterre déclarèrent la guerre à l'Allemagne. Pendant plusieurs mois, ce fut la « Drôle de guerre », qui se termina brutalement par l'invasion de la France, puis par la défaite et l'armistice de juin 1940 signé par le maréchal Pétain. À partir de ce moment, et plus précisément à partir de l'appel du Général de Gaulle, le 18 juin, à entrer en résistance, les Français furent progressivement scindés en deux camps : celui de la collaboration avec l'Allemagne nazie, derrière le maréchal Pétain et le nouveau régime de Vichy, et celui de la résistance – surtout active à partir de 1943 – derrière le général de Gaulle exilé à Londres. Bien sûr, la scission n'était pas systématiquement aussi nette dans la population, la plupart des gens essayant simplement de survivre… Les années d'occupation furent très sombres pour la société civile : déportation des minorités, et en particulier des juifs, dénonciations, rationnement généralisé, etc. Après le 6 juin 1944, date du débarquement américain sur les côtes normandes, la France fut progressivement libérée et l'Allemagne s'affaiblit, jusqu'à capituler le 8 mai 1945.

PREMIER OBJET D'ÉTUDE : LA POÉSIE DU MOYEN-ÂGE AU XVIIIE SIÈCLE

La versification 44

Les rimes

On parle de **rimes féminines** lorsque celles-ci se terminent par un –*e* muet et de **rimes masculines** pour toutes les autres.

On parle de **rimes riches** si elles contiennent au moins 3 sons communs, de **rimes suffisantes** si elles ont 2 sons communs et de **rimes pauvres** si elles ont seulement 1 son en commun.

On parle de **rimes suivies** lorsqu'elles s'enchaînent de cette façon *a-a-b-b*. Les **rimes croisées** suivent le schéma *a-b-a-b* et les **rimes embrassées**, celui-ci de *a-b-b-a*. L'**enjambement** consiste en la poursuite d'une même phrase sur le ou les vers suivant(s).

Rejet et contre-rejet

Il y a un **rejet** lorsqu'un mot ou un groupe de mots bref se trouve isolé en début de vers, alors qu'il est lié syntaxiquement au vers précédent.

Le **contre-rejet** est l'inverse du rejet : c'est l'isolement d'un mot ou groupe de mots bref en fin de vers, alors qu'il est lié syntaxiquement avec le vers suivant.

L'effet créé par le rejet ou le contre-rejet est la mise en valeur de l'élément isolé. Le but de cette mise en valeur est à préciser dans un commentaire, en fonction du contexte, du thème, etc.

Les strophes et les vers

Dans un poème, un paragraphe est appelé une **strophe**. Si celle-ci comporte 6 vers, on parle d'un **sizain**, 4 vers d'un **quatrain**, 3 vers d'un **tercet**, 2 vers d'un **distique**.

Un poème constitué de **deux quatrains, puis de deux tercets** est appelé un **sonnet**. C'est la forme de prédilection des poètes de la Pléiade (Ronsard, Du Bellay, XVIe siècle) et on la retrouve dans certains poèmes du XIXe siècle, notamment chez Baudelaire.

L'**alexandrin** est un vers comportant 12 syllabes (appelées aussi « pieds ») ; le **décasyllabe** en compte 10 et l'**octosyllabe** 8.

Un **hémistiche** est la moitié d'un vers. Dans les alexandrins classiques, il y a presque systématiquement une césure (= coupe) à l'hémistiche, c'est-à-dire une rupture du rythme. Ils sont donc souvent à prononcer selon un rythme de 2 x 6 temps.

Les vers impairs se rencontrent plus rarement : l'**hendécasyllabe** a 11 syllabes, et l'**heptasyllabe** 7.

La prononciation

Pour qu'un vers compte le bon nombre de syllabes ou de pieds, il faut respecter en le lisant certaines règles de prononciation qui ne nous sont pas du tout naturelles dans le langage courant :

Le « **e** » muet à la fin d'un mot est **élidé**, c'est-à-dire supprimé systématiquement, **en fin de vers**, et peut l'être **aussi en milieu de vers si le mot qui le suit commence par une voyelle**. À l'inverse, **s'il est suivi par un mot commençant par une consonne, ou encore par un élément de ponctuation** (toujours au milieu du vers et non à la fin), il est prononcé, un peu comme s'il venait résonner sur cette consonne ou cette virgule qui l'empêcherait de tomber dans le vide du silence...

La **diérèse**, particulièrement fréquente dans la poésie classique, allonge à deux temps une syllabe riche de deux sons vocaliques, que nous prononçons habituellement en un seul temps.

→ Exemple : *« apparition » se dit habituellement « ap-pa-ri-tion », soit 4 en syllabes dans le langage courant ; mais se prononcera en 5 syllabes dans un alexandrin, pour lui permettre de compter ses douze pieds : ap-pa-ri-**ti-on**.*

Exemples

« Du temps que j'étais écolier,
Je restai un soir à veiller
Dans notre salle solitaire.
Devant ma table vint s'asseoir
Un pauvre enfant vêtu de noir,
Qui me ressemblait comme un frère. »

Alfred de Musset, *Les Nuits*, 1835-1837
« La Nuit de *décembre* »

Les **rimes** des vers 1-2 et 4-5 sont **masculines**, tandis que celle des vers 3 et 6 est **féminine**.

Toutes les **rimes** sont **suffisantes**, c'est-à-dire à deux sons communs (vers 1-2 : « i » + « é » ; vers 3-6 : « è » + « r » ; vers 4-5 : « oi » + « r »).

« Pierrot, qui n'a rien d'un Clitandre,
Vide un flacon sans plus attendre,
Et, pratique, entame un pâté. »

Verlaine, *Fêtes galantes*, 1869, « Pantomime »

La phrase se poursuivant sur les 3 vers du tercet, on peut parler d'un **enjambement**.

« Éloigné de vos yeux, Madame, par des soins
Impérieux (j'en prends tous les dieux à témoins) »

Verlaine, *Fêtes galantes*, 1869, « Lettre »

Dans ces deux vers, l'adjectif « impérieux » se trouve isolé par un **rejet**.

« L'automne, heureusement, **avec**
Son jour froid et ses bises rudes, »

Verlaine, *Fêtes galantes*, 1869, « En patinant »

Dans ces deux vers, la préposition « avec » se trouve isolée par un **contre-rejet**.

Exercice

Dans ces deux premières strophes du poème de Victor Hugo, « L'enfant » (*Les Orientales*, 1829), efforcez-vous de scander chaque vers, c'est-à-dire de retrouver le bon nombre de pieds. Il y a des alexandrins et des octosyllabes. Repérez les élisions, ainsi que l'enchaînement des rimes. Aidez-vous pour cela de l'exemple des deux premiers vers.

« Les/Turcs/ ont /pas/sé/ là./ Tout/ est /ru/i/ne et/ deuil. **[rime : a]**

Chi/o,/ l'î/le/des/ vins,/ n'est/ plus/qu'un/ som/bre é/cueil, **[rime : a : les 2 premières rimes sont donc suivies]**

Chio, qu'ombrageaient les charmilles
Chio, qui dans les flots reflétait ses grands bois,
Ses côteaux, ses palais, et le soir quelquefois
Un chœur dansant de jeunes filles

Tout est désert. Mais non ; seul près des murs noircis,
Un enfant aux yeux bleus, un enfant grec, assis,
  Courbait sa tête humiliée ;
Il avait pour asile, il avait pour appui
Une blanche aubépine, une fleur, comme lui
  Dans le grand ravage oubliée. »

➯ *Correction de l'exercice en fin d'ouvrage.*

45 La poésie au Moyen Âge

Au Moyen Âge, des poètes de profession, les **troubadours en pays de langue d'oc** (Sud de la Loire) et les **trouvères en pays de langue d'oil** (Nord de la Loire), **chantaient** des poèmes en **musique** allant de château en château ou bien résidant chez un seul seigneur. Leur poésie est dite **lyrique** car elle vient du mot **lyre** en grec : ainsi, elle était accompagnée de **musique** voire de **danse**. D'autres écrivaient aussi des poèmes sans être ni trouvère ni troubadour, il s'agissait souvent de grands seigneurs qui abordaient des sujets très divers.

Définitions des formes poétiques au Moyen Âge

- La **pastourelle** a pour sujet la conquête amoureuse d'une bergère par un chevalier.
- Le **lai** : Il en existe **deux types**. Le lai dit **narratif** qu'écrivait Marie de France, est un poème en octosyllabes suivis à rimes plates qui a pour thème les aventures merveilleuses de la « matière de Bretagne ». Le lai dit **lyrique** de Guillaume de Machaut et de Christine de Pisan est en revanche un poème de douze strophes écrit en vers variables.
- Le **virelai** est un poème court sur deux rimes qui fait alterner trois strophes et une strophe refrain.
- Le **rondeau** est un poème de treize vers construit sur deux rimes.
- La **ballade** est composée de trois strophes semblables et d'une demi-strophe qui commence par une apostrophe au dédicataire du poème. Chaque vers comporte autant de syllabes que le nombre de vers dans la strophe : un huitain (huit vers) est en octosyllabes (huit syllabes), un dizain (dix vers) est en décasyllabes (dix syllabes).

Le XIIe siècle

La poésie courtoise de Marie de France

Marie de France est la première femme qui écrivit des poèmes en **langue vulgaire**. Elle fit sienne la « **matière de Bretagne** » qui narre l'histoire du roi Arthur et de la Table Ronde. Elle mit ainsi en vers les contes célèbres de la quête du Graal et des aventures de Merlin l'enchanteur. Dans son œuvre, intitulée *Les Lais*, l'amour vainqueur est symbolisé allégoriquement par un oiseau.

« La pucelle entra au palais ; / Onques si belle n'y vint jamais. / Devant le roi est descendue, / Si bien que de tous elle était admirée. / Son manteau elle a laissé choir, / Pour que mieux ils la pussent voir. / Le roi, qui était très bien instruit, / S'est aussitôt levé devant elle, / Et tous les autres lui rendirent honneur / À la servir ils s'appliquèrent fort. / Quand ils l'eurent bien regardée / Et sa beauté assez louée, / Elle parla en telle mesure, / Car de s'attarder elle n'avait cure : / « Arthur, fait-elle, écoute-moi, / Ainsi que ces barons qu'ici je vois ! / Roi, j'ai aimé un tien vassal. / Le voici ! C'est Lanval ! / Maltraité il fut en ta cour : / je ne veux pas qu'il ait à souffrir / De ce qu'il dit. Sachez-le / Que la reine a eu tort : / Jamais nul jour il ne la requit. / Quant à la vantardise qu'il fit, / Si par moi il peut en être acquitté, / Par vos barons qu'il soit délivré ! » / Le roi accorde qu'il en soit ainsi / Qu'ils en jugeront par justice. » *Les Lais*

Le XIIIe siècle

La poésie courtoise de Thibaut de Champagne

Thibaut de Champagne eut une vie pour le moins **tumultueuse** : en effet, il combattit Louis XII puis la régente Blanche de Castille avec laquelle il finit par conclure la paix et à laquelle il aurait pensé quand il écrivit certains poèmes d'amour. Considéré comme le plus **grand poète lyrique** du XIIIe siècle, il chanta essentiellement **l'amour** et les **croisades**.

Un tournant dans la poésie : Rutebeuf

La poésie de Rutebeuf relève du **lyrisme populaire et satirique**. Ce poète a une place d'importance dans la poésie du Moyen Âge. Son **œuvre est très variée**. **Jongleur** de profession, avec lui, la poésie devient une arme car il a perçu **le pouvoir** que pouvaient avoir **les mots** et leur impact sur ceux qui les lisaient ou les entendaient. Rutebeuf connut toute sa vie une grande **pauvreté**. Il la chanta toujours avec la beauté de la légèreté. Malgré les **vicissitudes** de l'existence, il garda une **foi** profonde en Dieu. Capable de faire montre d'une grande **critique** vis-à-vis du roi comme du peuple, il sut aussi manier **l'humour**.

« Avant que vienne avril ou mai / Viendra le carême ; / À ce sujet je peux bien dire mon avis : / De poisson autant que de crème / Aura ma femme ; / Elle a tout loisir de sauver son âme : / Qu'elle jeûne donc pour la douce Dame, / Car elle en a loisir, / Et aille se coucher de bonne heure, / Car elle n'aura pas tout son saoul, / C'est chose sûre. » Extrait de « La misère du foyer »

Le Roman de la Rose

Le Roman de la Rose est un **roman en vers** qui appartient à la poésie **didactique :** il est composé de **deux parties différentes écrites à quarante ans d'intervalle** par deux auteurs, **Guillaume de Lorris** et **Jean de Meung** car **Jean de Meung a poursuivi l'œuvre de Guillaume de Lorris mais dans un tout autre registre.** Les **deux auteurs** ont une plume tout à fait **dissemblable** tant au niveau de la forme que des idées ! Le premier aborde par exemple la femme comme une divinité à honorer et à respecter tandis que le second attaque ouvertement la gent féminine.

La première partie écrite par **Guillaume Lorris** met en scène **l'amour courtois** en ayant recours à de nombreuses **allégories** : les sentiments sont autant de personnages. L'amant poète veut charmer la **Rose** et doit pour ce faire, surmonter les obstacles dans le but d'atteindre **le verger du Dieu d'Amour.**

La seconde partie, écrite par **Jean de Meung**, abandonne l'esprit courtois pour exposer des points de vue d'ordre **philosophique.** Dans cette partie, l'auteur s'exprime, tout en conservant le principe de **l'allégorie**, sur les thèmes qui intéressent les hommes de son temps : la noblesse, la richesse, la place de l'homme dans le monde, son rapport à la nature, aux animaux, la royauté, etc.

> Texte de Guillaume de Lorris : « Voici Le Roman de la Rose / Où l'art d'Amour est tout enclos. / La matière en est bonne et neuve ; / Dieu fasse que l'accueille bien / Celle pour qui je l'ai entrepris : / C'est elle qui a tant de prix / Et est si digne d'être aimée / Qu'elle doit être appelée la Rose. »
>
> Texte de Jean de Meung : « Les princes ne méritent pas / Qu'un astre annonce leur trépas / Plutôt que la mort d'un autre homme : / Leur corps ne vaut pas une pomme / De plus qu'un corps de charretier, / Qu'un corps de clerc et d'écuyer. / Je les fais pareillement nus, / Forts ou faibles, gros ou menus, / Tous égaux sans exception / par leur humaine condition. »

Le XIVe siècle

Guillaume de Machaut, le théoricien des formes fixes

D'abord **clerc** du diocèse de Reims, Guillaume de Machaut finit sa vie **chanoine** de la cathédrale de Reims. Sa poésie, qui aborde essentiellement les thèmes de **l'Amour** et de la **Fortune**, emprunte par ses sujets et ses **allégories** au *Roman de la Rose* et peut être qualifiée de **didactique** et de **morale**. Mais Guillaume de Machaut est aussi un **réformateur** qui va donner des **définitions précises à la poésie** en établissant des **formes fixes** comme les rondeaux, les ballades, les lais et les complaintes.

Eustache Deschamps

Eustache Deschamps fut élevé par Guillaume de Machaut. Comme lui, il réfléchit aux théories poétiques et établit certaines règles de poésie concernant les **poèmes à forme fixe**. Dans ses poèmes, il aborde des sujets nombreux parmi lesquels on compte d'abord **l'amour, la satire et la mort.** Il ne manque pas d'enrichir sa poésie de ses **anecdotes** personnelles et d'employer ses vers au service d'une certaine **critique sociale**.

> « Quand j'ai la terre et mer avironnée / Et visité en chacune partie / Jérusalem, Égypte et Galilée, / Alexandre, Damas et la Syrie, / Babylone, Le Caire et Tartarie / Et tous les ports qui y sont, / Les épices et sucres qui s'y font, / Les fins draps d'or et soie du pays, / Valent trop mieux ce que les Français ont / Rien ne se peut comparer à Paris. » « Paris »

Le XVe siècle

La poésie lyrique de Christine de Pisan

Veuve à 25 ans avec trois enfants à charge, elle composa des ballades, des virelais, des rondeaux, sur **commande**. Élève d'Eustache Deschamps, elle suivit son style en puisant aussi son inspiration dans la poésie de Guillaume de Machaut pour réaliser des poèmes **allégoriques**.

> « Une fillette de XVI ans ! / N'est-ce pas chose fors nature ? / À qui armes ne sont pesans, / Ains semble que sa norriture / Y soit tant y fort et dure / Et devant elle vont fuyant / Les ennemis ne nul n'y dure / Elle fait ce mains yeulx voiant / Et d'eulx va France descombrant / En recouvrant chasteaulx et villes / Jamais force ne fut si grant / Soient ou a cens ou a miles / Et de noz gens preux et abiles / Elle est principale chevetaine / Tel force n'ot Hector ne Achilles / Mais tout ce fait Dieu qui la menne. » Ditié de Christine de Pisan dans Quicherat, Procès de Jeanne d'Arc.

Un prince-poète : Charles d'Orléans

Les *Oeuvres* de Charles d'Orléans, composées entre 1450 et 1455, constituent un très grand ouvrage de **poésie courtoise** au ton **aristocratique** qui chante **la mélancolie, la nostalgie du pays, l'amour courtois et le désir de paix.** Charles d'Orléans, très jeune, dut assumer son rôle de chef des Armagnacs durant la guerre de Cent ans et fut fait prisonnier en Angleterre : **il resta captif vingt-cinq ans**. À son retour en France, ayant perdu sa première épouse, il se maria à Marie de Clèves et s'entoura de nombreux **poètes** dans son château de Blois.

> « Paix est trésor qu'on ne peut trop louer : / Je hais la guerre, point ne la dois priser : / Destourbé m'a longtemps, soit tort ou droit, / De voir France que mon cœur aimer doit. » Extrait de « La complainte de France »

« Dieu, qu'il la fait bon regarder / La gracieuse bonne et belle ! / Pour les grans biens qui sont en elle / Chascun est prest de la louer. / Qui se pourroit d'elle lasser ? / Toujours sa beauté renouvelle. / Dieu, qu'il la fait bon regarder, / La gracieuse, bonne et belle ! » Extrait de la « Chanson VI »

François Villon, la poésie de la révolte

Qualifié de plus grand poète avant Ronsard, François Villon eut une vie **tourmentée** de **voleur** et **d'assassin**. Loin des thèmes abordés par les autres poètes, il mit sa plume au service de **l'expression de sa conscience, de ses sentiments et de ses traits d'esprit**. Sa poésie est **réaliste** et très **évocatrice** de la **tragédie de son existence**. Il écrivit avec sincérité sur les **douleurs** qu'il vécut dans une langue aux **images puissantes**.

Alors qu'il a été condamné à la pendaison, Villon compose une ballade :

« Frères humains qui après nous vivez, / N'ayez les cuers contre nous endurcis, / Car, se pitié de nous povres avez, / Dieu en aura plus tost de vous mercis. / Vous nous voiez cy attachez cinq, six : / Quant de la chair que trop avons nourrie, / Elle est pieça dévorée et pourrie, / Et nous, les os, devenons cendre et pouldre, / De nostre mal personne ne s'en rie ; / Mais priez Dieu que tous nous veuille absouldre ! » Extrait de « l'Épitaphe Villon »

Les grands auteurs et les mouvements de pensée du XVIe siècle

46

Les grands auteurs

- Marot 1496-1544
- Rabelais 1494-1553
- Du Bellay 1522-1560
- Ronsard 1524-1584
- Agrippa D'Aubigné 1552-1630
- Montaigne 1533-1592

Panorama

Rabelais était un **médecin évangéliste**. Il prônait une **religion catholique épurée**. Il écrivit ***Gargantua***, ouvrage dans lequel **sagesse et savoir** sont intimement liés. Dans l'éducation que reçoit le personnage du roman, le **corps** a désormais toute sa place contrairement aux conceptions du Moyen Âge qui ne s'adressaient qu'aux esprits. Rabelais, en **bon vivant**, amuse son lecteur en écrivant avec **humour** et **fantaisie**. Dans son autre œuvre, ***Pantagruel***, fils de Gargantua et petit-fils de **Grandgousier** (qui, comme son nom l'indique, a pour première qualité son bon appétit), Rabelais met en scène sa **foi en l'humanité** tout en vantant les mérites d'une éducation qui permettrait à l'homme d'acquérir une **connaissance universelle**.

La Pléiade est un mouvement littéraire qui souhaite faire du **français** la langue officielle à la place du latin. Nourris des **influences gréco-latines** (Horace, Catulle, Virgile, Properce, Tibulle, Ovide) **et italiennes** (Dante, Pétrarque), les poètes de la Pléiade comme Ronsard et Du Bellay **imitent** les Anciens à dessein pour **créer du nouveau** dans une « nouvelle, ou plutôt ancienne renouvelée poésie » (Du Bellay).

Du Bellay écrivit cinquante sonnets dans un recueil intitulé ***L'Olive*** au sein desquels il chante la beauté féminine au nom de sa maîtresse imaginaire, à la manière de Pétrarque, qui, dans le *Canzoniere* louait la grandeur de sa Laure. Du Bellay avait pour ambition d'atteindre la **perfection** de la **forme** poétique afin d'imposer le **français** à son siècle.

Dans son autre recueil poétique, ***Les Regrets,*** le ton élégiaque est teinté de nostalgie puisqu'il se plaît à se plaindre à ses vers – comme il l'écrit lui-même – de l'éloignement qu'il vit par rapport à son sol natal plein de « la douceur angevine » alors qu'il est envoyé en mission à Rome. Le ton est triste et les **sonnets** sont autant **d'élégies**. Mais Du Bellay est surtout connu pour avoir rédigé le texte de référence du groupe des poètes humanistes de la Renaissance *Défense et Illustration de la langue française.*

Zoom sur…

Défense et illustration de la langue française
Du Bellay (1549)

Quelles sont les idées clés défendues dans ce texte ?

- Le **français** doit remplacer le latin **à l'écrit**. Il ne peut être réduit à un emploi oral et populaire.
- La **langue poétique** peut et doit être recherchée. Il convient d'avoir recours à des **images** et des **figures de style** variées.
- Il faut **se nourrir des auteurs précédents** et les faire siens, se les **approprier** pour créer du **nouveau.** De « **l'innutrition** » et de l'imitation naît la création.
- L'objectif est d'être reconnus comme des **génies** par les nobles de la Cour mais aussi par les générations futures.

Montaigne naquit dans le Périgord. Il fut maire de la ville de **Bordeaux**. Il écrivit les fameux ***Essais*** dans lesquels il entraîne son lecteur à douter avec lui, à méditer en sa compagnie, à réfléchir ensemble sur les choses de la vie. L'une de ses interrogations est passée dans le langage commun : ce « **Que sais-je ?** » qui nous invite à prendre de la distance avec nos certitudes afin d'avoir un regard critique qui nous permette de les analyser. Cet humaniste du XVIe siècle, **se prit lui-même comme sujet d'écriture en tant qu'homme** désireux de se connaître et, par ce biais, étudier la **nature humaine. Penseur libre**, d'une **tolérance** exemplaire, cultivé et à l'esprit curieux, Montaigne prônait la **modération**, morale du juste milieu sans excès, motivé par son propre bien en même temps que celui de la société.

Zoom sur...

L'humanisme

L'humanisme est fondé sur la racine latine « **homo** » qui signifie l'Homme. À la **Renaissance**, les intellectuels replacent **l'homme** au cœur de leur réflexion. Ce mouvement naît en opposition aux méthodes d'enseignement du Moyen Âge. Les auteurs désirent alors avoir accès aux textes et ne plus en passer d'abord par les commentaires. **L'imprimerie** leur permet désormais d'en prendre possession personnellement. Ainsi la Renaissance est cette période de redécouverte des **textes antiques** et de leur **appropriation** : il s'agit d'une « re-naissance » c'est-à-dire d'une deuxième naissance. L'homme est remis au cœur de tous savoirs : physiques, scientifiques, moraux, littéraires, artistiques. **L'objectif des humanistes est que l'homme progresse et s'épanouisse.**

Quelques noms... **Michel-Ange** et **Léonard de Vinci** centrent leurs travaux sur **l'anatomie** en peinture et en sculpture. **Raphael** et **Durer** donnent à l'art du **portrait** une nouvelle dimension !

47 La poésie du XVIe au XVIIIe siècles

La poésie au XVIe siècle

Clément Marot

Au début de sa carrière poétique, Marot dans ses ***Épîtres***, imite les **Grands Rhétoriqueurs**, poètes fidèles à l'esprit du **Roman de la Rose**, qui reprennent les genres fixes établis au Moyen Âge pour créer une poésie **savante**. Il écrit ensuite, dans un style très personnel, des **ballades**, des **rondeaux**, des **épigrammes** aux sujets variés pour chanter **l'amour**, pleurer sa **misère**, louer les **grandeurs du roi** François Ier, quémander de **l'argent**, décrire la **nature** ou encore chercher la **protection** du roi, mais toujours sur le ton plaisant du **badinage**. Il réunit ses œuvres sous le nom de ***L'Adolescence Clémentine*** en 1535. Cette œuvre connut un grand succès.

> « Au bon vieux temps un train d'amour régnait
> Qui sans grand art et dons se démenait,
> Si qu'un baiser, donné d'amour profonde,
> C'était donné toute la terre ronde :
> Car seulement au cœur on se prenait.
> Et si, par cas, à jouir[1] on venait,
> Savez-vous bien comme on s'entretenait ?
> Vingt ans, trente ans : cela durait un monde,
> Au bon vieux temps. »
> Extrait du Rondeau « du Bon vieux temps »

L'école lyonnaise

Au milieu du XVIe siècle, **Lyon** est sous l'influence de l'Italie. Les écrivains s'y réunissent et la ville peut s'enorgueillir d'être le cœur de la poésie française. **Louise Labé** fait partie du groupe des poètes de l'« école lyonnaise ». Dans ses ***Œuvres***, ouvrage poétique écrit en 1555 qui réunit ses **sonnets** et ses **élégies**, si l'influence des auteurs italiens est palpable, sa poésie est d'abord une poésie des sentiments par laquelle elle revendique la liberté d'expression et d'action pour les femmes.

> « Je vis, je meurs ; je me brûle et me noie ;
> J'ai chaud extrême en endurant froidure :
> La vie m'est et trop molle et trop dure.
> J'ai grands ennuis entremêlés de joie.

1. s'aimer mutuellement

Tout à un coup je ris et je larmoie,
Et en plaisir maint grief tourment j'endure ;
Mon bien s'en va, et à jamais il dure ;
Tout en un coup je sèche et je verdoie.

Ainsi Amour inconstamment me mène ;
Et, quand je pense avoir plus de douleur,
Sans y penser je me trouve hors de peine.

Puis, quand je crois ma joie être certaine,
Et être au haut de mon désiré heur,
Il me remet en mon premier malheur. »

« *Sonnet VIII* », Louise Labé

Le second poète de cette école, dont la notoriété n'a jamais décliné, est **Maurice Scève**. Il écrit son recueil poétique ***Délie*** en 1544 à la croisée des influences : il imite à la fois le grand poète italien du XIVe siècle, Pétrarque, qui chante son amour pour Laure, et, en même temps, respecte la rhétorique du Moyen Âge. Il innove cependant par **l'obscurité volontaire** de certains de ses vers qui ouvre la voie à une poésie **hermétique** comme celle du futur Mallarmé.

La Pléiade

Pour ce mouvement représenté notamment par **Du Bellay** dans sa *Défense et Illustration de la langue française*, rendez-vous fiche « Les grands auteurs et les mouvements de pensée du XVIe siècle ». De même pour **Ronsard,** allez lire la fiche intitulée « Ronsard ».

Agrippa d'Aubigné

D'Aubigné a été marqué dans son enfance par les **guerres civiles entre protestants et catholiques**. Appartenant à une famille **protestante**, il a très tôt dans sa vie pris la **plume** et les **armes** pour défendre sa foi et lutter contre celle des catholiques. Il a ainsi écrit de nombreux **pamphlets** en prose mais aussi des ouvrages en vers, le plus connu d'entre ces derniers est ***Les Tragiques*** dans lequel il explique les **causes** de **la guerre civile** due, entre autres choses, aux vices des monarques, met en scène **l'horreur** des supplices infligés aux siens ainsi que les **vengeances** qui s'abattent sur les coupables. L'influence des écrits bibliques est prégnante.

« La terre ouvre son sein ; du ventre des tombeaux
Naissent des enterrés les visages nouveaux :
Du pré, du bois, du champ, presque de toutes places
Sortent les corps nouveaux et les nouvelles faces.
Ici, les fondements des châteaux rehaussés
Par les ressuscitants promptement sont percés »

Les Tragiques, VII

La poésie au XVIIe siècle

La poésie baroque

Le **baroque rejette les règles classiques** considérées comme trop contraignantes et impropres à la création. Entremêlant les images et les actions dans le désir de faire naître une multitude de sentiments chez le lecteur, le baroque fonctionne grâce au foisonnement des idées. Les auteurs baroques sondent les profondeurs des **songes** et la **folie** et s'interrogent sur **l'instabilité du monde**. Le mouvement baroque explore les espaces inconnus, **mélange les genres**, peint des personnages aux caractères excessifs et s'octroie ainsi une grande **liberté** d'écriture. **Théophile de Viau** par exemple dans *Œuvres poétiques*, composées d'odes et d'élégies, fait l'éloge des beautés de la nature et des bienfaits de l'amitié dans un style empreint de liberté.

> « Je ne veux point unir le fil de mon sujet,
> Diversement je laisse et reprends mon sujet,
> Mon âme imaginant n'a point la patience,
> De bien polir les vers et ranger la science :
> La règle me déplaît, j'écris confusément ;
> Un bon esprit ne fait rien qu'aisément. »

Extrait d'« *Élégie à une dame* »

Du **baroque** naissent deux nouveaux styles : d'un côté, la **préciosité** qui prône l'idéal d'un **amour** courtois, **l'honnêteté** et la **noblesse** d'esprit en prenant la forme d'une écriture **maniérée** et s'efforçant de se distinguer par des images **recherchées**, et, d'un autre côté, le **burlesque** qui apparaît en réaction à la préciosité et s'y oppose volontairement par son style d'un **réalisme grossier**.

Saint Amant est un poète qui refusa d'imiter les Anciens et les Italiens car il préférait se laisser guider par son **inspiration**. Dans sa poésie, il a décrit la **nature** avec des accents lyriques qui rappellent la préciosité mais a également, à d'autres moments, utilisé le ton burlesque.

> « Oh ! Que j'aime la solitude !
> Que ces lieux sacrés à la nuit,
> Éloignés du monde et du bruit,
> Plaisent à mon inquiétude ! »

La poésie **burlesque** est représentée par l'œuvre de Paul **Scarron** dans *Le Virgile travesti* qui parodie *L'Enéide* de Virgile en transformant les personnages mythologiques en bourgeois risibles du XVIIe siècle. Voici un extrait de la fuite de Troie d'Enée (c'est lui qui s'exprime dans le texte) avec Anchise (son père) et Iule (son fils).

> « L'un prit un poêlon, l'autre un sceau,
> L'un un plat et l'autre un boisseau.
> Je me nantis[1] comme les autres :
> Je mis les unes sur les autres
> Six chemises, dont mon pourpoint
> Fut trop juste de plus d'un point.
> On n'oublia pas les cassettes,
> Mon fils se chargea des mouchettes[2],
> Mon père prit nos dieux en main »

La poésie classique

La poésie est un genre mineur pour les Classiques. Le classicisme se définit par son amour des **règles**, de la **bienséance** et de la **vraisemblance**. Il définit un cadre esthétique autant que moral puisqu'il s'agit de **peindre d'après nature** et de **respecter des codes** par rapport aux caractères des personnages, au traitement spatio-temporel et aux thèmes. C'est **Boileau** qui établit, à partir de sa lecture des ouvrages déjà existants, les règles dites classiques du **théâtre** et de la **poésie** dans son ***Art poétique*** de 1674. Dans cet ouvrage, il met en exergue la nécessité du **travail** sans pour autant renier le génie et l'inspiration.

> « Hâtez-vous lentement et sans perdre courage,
> Vingt fois sur le métier remettez votre ouvrage :
> Polissez-le sans cesse et le repolissez ;
> Ajoutez quelques fois et souvent effacez. »

Boileau cite **Malherbe** comme le fondateur du classicisme. Pour ce poète en effet prime **le travail sur les mots** et la **manière de composer le poème**. Il juge important que le message poétique soit **clair** et sans ambiguïté, que les idées soient bien formulées sans trop de manière et sans avoir recours à des figures de style complexes. Le poème doit être clairement **structuré**, les sons doivent être **soignés**, le **vocabulaire simple** et **compréhensible**. Pourtant Malherbe s'était essayé à la poésie baroque dans sa jeunesse ; il évolua au cours de sa vie et sa doctrine fut bien au fondement du classicisme.

1. munis.
2. objets qui permettaient de « moucher » les bougies, c'est-à-dire de les éteindre.

À la fin du siècle... il y eut *La Querelle des Anciens et des Modernes*...

Pour les auteurs qu'on a regroupés sous le nom de « Modernes », les auteurs de la fin du XVIIe étaient supérieurs aux « Anciens » c'est-à-dire aux Antiques qui ne correspondaient plus à leurs yeux aux goûts du siècle.

Le chef de file des Modernes était Charles **Perrault**. À la tête des « Anciens » – nom que prendront les auteurs du XVIIe siècle qui pensaient que l'œuvre des Antiques l'emportait sur celle des Modernes et qu'elle devait donc être l'objet **d'imitations** – se trouvait **Boileau**. **Racine**, **La Bruyère**, **La Fontaine** appartenaient au groupe des Anciens.

L'expression s'est généralisée et sert aujourd'hui à parler de l'opposition entre les artistes contemporains qui souhaitent créer du nouveau et leurs prédécesseurs qui bénéficient de la notoriété publique et sont cités comme des modèles.

La poésie au XVIIIe siècle

Suite à la Querelle des Anciens et des Modernes, la poésie est considérée au XVIIIe siècle comme **un art sans grand intérêt au développement des idées** ne relevant que de la pure technique ; le genre ne sera donc pas celui de prédilection des philosophes qui lui préféreront l'essai, le conte, le roman ou encore la nouvelle. Pour nombre de Lumières comme Montesquieu, la poésie est futile. Ce genre trouve alors davantage sa place dans les salons lors de jeux de mots mondains et éphémères au risque de voir son statut encore dégradé. Un seul poète reste très connu : André Chénier.

André Chénier

André Chénier puise ses modèles et l'inspiration de ses sujets dans la **Grèce antique**. Son œuvre *Les Bucoliques*, dont vous trouverez l'explication de texte et le commentaire à la Fiche n° 54, est une œuvre dans laquelle il peint différents tableaux de genres d'influence antique qui, soit, éveillent de puissants **sentiments** chez le lecteur, soit, le font **réfléchir sur la fugacité de la vie** mais peuvent aussi lui procurer simplement le **plaisir intense des mots**. Mais Chénier ne s'en tient pas à une imitation des Antiques qu'il prend comme modèles, il revendique sa volonté **d'unir le moderne à l'ancien** pour créer du nouveau selon la formule latine qu'il utilise : « **Audendum est**. » qui signifie « **Il faut oser**. » Ainsi achève-t-il son long poème « L'Invention » :

« O terre de Pelops ! avec le monde entier
Allons voir d'Épidote un agile coursier
Couronné dans les champs de Némée et d'Elide ;
Allons voir au théâtre, aux accents d'Euripide,
D'une sainte folie un peuple furieux
Chanter : Amour, tyran des hommes et des Dieux.
Puis, ivres des transports qui nous viennent surprendre,
Parmi nous, dans nos vers, revenons les répandre ;
Changeons-en notre miel leurs plus antiques fleurs ;
Pour peindre notre idée, empruntons leurs couleurs ;
Allumons nos flambeaux à leurs feux poétiques ;
Sur des pensers nouveaux faisons des vers antiques. »

André Chénier a écrit des poésies aux **registres variés**, en attestent ses *Élégies* qui chantent la **mélancolie** de ses amours perdues, ses *Iambes*, véritables **attaques** satiriques contre les Jacobins, ou encore ses *Hymnes* dans lesquelles il loue la Révolution ; dans toutes, on remarque ce même souci d'une **beauté mélodieuse des vers et la constante recherche d'images délicates**.

48 Biographie : Pierre de Ronsard (1524-1585)

Œuvres à retenir

- *Odes*, poésie (1552)
- *Les Amours de Cassandre*, poésie (1552)
- *Les Amours de Marie*, poésie (1556)
- *La Franciade*, épopée (1572)
- *Sonnets pour Hélène*, poésie (1578)

Panorama

Ronsard naquit en 1524 dans une famille noble. Il fut **page des enfants de François Ier**. À cause de la **surdité** qui le frappa à l'âge de 15 ans, il se détourna de la carrière militaire et commença l'étude des Lettres auprès des ecclésiastiques puis entra au **collège de Coqueret**. Sensibilisé à la culture antique, il fonda ensuite **la Pléiade** aux côtés d'autres grands poètes de la Renaissance (voir l'explication qui suit). On l'appelait « **Le prince des poètes** ». Par ses écrits, il donnait à entendre le **plaisir des mots**. Ses recueils poétiques ne sont pas autobiographiques : il construit un **univers nouveau**, nourri de références **antiques** et aussi d'influences **catholiques**.

Il fut le **poète officiel de la cour et l'organisateur des fêtes** sous Henry II puis Charles IX. Il s'engagea auprès des catholiques lors des guerres de religion.

Dans les *Odes*, il mit en scène les joies de vivre **épicuriennes** et préconisa de jouir de l'instant toujours éphémère. Les 183 sonnets des *Amours de Cassandre*, empreints de références homériques, étaient destinés à **être chantés**. C'est dans les *Sonnets pour Hélène* que l'on peut lire le fameux vers resté emblématique de l'épicurisme de Ronsard par lequel il fait entendre à la belle que le temps passe, que la beauté s'estompe avec lui et qu'il faut en profiter tant qu'il est encore temps : « Cueillez dès aujourd'hui les roses de la vie. ».

Ronsard a écrit en ayant **trois objectifs** très clairs : d'abord **s'imposer comme le meilleur** des poètes comparés à Pindare, Pétrarque et Du Bellay, ensuite remettre au cœur de la littérature les **figures mythologiques** et enfin, **prendre la place du poète épique** grâce à son exaltation personnelle de la beauté féminine.

Consigne et méthode de travail pour un exercice de dissertation sur l'œuvre *Les Amours* de Ronsard

49

Les Amours de Ronsard est un ouvrage poétique resté extrêmement célèbre dans la littérature. Ainsi, il peut être choisi comme objet d'étude en classe de Seconde. Ici, nous avons sélectionné la collection Les Classiques de poche, ouvrage imprimé en mai 2014 dont l'édition a été établie et annotée par André Legendre. Les numéros des sonnets font référence à cette édition.

Le sujet de la dissertation

« *Dans un développement rédigé, vous présenterez, à l'aune de votre lecture globale du recueil Les Amours de Ronsard, une analyse de l'œuvre. Afin de vous aider dans votre analyse, cinq sonnets vous sont proposés. Construisez votre réflexion en trois axes majeurs autour de la question que pose l'œuvre à vos yeux.* »

Les sonnets sélectionnés

1

Qui voudra voir comme un Dieu me surmonte,
Comme il m'assaut, comme il se fait veinqueur,
Comme il renflame & renglace mon cœur,
Comme il reçoit un honeur de ma honte :
Qui voudra voir une jeunesse pronte
À suivre en vain l'objet de son malheur,
Me viene voir : il verra ma douleur,
Et la rigeur de l'Archer qui me donte.
Il conoitra combien la raison peut
Contre son arc, quand une fois il veut
Que nôtre cœur son esclave demeure :
Et si verra que je sui'trop heureus
D'avoir au flanc l'eguillon amoureus
Plein du venin, dont il faut que je meure.

20

Je voudroi bien richement jaunissant
En pluie d'or goute à goute descendre
Dans le beau sein de ma belle Cassandre,
Lors qu'en ses yeus le somme va glissant.
Je voudroi bien en toreau blandissant
Me transformer pour finement la prendre,
Quand elle va par l'herbe la plus tendre
Seule à l'escart mile fleurs ravissant.
Je voudroi bien affin d'aiser ma peine,
Estre un Narcisse & elle une fontaine
Pour m'i plonger une nuit à séjour :
Et voudroi bien que cette nuit encore
Durât tousjours sans que jamais l'Aurore
D'un front nouveau nous r'allumât le jour.

32

Quand au premier la Dame que j'adore,
De ces beautés vint embellir les cieus,
Le fils de Rhée apella tous les Dieus,
Pour faire encor d'elle une autre Pandore.
Lors Apollin richement la decore,
Or, de ses rais lui façonnant les yeus,
Or, lui donnant son chant melodieus,
Or, son oracle & ses beaus vers encore.
Mars lui donna sa fiere cruauté,
Venus son ris, Dione sa beauté,
Pithon sa vois, Ceres son abondance.
L'Aube ses dois & ses crins deliés,
Amour son arc, Thetis donna ses piés,
Clion sa gloire, & Pallas sa prudence.

47

Je veus mourir pour tes beautés, Maistresse,
Pour ce bel oeil, qui me prit à son hain,
Pour ce dous ris, pour ce baiser tout plein
D'ambre & de musq, baiser d'une Déesse.
Je veus mourir pour cette blonde tresse,
Pour l'embonpoint de ce trop chaste sein,
Pour la rigueur de cette douce main,
Qui tout d'un coup me guerit & me blesse.
Je veus mourir pour le brun de ce teint,
Pour ce maintien, qui, divin, me contreint
De trop aimer : mais par sus toute chose,
Je veus mourir es amoureus combat,
Souflant l'amour qu'au cœur je porte enclose,
Toute une nuit, au milieu de tes bras.

85

Pour celebrer des astres devestus
L'heur escoulé dans celle qui me lime,
Et pour louer son esprit, qui n'estime
Que le divin des divines vertus :
Et ses regars, ains trais d'Amour pointus,
Que son bel oeil au fond du cœur m'imprime,
Il me faudroit, non l'ardeur de ma rime,
Mais la fureur du Masconnois Pontus.
Il me faudroit cette chanson divine,
Qui transforma sus la rive Angevine
L'olive palle en un teint plus naif,
Et me faudroit un Saingelais encore,
Et cestui là qui sa Meline adore
En vers dorés, le biendisant Baif.

Quelques conseils de méthode

- La **problématique** doit tenir compte du **fond** et de la **forme**.
- Citez les sonnets proposés et **faites référence** régulièrement à d'**autres** poèmes du recueil.
- **Ne rédigez pas** vos idées pour le développement : marquez-les sous forme de **notes** au bouillon.
- **Rédigez intégralement l'introduction et la conclusion** au brouillon.
- Afin de réfléchir à une problématique, vous devrez connaître **le contexte** d'écriture et ainsi vous demander quels sont les **enjeux esthétiques (formels) et idéologiques (concernant les idées)** du texte.

Les étapes à suivre

- Première étape : **SITUER** l'œuvre dans son siècle.
- Deuxième étape : Savoir repérer les spécificités liées au **GENRE** de l'œuvre.
- Troisième étape : **Analyser** les sonnets au brouillon.
- Quatrième étape : CHERCHER une **problématique** cohérente.
- Cinquième étape : **ORGANISER** les idées dégagées au brouillon en **AXES** de réponses par rapport à la problématique.

  Première phase : Réaliser un tableau pour dégager clairement les grandes idées qui répondront à la problématique.

  Seconde phase : Réunir les idées en deux ou trois axes.
- Sixième étape : **RÉDIGER** entièrement au brouillon **l'introduction** et la **conclusion**.
- Septième étape : Prendre une copie et METTRE AU PROPRE ce travail !

50 Explications de textes des 5 poèmes proposés en dissertation fiche 49 et proposition de plan et de problématique pour cette dissertation

Cette fiche développe intégralement chacune des étapes à suivre pour réaliser une dissertation. Elle représente le travail au brouillon que vous devez effectuer avant la rédaction au propre.

Première étape

SITUER l'œuvre dans son siècle.

*La partie recherche du carnet de lecture permet de vous informer seul. Vous pouvez également lire la fiche historique sur le XVI*e *siècle et la fiche sur Ronsard et la Renaissance.*

Deuxième étape

Savoir repérer les spécificités liées au GENRE de l'œuvre.

Le **sonnet** est un **poème à forme fixe** : cela signifie qu'il obéit à des règles précises quant à sa structure. En effet, il est toujours composé de **quatre strophes** organisées en **deux quatrains** – strophes de quatre vers – **suivis de deux tercets** – strophes de trois vers. Dans la dernière strophe, se trouve la « **chute** » du poème c'est-à-dire la conclusion ou la révélation du sens du poème.

Troisième étape

Analyser les sonnets au brouillon.

Nous sommes quasiment en train de faire des ***explications de textes*** *: pour les finaliser, il reste seulement à dégager un axe de questionnement sur le texte, à organiser les notes pour répondre au mieux à cette problématique et enfin à rédiger introduction et conclusion.*

SONNET 1

- **Ce sonnet a valeur d'incipit** : c'est une entrée dans l'œuvre **sous le signe du dieu Amour** c'est-à-dire Cupidon (v. 1). Le poète est signifié par « me » qui est un **complément d'objet direct** du verbe commandé par Amour : le poète est donc **l'objet de l'Amour**.
- Les QUATRAINS. Le 1er quatrain a une **structure anaphorique** en début de vers « Comme il » qui crée un effet de **rythme** et d'**insistance** : Amour semble tout puissant, il est en outre **sujet** de tous les **verbes d'action** qui sont accumulés dans le quatrain. On relève aussi le **vocabulaire du combat qui rappelle la poésie épique mais ici, le sujet est badin. Le second** quatrain dans lequel le poète se prend comme **exemple du malheur d'aimer** est construit sur une **proposition relative sujet** (v. 5/6) avec un effet de **généralisation grâce à l'emploi de l'indéfini** « une ». On note la présence du **registre élégiaque** de la plainte « douleur » / « malheur » à la rime / « me » toujours associé à l'idée de la souffrance.
- Les TERCETS. Le 1er tercet est une sorte de **maxime** qui associe **présent de vérité générale et futur** « il conoitra » marquant l'évidence de la situation. Le terme « esclave » fait référence au poète réduit en **esclavage** par Amour : c'est l'**image de la prison d'Amour.** Le 2nd tercet est construit sur une **antithèse** et une **idée contradictoire,** le bonheur de connaître un tel malheur : cela est le propre de la tradition de l'amour malheureux mais dont on tire plaisir, grand **topos** de la littérature amoureuse et influence notable de **Pétrarque et de l'« Innamoramento »**.
- Dans tout le sonnet le poète est présent par le « **je** » foyer du **lyrisme** poétique évocation qui permet une focalisation sur la souffrance d'aimer et la perte de liberté qui s'en suit.

SONNET 20

- Il s'agit d'un poème « **d'innutrition** » c'est-à-dire sous **influence mythologique,** omniprésente dans le texte. En outre, le poème repose sur le **fantasme**, le souhait, le songe éveillé, et est structuré par quatre formulations de souhaits réunies en un seul mouvement d'ensemble dans lequel la même idée est développée de manière variée puisque les quatre phrases sont **anaphoriques** et commencent toutes par « Je voudrais bien » que l'on peut commuter par « Je voudrais bien… et aussi… et également… et enfin… »
- Les QUATRAINS. Le 1er quatrain : comme au v. 1 par un **rythme** lent grâce à la succession des deux termes « richement jaunissant » **qui mime la lente descente** de la pluie fantasmée « goute à goute » au v. 2. Au v. 3, la **dérivation de l'adjectif** « beau » en « belle » donne une **répétition qui**

crée l'image d'une beauté absolue. Au v. 4, la **proposition subordonnée circonstancielle** constitue une **périphrase** verbale pour définir le sommeil : l'effet poétique est immédiat par la présence des images. La clef de compréhension du quatrain est la « pluie d'or » qui induit une **connivence** entre le poète et le lecteur cultivé heureux de reconnaître le mythe de Danaé tiré des *Métamorphoses* d'Ovide. L'érudition fait partie du plaisir de lire la poésie à la Cour dans laquelle vit Ronsard. Sa poésie cherche à **« placere » c'est-à-dire à plaire.** Le 2nd quatrain permet d'identifier clairement le mythe auquel il est fait référence par le groupe nominal « taureau blandissant » qui maintient la **connivence** avec le lecteur cultivé de la Renaissance, connaisseur des mythes. Ici la référence à **l'enlèvement d'Europe** par Zeus **métamorphosé** en taureau est révélée dans les images poétiques créées par les **couleurs** (v. 1) « jaunissant » (v. 2) « or » (v. 5) « blandissant » et l'**érotisation** du poème ; en effet, de « goute à goute » (v. 2) on trouve un **écho** (v. 6) « pour finement la prendre » : c'est le **topos du rapt amoureux** dans l'Antiquité et également une référence au mariage antique traditionnel durant lequel le mari simulait l'enlèvement de la jeune vierge au seuil de son nouveau séjour. Ainsi peut-on lire la représentation du poète en homme qui **se fantasme l'égal de Zeus,** le dieu des dieux. Aux v. 7-8, la **proposition subordonnée circonstancielle** décrit la belle en harmonie avec la **nature : le cadre est idyllique** et l'**éloge de sa beauté** est fait avec art tout en faisant référence aux ***Bucoliques* de Virgile**.

- **Les TERCETS. Le** 1er tercet est un d**étournement du mythe de Narcisse qui** n'est plus amoureux de lui-même puisqu'il s'agit de plonger dans la fontaine représentant la dame. Ronsard crée un **nouvel érotisme** qui fait **écho** aux vers déjà étudiés dans les quatrains. Le dernier tercet sert de conclusion aux trois premières strophes : le sonnet s'achève dans un **souhait d'éternité par lequel le désir charnel est érigé comme principe absolu. On note également la** référence à la **poésie homérique** par la présence de « l'Aurore » (« aux doigts de rose »).
- Dans ce sonnet sont conjugués la **violence du désir, le mélange d'érudition** et **d'érotisme** et le **détournement** des mythes antiques au sein d'une poésie volontairement licencieuse.

SONNET 32

- Ce poème est un **portrait idéalisé** de la dame. Dans les poèmes qui en font le portrait, Cassandre est **sublimée**, on ne sait pas à quoi elle ressemble réellement, voire, les sonnets **se contredisent** : dans le sonnet 14 au v. 4 on a « Allège-moi douce plaisant'brunette », au sonnet 6 au v. 1 « ces liens d'or » alors qu'aux sonnets 18 et 6 les portraits sont vagues et subliment la dame mais sans décrire son individualité. Dans son ensemble, le poème est composé de quatre phrases : le premier quatrain présente le sujet – la **naissance** de la dame « une autre Pandore » – et les vers suivants énoncent les dons qu'elle a reçus des dieux.

- Le 1er quatrain opère une **connivence** avec le lecteur : **Pandore**, femme créée par les dieux pour **punir** les hommes d'avoir volé le feu a reçu tous les dons et a libéré à cause de sa curiosité tous les **maux** sur l'humanité à l'exception de l'espérance. Quel est l'intérêt du poème ? Il faut regarder ce **que le poète utilise du mythe et ce qu'il ne dit pas.** Le premier quatrain a pour sujet la **métaphore** quasi divine de la dame « une autre Pandore » : le poète donne ainsi une **dimension collective au drame personnel** qui l'accapare : sa dame n'est plus un danger pour lui-même mais une **menace** supérieure créée par les dieux pour détruire les hommes et pourtant elle ne détruit que le poète d'où une **dramatisation** de la douleur personnelle et une **mise en scène** de la dangerosité de la dame.
- Les vers 5 à 14 énumèrent les dons qui la parent et forment le tableau d'une **scène de création** divine qui rappelle **la naissance de dieux** (Pallas Athéna, Héphaïstos, Vénus) dans les mythes de création : ainsi la dame devient implicitement une déesse. Dans cette énumération, on trouve des représentations connues des dieux antiques dans les arts de la Renaissance : « le ris » de Vénus dans le tableau de Botticelli, les pieds de Thétis, l'Aurore aux doigts de rose d'Homère. En plus de donner à voir des **topoi** de la beauté féminine chez les Grecs et les Romains – les **yeux, les cheveux, les doigts, les pieds** – la dame est décrite comme **dangereuse** : les « rais » (v. 6) font référence à la mort de **Phaéton** qui perdit la vie dans sa jeunesse foudroyé par Zeus pour avoir bouleversé l'ordre des choses en conduisant le char du Soleil et soulignent ainsi la **puissance mortelle des yeux** de la dame assimilés à des rayons solaires. De même, « son chant mélodieux » (v. 7), « son oracle et ses beaux vers » (v. 8) montrent sa **maîtrise des arts de la parole**, elle est douée **d'éloquence** et de **persuasion** puisqu'elle détient de Peithon (déesse de la persuasion) « sa vois », et que des deux dieux de la guerre, elle a reçu des dons : « sa fière cruauté » (v. 9) de Mars et « sa prudence » de Pallas Athéna (v. 14). Elle est donc armée pour le **combat de mots** qui fait partie du **combat amoureux**, elle est douée d'intelligence et même armée par Amour de « son arc » (v. 13). On retrouve ce caractère dangereux de la dame dans d'autres sonnets comme le sonnet 74 où elle est assimilée à **Circée**. Le poète la met sur un **pied d'égalité avec Vénus** puisqu'elle a « son ris » (v. 10) et possède

de Dioné (la mère de Vénus) « sa beauté » (v. 10). Les parties du corps énoncées font penser à un **blason** (yeux, cheveux, pieds, doigts) : le portrait est **sublimé**, c'est un portrait **idéal** et divin qui annonce la **fatalité** des malheurs du poète. « Nouvelle Pandore », elle est par nature, dès sa naissance, **destinée** à répandre le **malheur**.

- On note la **présence discrète du poète** qui encadre le poème avec au vers 1 « la Dame que j'adore » et au dernier vers : « Clio sa gloire ». Or, **implicitement**, quelle est la gloire de la Dame ? Quels sont **ses hauts faits** et comment sont-ils **connus** ? C'est la **puissance de la poésie qui la chante** donc le message que le poète envoie à la dame est qu'**elle a besoin de son chant pour que ses beautés soient révélées au monde**. La poésie se fait ainsi art de persuader et le message sous-entendu peut être : « Aime-moi, je te chante et par là fais ta gloire ». Le poème est un moyen pour Ronsard de **remporter cette conquête amoureuse** – poésie pour émouvoir « movere » et persuader.

SONNET 47

- De nouveau, Ronsard utilise une construction **anaphorique** : on lit « Je veux mourir pour » en début de chaque strophe, le verbe est au **présent de l'indicatif** (et **non au conditionnel**) et marque une **volonté** revendiquée. Dans ce poème, **Eros** (Amour, désir) et **Thanatos** (mort) sont liés. **Le ton est lyrique mais déborde sur le désir charnel** qui se fait trop puissant : Ronsard souhaite en finir avec la vie mais, en réalité, ces images sont là pour conquérir la belle et la **convaincre** : le poète, loin de vouloir se donner la mort, est un poète conquérant.
- Les QUATRAINS. Le 1er quatrain commence par « tes » (v. 1) qui formule une **apostrophe** de la dame assez directe car l'emploi du déterminant possessif est à la 2e personne du **singulier** et non du pluriel et le terme « **maitresse** » (v. 1) est choisi en référence à **Pétrarque** et **Ovide** : on a alors le glissement du portrait du poète « ce bel œil » (v. 2) décrit comme un chasseur qui a piégé sa proie à « ce doux ris » (v. 3) puis à « un baiser » (v. 3) **complété par l'adjectif et le complément de l'adjectif** « plein / D'ambre et de musq » avec un **enjambement** et une deuxième description apposée du baiser enrichi du **complément du nom** « d'une Déesse » qui déifie de nouveau la Dame. Le portrait est réalisé toujours par **touches selon l'esthétique** du **blason**. Le 2e quatrain est formé sur une répétition en **anaphore** de la formule « Je veux mourir pour », **insistance** sur la **volonté de mourir d'amour** et référence possible au **fin'amor** du Moyen Âge et à **l'amour courtois** qui poussait les preux chevaliers à combattre et à risquer leur vie pour charmer la dame de leur cœur. Le portrait est encore l'occasion

d'un **glissement érotique**, de « cette blonde tresse » (v. 5) à « ce trop chaste sein » puis « douce main » (v. 7) et (v. 8) la **relative apposée** à « main » et qui « me guérit » et « me blesse » : ce jeu de compréhension **implicite** avec le lecteur est entretenu par ces sous-entendus sur les plaisirs charnels. On trouve d'autres sonnets où le désir de chair est brûlant comme dans le sonnet 72, le **blason du nombril**.

- Les TERCETS. Dans le 1er tercet, de la même manière que dans tout le sonnet, les **déterminants démonstratifs** (par exemple, « ce » dans « ce teint » v. 9 ou encore « ce » dans « ce maintien » v. 10), **actualisent** le discours et permettent de **rendre compte d'une présence**. Les vers 11 et 12 « me contreint / De trop aimer » reposent sur un **enjambement** qui marque la **supériorité des pouvoirs de la dame** qui, de nouveau, semble faire du poète son **esclave** comme dans le sonnet 1. Le second tercet donne au v. 12 l'image du **combat amoureux** : la **poésie épique est détournée** par Ronsard qui utilise une **joute verbale** pour abattre le cœur de la dame par les mots car **elle aussi charme** par le **verbe** « soufflant l'Amour » (v. 13), le verbe « souffler » étant **polysémique**.

SONNET 85

- Ce sonnet est un **hommage** de Ronsard aux autres grands poètes de son époque et en même temps lui sert de moyen pour comparer son art au leur. Ainsi, note-t-on la **fausse modestie** de Ronsard.
- Les vers 1-2 expriment la **célébration** de la beauté céleste de Cassandre puisqu'elle la détient littéralement des étoiles. C'est une p**oésie de la grandeur du monde**, de la beauté de la nature à travers la beauté féminine.
- Aux vers 3-4 **corps et âme sont liés comme dans la conception antique « kalos kagathos »** « beau et bon ». La dérivation de l'adjectif « divin » / « divines » crée un effet **d'insistance** renforcé par la **formulation restrictive** « ne... que » en **enjambement** : insistance sur le fait que la dame mérite la poésie la plus belle et donc implicitement que c'est la poésie de Ronsard qui est la plus belle.
- Les vers 5 à 14 **accumulent** les qualités qui doivent être celles de la poésie qui veut chanter la beauté de Cassandre : d'abord la **construction globale** de ce développement crée un effet **d'enchaînement** et **d'accumulation** : « Il me faudroit » (v. 7), « non » (v. 7), « Mais » (v. 8), « Il me faudroit » (v. 9), « Et me faudroit » (v. 12), « Et » (v. 13). Cette accumulation volontaire permet de faire la **démonstration de la grandeur poétique** qu'appelle la beauté de Cassandre et de faire ainsi **implicitement l'éloge du poète** qui s'en charge. Ronsard cite ainsi les poètes de son temps : au v. 8 « la fureur du Masconnois Pontus » est

celle de **Pontus de Tyard,** la fureur vient du latin « furor », tirée de la conception grecque de **Platon** de la **puissance quasi divine qui s'empare du poète**, les v. 9-10-11 « cette chanson divine,/ Qui transforma sus la rive Angevine/ L'olive palle en un teint plus naif », font référence à **Du Bellay** qui a écrit ***L'Olive***, au v. 12 « un Saingelais » est le poète **Mellin de Saint Gelais** et enfin, les v. 13-14 « Et cetui là qui sa Meline adore / En vers dorés, le biendisant Baif. » renvoient aux ***Amours*** de **J-A de Baif** qui chante sa maitresse Meline.

- Ronsard montre ainsi qu'il faut tous leurs talents réunis pour louer sa dame à lui et que donc son sujet est plus grand et que, par voie de conséquence, il est le plus grand des poètes de son temps…

Prendre du recul sur son travail et réfléchir à ce que l'on vient de faire…

*Grâce à ces analyses de textes, est-ce que vous percevez désormais **l'intérêt des analyses grammaticales pour arriver au sens profond** des vers et entendre ce que le poète a voulu dire à son lecteur ? La forme est un moyen de mettre en scène le fond : la rédaction de la phrase et les formulations que l'on choisit sont toujours signifiantes.*

Quatrième étape

CHERCHER une problématique cohérente.

Les deux grandes questions à se poser sont : 1) Comment écrit Ronsard 2) Dans quel but écrit-il ? Après ces analyses de l'œuvre, on peut comprendre que les objectifs de la poésie pour Ronsard sont de jouer avec les mots, de faire de la poésie un espace de séduction et de sublimation du Verbe et de la beauté féminine afin de conquérir à la fois la belle mais aussi son public et devenir le premier poète de la Cour.

Ainsi on pourrait formuler la problématique suivante : Comment Ronsard, dans son recueil intitulé *Les Amours*, sublime-t-il la forme poétique du sonnet et en fait-il un lieu d'expression très personnel bien que nourri de nombreuses influences pour conquérir le cœur de la Belle et être reconnu comme le plus grand poète de la Renaissance ?

Vous voyez que dans cette problématique, la forme – le sonnet- est liée au fond – la conquête double, amoureuse et littéraire.

Cinquième étape

ORGANISER les idées dégagées au brouillon en AXES de réponses par rapport à la problématique.

Première phase

Réaliser un tableau pour dégager clairement les grandes idées qui répondront à la problématique.

Idées dominantes	Références
Le sonnet = **espace d'expression lyrique à la tonalité élégiaque** qui permet au poète d'épancher sa douleur, de la partager **avec une mise en scène de lui-même** comme objet de l'Amour, comme esclave de la dame. Le sonnet, forme poétique fixe composée **de 14 vers** = synthèse et puissance du message + le **recueil = échos** entre les différents sonnets et donc se renforcent les uns les autres et créent un **univers poétique**.	Sonnet 1 Sonnet 20 Sonnet 47
Sonnet = **espace de rêves, de fantasmes, lieu d'épanchement** du poète, **légèreté** de ton dans certains sonnets qui **tranchent** avec le registre élégiaque, bonheur d'être malheureux, recherche de cet amour pourtant nocif. Eros et Thanatos liés.	Sonnet 20 Sonnet 47
Le sonnet comme moyen de chanter une **beauté plus qu'humaine**, la beauté de Cassandre, la **poésie sublime le portrait**, le sonnet = **défi poétique** à l'objectif quasi impossible : peindre la trop belle Cassandre.	Sonnet 32 Sonnet 47 Sonnet 85
La beauté de la dame comme prétexte à la **beauté poétique** pure : portrait **idéal**, récit de création quasi divine, passage du drame personnel à l'histoire collective, images sublimées – **le sonnet enjeu en lui-même** : **lieu de création et de perfection poétiques.**	Sonnet 32 Sonnet 85
Le sonnet = **amphithéâtre de combat amoureux**, une lutte par les mots, par les images, les rythmes, les anaphores et les répétitions.	Sonnet 47
Le sonnet nourri **d'intertextualités** : *Les Métamorphoses* d'Ovide, Les *Bucoliques* de Virgile, la poésie épique, Homère, Pétrarque et en même temps **création** nouvelle car **distance**, **détournement** et **appropriation** personnelle par le poète.	Dans tous les sonnets analysés
Le sonnet = **moyen de séduire** à son tour : **persuader Cassandre** de l'aimer mais aussi terrain de **jeu avec le lecteur**, **connivence** entre le poète et le lecteur (références mythologiques, érotisme), un moyen de **charmer le lecteur** et la Cour.	Sonnet 1 dernier tercet Sonnet 20 Sonnet 32
La poésie = **moyen d'être le meilleur**, le sonnet au cœur de la **rivalité littéraire** du XVIe siècle : volonté affichée de Ronsard de s'imposer comme le plus grand des poètes de la Renaissance.	Sonnet 85

Seconde phase

Réunir les idées **en deux ou trois axes**.

I. La poésie, haut lieu du lyrisme, mise en scène du « je » poétique

- Comme Du Bellay, « se plaindre à ses vers ». Registre élégiaque.
- Mise en scène du poète comme esclave d'Amour
- Sonnet, espace d'épanchement lyrique, souhaits, fantasmes, rêves et érotisme

II. La poésie, une arme de conquête

- Conquérir la dame
- Conquérir le lecteur
- Faire sien les intertextes : détournement des mythes, utilisation des concepts platoniciens et de la conception amoureuse pétrarquiste

III. Un défi artistique majeur

- Réaliser un portrait sublimé, idéal, quasi mystique
- Sonnet comme espace de création verbale parfaite
- La rivalité littéraire : s'imposer comme le premier des poètes

Sixième étape

RÉDIGER entièrement au brouillon l'introduction et la conclusion.

Septième étape

Prendre une copie et METTRE AU PROPRE ce travail !

Carnet de lecture *Les Amours* de Ronsard

51

L'objectif de cette fiche est que vous vous appropriiez l'œuvre !

CONTEXTUALISER le recueil – à réaliser EN AMONT de la lecture.

- À quelle **époque** écrit Ronsard ? Quel fut le grand **roi** de ce siècle ?
- Quel château dit **« style Renaissance »** ce monarque fit-il construire ? Quel immense **génie** accueillit-il à **Amboise** ?
- Qu'est-ce que **La Pléiade** ?
- Qui a écrit ***Défense et illustration de la langue française*** ? Dans quel but ?
- Dans un autre genre littéraire, quels sont les deux grands chefs d'œuvre de **Rabelais** ? Résumez leur histoire de façon brève.
- Qui était **Pétrarque** ? De quelle manière a-t-il influencé les poètes de la Renaissance ?
- Pourquoi parle-t-on de « <u>Re</u>naissance » ?
- Qui est **Montaigne** ? Qu'a-t-il écrit ? À quels **genres** peut être apparenté son principal ouvrage ?

Réaliser quatre ÉCRITS D'APPROPRIATION

Activité 1 : <u>Que pensez-vous de</u> l'image que donne Ronsard **du poète** dans **les sonnets 66, 77 et 140** ? **Justifiez** votre propos en faisant également référence à d'autres sonnets.

Activité 2 : À la manière de Ronsard dans les **sonnets 70, 83 et 154, <u>écrivez un sonnet</u>** dans lequel la **tonalité élégiaque** sera dominante.

Élégie *= du grec « elegos » signifiant « chant de deuil ». Poème par lequel le poète exprime sur le ton de la* ***plainte*** *ses peines de cœur et son angoisse face à la fuite du temps. Souvent, le poète prend plaisir à narrer ses malheurs grâce à cette écriture intimiste. Du Bellay avait ainsi écrit : « Je pleure mes ennuis / Ou, pour le dire mieux, en pleurant je les chante / Si bien qu'en les chantant, souvent je les enchante. » (Les Regrets)*

N'oubliez pas que dans le sonnet, le dernier vers est une chute qui délivre le message profond du texte : ***« in cauda venenum »*** *(« à la fin le venin »).*

Activité 3 : Si vous deviez **choisir quatre sonnets** sur les 221 que compte le recueil, lesquels réuniriez-vous ? **Quel avant-propos serait le vôtre en guise de préface de votre brève anthologie** ?

Choisissez selon votre propre goût. Peut-être aurez-vous été plus sensible aux sonnets peignant le portrait de la belle, ou bien à ceux faisant référence à l'Antiquité, ou peut-être sélectionnerez-vous quatre sonnets aux thèmes variés pour la beauté de leur verbe ou pour l'émotion qu'ils ont suscitée en vous.

Activité 4 : Associez **une œuvre d'art** à un sonnet de Ronsard qui vous a plu. **Justifiez votre choix** en expliquant le **rapprochement** entre les deux ouvrages.

Savoir DIRE un sonnet et CRÉER de la modernité

Avec un camarade, choisissez un sonnet qui vous plaît. Analysez **les rythmes** pour respecter les **alexandrins (coupe à l'hémistiche, diérèse, synérèse)** et **entraînez-vous** à le dire en vous répartissant les vers afin qu'on entende autant vos deux voix. **Variez les tons, les rythmes,** n'oubliez pas de faire entendre les **pauses** si vous pensez qu'elles renforcent la puissance du texte. Puis **à la façon de Grand Corps Malade**, transformez cette récitation en **SLAM**. Quand vous jugez votre travail de qualité, **enregistrez-vous** afin de vous écouter, de **vous autoévaluer** et de **partager** votre enregistrement avec vos amis.

Sujet de parcours poétique : « La Pléiade, aux confluences des Anciens et des Italiens »

52

Question

À partir de l'analyse des textes suivants, comment les poètes de la Pléiade se sont-ils nourris de leurs prédécesseurs antiques et italiens pour créer une poésie nouvelle ? Enrichissez votre propos en citant des extraits des poèmes de Ronsard que vous avez étudiés précédemment.

Corpus

Texte 1 : Catulle *Poésie*, VII

Ad Lesbiam

QVAERIS, quot mihi basiationes
tuae, Lesbia, sint satis superque.
quam magnus numerus Libyssae harenae
lasarpiciferis iacet Cyrenis
oraclum Iouis inter aestuosi
et Batti ueteris sacrum sepulcrum ;
aut quam sidera multa, cum tacet nox,
furtiuos hominum uident amores :
tam te basia multa basiare
uesano satis et super Catullo est,
quae nec pernumerare curiosi
possint nec mala fascinare lingua.

Traduction de Maurice Rat (1931)
À Lesbie

Tu me demandes combien de tes baisers il faudrait, Lesbie, pour que j'en aie assez et plus qu'assez ? Autant de grains de sable en Libye couvrent le sol parfumé de Cyrène, entre l'oracle de Jupiter brûlant et le tombeau desséché de l'antique Battus ; autant d'astres, dans le silence nocturne, voient les furtives amours des mortels, qu'il faudrait à ton fou de Catulle de baisers de ta bouche pour en avoir assez et plus qu'assez. Ah ! puisse leur nombre échapper au calcul des curieux et aux charmes de la méchante langue !

Texte 2 : Texte d'Ovide, *Les Tristes*, I, 2

Me miserum, quanti montes uoluuntur aquarum !
Iam iam tacturos sidera summa putes.
Quantae diducto subsidunt aequore ualles !
Iam iam tacturas Tartara nigra putes.
Quocumque aspicio, nihil est, nisi pontus et aer,
fluctibus hic tumidus, nubibus ille minax.
Inter utrumque fremunt inmani murmure uenti.
Nescit, cui domino pareat, unda maris.
Nam modo purpureo uires capit Eurus ab ortu,
nunc Zephyrus sero uespere missus adest,
nunc sicca gelidus Boreas bacchatur ab Arcto,
nunc Notus aduersa proelia fronte gerit.
Rector in incerto est nec quid fugiatue petatue
inuenit : ambiguis ars stupet ipsa malis.

Traduction de M.A. Vernade (1834)

Fatale destinée ! Quelles montagnes humides roulent autour de nous ! On croirait qu'elles vont toucher aux astres. Quelles profondes vallées, quand l'onde s'affaisse et s'entr'ouvre ! On dirait qu'elles vont toucher au noir Tartare. De quelque côté que se portent les regards, partout la mer et le ciel, l'une grosse de vagues, l'autre menaçant de nuages. Entre ces deux éléments frémit le tourbillon fougueux des vents ; la mer ne sait plus à quel maître obéir : tantôt Eurus s'élance impétueusement de l'orient rougeâtre ; tantôt Zéphyr souffle et part du fond de l'occident : tantôt le froid Borée se déchaîne des régions de l'Ourse à l'Océan étrangère ; tantôt Notus accourt lutter contre lui corps à corps. Le pilote hésite indécis ; il ne sait quelle direction éviter ou suivre dans cette affreuse perplexité l'art même est confondu.

Texte 3 : Texte de Pétrarque, *Canzoniere*, Sonnet 6, traduction française de Francisque Reynard (1883)

Mon désir affolé s'est tellement égaré
À suivre celle qui a pris la fuite et qui,
Légère et non embarrassée par les lacs d'Amour,
Vole devant moi si lent à courir,

Que plus je l'appelle, plus je m'efforce de le ramener
Dans le chemin sûr, moins il m'écoute ;
Et il ne me sert de rien de l'éperonner,
Ou de vouloir lui faire tourner bride,
Car par sa nature Amour le rend rétif.

Et puisqu'il retire de force le frein à soi,
Je me remets en son pouvoir,
Et malgré moi il me mène à la mort,

Rien que pour atteindre le Laurier
Où l'on cueille un fruit tellement amer au goût,
Qu'il irrite les plaies d'autrui bien plus qu'il ne les soulage.

Texte 4 : Texte de Dante, *Rimes*, Sonnet XVI, traduction de F. Fertiault (1847)

Les qualités de sa Dame

Des beaux yeux de ma Dame émane une vertu si plein d'Amour, que toute personne qui la voit s'incline pour la contempler, et ne convoite plus rien d'autre.

La beauté et la courtoisie la proclament leur déesse ; et elles font bien, car elle est une chose si parfaite, qu'elle paraît non pas humaine, mais divine ; et toujours s'accroît sa renommée.

Qu'il doit être heureux, celui qui l'aime, en voyant les qualités si nombreuses qu'il possède ! Et si tu me dis : « Comment le sais-tu ? » – « Je le sens. »

Mais si tu me demandes : « Combien en a-t-elle ? » Je ne puis te le dire : « Elle n'en a sûrement pas une centaine, mais plus d'une infinité, et le double. »

Texte 5 : Du Bellay, *L'Olive*

Déjà la nuit en son parc amassait
Un grand troupeau d'étoiles vagabondes,
Et, pour entrer aux cavernes profondes,
Fuyant le jour, ses noirs chevaux chassait ;

Déjà le ciel aux Indes rougissait,
Et l'aube encor de ses tresses tant blondes
Faisant grêler mille perlettes rondes,
De ses trésors les prés enrichissait :

Quand d'Occident, comme une étoile vive,
Je vis sortir dessus ta verte rive,
O fleuve mien ! une nymphe en riant.

Alors, voyant cette nouvelle Aurore,
Le jour honteux d'un double teint colore
Et l'Angevin et l'indique Orient.

Texte 6 : Du Bellay, *Les Regrets*

Je ne veux point fouiller au sein de la nature,
Je ne veux point chercher l'esprit de l'univers,
Je ne veux point sonder les abîmes couverts,
Ni dessiner du ciel la belle architecture.

Je ne peins mes tableaux de si riche peinture,
Et si hauts arguments ne recherche à mes vers :
Mais suivant de ce lieu les accidents divers,
Soit de bien, soit de mal, j'écris à l'aventure.

Je me plains à mes vers, si j'ai quelque regret :
Je me ris avec eux, je leur dis mon secret,
Comme étant de mon cœur les plus sûrs secrétaires.

Aussi ne veux-je tant les peigner et friser,
Et de plus braves noms ne les veux déguiser
Que de papiers journaux ou bien de commentaires.

⇨ *Correction de la dissertation fiche suivante.*

Correction du parcours « La Pléiade aux confluences des Anciens et des Italiens »

53

Le travail au brouillon

1. Lisez d'abord chacun des textes séparément et prenez des **notes** au brouillon en **deux colonnes** : d'un côté les **idées résumées** du texte, de l'autre les **passages** qui illustrent ces idées.

2. Réunissez ensuite les **idées similaires des différents textes**.

Ce tableau fusionne les deux étapes décrites précédemment.

Idées	Extraits
Mise en scène de la **nature**	▪ Ovide, *Les Tristes*, **Champ lexical de la nature** omniprésent « pontus et aer » (« la mer et l'air »), « unda maris » (« onde marine ») et la mise en scène des quatre vents Eurus, Zéphyr, Borée et Notus. ▪ Du Bellay *L'Olive* : toute la nature ainsi que l'**univers entier** s'éveillent pour mettre en lumière la belle à son lever « la nuit », « étoiles », « aux Indes », « les prés », « le jour ».
La **plainte** L'expression de la **souffrance**	▪ Catulle, *Poésie,* la mise en scène du poète **malheureux mi-tragique mi-badin** « aut quam sidera multa, cum tacet nox, furtiuos hominum uident amores : tam te basia multa basiare uesano satis et super Catullo est » (« autant d'astres, dans le silence nocturne, voient les furtives amours des mortels, qu'il faudrait à ton fou de Catulle de baisers de ta bouche pour en avoir assez et plus qu'assez »). ▪ Ovide, *Les Tristes*, le **registre élégiaque** Ovide « me miserum » (« Que je suis malheureux ») la plainte du poète, qui se plaint à ses vers (comme le fera Du Bellay) ▪ Du Bellay, *Les Regrets* : La poésie est un **refuge** pour le poète et le lieu de l'expression de son moi profond « Je me plains à mes vers si j'ai quelques regrets », « mes vers / Comme étant de mon cœur les plus sûrs secrétaires ». Il prend plaisir à se confier à l'écriture poétique.

Le poète en **lutte**	▪ Catulle, VII, lutte contre lui-même, s'adresse à lui-même et essaie de **se raisonner** afin de se convaincre d'arrêter d'aimer Lesbie. ▪ Ovide, *Les Tristes*, combat contre sa souffrance, le **détournement du registre épique** : le poète lutte contre les éléments naturels et n'a aucune chance. ▪ Pétrarque, **dramatisation** et référence au couple **Eros-Thanatos** : « et malgré moi il me mène à la **mort** », le poète subit son désir qui apparaît comme indépendant et tout puissant. Il est vaincu par le désir « je me remets en son pouvoir ». ▪ Pétrarque, **l'image de la fuite et de la course** : la poursuite de la belle qui fuit (comme chez Catulle) « à suivre celle qui a pris la fuite ».
Le **jeu** Les plaisirs	▪ Catulle, *Poésie*, **l'écriture comme terrain du jeu amoureux**, le jeu avec la belle : interpellation de Lesbie dans l'interrogative « QVAERIS, quot mihi basiationes tuae, Lesbia, sint satis superque » (« Tu me demandes combien de tes baisers il faudrait, Lesbie, pour que j'en aie assez et plus qu'assez ? ») ▪ Le **plaisir de la recherche de la perfection formelle** : Du Bellay *L'Olive*, premier quatrain : les images, les rimes, la disposition des vers, beautés sonores.
Un **défi artistique** **L'intertextualité**	▪ Ovide, *Les Tristes*, la **difficulté artistique face à la grandeur de la réalité**, le défi de l'écriture relevé : la grandeur poétique « ambiguis ars stupet ipas malis » (« l'art lui-même est stupéfait dans ces terribles maux ») ▪ Imiter ou lire et s'approprier les écrits des auteurs précédents constituent une **matière intellectuelle** et est un **moyen de se rendre légitimes** : Ovide écrit *Les Métamorphoses* qui sont constituées des mythes grecs. Pétrarque a lu Ovide. Ronsard a lu Pétrarque. **La lecture des uns aliment les écrits des autres**. Les poésies des prédécesseurs nourrissent celles des « modernes » du moment : **il n'y a pas d'art « ex nihilo » (« à partir de rien »)**. ▪ Pétrarque, le **laurier** : la plante d'**Apollon** car alors qu'il poursuivait Daphné dont il était épris, il l'avait perdue quand elle avait demandé à son père de la métamorphoser en laurier afin d'échapper au dieu. ▪ Du Bellay *L'Olive*, la **référence au lever de la belle**. Image de la découverte et aussi de la naissance : on pense au tableau de **Botticelli** *La naissance de Vénus*. Référence également aux mythes « une nymphe » et « cette nouvelle Aurore ». ▪ Du Bellay, *Les Regrets*, fausse modestie « Et si hauts arguments ne recherchent à mes vers », « j'écris à l'aventure » car **vraie recherche stylistique** et aboutissement formel revendiqué dans *Défense et illustration de la langue française*.

La langue portée à sa **perfection**	▪ Catulle, *Poésie*, les images poétiques : **l'hyperbole** et les **comparaisons mythologiques** « quam magnus numerus Libyssae harenae lasarpiciferis iacet Cyrenis oraclum Iouis inter aestuosi et Batti ueteris sacrum sepulcrum » (« Autant de grains de sable en Libye couvrent le sol parfumé de Cyrène, entre l'oracle de Jupiter brûlant et le tombeau desséché de l'antique Battus ») ▪ Ovide, *Les Tristes*, les figures de style : **l'énumération et le rythme en quatre temps** « Nam modo... Eurus... nunc Zephurys... nunc Boreas... nunc Notus... » (« Tantôt Zephyr... tantôt Borée... tantôt Notus... »). ▪ Ovide, *Les Tristes*, le **distique élégiaque** ▪ Ovide, *Les Tristes*, **comparaison** avec le pilote dans la tempête « rector in incerto est » ▪ Pétrarque **le sonnet** ▪ Pétrarque, les figures de style du désir : **personnification** « affolé » « égaré », « rétif » puis **métaphore** du cheval que l'on veut « éperonner » ▪ Pétrarque, « Laurier » est un **jeu sur les mots** car sa belle s'appelle Laure : le dernier tercet est une image construite sur le parallèle entre le végétal et la femme aimée : quand on les obtient on s'y pique et on souffre. ▪ Dante, l'emploi du discours direct rend vivant le sonnet, les formules restrictives comme « ne convoite plus rien d'autre » et les généralisations comme « toute personne » ou encore les images hyperboliques « plus d'une infinité et le double » font du poème un haut lieu du langage. ▪ Du Bellay, *L'Olive*, la métaphore « un grand troupeau d'étoiles vagabondes »
L'érotisme, Le désir que suscite la belle **fantasmée**	▪ Catulle, *Poésie*, la demande de **baisers** innombrables ▪ Pétrarque met en scène son **désir** indomptable ▪ Du Bellay *L'Olive*, érotisme délicat : au dernier tercet, « Le jour honteux d'un double teint colore / Et l'Angevin et l'indique Orient » : ainsi, la couleur vive du matin vient de ce que le jour **personnifié** a rougi devant la beauté nue de la belle.

Les **rôles** de la poésie dans la « **polis** » (en grec c'est-à-dire la **cité**)	*À avoir en tête…* ▪ Ovide est un poète de **cour** : il souhaite plaire et amuser les nobles de Rome. Mais, de la même manière qu'il a été adoré, il est exilé pour des raisons obscures. Ainsi, *Les Tristes* sont un lieu de **confidence** dans **l'exil**. ▪ ***L'Eneide* de Virgile** est une commande d'Auguste pour asseoir le pouvoir de Rome et pour inscrire sa lignée dans la descendance de Vénus, mère d'Enée, ancêtre de César. ▪ Dante, Boccace et Pétrarque imposent le **toscan** comme langue littéraire en Italie. ▪ La Pléiade a pour objectif de faire du **français** la langue nationale. ▪ Du Bellay, *les Regrets*, tous les domaines auxquels il pourrait s'intéresser : (v. 1) la physique, (v. 2) l'astrologie et (v. 3) l'océanologie, (v. 4) l'architecture, (v. 5) la peinture. On retrouve la culture **humaniste** chère à Rabelais (« que je voie en toi un abîme de science ») énumérée en périphrases. Le poète est aussi porteur d'**un idéal de connaissance.**
Une beauté **idéale** et **sublimée**	▪ Dante, *Rimes* : il fait un **portrait sublimé de Béatrice** (comme fera Ronsard dans ses *Sonnets pour Hélène*) et la déifie : « La beauté et la courtoisie la proclament leur déesse » et « elle paraît non pas humaine, mais divine ». ▪ Du Bellay *L'Olive :* le portrait par **touches** « de ses tresses tant blondes » (comme dans les sonnets en **blasons** de Ronsard)

Trouver la problématique

Afin de trouver la bonne orientation, il faut revenir au **titre du parcours** : « La Pléiade, aux confluences des Anciens et des Italiens ». Le travail sur **<u>le sens des mots est primordial</u>**.

- Dans la fiche sur **La Pléiade, ce mouvement** est défini comme un mouvement humaniste de la Renaissance qui a pour objectif de donner à la langue française la place principale en France au lieu du latin en même temps que d'inviter à imiter les poètes gréco-romains pour écrire. Déjà on note une tension : on imite les textes antiques et cela dans l'objectif de mieux se détacher du latin. Comment l'imitation peut-elle être une source de création ?
- « **être aux confluences de quelque chose** » signifie « se trouver à la jonction », « au lieu de rencontre de » or le **XVIe siècle** (**<u>la contextualisation est nécessaire</u> autant que le travail de compréhension sémantique)** est le siècle des découvertes scientifiques et littéraires : l'invention de l'imprimerie par Gutemberg qui permet

la diffusion des ouvrages antiques dans le texte et aussi traduits par Budé, la découverte que la Terre tourne autour du Soleil par Copernic, les grands voyages des explorateurs comme Christophe Colomb aux Antilles et Magellan en Amérique du Sud.

- Les **Anciens** sont les poètes grecs et romains redécouverts au XVIe siècle admirés et imités : les philosophes grecs comme **Platon** et **Aristote** mais aussi **Homère** et ses épopées, les poètes latins **Horace**, **Catulle**, **Virgile**, **Ovide**, **Properce** et **Tibulle**.
- L'intitulé « les **Italiens** », dans ce titre de parcours, désigne évidemment **Dante, Boccace** et **Pétrarque** qui ont œuvré pour que le toscan devienne la langue officielle en Italie.

Ainsi, on comprend que le groupe de La Pléiade s'est enrichi des textes des poètes antiques et italiens pour créer de la modernité et imposer ses propres valeurs. La problématique se trouve dans cette **tension** et pourrait être formulée ainsi : *Comment les poètes de La Pléiade ont-ils transformé les influences de leurs lectures antiques et italiennes pour se les approprier et enrichir la littérature de leurs propres créations ?*

Organiser ses idées en axes d'analyse répondant à la problématique

Dans toutes les parties, il faudra sans cesse ***comparer*** *les textes antiques et italiens aux textes des poètes de La Pléiade et* ***montrer par quels moyens****, si les derniers abordent les* ***mêmes*** *thèmes, ils* ***diffèrent*** *des premiers par leur expression.*

Premier plan possible

1. La poésie haut lieu de l'expression de soi pour le poète

- Ces « je » qui s'expriment : entre expression de sentiments vrais et exagération
- Mise en scènes de soi, de la figure du poète, de la nature
- Les rôles de la poésie dans la cité

2. Du bonheur de souffrir : le paradoxe

- L'élégie. Détournement du registre tragique
- Dramatisation. Mise en scène épique de la lutte amoureuse
- Le jeu de connivence avec le lecteur. Erotisme et fantasmes

3. La maîtresse, prétexte à la beauté poétique

- Une beauté idéale sublimée.
- Défi artistique. Viser la perfection formelle.
- Rivaliser avec les autres poètes anciens et contemporains. Imposer son génie.

Autre plan possible

1. Plaisir et puissance des mots

- Charmer le lecteur, lui plaire par des figures de style.
- Exprimer le monde. Mise en scène des éléments naturels.
- Le défi artistique : atteindre la perfection formelle en décrivant la beauté idéale, sublimée.

2. La poésie, lieu des sentiments et des sensations

- Faire entendre son amour. Erotisme et fantasmes.
- Partager la plainte, la souffrance. L'élégie.
- Dramatisation. Mise en scène d'une lutte amoureuse. Jeu de connivence avec le lecteur.

3. La poésie, arme de conquête

- Convaincre la belle et la faire céder.
- Imposer la langue de l'écriture et le style.
- Etre reconnus comme des génies.

La rédaction

À partir du plan que vous préférez et des idées accompagnées de leurs exemples cités dans le tableau, **transformez toutes ces étapes en rédaction.** N'oubliez pas de rédiger intégralement au brouillon votre introduction et votre conclusion.

Cet exercice final vous permet de vous **approprier les textes et la démarche** et de vous entraîner à **écrire** correctement.

Vous pouvez le faire dans **votre carnet de lecture** et proposer à votre professeur de vous apporter son appréciation et, si vous le souhaitez, une notation.

Explication de texte linéaire et commentaire composé d'un poème de Chénier

Texte à l'étude : « La jeune Tarentine », *Les Bucoliques*, Chénier

Pleurez, doux alcyons, ô vous, oiseaux sacrés,
Oiseaux chers à Thétis, doux alcyons, pleurez.
Elle a vécu, Myrto, la jeune Tarentine.
Un vaisseau la portait aux bords de Camarine.
Là l'hymen, les chansons, les flûtes, lentement,
Devaient la reconduire au seuil de son amant.
Une clef vigilante a pour cette journée
Dans le cèdre enfermé sa robe d'hyménée
Et l'or dont au festin ses bras seraient parés
Et pour ses blonds cheveux les parfums préparés.
Mais, seule sur la proue, invoquant les étoiles,
Le vent impétueux qui soufflait dans les voiles
L'enveloppe. Étonnée, et loin des matelots,
Elle crie, elle tombe, elle est au sein des flots.
Elle est au sein des flots, la jeune Tarentine.

Chénier, *Les Bucoliques*, « La jeune Tarentine »

L'explication de texte

L'explication de texte est une ***épreuve orale*** *de l'AFF (l'Épreuve Anticipée de Français) en classe de Première et « fonde son interprétation sur une analyse précise des principaux effets de sens ». Plusieurs méthodes sont possibles.*

Méthodologie et consigne

Consigne

Préparez cette explication de texte au brouillon, comme pour la véritable épreuve de français puis passez à l'oral devant un camarade ou un membre de votre famille en imaginant que c'est un examinateur et demandez-lui de prendre des notes sur ce qui lui semble bon et ce qui lui paraît devoir être retravaillé.

Méthodologie

Lisez une première fois le texte de Chénier. Prenez un brouillon et, en relisant le texte une deuxième fois, marquez toutes les remarques qui vous viennent à l'esprit en notant toujours à côté les numéros des vers afin de retrouver facilement vos citations. Répondez ensuite aux questions suivantes :

- À quel genre appartient le texte ?
- Quel est le registre dominant ?
- Quel est le sujet du texte ?
- Cherchez dans le dictionnaire les mots que vous ne connaissez pas.
- Quel est le contexte historique d'écriture ? Qui est l'auteur ?

Vous chercherez enfin la problématique de ce texte en n'oubliant jamais de lier la forme (la façon d'écrire) au fond (les idées).

Correction

Méthodologie

- **Quel genre est-ce ?** C'est un poème. Quelle est la versification ? Il est composé d'alexandrins donc : **avant la lecture orale devant le professeur comptez les syllabes** et vérifiez les synérèses et les diérèses.
- **Quelle tonalité ?** Ici tristesse, plainte : registre élégiaque.
- **Quel est le sujet ?** La mort de la jeune Tarentine.
- **Vocabulaire :** alcyons = oiseaux de mer ; Thétis = divinité marine / mère d'Achille ; Tarentine = habitante de Tarente en Italie du Sud ; Camarine = port de Sicile ; hymen = cortège nuptial, le mariage.
- **Contexte historique ?** Chénier est un poète du XVIIIe siècle. Au XVIIIe, il y a une crise de la poésie à cause de l'émergence d'une littérature philosophique et politique. Chénier est influencé par les modèles antiques et utilise aussi l'alexandrin comme au XVIe. Sa poésie est lyrique et élégiaque. Chénier synthétise l'Antiquité et la nouveauté. Le titre de l'ouvrage fait référence à celui de Virgile *Les Bucoliques*. L'œuvre d'André Chénier est résumée à la Fiche sur « la poésie du XVIe au XVIIIe siècles ».

L'analyse au brouillon à réaliser sous forme de prises de notes

*Conseil : Soyez lisible mais **ne faites aucune phrase** et utilisez la prise de notes afin de gagner du temps car votre objectif est (première étape) de relever le plus d'éléments pertinents possible pour ensuite (seconde étape) organiser vos remarques de manière intelligente autour d'un axe d'étude clair du texte, appelé la problématique.*

Vers 1 et 2

- **Rimes masculines** « sacrés » / « pleurez » : poésie élégiaque qui touche au sacré, qui suscite la tristesse, la peine et fait référence aux dieux.
- **Césures à l'hémistiche :** emploi des **alexandrins**, rythme lent du vers, douceur, calme
- **Chiasme** ABBA : « Pleurez » = A / « doux alcyons » = B chiasme (/) sur deux vers avec rééquilibre à l'hémistiche (//) : répétition dans un jeu d'échos organisé, effet poétique musical et qui met en valeur le message d'un chant de douleur.
  « *Pleurez, / doux alcyons, //* ô vous, oiseaux sacrés,
  Oiseaux chers à Thétis, // *doux alcyons, / pleurez* »
- Allitération en « ss » dans les deux premiers vers, effet musical
- « Alcy/ons » **diérèse** : ralentissement de la diction sur ce mot, effet d'insistance.
- **Répétition** du verbe à **l'impératif** « pleurez » qui encadre la phrase.
- **Apostrophe** du poète aux oiseaux des mers : rend le chant vivant et insiste sur la douleur que suscite le drame de cette mort, les oiseaux divins doivent être touchés et pleurer cette perte, **le deuil humain s'élève au divin.**
- Thème de **l'élégie** présent : appel à se **lamenter**
- Présence du **divin** : Thétis et alcyons
- Poésie **élevée** d'un genre nouveau qui synthétise l'érudition, la morale et la philosophie
- Douceur rythmique des **alexandrins**

Vers 3

- Sujet du poème : **la mort** d'une jeune femme / **litote** « elle a vécu » pour dire la mort et parallèle avec la tragédie classique : sorte de bienséance
- Le temps composé : caractère accompli de l'action, insiste sur cette mort terrible, la rend encore plus terrible à l'inverse de l'euphémisme qui permet de diminuer l'effet de ce qu'on veut dire, ici la litote accentue le drame.
- L'adjectif qualificatif « jeune » : **drame** car mort jeune : contre-nature, malheur inadmissible, destinée tragique. Coupure à l'hémistiche du vers : injustice de cette mort jeune
- Référence à **l'<u>épitaphe</u>** dans ce poème : **célébration de la mort**, de la vie éphémère et surtout ce poème est comme une épitaphe, l'hommage à une personne disparue.

Vers 4 à 10

- **Drame / Tragédie** : mort au sommet de sa beauté, de sa jeunesse – au moment de son mariage – le portrait de son beau corps « Et l'or dont au festin ses bras seraient parés / Et pour ses blonds cheveux les parfums préparés » et description de la **splendeur** de la fête qui l'attendait, la **gaité**, « les chansons », « les flûtes » : la tragédie prend naissance dans ce drame, dans cette distorsion entre l'apogée du bonheur des épousailles et la mort soudaine, imprévisible. L'association de ces deux événements : la mort « Une clef vigilante a pour cette journée / Dans le cèdre enfermé sa robe d'hyménée » et le mariage « l'hymen » crée un choc, une émotion car sentiment d'injustice, de malaise.
- Conjonction dramatique dans les thèmes : **la mort et le mariage – topos de l'élégie funèbre**
- **Sublimation** de la jeune femme : « or », « parfum »
- Poésie d'une grande beauté : **allitération** en « l » et en « m » dans le vers « Là l'hymen, les chansons, les flûtes, lentement » qui viennent mimer phonétiquement la lenteur, la douceur de l'action / allitération en « r » dans le vers « Et pour ses blonds cheveux les parfums préparés. » qui crée des échos de sons comme dans un chant. /
- L'**emploi des temps** met en forme cette **tension tragique** : l'imparfait « devaient » dans le vers 10 « devaient la reconduire au seuil de son amant » marque le passé qui aurait dû avoir lieu et qui n'a pas eu lieu.
- Fatalité : tragédie antique : « invoquant les étoiles » : elle n'a pas commis de faute ni de blasphème, elle représente l'innocence, sa mort est perçue comme une injustice incommensurable, elle est l'image de la **vie éphémère**, d'une beauté sublime qui ne dure pas.

Vers 11 à 16

- **Tragédie** : solitude de la jeune femme : « seule sur la proue » image étonnante qui rappelle un sacrifice. Rejet « L'enveloppe » : mise en valeur de l'action du vent. Destin inévitable : impression de force surpuissante, divine des éléments. Image de la jeune femme surprise. Elle est arrachée à la vie en plein milieu de sa jeunesse : « Étonnée » est placé en tête de phrase avant la césure à l'hémistiche. « Loin des matelots » fait écho à son isolement souligné au vers 11 par l'adjectif « seule ».
- **Dramatisation** par l'énumération des verbes au présent de narration aux vers 14 et 15 « Elle crie, elle tombe, elle est au sein des flots. » et au rythme ternaire « Elle est au sein des flots, la jeune Tarentine. » répétition qui crée un effet d'insistance.
- **Bucolique = poésie mystérieuse qui touche au sacré**

La problématique

Comment ce poème élégiaque magnifie-t-il la beauté de la jeune Tarentine en décrivant la tragédie de sa mort ?

Introduction

Chénier est un poète du **XVIIIe siècle**. Au XVIIIe, il y a une crise de la poésie à cause de l'émergence d'une littérature philosophique et politique. Chénier va créer une poésie **nouvelle** en prenant inspiration à la fois chez les Antiques – le titre de son ouvrage par exemple vient des *Bucoliques* de Virgile – mais aussi dans la poésie du XVIe siècle en inventant des vers lyriques et plus spécifiquement relevant d'un certain type de **poésie lyrique** appelée **l'élégie**, poésie qui se fait l'écho d'une douleur et qui donne à entendre la souffrance et la **plainte**. Dans le poème que nous allons étudier, Chénier décrit la noyade d'une jeune femme qui se rendait en bateau à son mariage. Il écrit ce poème comme un hommage à cette vie disparue au sommet de sa gloire. Nous verrons comment ce poème élégiaque magnifie la beauté de la jeune Tarentine en décrivant la tragédie de sa mort.

Conclusion

Chénier synthétise l'Antiquité et la nouveauté au sein d'une poésie élégiaque qui a en général pour thèmes de chanter les sentiments nés de la perte d'un être aimé ou d'une souffrance amoureuse. Dans ce poème, il met en scène la mort injuste d'une jeune femme superbe et nous invite ainsi à réfléchir sur **la fugacité de la beauté et sur la fragilité de l'existence**

humaine soumise aux indomptables destins. Sa poésie savante en alexandrins, puisant ses sujets dans la mythologie antique, sublime le portrait de la jeune femme, touche au sacré et joue sur les sonorités de façon merveilleuse. Par la beauté des vers et le sujet douloureux qu'ils nous dessinent, le poème crée une vive émotion chez le lecteur, pleine de douleur et de regret, devant la fatalité de cette destinée.

Second entraînement possible : Le commentaire de texte

*Le commentaire de texte est une **épreuve écrite de l'EAF.** Il « suppose une organisation des remarques selon **deux ou trois perspectives** de lectures pertinentes lesquelles ne sont pas nécessairement thématiques et un **développement composé de l'interprétation** » (Bulletin officiel).*

*Vous avez déjà **analysé** le texte vers par vers lors de l'exercice précédent. Vous avez également trouvé la **problématique** du texte. Afin de rédiger un commentaire, il ne vous reste plus qu'à organiser votre analyse en **deux ou trois axes de commentaires** c'est-à-dire deux ou trois parties qui répondront à la question soulevée dans la problématique.*

Proposition d'axes du commentaire

I. Une élégie au sens grec du terme : « un chant de mort »

- En grec, elegia signifie **chant de mort**. Dans ce poème, Chénier puise dans la première signification de ce mot et chante la mort de la jeune Tarentine dans une poésie lyrique en alexandrins. Vocabulaire de la mort.
- La **plainte** propre à l'élégie : le vocabulaire des sentiments, de la tristesse, de la peine « Pleurez » avec des effets d'insistance (chiasme, répétitions), l'élégie appartient à la poésie **lyrique**.

II. Le tableau d'un drame

- **La mise en scène** de la mort : « drama » en grec signifie « **l'action** », or le lecteur assiste à la mort de la belle. Emploi des présents de narration.
- La **fatalité,** le « fatum » latin de l'Antiquité : la solitude de la jeune femme, la puissance des éléments, l'impuissance de l'homme, une destinée irrémédiable.
- Une **dramatisation** : la mort et le mariage liés, **Eros** (l'amour en grec) et **Thanatos** (la mort en grec), topos de la poésie élégiaque.

III. Une poésie de la beauté

- **Dire la beauté de la jeune femme :** lui rendre hommage dans cette épitaphe. Portrait sublimé.
- Une poésie noble qui touche au **sacré** (les alcyons, Thetis), qui utilise le vers estimé comme le plus beau : l'alexandrin et le rend plus ample, plus doux. Une poésie **érudite** qui prend appui sur les mythes antiques.
- Une poésie **morale** qui fait réfléchir sur la **fugacité de la beauté et de la vie**. La jeune femme est l'image, le symbole de la précarité de la vie et de la nécessité de jouir du temps présent comme le préconisait la **philosophie antique hédoniste d'Horace** qui invitait ses disciples à « **Carpe diem, carpe horum »** qui a pour signification « Cueille le jour, cueille l'heure », injonction claire à profiter de l'instant présent tant que la mort ne l'a pas encore frappé.

DEUXIÈME OBJET D'ÉTUDE : LA LITTÉRATURE D'IDÉES ET LA PRESSE DU XIXE AU XXIE SIÈCLE

La rhétorique ou l'art de convaincre

55

La **rhétorique** est l'ensemble des règles qui régissent l'art de bien parler, c'est-à-dire l'art de l'éloquence.

Enseignée et pratiquée en Grèce dès le IVe siècle avant J.-C., elle est l'outil par excellence du débat politique. Aristote, dans sa *Rhétorique*, en définit les règles et les objectifs. Il démontre que l'efficacité d'un discours dépend de sa construction, mais également de la façon dont l'orateur parvient à captiver son auditoire en s'y adaptant, de façon à l'émouvoir autant qu'à le persuader.

La préparation d'un discours rhétorique doit obéir à cinq phases que Cicéron (auteur latin du Ier s. avt J.-C.) nomme ainsi :

- ***Inventio*** : Recherche des idées.
- ***Dispositio*** : Organisation des idées.
- ***Elocutio*** : Ajout des ornements (écriture proprement dite, avec un soin particulier pour le choix des mots, des figures de style).
- ***Actio*** : préparation de la « mise en scène » du discours (travail sur la diction, la gestuelle...).
- ***Memoria*** : Mémorisation du discours.

Le discours lui-même doit être constitué de la manière suivante :

- **Exorde** (ou *capatatio benevolentiae*) : introduction au cours de laquelle l'orateur cherche à capter la bienveillance de l'auditoire, et annonce son sujet.
- **Narration** : Récit ou exposé des faits.
- **Confirmation** : argumentation précise.
- (**Réfutation des arguments de l'adversaire**)
- **Péroraison** : Conclusion résumant le discours avec force et émotion.

Effets sur le lecteur

Le but ultime recherché par la rhétorique est d'emporter l'adhésion de l'auditoire. Cela passe par les trois injonctions que donne Cicéron dans son *De Oratore* :

- ***Docere*** : instruire, démontrer, par la justesse des arguments.
- ***Placere*** (ou *delectare*) : plaire, par un style littéraire adéquat et travaillé.
- ***Movere*** : émouvoir, en suscitant le rire, les larmes, l'indignation...

56 Thème et thèse d'un texte

Définitions

- Le **thème** d'un texte est le sujet général dont il est question, que le texte soit de type narratif, descriptif ou encore argumentatif.
- La **thèse** d'un texte est une idée, une conviction, qui peut être sous-entendue implicitement, défendue avec véhémence ou ironie, démontrée par des arguments précis…

Exemples

Dans *Émile ou De L'Éducation* (1762), Rousseau traite du **thème** de l'éducation, en développant la conviction que celle-ci doit se faire conformément à la nature. Dans l'extrait suivant, il défend précisément la **thèse** selon laquelle les histoires racontées aux enfants, en vue de leur transmettre une leçon de morale, peuvent tout à fait être détournées de leur but, et enseigner au contraire la malhonnêteté, la paresse et autres vices…

> « Suivez les enfants apprenant leurs fables, et vous verrez que, quand ils sont en train d'en faire l'application, ils en font presque toujours une contraire à l'intention de l'auteur, et qu'au lieu de s'observer sur le défaut dont on les veut guérir ou préserver, ils penchent à aimer le vice avec lequel on tire parti des défauts des autres. Dans la fable précédente les enfants se moquent tous du corbeau, mais ils s'affectionnent tous au renard. Dans la fable qui suit, vous croyez leur donner la cigale pour exemple ; et point du tout, c'est la fourmi qu'ils choisiront. On n'aime point à s'humilier ; ils prendront toujours le beau rôle, c'est le choix de l'amour-propre, c'est un choix très naturel. […]
>
> Dans toutes les fables où le lion est un des personnages, comme c'est d'ordinaire le plus brillant, l'enfant ne manque point de se faire lion, et quand il préside à quelque partage, bien instruit par son modèle, il a grand soin de s'emparer de tout. Mais quand le moucheron terrasse le lion, c'est une autre affaire ; alors l'enfant n'est plus lion, il est moucheron. Il apprend à tuer un jour à coups d'aiguillon ceux qu'il n'oserait attaquer de pied ferme. […]
>
> Quand vous leur donnez des préceptes qui se contredisent, quels fruits espérez-vous de vos soins ? »

Le registre didactique 57

Définitions

Le **registre didactique** regroupe les procédés contribuant à donner à un texte une tonalité professorale : il s'agit d'enseigner tout type de connaissance ou de compétence.

Parmi les procédés du registre didactique, il faut retenir particulièrement ceux-ci : **impératifs** ; utilisation de la **deuxième personne** ; **tournures impersonnelles** (3e personne) ; **connecteurs logiques** (d'abord ; ensuite ; donc...) ; recours aux **exemples** et aux **citations**.

L'effet recherché dans un texte didactique est avant tout la transmission d'un savoir. Les tournures impersonnelles confèrent au texte une certaine objectivité, tandis que l'utilisation de la deuxième personne, ainsi que les impératifs, lui donnent de l'autorité. Enfin, les connecteurs et les exemples divers donnent au texte sa structure et sa crédibilité.

Exemples

Dans *L'Art Poétique* (1674), Boileau donne aux apprentis auteurs de nombreux conseils d'écriture. On y retrouve certains éléments propres au registre didactique :

> « **Avant donc que** d'écrire **apprenez** à penser.
> [...]
> Ce que **l'on conçoit** bien s'énonce clairement
> Et les mots pour le dire arrivent aisément.
> [...]
> **Hâtez-vous** lentement, et, sans perdre courage,
> Vingt fois sur le métier **remettez** votre ouvrage » (chant I)

Dans *L'Émile* (1762), Rousseau enseigne des principes d'éducation qu'il agrémente souvent d'exemples concrets :

> « Dans cette occasion, après avoir bien contemplé avec lui le soleil levant, après lui avoir fait remarquer du même côté les montagnes et les autres objets voisins, après l'avoir laissé causer là-dessus tout à son aise, gardez quelques moments le silence comme un homme qui rêve, **et puis vous lui direz : Je songe qu'hier au soir le soleil s'est couché là, et qu'il s'est levé là ce matin. Comment cela peut-il se faire ?** N'ajoutez rien de plus : s'il vous fait des questions, n'y répondez point ; parlez d'autre chose. Laissez-le à lui-même, et soyez sûr qu'il y pensera. [...] Voilà sa première leçon de cosmographie »

58 Biographie : Zola (1840-1902)

Chef de file du naturalisme, Zola mit tout son talent au service de l'analyse rigoureuse du réel. Il a livré à la postérité une multitude de romans puissants et très documentés.

Œuvres à retenir

- *Les Rougon-Macquart*, cycle romanesque de vingt romans publiés de 1871 à 1893, dont :
- *La Fortune des Rougon* (1871)
- *L'Assommoir* (1877)
- *Germinal* (1885)

Émile Zola naquit à Paris en 1840, d'un père italien et d'une mère française. Il passa cependant la plus grande partie de son enfance à Aix-en-Provence, où son père dirigeait la construction d'un canal. Malheureusement ce dernier mourut d'une pneumonie alors qu'Émile n'avait que sept ans. Accablés par les dettes de la société du défunt, Mme Zola et son fils se trouvèrent dans une véritable pauvreté qui, en plus du chagrin, marqua douloureusement l'enfance du futur romancier.

Élève plutôt médiocre, le jeune Zola n'en conçut pas moins un désir précoce de faire carrière dans la littérature, et s'en ouvrit notamment à Paul Cézanne, qui fut l'un de ses amis d'enfance. N'ayant pas réussi à obtenir son baccalauréat, il commença sa vie d'adulte de façon décevante, enchaînant divers métiers peu enthousiasmants et flirtant parfois avec la misère.

En 1862, il prit un poste de subalterne aux éditions Hachette. Il finit par se faire remarquer et évolua progressivement, jusqu'à pouvoir entrer en relation avec de grands écrivains comme Sainte-Beuve et Lamartine. Ayant le vent en poupe, et fort de sa grande admiration pour Victor Hugo, il publia alors, à vingt-quatre ans, les *Contes à Ninon* (1864), recueil de nouvelles à forte tonalité romantique. Mais sa veine romantique se tarit lorsqu'il découvrit les œuvres de Balzac et de Flaubert. Les prenant pour ses nouveaux maîtres à penser, il publia en 1867 *Thérèse Raquin*, roman réaliste, qui ne lui apporta pourtant pas le succès tant espéré. Il finit néanmoins par concevoir l'idée d'imiter la grande fresque romanesque de Balzac, *La Comédie humaine*, en créant lui-même un nouveau cycle basé sur l'observation scientifique des comportements sociaux. Ainsi naquit le grand projet de sa vie, qui lui demanda vingt-quatre ans de travail : *Les Rougon-Macquart, Histoire naturelle et sociale d'une famille sous le Second Empire.*

Si le premier roman parut en 1871, Zola ne rencontra le succès espéré qu'à partir de 1877, avec *L'Assommoir*, dont le triomphe fut retentissant, de même que celui de *Nana*, en 1880, et surtout de *Germinal*, en 1885. La gloire s'accompagna aussi de nombreuses critiques, car le style de Zola, qui surpassait les écrivains réalistes dans la description du réel, était jugé par certains beaucoup trop cru, donc tout à fait choquant.

Intéressé par la politique, et lassé de certaines critiques qui ne voyaient en lui qu'un dénonciateur des maux de la société, il entreprit, dès 1893, la rédaction de nouveaux cycles, volontairement plus optimistes et marqués par les idées socialistes : *Les trois villes* et *Les quatre Évangiles*. Chaque roman de ces deux « séries » manifeste la foi de l'auteur dans le progrès matérialiste et dans l'homme cherchant à faire advenir une société meilleure.

Les dernières années de Zola lui conférèrent une gloire dépassant la sphère de la littérature puisqu'il s'illustra héroïquement dans la défense du capitaine Dreyfus, militaire juif accusé à tort de haute trahison. Zola publia en janvier 1898, la célèbre lettre ouverte *J'accuse*, adressée au président de la République et destinée à faire réagir l'opinion publique.

Il mourut accidentellement en 1902, asphyxié chez lui à cause d'un feu de cheminée mal éteint. Il fut enterré au cimetière Montmartre, accompagné par une immense foule d'admirateurs.

59 Exercices d'explication de texte et de commentaire composé du texte de « J'accuse » de Zola

Extraits choisis de la lettre de Zola au président de la République, Felix Faure, parue le 13 janvier 1898.

Monsieur le Président,

Me permettez-vous, dans ma gratitude pour le bienveillant accueil que vous m'avez fait un jour, d'avoir le souci de votre juste gloire et de vous dire que votre étoile, si heureuse jusqu'ici, est menacée de la plus honteuse, de la plus ineffaçable des taches ?

[...]

Ah ! cette première affaire, elle est un cauchemar, pour qui la connaît dans ses détails vrais ! Le commandant du Paty de Clam arrête Dreyfus, le met au secret. Il court chez madame Dreyfus, la terrorise, lui dit que, si elle parle, son mari est perdu. Pendant ce temps, le malheureux s'arrachait la chair, hurlait son innocence. Et l'instruction a été faite ainsi, comme dans une chronique du quinzième siècle, au milieu du mystère, avec une complication d'expédients farouches, tout cela basé sur une seule charge enfantine, ce bordereau imbécile, qui n'était pas seulement une trahison vulgaire, qui était aussi la plus impudente des escroqueries, car les fameux secrets livrés se trouvaient presque tous sans valeur. Si j'insiste, c'est que l'œuf est ici, d'où va sortir plus tard le vrai crime, l'épouvantable déni de justice dont la France est malade.

[...]

Mais voici Dreyfus devant le conseil de guerre. Le huis clos le plus absolu est exigé. Un traître aurait ouvert la frontière à l'ennemi, pour conduire l'empereur allemand jusqu'à Notre-Dame, qu'on ne prendrait pas des mesures de silence et de mystère plus étroites. La nation est frappée de stupeur, on chuchote des faits terribles, de ces trahisons monstrueuses qui indignent l'Histoire, et naturellement la nation s'incline.

[...]

Dreyfus sait plusieurs langues, crime ; on n'a trouvé chez lui aucun papier compromettant, crime ; il va parfois dans son pays d'origine, crime ; il est laborieux, il a le souci de tout savoir, crime ; il ne se trouble pas, crime ; il se trouble, crime. Et les naïvetés de rédaction, les formelles assertions dans le vide ! On nous avait parlé de quatorze chefs d'accusation : nous n'en trouvons qu'une seule en fin de compte, celle du bordereau.

[...]

Comment a-t-on pu espérer qu'un conseil de guerre déferait ce qu'un conseil de guerre avait fait ? Je ne parle même pas du choix toujours possible des juges. L'idée supérieure de discipline, qui est dans le sang de ces soldats, ne suffit-elle à infirmer leur pouvoir même d'équité ? Qui dit discipline dit obéissance. Lorsque le ministre de la guerre, le grand chef a établi publiquement, aux acclamations de la représentation nationale, l'autorité absolue de la chose jugée, vous voulez qu'un conseil de guerre lui donne un formel démenti ? Hiérarchiquement, cela est impossible.

[...]

Je l'ai démontré d'autre part : l'affaire Dreyfus était l'affaire des bureaux de la guerre, un officier de l'état-major, dénoncé par ses camarades de l'état-major, condamné sous la pression des chefs de l'état-major. Encore une fois, il ne peut revenir innocent sans que tout l'état-major soit coupable. Aussi les bureaux, par tous les moyens imaginables, par des campagnes de presse, par des communications, par des influences, n'ont-ils couvert Esterhazy que pour perdre une seconde fois Dreyfus.

[...]

Et c'est un crime encore que de s'être appuyé sur la presse immonde, que de s'être laissé défendre par toute la fripouille de Paris.

[...]

C'est un crime d'égarer l'opinion, d'utiliser pour une besogne de mort cette opinion qu'on a pervertie jusqu'à la faire délirer. C'est un crime d'empoisonner les petits et les humbles, d'exaspérer les passions de réaction et d'intolérance, en s'abritant derrière l'odieux antisémitisme, dont la grande France libérale des droits de l'homme mourra, si elle n'en est pas guérie. C'est un crime que d'exploiter le patriotisme pour des œuvres de haine, et c'est un crime, enfin, que de faire du sabre le dieu moderne, lorsque toute la science humaine est au travail pour l'œuvre prochaine de vérité et de justice.

[...]

Telle est donc la simple vérité, monsieur le Président, et elle est effroyable, elle restera pour votre présidence une souillure. Je me doute bien que vous n'avez aucun pouvoir en cette affaire, que vous êtes le prisonnier de la Constitution et de votre entourage. Vous n'en avez pas moins un devoir d'homme, auquel vous songerez, et que vous remplirez. Ce n'est pas, d'ailleurs, que je désespère le moins du monde du triomphe. Je le répète avec une certitude plus véhémente : la vérité est en marche et rien ne l'arrêtera. C'est aujourd'hui seulement que l'affaire commence, puisqu'aujourd'hui seulement les positions sont nettes : d'une part, les coupables qui ne veulent pas que la lumière se fasse ; de l'autre, les justiciers qui donneront leur vie pour qu'elle soit faite.

[...]

Mais cette lettre est longue, monsieur le Président, et il est temps de conclure.

J'accuse le lieutenant-colonel du Paty de Clam d'avoir été l'ouvrier diabolique de l'erreur judiciaire [...]

J'accuse le général Mercier de s'être rendu complice [...]

J'accuse le général Billot d'avoir eu entre les mains les preuves certaines de l'innocence de Dreyfus et de les avoir étouffées [...]

J'accuse le général de Boisdeffre et le général Gonse de s'être rendus complices du même crime [...]

J'accuse le général de Pellieux et le commandant Ravary d'avoir fait une enquête scélérate [...]

J'accuse les trois experts en écritures, les sieurs Belhomme, Varinard et Couard, d'avoir fait des rapports mensongers et frauduleux [...]

J'accuse les bureaux de la guerre d'avoir mené dans la presse, particulièrement dans L'Éclair et dans L'Écho de Paris, une campagne abominable, pour égarer l'opinion et couvrir leur faute.

J'accuse enfin le premier conseil de guerre d'avoir violé le droit, en condamnant un accusé sur une pièce restée secrète, et j'accuse le second conseil de guerre d'avoir couvert cette illégalité, par ordre, en commettant à son tour le crime juridique d'acquitter sciemment un coupable.

En portant ces accusations, je n'ignore pas que je me mets sous le coup des articles 30 et 31 de la loi sur la presse du 29 juillet 1881, qui punit les délits de diffamation. Et c'est volontairement que je m'expose.

[...]

Je n'ai qu'une passion, celle de la lumière, au nom de l'humanité qui a tant souffert et qui a droit au bonheur. Ma protestation enflammée n'est que le cri de mon âme. Qu'on ose donc me traduire en cour d'assises et que l'enquête ait lieu au grand jour !

J'attends.

Veuillez agréer, Monsieur le Président, l'assurance de mon profond respect.

ÉMILE ZOLA

Exercices

Quatre exercices sont possibles, à vous de choisir lequel vous souhaitez réaliser...

- Vous rédigerez **l'explication de texte** puis lirez la correction.
- Vous ferez le **plan du commentaire de texte** puis comparerez votre travail avec le plan proposé en correction.
- À partir des corrigés de l'explication de texte et du plan du commentaire de texte, **vous rédigerez entièrement le commentaire**.

➪ *Correction fiche 60.*

Ce texte a en outre fait l'objet d'un **exercice de contraction**.

➪ *Correction fiche 61.*

Corrections de l'explication de texte et du commentaire composé du texte de « J'accuse » de Zola

60

Connaître le contexte d'écriture

L'Affaire Dreyfus

Le 15 octobre **1894**, le **capitaine Dreyfus** est arrêté et en décembre de la même année, il est condamné à la déportation à vie dans l'île du Diable car il aurait **trahi** la France en envoyant un bordereau à l'Allemagne. En 1896, **Esterhazy**, le véritable traître, est dénoncé par le lieutenant colonel Picquart que l'État major, pour ne pas remettre en cause le jugement, décide de faire taire mais Dreyfus crie inlassablement son innocence dans des lettres adressées à sa famille et des doutes commencent à faire surface au sein de l'opinion.

Zola, résidant à Médan, loin de Paris, ne s'intéresse à l'affaire qu'en **1897**. À la lecture de certains documents, il est convaincu qu'une **injustice** a été commise et décide de tout mettre en œuvre pour la réparer. Il entre en action en écrivant dans le ***Figaro*** le **premier article « Procès-verbal »** en décembre 1897 dans lequel il **s'oppose à l'antisémitisme** et fustige Édouard Drumont auteur de *La France juive* qu'il appelle « cerveau fumeux » : « Aujourd'hui, depuis que nous demandons la lumière, l'attitude de l'antisémitisme est plus violente, plus répugnante encore. C'est son procès qu'on va instruire, et si l'innocence d'un juif éclatait, quel soufflet pour les antisémites. »

Il publie ensuite la ***Lettre à la jeunesse*** sous forme de brochure : « Jeunesse, jeunesse ! sois humaine, sois généreuse. Si même nous nous trompons, sois avec nous, lorsque nous disons qu'un innocent subit une peine effroyable, et que notre cœur révolté s'en brise d'angoisse. Que l'on admette un seul instant l'erreur possible, en face d'un châtiment à ce point démesuré, et la poitrine se serre, les larmes coulent des yeux. Certes, les gardes-chiourmes restent insensibles, mais toi, toi qui pleures encore, qui dois être acquise à toutes les misères, à toutes les pitiés ! Comment ne fais-tu pas ce rêve chevaleresque, s'il est quelque part un martyr succombant sous la haine, de défendre sa cause et de le délivrer ? »

Les **antidreyfusards**, parmi lesquels Drumont, Barrès, Rochefort, Barbey d'Aurevilly, réagissent très **violemment** aux articles de Zola. ***Le Petit Journal***, vendu à un million d'exemplaires, insiste sur la culpabilité de Dreyfus.

Zola publie alors sa célèbre lettre « **J'accuse** » dans l'***Aurore***, adressée à Felix Faure alors président de la République. Suite à cette lettre dans laquelle il met en lumière l'injustice commise, il est obligé de fuir en **Angleterre** car il est condamné à **un an de prison** et **trois milles francs d'amende**. Le procès est révisé mais Dreyfus est de nouveau jugé coupable par le Ministère de la guerre qui ne veut pas remettre en cause ses jugements. Cependant, la vérité éclate enfin et Dreyfus est libéré. Zola en 1899 dans *l'Aurore*, s'adresse à Mme Dreyfus : « Quel que soit encore mon deuil de citoyen, malgré la douleur indignée, la révolte où continuent à s'angoisser les âmes justes, je vis avec vous cette minute délicieuse, trempée de bonnes larmes, la minute où vous avez serré dans vos bras le mort ressuscité, sorti vivant et libre du tombeau. »

En 1902 paraît son roman ***Vérité***, pendant romanesque de l'Affaire Dreyfus. Il meurt cette année-là asphyxié dans son sommeil par les fumées de la cheminée de son appartement parisien.

Analyser le texte

Première étape : lire et comprendre

À la première lecture des extraits de la lettre, on perçoit de grands mouvements que l'on va tenter de résumer par des notes à côté de chaque paragraphe.

Deuxième étape : trouver la problématique

Les questions à se poser sont : Quel est le sens profond du texte ? Quelle idée défend Zola ? Comment utilise-t-il le langage pour cela ?

En lisant cette lettre, on a l'impression de quitter le genre épistolaire pour se retrouver sur les bancs d'un tribunal et d'assister à un procès. On suit la démonstration juridique de Zola prenant la défense d'un innocent condamné deux fois à huis clos.

Ainsi, la problématique pourrait être de comprendre **comment, par une lettre ouverte publiée dans un journal à grand tirage et adressée au président de la république, Zola se fait l'avocat de la défense et condamne devant la nation les véritables coupables.**

Troisième étape

Si nous sommes en **commentaire de textecomposé**, nous devons trouver un **plan**. En **explication linéaire**, il nous suffit d'analyser le texte **en suivant son mouvement**. Dans les deux cas, la problématique posée reste la même : c'est la démarche de la réponse qui change.

Explication littéraire rédigée

En 1897, l'affaire Dreyfus cristallise les tensions entre antisémites et défenseurs des droits de l'homme. Dreyfus est toujours prisonnier alors que des doutes concernant sa culpabilité sont clairement formulés par une large partie de l'opinion. Zola, qui était resté jusqu'alors éloigné de l'affaire s'y intéresse et décide, avec l'appui de la direction du journal *l'Aurore*, de participer à la révélation de la vérité par la publication d'une longue lettre adressée directement au président de la république, Félix Faure. **Nous verrons comment, par cette lettre, Zola prend la défense de Dreyfus et condamne devant la nation les véritables coupables, au nom des grandes valeurs qu'il prône**.

L'accroche que constitue le paragraphe introducteur, est formulée sous forme de **question**, Zola **interpelle** ainsi le président de la république et le **prend à partie** devant tous les lecteurs du *Figaro* dans cette lettre ouverte. Cette question ouvre un dialogue – l'objectif d'une lettre est par essence de recevoir **une réponse** – et en même temps, ici elle relève aussi d'un **emploi rhétorique** qui introduit le **thème** du texte **argumentatif** – l'Affaire Dreyfus – et la **thèse** de l'auteur – l'innocence du condamné et, son corollaire, la demande d'un nouveau procès. Derechef, Zola marque son destinataire en opposant un **vocabulaire mélioratif** qui désigne sa réputation actuelle « juste gloire », « si heureuse » à un vocabulaire négatif dont les adjectifs sont au superlatif relatif « la plus honteuse », « la plus ineffaçable » pour marquer une **exagération** et créer un **violent contraste** qui fait ressortir le danger de cette affaire pour la gloire de Felix Faure. **La phrase interrogative épouse la courbe de la réputation** du président interpellé : alors qu'il se trouve au sommet de son pouvoir, il pourrait tomber dans la boue, s'il reste un témoin inactif.

Les trois paragraphes suivants participent à la **démonstration judiciaire** de Zola qui donne à voir l'histoire de l'Affaire à travers **une écriture quasi théâtrale** afin d'**emporter l'adhésion** du président et a fortiori des lecteurs du *Figaro* et de la nation entière. La **visée argumentative** de cette lettre – article de journal est notoire. La dramatisation commence par **l'interjection** « Ah ! » et les phrases **exclamatives** qui sont les marques de la **colère** de Zola. Tous les **verbes d'action** qui suivent, et dont le sujet est le principal coupable aux yeux de Zola, le commandant du Paty, sont au **présent de narration** « met », « court », « terrorise ». Par l'emploi de ce temps, nous **assistons** véritablement à la scène de mise aux fers. Zola a également recours au **discours rapporté** « lui dit que si elle parle, son mari est perdu » qui **dramatise** la scène. La **comparaison** « comme dans une chronique du quinzième siècle » insiste sur les méthodes barbares employées qui appartiennent à des époques anciennes et révolues. Ainsi, le fonctionnement judiciaire de l'armée apparaît comme moyenâgeux et autoritaire. La **preuve juridique apportée par les accusateurs est décrédibilisée**, « une seule charge », l'expression est développée par de multiples compléments de nom : « ce bordereau imbécile », « qui était aussi la plus impudente des escroqueries ». Zola enchaîne sa démonstration en remettant de nouveau les personnages sur scène avec le **présentatif** « voici » et les **présents de narration** « est exigé », « est frappée de stupeur ». Enfin, il poursuit sa plaidoirie, comme un avocat à la barre, en utilisant un effet oratoire grâce à la répétition d'une figure de style, **l'épiphore**, répétition d'un mot en fin de phrase : ici le mot **répété en fin de phrase** est « crime ». De la sorte, Zola insiste sur le fait que, quel que soit l'acte, Dreyfus est jugé coupable : ainsi sont mises sur le même plan des notions opposées « il ne se trouble pas », « il se trouble » qui mettent en évidence **l'absurdité** des chefs d'accusation et **prouvent** au lecteur que la décision judiciaire a été préméditée et n'est pas rationnelle.

De nouveau, Zola utilise la **forme interrogative** jointe au **ton de l'indignation** pour **interpeller** son lecteur « Comment a-t-on pu espérer qu'un conseil de guerre déferait ce qu'un conseil de guerre avait fait ? » La question est **rhétorique** : la réponse est comprise dans la question. Elle invite à **adhérer** au propos de Zola et participe à **l'argumentation**. L'emploi du **pronom indéfini « on »** permet d'ailleurs **d'associer** les lecteurs. Zola enchaîne son propos par une phrase affirmative qui utilise une **prétérition** : « Je ne parle même pas du choix toujours possible des juges » : en écrivant qu'il n'en parle pas, il aborde tout de même le sujet et fait entendre **implicitement** son point de vue. Suit de nouveau **une question rhétorique** dans laquelle est comprise la réponse qui renforce **la thèse** du paragraphe : le second conseil de guerre ne pouvait être qu'un **simulacre de justice**. Zola insiste dans une **formule affirmative lapidaire** « Qui dit discipline dit obéissance. » reprise et développée dans une dernière longue **question oratoire.** Il conclut en une phrase courte qui achève sa **démonstration** : « Hiérarchiquement, cela est impossible. » **L'accumulation** des questions rhétoriques ponctuées de phrases lapidaires a servi à **convaincre** les lecteurs : le second procès ne pouvait être qu'un **subterfuge**. Dans le paragraphe qui suit, Zola reprend la même idée en donnant une **explication** très **explicite** cette fois à la seconde condamnation « il ne peut revenir innocent sans que tout l'état-major soit coupable ».

Zola met toute sa **verve rhétorique** au service de la défense de Dreyfus. Dans le développement suivant, il utilise une **structure anaphorique** « C'est un crime de + proposition infinitive » au début de toutes ses phrases, ainsi, de la remise en cause des procès, dont il a montré le simulacre de justice, il passe aux chefs d'accusations et **incrimine clairement** ses adversaires. La figure d'**insistance** lui permet une nouvelle fois d'emporter **l'adhésion** de ses lecteurs. Il dresse de cette manière la liste de leurs forfaits et profite de ce **réquisitoire** pour élever son écrit **au débat d'idées** en se faisant le champion de la « vérité » et de la « justice » contre les défenseurs de l'« antisémitisme » et de la « haine ».

Zola se positionne comme le garant de la vérité enfin **explicitée** « Telle est donc la simple vérité » qu'il qualifie de l'adjectif « effroyable ». Son discours est **construit** et répond à la question qu'il avait posée au début de sa lettre au président « elle restera pour votre présidence une souillure ». Il l'interpelle de nouveau à travers la voix de la vérité **personnifiée** qui apparaît comme une force toute puissante supérieure aux hommes et aux institutions comme l'indique l'emploi du **futur** de l'indicatif : « la vérité est en marche et rien ne l'arrêtera ».

Le discours culmine en sa fin qui est **l'apothéose** de sa **démonstration** et qui fera donner à cette lettre le titre de « J'accuse » par Clémenceau. Après avoir démontré que les preuves avaient été truquées de la même manière que les procès, que Dreyfus avait été la victime d'une affaire politico-militaire, il effectue un dernier geste tel un **tribun de la plèbe** par cette **accumulation d'accusations.** Il met ainsi sur le banc des accusés tous ceux qu'il juge coupables et achève sa lettre ouverte au président en assumant pleinement les risques encourus au nom **des valeurs** qu'il défend, « la lumière », celle de la vérité et« le droit au bonheur » pour les hommes, valeurs pour lesquelles il est prêt à perdre sa liberté.

Suite à cette lettre, Zola est condamné à un an de prison et trois milles francs d'amende mais il remporte une grande victoire puisque le procès est révisé. La vérité éclate enfin et Dreyfus est libéré. Zola s'adressera alors dans *l'Aurore* à Mme Dreyfus : « Quel que soit encore mon deuil de citoyen, malgré la douleur indignée, la révolte où continuent à s'angoisser les âmes justes, je vis avec vous cette minute délicieuse, trempée de bonnes larmes, la minute où vous avez serré dans vos bras le mort ressuscité, sorti vivant et libre du tombeau. » Il transformera cette affaire en roman dans *La Vérité*.

Plan détaillé du commentaire de texte

I. Zola à la barre, un procès à ciel ouvert

Zola se fait avocat de la défense. Cette lettre est une façon métaphorique de **monter à la tribune**, d'ouvrir le tribunal à la nation entière, d'inverser la tendance puisque jusqu'alors tout s'était passé à huis clos.

a. Le plaidoyer : la défense de Dreyfus.
b. Les mises en accusation : le procès des coupables.

II. La défense d'un idéal humain et politique

a. Une lettre ouverte au président de la république, pris à partie en tant qu'homme également. De **l'expéditeur** au **destinataire** : toucher un homme et se livrer soi.

- Une **interpellation** directe au président de la république, les codes de la **lettre**, un moyen de prendre à partie le lecteur du journal.
- Un **engagement** personnel et une prise de risque assumés.

b. Le **combat des valeurs**

- Les valeurs défendues : la justice, la liberté, la vérité, le bonheur.
- Les valeurs rejetées : l'antisémitisme, l'iniquité, la toute puissance des institutions au détriment du droit de l'individu.

Zoom sur les subtilités de vocabulaire...

- « Prendre à partie une personne » : attaquer quelqu'un, s'en prendre à lui
- « Avoir partie liée à quelqu'un » : avoir des intérêts communs
- « Prendre parti » : adhérer à une cause, choisir un camp
- « Tirer parti de » : tirer profit de
- « Une plaidoirie » : l'action de plaider, défense orale par un avocat
- « Un plaidoyer » : le discours ou l'écrit qui défend ou condamne une personne ou une cause

Contraction de « J'accuse » de Zola

61

Exercice de contraction

Rendez-vous fiche n° 60 et contractez le texte étudié en le réduisant à **300 mots** (+ ou – 10 %). Pour réussir cet exercice de contraction de texte, la méthode vous est entièrement expliquée en Fiche n° 37.

Correction

Zola interpelle le Président de la république dans une lettre ouverte au sein du journal le *Figaro* pour qu'il cesse d'être le témoin silencieux de la terrible et intolérable condamnation de Dreyfus que l'Histoire associera à sa présidence.

Zola lui rappelle de quelle façon autoritaire, datant d'une époque révolue, le commandant du Paty a enfermé Dreyfus sans que celui-ci puisse se défendre et comment le procès s'est déroulé en catimini pendant que des mensonges étaient répandus auprès des citoyens afin d'emporter l'adhésion populaire dans le but de classer rapidement l'affaire. Ainsi, Dreyfus a-t-il été désigné coupable avant même d'être jugé.

Or, poursuit Zola, le deuxième procès dépendait des mêmes instances militaires qui se trouvaient dans l'impossibilité de renier leur hiérarchie : ce procès était donc joué d'avance et n'a servi qu'à entériner l'erreur judiciaire.

Les coupables de cette mise en scène judiciaire, qui ont envoyé un innocent aux fers, ont employé des moyens criminels en trompant le peuple par des écrits journalistiques haineux sur fond d'antisémitisme.

Si le président ne peut agir en tant que président, il en a le devoir moral en tant qu'homme et doit faire en sorte que la justice soit rétablie. Les défenseurs de Dreyfus et ses détracteurs s'affronteront désormais jusqu'à la révision finale du procès.

Zola met au banc des accusés tous ceux dont il vient de faire le procès à ciel ouvert : les colonels, les généraux, les experts et tous les bureaux impliqués dans cette affaire. Achevant sa lettre en écrivant mesurer les risques personnels qu'il prend et déclarant les assumer complètement au regard de son amour pour la justice et la vérité, valeurs qu'il place au-dessus de son existence personnelle, il salue le président dans la formule consacrée.

Je vérifie mon travail...

Les **paragraphes** qui se suivaient et abordaient les mêmes idées ont été **réunis** afin de rendre fluide le texte créé et ne pas répéter une même idée.

La **thèse** de l'auteur ressort clairement : Dreyfus est innocent et les coupables doivent être jugés. Le **thème** est clair également : l'Affaire Dreyfus.

La situation **d'énonciation** est identifiable.

Le **mouvement** du texte – entrée en matière, développement et conclusion – est visible.

Le **propos** est **synthétique** et restitue les **idées maîtresses** du texte d'origine.

Le nombre de mots demandé est respecté.

Zoom sur des subtilités de vocabulaire

- La différence entre « judiciaire » et « juridique »
- **Judiciaire** : qui relève de la **justice** et de son **administration**
  On dit « tribunaux judiciaires » « pouvoir judiciaire », « procédure judiciaire », « organisation judiciaire », « acte judiciaire »
- **Juridique** : qui relève du **droit**, qui se fait selon la justice
  On dit « aide juridique », « conseil juridique », « acte juridique », « vide juridique », « personne juridique »
- La différence entre « mettre au banc des accusés » et « mettre au ban de la société » :
- **Mettre au <u>banc</u> des accusés** : accuser une personne
  « banc » a pour synonyme le mot « siège », l'expression est imagée, il s'agit de mettre sur le siège des accusés une personne.
- **Mettre au <u>ban</u> de la société** : bannir une personne de la société, l'en exclure.
  « Ban » est une référence au « bannissement » auquel le Seigneur au Moyen-Âge pouvait condamner une personne.

Biographie : André Breton (1896-1966)

Œuvres à retenir

- *Les Champs magnétiques* (1920), recueil de poésie, écrit avec Philippe Soupault
- *Manifeste du Surréalisme* (un premier en 1924, un autre en 1930), essais
- *Nadja* (1928), récit autobiographique

Panorama

Né à Tinchebray dans l'Orne en 1896, André Breton était le fils unique d'une famille de la petite bourgeoisie. Il grandit en région parisienne et fit sa scolarité secondaire au lycée Chaptal, où il commença à publier ses premiers poèmes, pour la revue de l'école. Il suivit des études de médecine et fut mobilisé en 1915. Parallèlement, il découvrit l'œuvre de Rimbaud, qui le fascina, et se risqua à écrire à Apollinaire en lui envoyant un poème de sa composition.

Après son expérience au front en tant que brancardier, il rentra à Paris en 1917 où commença pour lui, parallèlement à ses activités médicales, une intense vie littéraire. Il rencontra, entre autres, Apollinaire, et fit également la connaissance de Louis Aragon. Avec ce dernier et Philippe Soupault, il créa en 1919 la revue *Littérature*, à laquelle se joignit rapidement Paul Éluard. En 1920, il publia avec Soupault *Les Champs magnétiques*, ouvrage poétique issu de l'expérience surréaliste de l'écriture automatique : des textes écrits sur le vif, sans travail préparatoire ni relecture, reflétant simplement la pensée à l'état pur ! Le début des années 1920 fut riche d'expériences pour André Breton, qui s'essaya notamment aux sommeils hypnotiques, pour observer la puissance du rêve et de l'inconscient sur la création artistique. En 1924, il écrivit son premier *Manifeste du Surréalisme*, dans lequel il précisait les principes de cette nouvelle démarche littéraire et artistique. En 1927, avec la plupart de ses amis surréalistes, il adhéra au Parti Communiste, pensant ainsi contribuer à révolutionner le monde autant qu'il voulait révolutionner l'art. Un an plus tard parut son ouvrage le plus célèbre, *Nadja*, récit insolite à caractère autobiographique, dans lequel il rapportait notamment sa rencontre dans la rue avec une inconnue nommée Nadja.

Parallèlement à sa vie littéraire, André Breton vivait des amours tourmentées, le conduisant à divorcer de sa première épouse, Simone, qui avait été jusque-là une personnalité active du groupe surréaliste. En 1934, il rencontra Jacqueline Lamba, qui lui donna une fille, et lui inspira *L'Amour fou*, paru en 1937.

Entre-temps, des dissensions étaient apparues avec certains surréalistes que n'avait pas arrangées la publication du second *Manifeste du Surréalisme*, en 1929. Cet ouvrage avait provoqué des réactions très vives d'une partie du groupe. Dans la même lancée, le début des années 1930 fut une période de ruptures définitives : avec Aragon, Éluard, puis le Parti Communiste.

Pendant la seconde guerre mondiale, Breton partit aux États-Unis où, malgré l'exil, il poursuivit une vie journalistique et artistique importante. Rentré en France en 1946, il tenta sans relâche de faire revivre le surréalisme absolu des années 1920, enchaînant les polémiques diverses, notamment contre Tristan Tzara – ancien chef de file dadaïste[1] – et Jean-Paul Sartre ; le premier s'étant approprié le surréalisme, et le second méprisant l'esprit du mouvement.

Il mourut en 1966 et fut inhumé au cimetière des Batignolles.

1. Le mouvement artistique « Dada » ou « Dadaïsme » est né au début du XXe siècle, il est en quelque sorte annonciateur du surréalisme en ce qu'il se caractérise par un refus de toutes contraintes.

Biographie : Louis Aragon (1897-1982)

Œuvres à retenir

- *Les yeux d'Elsa* (1942), recueil de poésie
- *Aurélien* (1944), roman

Panorama

Fils naturel et caché de l'homme politique Louis Andrieux qu'il connut sans jamais pouvoir porter son patronyme, Louis Aragon naquit à Paris en 1897. Il suivit une scolarité brillante et se révéla très vite doué pour l'écriture. Étudiant en médecine, il fut mobilisé comme brancardier pendant la Grande Guerre. Il resta marqué à vie par les horreurs qu'il y avait vues et qu'il retranscrivit dans toute son œuvre, poétique comme romanesque.

Après la guerre, il rejoignit son ancien condisciple André Breton, auprès duquel il se lança dans l'aventure du Surréalisme. Avec ce dernier, Philippe Soupault et Paul Éluard, il participa à la publication du Pamphlet *Un cadavre* qui, à l'occasion des funérailles d'Anatole France, en 1924, invitait violemment à rejeter toute la littérature ancienne.

Comme la plupart de ses amis surréalistes, il adhéra au parti communiste à la fin des années 1920, ce qui devait marquer le début d'un long engagement politique. À la même époque, il rencontra Elsa Triolet, une femme de lettres d'origine russe, qui devint sa muse autant que son épouse. Elle lui inspira son plus célèbre recueil : *Les yeux d'Elsa*. Peu après, une querelle l'opposa à André Breton et le conduisit à s'éloigner durablement des Surréalistes.

Pendant la guerre de 1939-1945, il s'engagea résolument dans la Résistance, publiant clandestinement, comme quelques autres, des poèmes exaltant la liberté et appelant à faire barrage contre le nazisme. Il en fut récompensé à la Libération.

Toujours engagé dans le parti communiste, il continua à écrire de nombreux romans et poèmes, jusqu'à sa mort en 1982, douze ans après la disparition de celle qui avait été toute son inspiration. Il fut inhumé à ses côtés, dans le parc de sa propriété, à Saint Arnoult en Yvelines.

64 Biographie : Paul Éluard (1895-1952)

Œuvres à retenir

- *Capitale de la douleur* (1926), recueil de poésie
- *L'Amour, la Poésie* (1929), recueil de poésie

Panorama

Eugène Grindel (qui prit plus tard le pseudonyme de Paul Éluard) est né en 1895 à Saint-Denis, près de Paris, dans une famille modeste. Il dut arrêter ses études à l'âge de seize ans, à cause de sa santé fragile et fut envoyé dans un sanatorium en Suisse pour soigner sa tuberculose. C'est là qu'il fit la connaissance d'une jeune russe de son âge, Helena Diakonova, qu'il surnomma Gala. Tous deux férus de poésie, ils tombèrent amoureux et se marièrent en 1917, après que le jeune homme eut été démobilisé, toujours en raison de sa mauvaise santé.

Après la première guerre mondiale, Paul Éluard, qui avait déjà publié quelques poèmes, rencontra André Breton avec qui il devint rapidement l'un des principaux fondateurs du Surréalisme. C'est dans cet élan qu'il publia ses recueils les plus célèbres : *Capitale de la douleur, L'Amour la Poésie* et *La Vie immédiate* (1932).

En 1928, son épouse fit la connaissance du peintre catalan Salvador Dali. Ce fut un coup de foudre qui la poussa à quitter Éluard pour épouser Dali, dont elle devint la muse absolue. Peu de temps après, le poète fit la connaissance de Maria Benz, surnommée Nusch, une danseuse de music-hall qu'il finit par épouser en 1934 et qui devint l'égérie du groupe surréaliste.

Poète engagé, Éluard prit position, dans ses écrits, en faveur des républicains espagnols, au cours de la guerre civile de 1936. Il devint particulièrement proche du peintre Picasso, qui avait réalisé le tableau *Guernica*, en réaction au bombardement de la ville espagnole éponyme. Éluard quant à lui, écrivit, sur le même thème, le poème « Victoire de Guernica ». En 1940, il entra dans la Résistance, publiant clandestinement toutes sortes de poèmes, dont le plus célèbre, *Liberté*, fut ensuite mis en musique par Poulenc.

Après avoir été traité en héros lors de la Libération, il eut en 1946 la douleur de perdre brutalement son épouse Nusch. Terrassé par le chagrin, il rencontra quelques années plus tard sa dernière femme, Dominique Lemort, qui lui inspira le recueil *Le Phenix*, hymne au bonheur retrouvé.

Il mourut en 1952 d'une crise cardiaque, à Charenton, près de Paris et fut inhumé au cimetière du Père Lachaise

65 Sujet et corrigé d'un parcours littéraire et artistique sur le surréalisme

Bulletin officiel

« Un parcours autour d'un débat d'idées, du XIXe au XXIe, au choix du professeur, par exemple sur les questions éthiques, sociales ou sur les questions esthétiques liées à la **modernité** (batailles et procès littéraires, histoire de la réception d'une œuvre artistique, etc.) permettant d'intégrer l'étude de la **presse** et des **médias**. Cette étude peut trouver un prolongement autour de **l'histoire de l'écrit** et de l'évolution de ses supports, en particulier pour la presse et les médias numériques. »

Exercice

À partir de la lecture des documents donnés ci-dessous et de vos lectures et connaissances personnelles, vous essaierez de montrer quelles furent les grandes idées du Surréalisme dans un propos structuré et argumenté. Quand seules les références des documents sont citées, les documents sont à aller consulter dans les livres ou bien sur internet où ils sont facilement accessibles.

Documents

Document 1

« Les gares merveilleuses ne nous abritent plus jamais : les longs couloirs nous effraient. Il faut donc étouffer encore pour vivre ces minutes plates, ces siècles en lambeaux. Nous aimions autrefois les soleils de fin d'année, les plaines étroites où nos regards coulaient comme ces fleuves impétueux de notre enfance. Il n'y a plus que des reflets dans ces bois repeuplés d'animaux absurdes, de plantes connues.

Les villes que nous ne voulons plus aimer sont mortes. Regardez autour de vous : il n'y a plus que le ciel et ces grands terrains vagues que nous finirons bien par détester. »

Extrait de l'ouvrage ***Les champs magnétiques***
de Breton et Soupault, 1919

Document 2

> « Le seul mot de liberté est tout ce qui m'exalte encore. Je le crois propre à entretenir, indéfiniment, le vieux fanatisme humain. Il répond sans doute à ma seule aspiration légitime. Parmi tant de disgrâces dont nous héritons, il faut bien reconnaître que la plus grande liberté d'esprit nous est laissée. À nous de ne pas en mésuser gravement. Réduire l'imagination à l'esclavage, quand bien même il y irait de ce qu'on appelle grossièrement le bonheur, c'est se dérober à tout ce qu'on trouve, au fond de soi, de justice suprême. La seule imagination me rend compte de ce qui peut être, et c'est assez pour lever un peu le terrible interdit ; assez aussi pour que je m'abandonne à elle sans crainte de me tromper (comme si l'on pouvait se tromper davantage). »

Extrait du ***Manifeste du surréalisme* de Breton**, 1924

Document 3

Allez lire sur internet le **pamphlet collectif « Un cadavre »** de Breton, Aragon et Soupault publié à l'occasion de la mort d'Anatole France en 1924 dans la **revue** surréaliste *La Révolution surréaliste*.

Document 4

Le violon d'Ingres, photographie de **Man Ray**, 1924

Document 5

Quatre tableaux de **Magritte** *Je ne vois pas la (femme) cachée dans la foret*, 1929 *L'Usage de la parole*, 1928 et *La Trahison des images*, 1929 et *La clef des songes*, 1930.

Document 6

> « "André ? André ?... Tu écriras un roman sur moi. Je t'assure. Ne dis pas non. Prends garde : tout s'affaiblit, tout disparaît. De nous, il faut que quelque chose reste... Mais cela ne fait rien : tu prendras un autre nom : quel nom veux-tu que je te dise, c'est très important. Il faut que ce soit un peu le nom du feu, puisque c'est toujours le feu qui revient quand il s'agit de toi. La main aussi, mais c'est moins essentiel que le feu. [...] Tu trouveras un pseudonyme, latin ou arabe. Promets. Il le faut." Elle se sert d'une nouvelle image pour me faire comprendre comment elle vit : c'est comme le matin quand elle se baigne et que son corps s'éloigne tandis qu'elle fixe la surface de l'eau. "Je suis la pensée sur le bain dans la pièce sans glaces." »

Extrait de ***Nadja*, Breton**, 1928

Document 7

Deux toiles de **Salvador Dali** *Le Grand masturbateur*, 1929 et *Persistance de la mémoire*, 1931

Document 8

Un roman-collage de **Max Ernst**, *La Femme cent têtes*, 1929

Correction

Introduction

Le Surréalisme naît après la Première guerre mondiale. André Breton et Philippe Soupault fondent ce mouvement qui dépassera l'univers littéraire en ralliant des artistes peintres comme Dali, Magritte et Ernst qui marqueront le XXe siècle. **Mais quelle fut la portée esthétique et morale de ce mouvement artistique ?** Nous verrons d'abord comment le surréalisme envisage le rapport au **langage**. Nous aborderons ensuite la question des **intentions** de ces artistes avant de chercher à dégager ce que ce mouvement **a apporté à la modernité**.

I. Qu'est-ce que l'écriture pour les surréalistes ?

L'écriture surréaliste est avant tout pensée comme une **création collective**. Dans leur écrit *Les champs magnétiques,* Breton et Soupault définissent clairement les grands axes de leur mouvement littéraire : la création commune collective, la nécessaire **expérience** d'une aventure de **l'esprit**, l'écriture automatique, véritable nouveauté. Le tract « Un cadavre », pamphlet collectif de Breton, Aragon et Soupault publié à l'occasion de la mort d'Anatole France en 1924 dans la **revue surréaliste *La Révolution surréaliste*** illustre cette écriture d'un groupe d'artistes réunis pour écrire ensemble et utiliser les mots comme des coups de poignards qui tranchent les idées de l'opinion sans honte ni retenue. Peintres et poètes s'associent pour créer des œuvres communes c'est le cas notamment **d'Éluard** qui réalise de nombreux ouvrages poétiques en collaboration avec de grands artistes comme dans *Répétitions*, poèmes d'Éluard et collages de Marx **Ernst**, dans *Défense de savoir*, poèmes d'Éluard et frontispice de **Chirico**, dans *Nuits partagées*, poèmes d'Éluard et illustrations de Salvador **Dali** ou encore dans *Facile*, poèmes d'Éluard et treize photographies de Nusch par **Man Ray**. On pourrait encore citer bien des exemples.

Les surréalistes envisagent d'ailleurs le langage comme un outil de **libéralisation de l'esprit**. C'est dans cette optique qu'ils imaginent le **Bureau central de recherches surréalistes**, véritable laboratoire **poétique expérimental** où naissent les **jeux surréalistes** tels que le jeu des définitions, le jeu des syllogismes ou encore le jeu de l'un dans l'autre. Les surréalistes ne ressentent que du **mépris** pour la littérature passée. La seule influence qu'ils n'ont pu renier est le **Dadaïsme** de **Tristan Tzara** ; cependant, Breton rompra rapidement avec ce mouvement et inventera le mouvement surréaliste dans le ***Manifeste du Surréalisme*** en 1924.

Le surréalisme **dépasse les frontières de la littérature**. D'une part, parce que les écrivains surréalistes **utilisent les images** et d'autre part, parce que de **nombreux artistes de cette première moitié du XXe siècle** comme, en peinture, Magritte, Marx Ernst, De Chirico, Francis Picabia, Salvador Dali et au cinéma, Luis Bunuel, revendiquent leur appartenance au mouvement. Les surréalistes **questionnent les rapports entre les mots et les images** : leur correspondance, leur décalage et également leur ironie. Le peintre qui illustre à merveille ces interrogations est **Magritte** avec des tableaux comme *La trahison des images* sur lequel est représentée une pipe sous laquelle est marqué « Ceci n'est pas une pipe. » ou encore *L'Usage de la parole*, tableau dans lequel deux visages d'hommes dialoguent en n'échangeant qu'un mot chacun : « le piano » et « la violette » ou bien encore le tableau *La Clé des songes* qui est composé de six cadres représentant chacun un objet sous lequel un mot différent du nom de l'objet représenté est écrit : par exemple, sous un œuf, on lit « l'acacia », sous une chaussure « la lune », etc. Ces tableaux nous font réfléchir aux **associations entre le mot et l'objet**, à nos rapports **aux représentations** et aussi à la force des images qui prennent l'apparence du réel mais ne sont pas le réel. De même dans ***Nadja***, **Breton** insère des **reproductions en noir et blanc** de dessins ou de tableaux et des photographies de lieux parisiens.

II. Quelles étaient les intentions des surréalistes ?

L'objectif spirituel des surréalistes est d'**accéder au « surréel »** c'est-à-dire à une **réalité supérieure inaccessible à la raison**, cachée dans les nimbes secrètes de notre cerveau. C'est pour cela qu'ils imaginent, influencés par les théories de **Freud**, l'**écriture automatique**, qui permettrait de s'écarter du réel et d'accéder à **l'inconscient** afin de représenter le **rêve**. Ils ont alors recours à des **séances d'hypnose** qui leur permettent d'entrer dans une sorte d'« enthousiasme » poétique du surréel, séances grâce auxquelles Aragon aurait réalisé *Une vague de rêves* et Man Ray, *Séance de rêve éveillé*. **Dali** utilise ce qu'il appelle la « force organisatrice et productrice de hasard objectif » grâce à laquelle il arrive à son inconscient et à ses rêves qu'il unit en une peinture. Le tableau de **Magritte** intitulé *Je ne vois pas la (femme) cachée dans la forêt*, montre seize artistes du groupe les yeux fermés : ainsi, ils semblent être en train de rêver et au centre de leurs inconscients réunis, est dessinée une femme. « La forêt » est certainement une image pour désigner l'esprit et l'impossibilité d'y accéder si on ne tient compte que du réel et de la raison.

Les surréalistes cherchent surtout à **surprendre** leur public. Ils veulent employer les mots de façon novatrice pour que l'homme se **libère** de sa **prison rationaliste**. Ils jouent avec le langage pour créer des images en **décalage avec le réel** comme dans *Nadja* « Je suis la pensée sur le bain dans la pièce sans glaces. » Le roman-collage de Marx Ernst *La Femme cent têtes* crée des rapprochements surprenants par exemple. La recherche d'un monde autre, plus profond, caché, montre également le malaise de ces artistes des années 1920 face à la réalité à l'image de cette phrase des *Champs magnétiques* : « Les villes que nous ne voulons plus aimer sont mortes ». Il faut trouver une nouvelle forme de pensée pour reconstruire ce qui a été détruit.

Le surréalisme est **un art de l'entre-deux guerres**. Les raisons de la colère sont nombreuses : **la guerre 14-18** a ébranlé toute croyance possible concernant les merveilles du rationalisme et la foi en l'homme. Le traumatisme post Première guerre mondiale est immense. Le mouvement est marqué par l'engagement politique qui, d'ailleurs, sera à l'origine de sa scission ; en 1925, les artistes du groupe surréaliste comme Breton et Aragon adhérent au parti **communiste**. Les surréalistes forment un groupe de **révoltés contre la dictature de la raison, autant que contre la condition humaine**.

III. Casser les codes sociaux, moraux, esthétiques

Les surréalistes ont la volonté d'être **scandaleux**, de crier leur révolte, de profaner les morts. Le **tract de 1920, « Le cadavre »**, dans la *Revue Surréaliste* est un des événements qui a fait le plus grand scandale dans la littérature : les auteurs surréalistes, s'en prennent dans ce pamphlet à Anatole France, au lendemain de sa mort, figure adorée des Français. Les mots sont d'une **violence** extrême, tandis qu'Aragon rêve de « gifler le mort », Breton écrit : « Avec France, c'est un peu de la servilité humaine qui s'en va. Pour y enfermer son cadavre qu'on vide si on veut une boîte des quais de ces vieux livres « qu'il aimait tant » et qu'on jette le tout à la Seine. Il ne faut plus que mort cet homme fasse de la poussière. »

Ils créent le choc également par leur approche de la **figure féminine**. Pour ces artistes, la femme est l'être qui permet de **comprendre** le monde supérieur, le sens caché des choses. Le corps féminin est au centre des **préoccupations plastiques** des surréalistes et constitue un des sujets centraux de leurs expériences : les photographies de Man Ray montrent par exemple des corps distordus, coupés, fondus, éclatés ou transformés par l'association d'objets. La femme fascine véritablement les surréalistes : elle suscite le **désir** et est une ouverture vers le monde **onirique**. Femme et **érotisme** sont intimement liés dans le surréalisme. L'amour est envisagé comme un absolu à vivre intensément dans toute la violence que fait naître le désir, à l'instar de Breton qui écrit dans Nadja : « La beauté sera convulsive ou ne sera pas. » Le désir permet de se découvrir autre, de faire place à une certaine démence qui mène aussi au « surréel » car l'acte d'amour est une voie vers « l'entrée en transe » (Breton, *Arcane 17*).

Enfin, les artistes surréalistes, en plus de chercher à révéler le monde intérieur caché, ont le désir de **transformer les objets du quotidien**, de leur donner une nouvelle aura poétique et parallèlement, ils souhaitent rendre l'art accessible. Dans les photographies de Man Ray, les objets associés au corps féminin – une toile d'araignée, un masque africain – prennent un sens différent, deviennent mystérieux voire touchent au sublime par leur suggestion et la beauté formelle de la photographie.

Conclusion

Les surréalistes ont modifié le rapport au **langage** en montrant sa puissance – faire apparaître la chose en pensée -, sa limite – ne pas être mais signifier – et aussi sa nécessité – dire ou écrire pour donner à voir ou à entendre le monde extérieur et intérieur, surréel. L'écriture automatique, les jeux du Bureau central d'expériences surréalistes, l'hypnose sont des moyens que les artistes ont trouvé pour libérer leur pensée en même temps que leur expression artistique. Né de la guerre, ce mouvement tend vers la beauté et le désir de vie. Il a marqué la modernité avant tout par la liberté humaine qu'il enjoint de saisir.

66 Biographie : Jean-Paul Sartre (1905-1980)

Œuvres à retenir

- *La Nausée*, roman (1938)
- *L'Être et le Néant*, œuvre philosophique (1943)
- *Les Mouches*, pièce de théâtre (1943)
- *Huis clos*, pièce de théâtre (1945)
- T. I *L'Age de raison*, roman (1945)
- T. II *Le Sursis*, roman (1945)
- *L'existentialisme est un humanisme*, œuvre philosophique (1946)
- T. III *La Mort dans l'âme*, roman (1949)
- *La Putain respectueuse*, pièce de théâtre dont l'affiche est censurée et renommée *La P... respectueuse* (1946)
- *Les mains sales*, pièce de théâtre (1948)
- *Les Séquestrés d'Altona*, pièce de théâtre (1959)
- *La Critique de la raison dialectique*, œuvre philosophique (1960)
- *Les Mots*, autobiographie (1964)
- *L'idiot de la famille*, essai sur Flaubert (1972)

Panorama

Jean-Paul Sartre naquit le 21 juin **1905**. Il grandit dans une famille **bourgeoise parisienne** et **protestante**. Orphelin de père à un an, il fut élevé par sa **mère** et son **grand-père**. Il détesta son enfance. À quatre ans, il fut atteint d'un fort **strabisme**. Sa mère se remaria alors qu'il avait 10 ans et ils partirent vivre à La Rochelle où il fit les « quatre cents coups » en solitaire. Il se réfugia dans **l'écriture**.

Il revint à Paris pour son année de Première et découvrit Proust, Jules Romains, Gide, Giraudoux, Morand, etc. Il intégra **l'École Normale Supérieure**, aux côtés de Raymond Aron, Jean Hyppolite, Maurice Merleau-Ponty et son ami Nizan : enfant terrible auprès d'autres enfants terribles dans cette institution, il vécut quatre années merveilleuses et décida qu'il voulait être « l'homme qui sait le plus de choses ».

Il prépara l'**agrégation de philosophie** avec **Simone de Beauvoir** et fut reçu premier tandis qu'elle fut deuxième. Il jouait du **jazz,** aimait le **cinéma** et adorait son métier de **professeur**. Il écrivit alors *La Nausée* qui remporta un grand succès puis fut **mobilisé** en 1939 et fait prisonnier.

À la Libération, il fréquenta à Saint-Germain-des-Prés, aux côtés de Simone De Beauvoir, Cocteau, Jean Vilar, Bataille, Lacan, Camus, Leiris, etc. Ils lancèrent alors la revue intellectuelle *Les Temps modernes*. Sartre publia à cette époque *Huis clos, L'Age de raison* et *Le Sursis*. Il se rendit à **New York** et rencontra le président américain **Roosevelt**. Simone et lui voyagèrent en **Chine**, en **URSS**, en **Italie**, à **Cuba** et au **Brésil**.

Communiste jusqu'en 1956, il rompit ensuite avec ce mouvement. Il **s'opposa** à De Gaulle qui dit de lui une phrase restée célèbre : « On n'arrête pas Voltaire ». Il obtint le **prix Nobel de littérature 1964 et le refusa**. Devenu extrêmement **célèbre**, détesté par les uns (notamment par les ultras de l'Algérie française), aimé par les autres. En **mai 1968**, il lutta auprès des étudiants et manifesta sans faille. Il lança le **journal *Libération*** en 1973. Il mourut le 15 avril **1980** et son enterrement réunit plus de cinquante mille personnes.

Les idées clefs dans la pensée de Sartre

- Chaque homme est solidaire des autres et n'est pas indépendant dans la société.
- Tout homme est ce qu'il choisit d'être.
- Seuls les actes de l'homme en font ce qu'il est.
- L'homme est engagé dans la vie et doit faire face à la liberté qu'il a forcément.

Zoom sur…

La Nausée

Seul, sans objectif, Antoine Roquentin comprend ce qu'est **exister.** Cette **conscience** nouvelle de l'existence lui donne des **nausées** qui se manifestent à la vue des objets qui l'entourent. Le monde lui apparaît dans toute son **absurdité** car Roquentin n'a pas de raison d'exister et ne peut pas plus justifier sa propre existence que celle d'un arbre. Mais sa force est dans cette détresse : lui, contrairement à la plupart des hommes, a compris l'absurdité du monde. En décidant de vivre, il prend acte de son état et l'assume. Il accède ainsi au statut d'homme **libre** qui prend possession de sa propre vie.

Huis Clos

Dans cette pièce de théâtre, les trois personnages sont enfermés dans une salle. Ils sont morts. Leur châtiment est de devoir se supporter et **subir le regard d'autrui** à jamais. Inès, Estelle et Garcin ont tous trois commis des crimes. Ils se retrouvent donc en enfer. Mais l'enfer de Sartre n'a ni Dieu ni diable : **l'enfer c'est les autres**. À l'origine, la pièce devait d'ailleurs s'appeler *Les Autres*.

Biographie : Albert Camus (1913-1960)

67

Œuvres à retenir

- *Révolte dans les Asturies*, pièce de théâtre collective (1936)
- *Noces*, essai (1939)
- *Le Mythe de Sisyphe*, essai (1942)
- *L'Étranger*, roman (1942)
- *Le Malentendu*, pièce de théâtre (1944)
- *Caligula*, pièce de théâtre (1944)
- *La Peste*, roman (1947)
- *L'État de siège*, pièce de théâtre (1948)
- *Les Justes*, pièce de théâtre (1950)
- *L'Homme révolté*, chroniques (1951)
- *La Chute*, roman (1956)

Panorama

Il naquit en **1913** dans une **très pauvre** famille de **Français d'Algérie**. Il perdit son père un an seulement après sa naissance. Il adorait **l'école** et le **football**. À dix-sept ans, il découvrit qu'il vivrait atteint de la **tuberculose**. Il quitta le foyer maternel pour aller vivre avec son oncle et étudier au grand lycée d'Alger.

Il étudia à l'Université d'Alger, devint ce qu'on appelle un **dandy** et se maria avec Simone Hué. Il **voyagea** beaucoup avec son épouse en France, en Italie et en Allemagne. À l'issue d'un de ces voyages, ils se séparèrent et Camus se livra corps et âme au **théâtre** tout en continuant son mémoire sur Plotin et Saint Augustin.

Fréquentant le parti **communiste**, il s'engagea en politique. Il donna naissance à la troupe du Théâtre du Travail et mit en scène le *Temps du mépris* de Malraux qui lui donna son accord pour le jouer.

Il commença en plus de sa carrière de **dramaturge**, son aventure **journalistique** et fonda la revue *Rivages*. Il devint journaliste dans le journal *l'Alger républicain* dans lequel il mit en lumière, de façon très **engagée**, les vies des Algériens : certains de ses écrits furent des plus remarqués car ils permettaient aux lecteurs de découvrir des misères sociales insoupçonnées. Il rencontra alors sa seconde épouse, Francine. *L'Étranger* et *Le Mythe de Sisyphe* parurent en 1942 et reçurent un excellent accueil. Il devint ami avec ses éditeurs, le couple Gallimard. Il forma avec Sartre, Beauvoir, Leiris et Queneau, le **groupe existentialiste** célèbre de Saint-Germain-des-Près et écrivit pour le journal clandestin ***Combat*** à partir de 1944. Il devint père de jumeaux, Jean et Catherine. Il fut anéanti par le problème algérien et souhaita que les Algériens aient les mêmes droits que les Français, ne pouvant envisager l'Indépendance. En 1947, *La Peste* remporta un immense succès. Il quitta alors le journal *Combat*. Il se battait contre la tuberculose qui s'aggravait. Camus renia le communisme et les existentialistes. Une bataille d'idées d'une grande violence s'installa alors entre Sartre et lui qui s'invectivaient à coups de mots dans leurs parutions respectives, Sartre dans les *Temps modernes* et Camus dans *Espoir*.

Il reçut le **prix Nobel de littérature en 1957.** Après l'obtention de ce prix, ses problèmes de santé s'intensifièrent et l'écriture se fit plus difficile. Il continua à réaliser des adaptations théâtrales : Pompidou et Malraux vinrent assister à la première de sa mise en scène des *Possédés* de Dostoievski. Il commença la rédaction du *Premier Homme* à la fin de l'année 1959 mais, au retour vers Paris depuis un séjour dans la maison de campagne de Camus avec le couple Gallimard, le 4 janvier 1960, **Michel Gallimard et Albert Camus** se tuèrent dans un accident de voiture.

Zoom sur…

L'Étranger

Le personnage principal nommé **Meursault** enterre sa mère sans manifester d'émotion. Il ne réfléchit ni au sens de ses actes, ni à l'existence de ses sentiments. Il tue un homme qui le menaçait sans ressentir la moindre haine ni le moindre remords. Il agit comme poussé par des forces extérieures, étranger à sa propre vie et aux événements de sa destinée. Il est condamné à la peine capitale.

Dans ce roman, Camus pose le problème de l'absurdité de l'existence et son acceptation. **L'absurde**, d'une part, naît de **l'écart entre les pensées de Meursault et ses actes**, et, d'autre part, de **l'incompréhension entre**

ses paroles et leur réception par les autres. La question véritable est celle de la **liberté**. À quel moment de sa vie, Meursault en devient-il maître, quand exerce-t-il son pouvoir d'homme **libre** qui choisit le tournant qu'il souhaite donner à son destin ?

***Le Mythe de Sisyphe* est le pendant philosophique de ce roman**. Camus réfléchit à l'absurdité de nos existences réglées de façon définie et suivant une routine qui nous empêche de prendre de la distance et d'exercer notre liberté d'homme.

La Peste

La Peste se situe dans les **années quarante**. Cette maladie commune à l'homme et à l'animal s'installe dans la ville. Chaque homme réagit d'une manière qui lui est propre. **Le Dr Rieux et Terrou,** décident de **lutter** et de le faire avec **leurs propres moyens**, **ayant conscience de la nécessité d'agir mais aussi de la vanité de leur action** qui ne peut être perpétuelle. Même si la Peste est vouée à réapparaître, il est nécessaire de la combattre quand elle survient.

68 Dissertation entièrement rédigée sur *L'Étranger* de Camus

Consigne

Dans le pendant philosophique de *L'Étranger*, intitulé *Le mythe de Sisyphe*, que Camus rédige en même temps que le roman, en 1942, il écrit : « Ce monde en lui-même n'est pas raisonnable [...] Mais ce qui est absurde, c'est la confrontation de cet irrationnel et du désir éperdu de clarté dont l'appel résonne au plus profond de l'homme ». Selon vous, **de quelle manière cette citation éclaire-t-elle le sens du roman de Camus et, a fortiori, sa philosophie de l'absurde** ? Pour répondre, vous vous appuierez sur les extraits choisis ci-dessous et ferez également référence à d'autres passages de l'œuvre de Camus.

Corpus des extraits sélectionnés

- **Partie I, chapitre 1** : Aujourd'hui, maman est morte. Ou peut-être hier, je ne sais pas. J'ai reçu un télégramme de l'asile : « Mère décédée. Enterrement demain. Sentiments distingués. » Cela ne veut rien dire. C'était peut-être hier.
- **Partie I, Chapitre 2** : Extrait de « Je me suis hissé sur la bouée à côté d'elle » à « Je lui ai demandé si elle voulait venir au cinéma le soir. »
- **Partie I, chapitre 4** : Extrait de « Le soir, Marie est venue me chercher et m'a demandé si je voulais me marier avec elle. » à « [...] elle a déclaré qu'elle voulait se marier avec moi. »
- **Partie I, Chapitre 6** : Extrait de « Mais j'ai fait un pas, un seul pas en avant. Et cette fois, l'Arabe a tiré son couteau [...] » à « Et c'était comme quatre coups brefs que je frappais à la porte du malheur. »
- **Partie II, Chapitre 3** : Extrait de « Il s'est assis alors. Mais mon avocat, à bout de patience, s'est écrié en levant les bras » à « Cette déclaration a paru faire un effet considérable sur le public. »
- **Partie II, Chapitre 5** : Extrait de « Du fond de mon avenir, pendant toute cette vie absurde que j'avais menée, un souffle obscur remontait vers moi à travers des années » à « Qu'importait si, accusé de meurtre, il était exécuté pour n'avoir pas pleuré à l'enterrement de sa mère ? »

Correction

Dans *L'Étranger*, le lecteur accède à la conscience d'un homme appelé Meursault. Ce personnage, au début du roman, peut sembler étrange au lecteur car il ne semble pas avoir de sentiments et paraît à distance de tout ce qui lui arrive. **Qui découvrons-nous derrière cet homme au visage flou ? Pourquoi nous donner accès aux pensées d'un tel être ?** *L'Étranger* n'a pas été écrit indépendamment, il **s'inscrit dans un cycle, celui de l'absurde,** au sein duquel Camus rédige quatre œuvres : deux pièces de théâtre *Caligula* et *Le malentendu*, un essai *Le mythe de Sisyphe* et enfin, son roman, *L'Étranger*. Or, dans *Le mythe de Sisyphe*, Camus écrit : « Ce monde en lui-même n'est pas raisonnable [...] Mais ce qui est absurde, c'est la confrontation de cet irrationnel et du désir éperdu de clarté dont l'appel résonne au plus profond de l'homme ». ***Le Mythe de Sisyphe*** éclaire toute la lecture du roman car il est son **pendant philosophique** mais, comment, dans *L'Étranger*, par la voix de Meursault, Camus met-il en scène sa philosophie de l'absurde ? Nous verrons d'abord de quelle manière Meursault incarne, jusqu'au milieu du roman, **l'archétype de l'être étranger à tout**, sans aucun « désir » de compréhension et sans adhésion au monde. **L'absurde**, lui, est omniprésent dans le roman au sein duquel « le monde » apparaît « irrationnel ». Enfin, nous analyserons comment Meursault, catalysé par l'arrêt de mort dont il est l'objet, devient **le représentant de l'homme absurde décrit dans *Le mythe de Sisyphe***, pris entre les tenailles de l'« irrationnel » et de « cet appel qui résonne au plus profond de l'homme ».

Dans toute la première partie du roman, avant l'emprisonnement, le personnage de Camus, Meursault, ne cherche pas à comprendre le sens du monde et ne le trouve pas insensé ; loin de ressentir ce « désir éperdu de clarté dont l'appel résonne au plus profond de l'homme », **il est comme étranger au monde, aux autres et à lui-même**.

Meursault suscite **la défiance du lecteur** car il semble « **étrange** » : d'abord touché par la mort de sa mère, il paraît insensible à cette disparition. Il poursuit sa vie sans ressentir d'émotion. Quand il rencontre Marie le lendemain de l'enterrement, cette dernière est surprise d'apprendre le deuil et nous adhérons en quelque sorte à sa surprise. Nous pouvons même être choqués par la fin du chapitre II de la première partie quand nous accédons aux pensées du personnage : « J'ai pensé que c'était toujours un dimanche de tiré, que maman était maintenant enterrée, que j'allais reprendre mon travail et que somme toute, il n'y avait rien de changé. » De même, Meursault accepte l'amitié de Raymond sans passion. Il ne juge pas le fait qu'il batte sa femme et, au contraire, l'aide en rédigeant une lettre. Il regarde son vieux voisin battre son chien sans aucun sentiment ni de haine, ni de dégoût. Ainsi, c'est un personnage qui ne répond pas aux codes de la morale et est déstabilisant pour le lecteur.

S'il nous paraît étrange par son absence de sentiments, il semble aussi **étranger à lui-même**. Or, en lisant les *Carnets* dans lesquels Camus écrit en 1937 : « Un homme qui a cherché la vie là où on la met ordinairement (mariage, situation, etc.) et qui s'aperçoit tout à coup, en lisant un catalogue de mode, combien il a été étranger à sa vie ». Nous comprenons à quel point le monde est extérieur au personnage, qu'il n'intègre pas le monde dans lequel il vit, qu'il se laisse aller à la vie sans en être acteur, qu'il n'a pas de conscience de sa vie, qu'il ne décide pas des orientations qu'il lui donne. Il subit l'existence, en accepte les aléas sans savoir pourquoi. Cet homme perdu dans le monde est l'image de cet **« irrationnel » auquel Camus fait référence dans *Le Mythe de Sisyphe* : il pousse inlassablement son rocher car il doit le faire mais ne sait pas pourquoi**. Dans toute la première partie du roman, Meursault est un Sisyphe **sans horizon, étranger à sa propre existence**.

Si Meursault est étranger à sa vie, c'est aussi **un étranger pour les autres**. Il ne comprend pas le monde dans lequel il évolue. Lors du procès, il ne parle pas et son avocat prend la parole mais c'est surtout le procureur qui s'exprime. Meursault, lui **est tenu à l'écart et traité comme un étranger** par le corps social éminemment représenté par le procureur. La focalisation interne, grâce à laquelle nous lisons le récit à travers les yeux de Meursault, participe à cet effet de distanciation : Meursault raconte la manière dont chacun agit lors du procès et Camus le place ainsi en **spectateur critique** qui analyse. Cette posture, qui le rend étranger à son propre procès est pourtant le premier jalon vers la naissance de sa conscience d'homme.

Meursault **incarne la philosophie de l'absurde** selon laquelle « Ce monde en lui-même n'est pas raisonnable » ; en effet, la destinée même de Meursault – le meurtre sur la plage – relève de la **tragédie** qui entraîne inexorablement les hommes vers la mort alors même qu'ils sont déjà dans l'incapacité de pouvoir s'entendre grâce au **langage** et n'arrivent pas à se comprendre. Or, la société voit en Meursault une **menace** car il ne joue pas le jeu attendu des relations sociales ; alors, incarnée par le procureur et régie par un système auquel l'individu se trouve forcément confronté, elle le condamne.

Le destin de Meursault est du ressort du **tragique**. Au chapitre 6 de la partie II, lorsqu'il tue « l'Arabe », il **semble subir la volonté de forces supérieures**. Au sein d'une écriture très poétique, on assiste en effet à la fusion des éléments naturels – le soleil, la plage, la mer, le sel de la mer – et des gestes des deux hommes. Meursault a la tête qui tourne et il serre les mains sans y penser : il est comme pressé par le cadre qui l'entoure – la chaleur, la lumière – il semble être le jouet d'un enchaînement mécanique et irrévocable. Cette scène est comme un extrait de **tragédie poétisée**. Meursault perçoit les choses et subit son destin sans adhésion, sans passion, ni volonté dans le crime.

Dans ce roman, **la parole paraît incapable d'être un moyen de dialogue et de compréhension entre les êtres**. Est-ce parce qu'ils ne s'écoutent pas que les personnages ne s'entendent pas ou bien est-ce parce que les mots sont incapables de révéler les pensées ? Le roman soulève cette question. Meursault passe la plupart du temps à écouter et acquiescer. Il reçoit d'abord un télégramme écrit. L'emploi des tournures lapidaires pour annoncer la mort suscite l'effroi du lecteur. Que ressent Meursault à la lecture ? Nous ne le savons pas mais le télégramme nous met déjà sur la piste de cet écart entre les mots et ce qui arrive. De la même manière, Marie, interrogée par le procureur, n'arrive pas à formuler sa pensée au chapitre III de la partie II et, au même chapitre, Raymond répète en boucle le mot « malheur » car aucun autre ne lui vient : aucun des proches de Meursault ne parvient à utiliser le langage pour dire ce qui a vraiment été.

Meursault, en outre, est l'objet des attaques virulentes du procureur. Lui, sait tourner les mots pour le faire condamner. Pourquoi ? Parce que Meursault, qui refuse de jouer le jeu des règles établies, est un **danger pour la société**. Refusant de trahir sa pensée, il tient à **dire sa vérité**. Or, la société ne peut accepter cette attitude. Dans les *Carnets*, Camus écrit en 1937 : « Récit- l'homme qui ne veut pas se justifier. L'idée qu'on se fait de lui lui est préférée. Il meurt, seul à garder conscience de sa vérité – vanité de cette consolation. » Meursault est condamné à mort parce qu'il « a enterré sa mère avec un cœur de criminel » selon le procureur. Finalement, le procès prend appui sur des faits extérieurs au crime : ce qui est reproché à Meursault explicitement, c'est d'avoir vécu dans l'irrespect des bienséances en allant se baigner et en faisant l'amour le lendemain de l'enterrement de sa mère mais la société le rattrape et le punit.

À la fin du roman, après sa condamnation à mort, Meursault devient **l'archétype de l'homme absurde** de la philosophie de Camus car il mesure enfin la teneur de cette « confrontation de cet irrationnel et (du) désir éperdu de clarté dont l'appel résonne au plus profond de l'homme ». En prison et durant son procès, Meursault change profondément et **cesse d'être étranger au monde** en posant son regard sur ce monde, en le jugeant, en connaissant des sentiments et, devenant conscient de son existence : **il cesse d'être son propre étranger**.

Nous assistons dans la deuxième partie du roman à **la naissance d'une conscience**. Après la prononciation de sa mise à mort, Meursault **comprend sa condition humaine et en voit la finitude. Il accède ainsi à la liberté par la pleine conscience de la valeur de la vie et de sa fin inéluctable.** Il refuse la mort et refuse de céder aux divers systèmes proposés : celui de l'aumônier – la croyance en un au-delà – celui de la justice qui croit détenir l'unique vérité. Il ne cède pas, garde son esprit d'homme libre, enfin conscient et, sans avoir eu jamais la volonté de mourir, refusant même la mort, il accepte néanmoins l'absurdité de la vie qui est de vivre le destin qu'elle nous donne.

Pour Camus, la révolte est l'essence de l'homme : en effet, dans son essai de 1951, *L'Homme révolté*, il écrit : **« Je me révolte, donc nous sommes. »** La révolte de Meursault s'entend dans son refus de se faire comprendre, de porter sa voix, d'argumenter devant le procureur au tribunal mais aussi lors des venues privées de l'aumônier. **Sa révolte s'exprime dans le refus de chercher des causes à la tragédie de son existence et dans l'acceptation de suivre sa destinée.** On le comprend à la fin du roman, quand, en prison, lors de la dernière visite de l'aumônier, il clarifie sa pensée, en disant que rien ne compte et que rien n'a d'importance puisqu'une seule destinée est donnée à chaque homme et que tous connaîtront la mort.

Dans tout le roman, si Meursault est prisonnier de l'« irrationnel » du monde et des événements, dans le sens où il est obligé d'y faire face et d'y réagir, **il reste libre en pensées et en actes** : il agit sans jamais mentir. Lors de l'enterrement de sa mère, il ne joue pas une comédie mais se laisse porter par la journée de la cérémonie. De la même manière, quand Marie le demande en mariage, il répond que cela lui est « égal ». Dans la première partie du roman, Meursault pouvait paraître passif, en réalité, dépourvu d'intérêt pour l'existence, parce qu'il n'en percevait pas le sens, il l'acceptait sans y prendre réellement part et ainsi restait en accord avec lui-même, libre. À la fin du roman, en prison, coincé entre quatre murs, mais capable de se figurer mille souvenirs en son esprit, il prend conscience de ce qu'est la profondeur de la vie, sa richesse, et fort de cette connaissance nouvelle, il décide d'aller à sa mort.

La genèse de ce roman révèle le chemin de la réflexion qui a habité son jeune auteur avant la rédaction : en effet, dans les prémisses du roman, rédigées dans les *Carnets*, en 1937, Camus écrit le résumé de l'intrigue : « Le type qui donnait toutes les promesses et qui travaille maintenant dans un bureau. Il ne fait rien d'autre, rentrant chez lui, se couchant et attendant l'heure du dîner en fumant, se couchant à nouveau et dormant jusqu'au lendemain. Le dimanche, il se lève très tard et se met à sa fenêtre, regardant la pluie ou le soleil, les passants ou le silence. Ainsi toute l'année. Il attend. Il attend de mourir. » Ainsi, Camus, dès le début, pense son personnage comme l'incarnation d'une vision quasi tragique de l'existence humaine : **Meursault est l'incarnation de cette philosophie de l'absurde, c'est le Sisyphe romanesque du philosophe**, puisque ce personnage nous donne à voir errements et angoisses – les siennes certes, mais aussi celles propres à tous les hommes – devant **l'absence de réponses face aux grandes questions de l'existence – le sens de notre vie, ce qui constitue notre quotidien, le pourquoi de ce quotidien précis, notre mort**.

TROISIÈME OBJET D'ÉTUDE : LE ROMAN ET LE RÉCIT DU XVIIIe AU XXIe SIÈCLE

Les Lumières 69

L'expression des « Lumières » désigne le grand mouvement littéraire, philosophique et culturel du XVIIIe siècle. D'abord français, il a gagné ensuite l'Europe entière.

Termes clés et problématiques

- Derrière les **Lumières** se dessine l'idée d'un monde éclairé par la **raison** et la **connaissance**, rejetant l'obscurité des préjugés et des superstitions.
- L'œuvre majeure du courant des Lumières est l'***Encyclopédie*** (1751-1772) de **Diderot** et **d'Alembert**.
- D'autres écrits ont également eu une importance capitale dans la diffusion des idées des Lumières : les ***Lettres persanes*** (1721) et ***De l'esprit des lois*** (1748) de **Montesquieu** ; les contes philosophiques comme ***Candide*** (1759), ou les ***Lettres philosophiques*** (1734) de **Voltaire** ; le ***Contrat social*** (1762) de **Rousseau** ; le ***Supplément au voyage de Bougainville*** (1772) de **Diderot**.
- Quels ont été les genres littéraires les plus efficaces pour la diffusion des idées des Lumières ? Dans quelle mesure sommes-nous aujourd'hui héritiers de la philosophie des Lumières ?

Panorama

Après le Grand Siècle du classicisme et l'explosion libertine de la Régence, le XVIIIe siècle s'ouvrit dans un souffle d'idées nouvelles et de libertés. Les nombreuses découvertes scientifiques et la vogue des récits de voyages contribuèrent à accélérer un engouement pour le progrès directement hérité de la Renaissance. C'est dans ce contexte que les philosophes créèrent l'idée des Lumières en référence à l'éclairage qu'apportent la raison et l'expérience, contrairement aux préjugés et aux superstitions. Le mouvement des Lumières synthétisait donc un véritable **enthousiasme pour les progrès scientifiques**, la **diffusion du savoir**, et en même temps une **mise en cause très forte** des bases sociales et culturelles, représentées par les **croyances religieuses** et l'**autorité de droit divin**.

La diffusion du savoir est magnifiquement représentée par l'***Encyclopédie*** (1751-1772) **de Diderot et d'Alembert**, née d'un premier projet de traduction de la *Cyclopaedia* de l'Anglais Chambers (1728). Peu à peu, philosophes et surtout scientifiques en tous genres (mathématiciens, biologistes, etc.), apportèrent leur contribution à ce qui devint la grande entreprise du siècle. Cela dépassa largement la simple traduction de l'œuvre anglaise, et poursuivit l'ambition de répandre partout l'ensemble des connaissances alors recensées.

Les idées nouvelles se répandirent également par d'autres biais, comme les différents lieux favorisant les débats. On peut citer les **clubs** privés, réservés à quelques initiés, notamment celui de **l'Entresol** où se rendait **Montesquieu**. Par ailleurs, les **cafés** si répandus aujourd'hui n'étaient apparus qu'à la fin du siècle précédent et connaissaient un fort développement. **Le Procope**, que l'on peut encore fréquenter de nos jours (rue de l'Ancienne Comédie, dans le VIe arrondissement de Paris) en est un emblématique, qui comptait **Voltaire**, **Diderot** et **d'Alembert** parmi ses habitués. Il faut enfin souligner l'importance des **salons**, tenus par des grandes dames de l'aristocratie ou de la haute bourgeoisie. On retiendra entre autres les noms de **Madame Geoffrin**, **Julie de Lespinasse** et **Madame du Deffand**, grande amie de Voltaire. Celles-ci recevaient régulièrement chez elles un grand nombre d'artistes, de scientifiques, d'hommes politiques, et surtout d'écrivains. Tout ce monde-là discutait, débattait ou encore lisait à haute voix les travaux inédits qui font aujourd'hui partie des grands classiques de la littérature française. Les réputations s'y forgeaient et ce fut essentiellement grâce à la protection de ces salonnières que les philosophes purent répandre leurs idées.

Outre l'importance accordée au développement des connaissances, les philosophes des Lumières furent aussi des combattants engagés contre les préjugés, l'intolérance, l'injustice et les déséquilibres du pouvoir. En un mot, ils luttèrent dans leurs écrits pour l'avènement d'un monde plus égalitaire, fondé sur la raison et non plus sur la superstition. Cela amena concrètement à critiquer de manière systématique l'Église, en tant qu'entité cléricale, et la monarchie de droit divin. Les écrivains, bien que célèbres et parfois courtisans comblés d'honneurs, durent bien souvent essuyer la censure, voire l'emprisonnement. **Voltaire**, dont le franc-parler et l'insolence indisposaient autant qu'ils fascinaient, fit quelques séjours à la Bastille et dut s'exiler à plusieurs reprises... **Diderot** fut emprisonné également pour l'un de ses essais. De manière générale, la plupart des écrits étaient imprimés à l'étranger, et souvent sous des pseudonymes, afin d'éviter la censure. Ce fut le cas par exemple pour **Montesquieu** dont les *Lettres persanes* furent publiées anonymement en Hollande...

Quoi qu'il pût en coûter aux philosophes, la plume étant une arme redoutablement efficace, les idées des Lumières faisaient leur chemin dans toutes les couches lettrées de la société. La reine Marie-Antoinette appréciait par exemple les écrits de Beaumarchais, et alla jusqu'à jouer elle-même dans son petit théâtre de Trianon le personnage de Rosine dans *Le Barbier de Séville* (1775)...

Biographie : Montesquieu (1689-1755)

70

Montesquieu est considéré comme le premier ou le précurseur des philosophes des Lumières. Ses ouvrages novateurs contribuèrent à former les idées et la philosophie contestataire du XVIIIe siècle.

Œuvres à retenir

- *Lettres persanes* (1721), roman épistolaire
- *Considérations sur les causes de la grandeur des Romains et de leur décadence* (1734), essai
- *De l'esprit des lois* (1748), essai

Panorama

Charles-Louis de Secondat, baron de la Brède et de Montesquieu, est né le 8 janvier 1689, dans une famille de l'aristocratie bordelaise. Après des études de droit à Bordeaux, il devint un homme particulièrement complet. À la fois propriétaire terrien attaché aux traditions de sa province, et savant passionné de sciences et de littérature, il s'épanouissait à peu près dans tous les domaines. C'est en 1721 qu'il se distingua particulièrement avec les ***Lettres persanes***. Ce roman épistolaire se remarquait par son **audacieuse critique des mœurs**, faite avec une plume piquante propre à séduire les beaux esprits parisiens. Bien que l'ouvrage eût été publié anonymement à Amsterdam pour échapper à la censure, les salons littéraires percèrent très rapidement le « secret » de son auteur et lui ouvrirent leurs portes. Il fut reçu dans les principaux lieux où l'on débattait, **où l'esprit des Lumières commençait à voir le jour**, comme le **salon de la marquise de Lambert** et le **club de l'Entresol**.

De 1728 à 1731, il voyagea à travers l'Europe. Il visita l'Allemagne, l'Autriche et la Hongrie, puis l'Italie, la Hollande et enfin l'Angleterre. Partout où il passait, il étudiait les mœurs des peuples et leurs organisations politiques. Fort de ces expériences ainsi que de ses lectures, il notait patiemment ses observations et ses réflexions en vue d'en faire un grand ouvrage.

Après ses voyages, il se retira dans son château de la Brède pour se livrer pleinement à l'écriture. En 1734, il publia les ***Considérations sur les causes de la grandeur des Romains et de leur décadence***. À partir de l'histoire romaine qu'il présentait dans cet essai, Montesquieu énonçait des **thèses philosophiques sur les grandes lois « naturelles » qui régissent le destin des peuples** en général. Cet ouvrage se distinguait donc en ce qu'il posait les bases de l'approche moderne de l'Histoire. En 1748, après un long et minutieux travail, il publia à Genève ce qu'il considérait comme l'ouvrage de sa vie : ***De l'Esprit des Lois***, immense essai de trente et un livres dans lequel il dégageait des lois générales à partir de l'observation des mœurs et des faits politiques à travers le monde. Cette démarche toute scientifique, ainsi que la dénonciation de certaines injustices ne furent évidemment pas du goût de tout le monde. Elles valurent à Montesquieu nombre de critiques et une condamnation ferme de l'Église. Il s'attacha à y répondre en précisant sa réflexion dans la *Défense de l'Esprit des Lois*, qui parut en 1750. Enfin, Montesquieu apporta une **petite contribution à *l'Encyclopédie* de Diderot et d'Alembert** en écrivant pour eux l'article « Goût ».

Épuisé par tous ses travaux et presque aveugle, il mourut le 10 février 1755, à Paris.

Zoom sur…

Montesquieu, *Lettres persanes*, (1721)

Deux riches Persans, Usbek et Rica, ont quitté la ville d'Ispahan en 1711, pour voyager ensemble en Occident. Usbek est un intellectuel qui souhaite s'enrichir au contact d'autres civilisations, mais qui fuit aussi la cour de Perse où sa franchise lui a fait risquer une sévère disgrâce. Il laisse derrière lui un harem de cinq épouses confiées à des eunuques sans pitié. Rica, plus jeune et insouciant, suit Usbek par pur désir de vivre des expériences agréables. Au cours de leur voyage, l'un et l'autre échangent une nombreuse correspondance – pas moins de cent soixante-et-une lettres – avec leurs proches restés en Perse. Ils arrivent à Paris en 1712 et achèvent de découvrir avec effarement une civilisation totalement différente de la leur. La condition des femmes est analysée, notamment par Usbek, en comparaison de celle de ses propres épouses, enfermées dans le sérail. Cela donne lieu à des réflexions sur l'amour et sur la liberté, ainsi que sur le mariage. Au total, les huit ans passés en France par les deux voyageurs correspondent à la fin du règne de Louis XIV et aux premières années de la Régence. Leur regard étranger et naïf soulève les étrangetés de la société française. Ils analysent ainsi plusieurs aspects, depuis la futilité de la mode jusqu'au fonctionnement politique, en passant par les mœurs et croyances religieuses, qu'ils critiquent sans filtre... Parallèlement, leurs correspondants persans narrent ce qui se passe à Ispahan pendant toutes ces années de voyage. Au début, épouses et eunuques d'Usbek se disputent son adhésion et ses faveurs. Mais on découvre à la fin, par diverses voix, que l'austérité voulue par le maître n'est plus de mise dans le sérail. Certaines épouses sont punies par les eunuques avec l'accord d'Usbek, tandis que la préférée, Roxane, jusque-là jugée fidèle et vertueuse, finit par être découverte dans les bras d'un jeune homme. C'est elle qui conclut le roman par une dernière lettre aux accents tragiques : elle l'écrit sur le point de mourir, après s'être empoisonnée pour « rejoindre » son amant qui vient d'être mis à mort. Elle révèle à Usbek la haine qu'elle éprouvait pour lui et pour ses caprices tyranniques.

71 Écrit d'appropriation sur *Les Lettres persanes* de Montesquieu

Sujet

À la manière de Montesquieu critiquant les folies françaises de la mode dans le texte suivant, issu des *Lettres persanes* (1721), vous rédigerez une lettre fictive dans laquelle vous tournerez en dérision l'engouement actuel pour les téléphones portables, tablettes, smartphones, réseaux sociaux, etc.

Votre lettre devra être écrite par un personnage en total décalage avec la modernité occidentale, soit parce qu'il vient d'un pays lointain, soit parce qu'il arrive d'un lieu où l'on n'utilise pas ou presque pas de téléphones...

LETTRE 99
RICA À RHEDI
À Venise

Je trouve les caprices de la mode, chez les Français, étonnants. Ils ont oublié comment ils étaient habillés cet été ; ils ignorent encore plus comment ils le seront cet hiver. Mais, surtout, on ne saurait croire combien il en coûte à un mari pour mettre sa femme à la mode.

Que me servirait de te faire une description exacte de leur habillement et de leurs parures ? Une mode nouvelle viendrait détruire tout mon ouvrage, comme celui de leurs ouvriers, et, avant que tu eusses reçu ma lettre, tout serait changé.

Une femme qui quitte Paris pour aller passer six mois à la campagne en revient aussi antique que si elle s'y était oubliée trente ans. Le fils méconnaît le portrait de sa mère, tant l'habit avec lequel elle est peinte lui paraît étranger ; il s'imagine que c'est quelque Américaine qui y est représentée, ou que le peintre a voulu exprimer quelqu'une de ses fantaisies.

Quelquefois, les coiffures montent insensiblement, et une révolution les fait descendre tout à coup. Il a été un temps que leur hauteur immense mettait le visage d'une femme au milieu d'elle-même. Dans un autre, c'étaient les pieds qui occupaient cette place : les talons faisaient un piédestal qui les tenait en l'air. Qui pourrait le croire ? Les architectes ont été souvent obligés de hausser, de baisser et d'élargir leurs portes, selon que les parures des femmes exigeaient d'eux ce changement, et les règles de leur art ont été asservies à ces caprices. On voit quelquefois sur un visage une quantité prodigieuse de mouches, et elles disparaissent toutes le lendemain. Autrefois, les

femmes avaient de la taille et des dents ; aujourd'hui, il n'en est pas question. Dans cette changeante nation, quoi qu'en disent les mauvais plaisants, les filles se trouvent autrement faites que leurs mères.
Il en est des manières et de la façon de vivre comme des modes : les Français changent de mœurs selon l'âge de leur roi. Le monarque pourrait même parvenir à rendre la nation grave, s'il l'avait entrepris. Le Prince imprime le caractère de son esprit à la Cour ; la Cour, à la Ville ; la Ville, aux provinces. L'âme du souverain est un moule qui donne la forme à toutes les autres.
De Paris,
le 8 de la lune de Saphar 1717.

Exemple rédigé

HEIDI À SON GRAND-PÈRE

À Sixt-Fer-à-Cheval (Haute Savoie)

Je trouve étonnant l'engouement pour les téléphones portables, chez les citadins en général et les Parisiens en particulier. Ils ont oublié quel modèle d'Iphone ils ont reçu au dernier Noël ; ils ignorent encore plus celui qu'ils posséderont l'année prochaine. Mais surtout, on ne saurait croire combien il en coûte à des parents pour mettre leurs adolescents à la mode.

Il ne servirait à rien de te faire une description exacte des applications offertes par ces machines ultra-perfectionnées ! Une nouvelle invention viendrait rendre totalement ringardes les merveilles de technologie dont je t'aurais parlé, bien avant que tu n'ales reçu ma lettre !

Une personne qui quitterait Paris pour une année de verdure sans autre connexion qu'avec la nature, y reviendrait aussi dépassée que si elle était partie plusieurs décennies. Le plaisir de raconter son voyage et ses découvertes lui serait rapidement ôté par un ami brandissant triomphalement un IPhone pour retrouver en un clic toutes les informations possibles et imaginables sur les lieux qu'elle aurait visités.

Tiens par exemple, l'autre jour, je dînais en compagnie de quelques autres étudiants dans un lieu très huppé de la capitale. Nous étions confortablement assis autour d'une table dans un restaurant qui offrait la fine fleur de la gastronomie bourguignonne. Je trouvais un certain charme à mon voisin, que je rencontrais pour la première fois ce soir-là. J'entrepris donc de l'entretenir sur l'origine d'un plat qui nous était proposé, et dont le nom me paraissait fournir un sujet de conversation distrayant, au moyen duquel j'espérais faire plus ample connaissance avec lui. Mal m'en a pris ! À peine m'étais-je interrogée à haute voix sur le nom de ce plat, dont je déclarai ne pas connaître l'origine, que ses yeux se baissèrent sensiblement vers sa poche, pour en exhiber un smartphone dernier cri et s'y plonger jusqu'à la fin du repas. Je te promets que je n'exagère pas en t'affirmant qu'il avait beau n'être assis qu'à quelques centimètres de moi, il m'a été impossible de distinguer la couleur de ses yeux tant ont été brefs nos échanges de regards… J'ai eu l'occasion d'entendre longuement sa voix, mais comme elle s'entêtait à lire toutes les fiches wikipédia se rapportant au sujet de notre prétendue conversation, je l'ai rapidement trouvée monotone et insipide. Il est inutile de te préciser que pour sa part, les sons fournis par mes cordes vocales lui sont restés parfaitement inconnus…

Une autre fois, j'ai été témoin d'une scène encore plus incroyable. Alors que je me promenais dans un parc magnifique des environs de Paris, j'ai été interloquée par un groupe de personnes assises en rond sur une pelouse, qui étaient vraisemblablement en train de pique-niquer. Eh bien, toutes sans exception tenaient un téléphone dans une main et paraissaient particulièrement animées. Qui pourrait le croire ? J'ai fini par comprendre ce qui les égayait tant : c'était les nombreux messages qu'ils s'envoyaient manifestement les uns aux autres par le biais une application dont j'ai oublié le nom.

Les Français, du moins ceux qui sont connectés en permanence, vivent au rythme des applications et des réseaux sociaux. Le smartphone ou la tablette impriment leur marque dans les conversations. Ce sont les moules dans lesquels sont formées les nouvelles relations humaines.

De Paris,

Le 14 mars 2018

Biographie : Rousseau (1712-1778)

72

Rousseau est à la fois un penseur des Lumières qui inspira directement les révolutionnaires de 1789, et un « poète » torturé dont le lyrisme annonçait les Romantiques du siècle suivant.

Œuvres à retenir

- *Discours sur l'origine de l'inégalité parmi les hommes* (1755), essai
- *La Nouvelle Héloïse* (1761), roman épistolaire
- *Le Contrat social* (1762), essai
- *Émile ou De l'éducation* (1762), traité d'éducation
- *Les Confessions* (six livres publiés en 1782, six autres en 1789), autobiographie

Panorama

Jean-Jacques Rousseau naquit le 28 juin 1712 à Genève. Orphelin de mère, il vécut une enfance plus que libre entre son frère et un père sans aucune autorité. Il finit par être confié vers l'âge de dix ans à un pasteur chez qui il découvrit les joies de la campagne ainsi qu'une éducation plus stricte. Après avoir été placé, sans zèle, en apprentissage chez un greffier puis chez un graveur, il s'enfuit de Genève à l'âge de seize ans.

Il trouva asile à Annecy, chez Mme de Warens, qui entreprit de le faire baptiser et lui trouva une place de valet. Rapidement congédié de ce nouveau poste, Rousseau revint chez sa protectrice dont il devint l'amant quelque temps plus tard. Auprès d'elle, il poursuivit son instruction et s'intéressa à la musique. Ce fut une période idyllique à laquelle mirent fin la maladie, puis le dépit amoureux. En 1740, Rousseau partit à Lyon et devint précepteur.

Après diverses expériences décevantes, il s'installa à Paris avec Thérèse Levasseur en 1745. De cette union naquirent cinq enfants qui furent tous confiés aux « Enfants-trouvés »... Le philosophe s'en justifia en expliquant qu'il n'avait pas les moyens de les élever correctement. Mais bien plus tard, lorsqu'il publia l'*Émile*, son traité d'éducation, cette incohérence ne manqua évidemment pas d'être soulignée par ses détracteurs !

C'est aussi durant ces années parisiennes que Rousseau commença à fréquenter le milieu des philosophes. Il reçut des félicitations de Voltaire au sujet d'un opéra qu'il venait d'écrire : *Les muses Galantes*. Mais surtout, une grande amitié le lia à Diderot. Il écrivit pour lui, ou plutôt pour *l'Encyclopédie*, de nombreux articles consacrés à la musique. En 1750, l'Académie de Dijon récompensa son *Discours sur les sciences et les arts*, faisant définitivement de lui un penseur célèbre.

Mais les idées qu'il avançait, et qu'il développa encore dans son *Discours sur l'origine de l'inégalité parmi les hommes* lui attirèrent rapidement de nombreuses critiques, qui heurtèrent sa susceptibilité. Il soutenait principalement la thèse selon laquelle l'homme naît naturellement bon, mais que la société le pervertit. Pour lui, le progrès faisait bien plus le malheur des hommes que leur bonheur. Cela n'était pas du goût de Voltaire, qui s'empressa de critiquer et de juger cette pensée comme obscurantiste. En 1757, avec l'article « Genève » de *l'Encyclopédie*, écrit par d'Alembert et violemment critiqué par Rousseau qui voulait défendre sa ville natale, la rupture avec les philosophes fut consommée. La grande amitié avec Diderot prit fin, elle aussi.

Commença alors pour Rousseau une terrible période d'isolement. En dépit du succès populaire de ses ouvrages, le parlement de Paris condamna *L'Émile* et *Le Contrat Social* en 1762. Menacé personnellement, il chercha refuge à Genève. Mais il trouva là-bas le même rejet officiel de ses travaux. Les protestants genevois comme les catholiques français tenaient pour hérétique son apologie de l'état de nature tandis que les philosophes, eux, y voyaient superstitions et obscurantisme !

Après un bref séjour en Angleterre chez le philosophe Hume en 1766, Rousseau revint finalement à Paris, triste et frôlant la paranoïa. Persuadé que le monde entier s'était ligué contre lui, il entreprit de rédiger une grande œuvre d'autojustification de ce qu'il avait vécu, choisi et écrit : les *Confessions*. Elles ne furent publiées qu'après sa mort, survenue le 2 juillet 1778 à Ermenonville, près de Paris. En 1794, la Convention fit déplacer ses cendres au Panthéon.

Explication de texte d'un extrait des *Confessions* de Jean-Jacques Rousseau

73

Texte à étudier

Je donnerai de ces souvenirs un seul exemple qui pourra faire juger de leur force et de leur vérité. Le premier jour que nous allâmes coucher aux Charmettes, Maman était en chaise à porteurs, et je la suivais à pied. Le chemin monte : elle était assez pesante, et craignant de trop fatiguer ses porteurs, elle voulut descendre à peu près à moitié chemin pour faire le reste à pied. En marchant elle vit quelque chose de bleu dans la haie, et me dit : « Voilà de la pervenche encore en fleur. » Je n'avais jamais vu de la pervenche, je ne me baissai pas pour l'examiner, et j'ai la vue trop courte pour distinguer à terre les plantes de ma hauteur. Je jetai seulement en passant un coup d'œil sur celle-là, et près de trente ans se sont passés sans que j'aie revu de la pervenche ou que j'y aie fait attention. En 1764, étant à Cressier avec mon ami M. Du Peyrou, nous montions une petite montagne au sommet de laquelle il a un joli salon qu'il appelle avec raison Belle-Vue. Je commençais alors d'herboriser un peu. En montant et regardant parmi les buissons, je pousse un cri de joie : « Ah ! voilà de la pervenche ! » et c'en était en effet. Du Peyrou s'aperçut du transport, mais il en ignorait la cause ; il l'apprendra, je l'espère, lorsqu'un jour il lira ceci. Le lecteur peut juger par l'impression d'un si petit objet, de celle que m'ont faite tous ceux qui se rapportent à la même époque.

Rousseau, *Les Confessions*, Livre VI

Épreuve de l'EAF

Faites **l'explication de texte** de cet extrait. Votre prestation finale est **orale** : vous devez donc procéder par **prises de notes** et **ne pas rédiger** tout votre travail. Seules l'introduction et la conclusion doivent être rédigées. Votre développement répondra à une **problématique** qui sera **le fil rouge** de toute votre analyse.

Correction

1. Travail au brouillon. Les idées clés qui se dégagent à la première lecture. **Remarques** sous forme de prises de notes.

- Le **cadre de l'extrait** : la première phrase est « Je donnerai de ces souvenirs un seul exemple qui pourra faire juger de leur force et de leur vérité. » et la dernière phrase « Le lecteur peut juger par l'impression d'un si petit objet, de celle que m'ont faite tous ceux qui se rapportent à la même époque. » = **répétition du verbe « juger »**, le lecteur est donc invité à participer, à appréhender, à évaluer les écrits de Rousseau. Une **adresse au lecteur**.
- Le pacte **autobiographique** de **Philippe Lejeune** : le terme de « vérité », exigence d'authenticité.
- Le terme d'« exemple » montre qu'on est dans une **démonstration a fortiori** : la visée est **persuasive** : Rousseau **veut montrer** la « force » des « souvenirs ».
- Rousseau est un philosophe des **Lumières** et son écriture est au service de sa **philosophie**.
- Le « **je** » est **multiple** = l'auteur + le narrateur + le personnage principal = superposition
- Rousseau se raconte lui-même, il ne se décrit pas comme Montaigne en tant qu'Homme mais comme individu unique et dévoile son être intime. Le titre de l'ouvrage : ***Les Confessions*** établit immédiatement un programme d'écriture car c'est un terme tiré du vocabulaire catholique, « se confesser » c'est avouer ses péchés pour être pardonné. Référence également à l'ouvrage de **Saint Augustin**, *Les Confessions,* qui avait pour enjeu principal de glorifier Dieu.
- Récit d'une **anecdote**. Une écriture du **souvenir**. Le **bonheur de se rappeler**. L'écriture fait **revivre le vécu**.
- Le traitement du **temps** est très important entre le temps de la narration, celui de la lecture au futur « quand un jour il lira ceci. », celui du premier événement et celui du second, entre les deux événements racontés « trente ans se sont passés ».
- Quel est le sujet ? « la pervenche », une **fleur**. On est dans le domaine des **sensations.**
- Références auxquelles penser : le **sensualisme** des philosophes **Locke et Condillac** pour lesquels les sensations sont à l'origine de toutes les connaissances.

2. Définition de la **problématique** à partir de cette réflexion.

Comment l'écriture permet-elle à Rousseau de montrer que les sensations sont à la base du bonheur ?

3. La **prise de notes** définitive pour l'oral.

Introduction

Rousseau écrit sur lui-même essentiellement pour **justifier** son œuvre et répondre aux **attaques** dont il fait l'objet. Son écriture **autobiographique,** la première du genre reconnue comme telle dans la littérature, est au service de sa **philosophie** qui défend l'idée que **l'homme est né bon et qu'ensuite il a été corrompu par la société** mais qu'il a su revenir dans le droit chemin. Pourtant, dans ce texte, l'écriture autobiographique semble être au service, non d'une justification mais plutôt d'un **plaisir de réminiscence**. Dans cet extrait tiré des *Confessions*, nous verrons comment Rousseau décrit en effet la **remémoration** d'un **bonheur** passé et comment il cherche à **montrer au lecteur l'importance des sensations dans le bonheur.**

Développement (suit l'ordre du texte)

- La première phrase est marquée par le caractère **exemplaire** du souvenir raconté. Ce récit a valeur d'exemple : Rousseau souhaite faire la **démonstration** de la puissance des souvenirs de cette époque révolue de sa vie qui était marquée par le **bonheur**. L'exemple de l'anecdote est un exemple **« a fortiori »** c'est-à-dire que si ce « si petit objet » l'a marqué de si forte manière, alors, a fortiori, la force de tous les autres souvenirs qui sont forcément plus importants est immense.
- Le **lecteur** est placé immédiatement comme juge : on constate la recherche par l'auteur d'un rapport d'authenticité et de vérité entre lui-même et le lecteur comme le définira le « **pacte autobiographique** » théorisé par Philippe Lejeune.
- Le **récit est celui de deux anecdotes** : la première anecdote court de « Le premier jour » à « un coup d'œil sur celle-là », la seconde anecdote de « En 1764 » à « il en ignorait la cause ».
- L'écriture se construit au **fil de la mémoire** : deux récits chronologiques se suivent rédigés à partir d'une succession de verbes d'action : le premier avec les étapes suivantes : « je la suivais à pied », « elle voulut descendre », « en marchant elle vit », « me dit », « je me baissai » et le second avec : « nous montions », « je commençais à herboriser », « je pousse un cri ».

- « Je » est un pronom qui **superpose auteur, narrateur, personnage** : les trois forment la même personne, celle de Rousseau.
- Le jeu sur la **temporalité** se fait grâce à un va-et-vient temporel entre **les temps du récit au passé** pour narrer les deux anecdotes qui appartiennent au passé, l'un étant plus ancien de trente ans que l'autre, et le **temps de la narration au présent** et **celui de la lecture au futur** : on a une chronologie très organisée. On est dans une écriture du **temps**.
- La **sensation** est au cœur du processus de la **mémorisation** comme le montre le **vocabulaire** de la **vue** « elle vit », « Je n'ai jamais vu », « examiner », « j'ai la vue trop courte », « distinguer », « sans que j'aie revu », « regardant ».
- La **nature** chez Rousseau est un lieu protecteur, agréable, naturel à l'homme et qui lui permet d'être heureux. Elle est la **circonstance au bonheur** dans les deux anecdotes : « le chemin monte » et « la haie » de la première anecdote font écho à « une petite montagne » et aux « buissons » de la seconde.
- Les anecdotes sont **vivantes** grâce au **style direct** : « Voilà de la pervenche encore en fleur. » et « Ah ! voilà de la pervenche ! ». On remarque encore un jeu **d'écho** entre les deux formulations similaires. On relève aussi l'emploi du **présent de narration** dans chacune des anecdotes. Les souvenirs **revivent** par l'écriture.
- Le **pouvoir de l'écriture et des mots** comme « pervenche » est démontré dans cet extrait : pour Rousseau, écrire permet aux souvenirs d'exister et le fait de se remémorer les faits ranime le bonheur passé.
- **Qu'est-ce que le bonheur ?** À quoi tient-il ? À un **état affectif**. La pervenche en soi n'est pas le véritable sujet du « transport » de Rousseau : c'est la pervenche, ou plutôt la vue de la pervenche, qui lui permet de se remémorer le bonheur qu'il a connu auprès de Madame de Wariens dont il était épris et qui est appelée « Maman » dans le texte. La pervenche de Rousseau, **sensation visuelle**, est comparable à la **madeleine qu'inventera Proust bien des années plus tard, sensation cette fois gustative** !
- **Cette écriture est d'abord philosophique** : Rousseau **décrit ses états d'âme, ses états affectifs** à plusieurs temps de distance, le premier état d'âme est celui du bonheur vécu sans s'en rendre compte alors « je jetai seulement alors un coup d'œil sur celle-là », le second état d'âme est puissant, c'est celui du « transport » face à la vue d'une pervenche « trente ans » plus tard, transport dont le sens échappe nécessairement à son ami car « il en ignorait la cause » or **c'est la sensation (la vue) qui fait naître le souvenir immédiat d'un temps de**

bonheur révolu, puis le dernier état d'âme est celui de l'écrivain qui se souvient par l'écriture. Ainsi, **l'écriture est un monde en soi**, celui de l'individu protégé des malheurs du monde, il ressemble un peu à celui qu'offre la nature en ce qu'il est un monde retiré de la société, à distance, une sorte de cocon. **L'individu** est placé au centre de sa philosophie alors que la **société et le progrès** sont renvoyés dos à dos.

Conclusion

Dans *Les Confessions*, Rousseau recense sa vie et nous donne à entendre sa **conscience**. Nous sommes face à un homme en train de se souvenir et qui a pour désir de nous faire partager **la force du souvenir et la puissance des sensations dans le rôle de la connaissance**. Rousseau est actif face au passé. L'écriture est un monde en soi, plus encore qu'un moyen, une clé d'accès à son être profond. Il écrit pour revoir en mémoire un paradis perdu. Le « je » qui s'exprime est la somme de tous les Rousseau à travers le temps et les expériences de vie. Écrire lui permet de **faire la somme de tous les êtres qu'il a été et qu'il est et d'accéder à son être entier**, rompant ainsi avec la longue tradition des mémorialistes qui écrivaient en tant que personne sociale : Rousseau lui met la philosophie au service de l'écriture de soi.

74 Le roman et la nouvelle au XIXe siècle : le réalisme

Le réalisme est l'un des principaux courants littéraires et artistiques du XIXe siècle, auquel de nombreux auteurs se sont rattachés, déployant dans le genre du roman des analyses précises et fouillées de leur époque.

Termes clés et problématiques

- Le **réalisme** se donne pour objectif de **rendre compte du réel sans l'idéaliser**. En cela il contraste avec les canons esthétiques traditionnels, ce qui en fait un courant novateur aussi bien que choquant.
- Les principaux auteurs du réalisme sont **Balzac**, **Stendhal** et **Flaubert**, illustrant essentiellement les principes du mouvement dans des romans d'apprentissage.
- Les thèmes des œuvres réalistes doivent être aussi variés que l'est la vie elle-même, puisqu'il s'agit de **donner l'illusion du réel** en s'intéressant à toutes sortes de **sujets banals** du quotidien et à **tous les milieux sociaux**, comme étant **dignes d'être étudiés**.
- En quoi le genre romanesque se prête-t-il particulièrement bien à la démarche des auteurs réalistes ?

Panorama

Le réalisme est un mouvement artistique et littéraire apparu dans la première moitié du XIXe siècle et qui s'est prolongé sur plusieurs décennies. Il s'agissait d'une esthétique nouvelle consistant à représenter le réel sans chercher à l'idéaliser. La démarche était innovante et s'opposait en quelque sorte au romantisme du début du siècle. Il s'y trouvait aussi un refus des conventions classiques qui régentaient jusqu'alors les arts.

En littérature, on donne souvent Balzac pour chef de file du mouvement, puisqu'avec sa *Comédie Humaine* riche de plus de quatre-vingts romans et nouvelles, il fut l'un des premiers et surtout des plus féconds, à dresser un portrait aussi exhaustif que possible de son époque et de ses rouages. Stendhal (1783-1842) et Flaubert également sont des figures de proue du réalisme, trouvant leurs sujets dans les banalités du quotidien et dans tous les milieux. Avec des romans comme *Le Rouge et le Noir* (1830) de Stendhal et *Madame Bovary* (1857) de Flaubert, les héros réalistes sont placés dans diverses strates de la société, dont les bassesses, autant que les hautes aspirations morales, sont décrites avec précision et sans aucune complaisance.

En peinture, c'est Gustave Courbet (1819-1877) qui illustra le mieux cette nouvelle conception, avec des tableaux comme *Les Casseurs de pierres* (1849) ou *Un enterrement à Ornans* (1850). Ces œuvres dénotaient furieusement de l'esthétique classique en ce qu'elles prenaient pour sujet des scènes banales et populaires, représentées sans aucune idéalisation des visages ni des vêtements, et surtout sur des toiles aux dimensions considérables, normalement réservées aux scènes historiques illustres.

Les théoriciens du réalisme sont des romanciers aujourd'hui oubliés du grand public : Champfleury (1821-1889) et Duranty (1833-1880). Le premier fonda en 1856 la revue *Le réalisme*. Le second écrivit un ouvrage également intitulé *Le réalisme* en 1857. L'un comme l'autre, dans leurs écrits, prirent la défense du mouvement et de ses artistes, peintres, écrivains ou sculpteurs, dont les œuvres à la crudité revendiquée ne manquaient pas de choquer. *Madame Bovary* de Flaubert, fit par exemple l'objet d'un procès pour atteinte aux bonnes mœurs en raison des thèmes traités sans fards, comme l'adultère et le suicide.

La volonté d'exhaustivité et la recherche de thèmes banals permettent de dégager des caractéristiques présentes dans tous les textes réalistes. On y retrouve des **descriptions extrêmement fouillées**, tant pour les portraits physiques ou moraux que pour les lieux et les paysages, avec par conséquent des champs lexicaux abondamment fournis selon les thèmes. Par ailleurs, si les romanciers choisissent souvent de raconter une histoire en se focalisant sur la vie d'un personnage en particulier, ils **écrivent toujours à la troisième personne** et adoptent généralement un point de vue omniscient, ou tour à tour divers points de vue internes, ce qui leur permet d'atteindre une certaine objectivité. On peut objecter néanmoins que le regard vif et acéré des romanciers réalistes teint tout de même leurs textes d'une touche d'amertume parfois criante, face à la mesquinerie du monde…

75 Biographie : Balzac (1799-1850)

Écrivain réaliste incontournable, Balzac ne produisit pas moins de quatre-vingt-dix romans auxquels il consacra une énergie considérable. Son grand cycle de *La Comédie humaine* devait plus tard inspirer Zola qui voulut imiter sa peinture sociale et sa connaissance des mœurs.

Œuvres à retenir

- *Le Colonel Chabert* (1835), roman
- *Eugénie Grandet* (1833), roman
- *Le père Goriot* (1835), roman
- *Le Lys dans la vallée* (1836), roman
- *Illusions perdues* (1839), roman

Panorama

Né à Tours en 1799, Honoré Balzac grandit dans une famille de la bourgeoisie. Son enfance fut empreinte d'une certaine solitude puisqu'il fut placé en nourrice durant ses toutes premières années, puis en pension de huit à quatorze ans, sans jamais retourner chez lui… Il développa là-bas une passion sans borne pour la lecture qui fit sans aucun doute émerger sa vocation littéraire.

En 1814, la famille Balzac déménagea à Paris, dans le quartier du Marais, où le père d'Honoré était administrateur des vivres. Durant cette période, le jeune homme termina sa scolarité puis étudia le droit tout en travaillant comme clerc dans une étude de notaire. Après 1822, son père ayant été mis à la retraite, la famille dut quitter Paris pour s'installer à Villeparisis. Honoré annonça alors qu'il souhaitait rester dans la capitale afin de faire carrière dans l'écriture…

Ses parents ayant accepté et soutenant ses projets, il commença alors une vie solitaire de jeune auteur. Il se rêvait davantage théoricien que romancier et publia anonymement, sans grande passion, des premiers romans d'aventure, qui n'avaient d'autre but que d'assurer sa subsistance. Il eut à cette époque deux liaisons successives avec des femmes beaucoup plus âgées que lui : Madame de Berny, puis la duchesse d'Abrantès. Ses maîtresses lui ouvrirent les portes des salons parisiens et contribuèrent à lui inspirer sa véritable vocation : écrire des récits réalistes dépeignant les rouages de la société, et non plus seulement des histoires rocambolesques.

Il connut donc son premier vrai succès littéraire avec *La physiologie du mariage*, paru en 1829, puis *La peau de chagrin* en 1831. C'est grâce à ses premières œuvres que Balzac rencontra celle qui fut le véritable amour de sa vie : Madame Hanska, une comtesse russe d'origine polonaise. Ils entretinrent d'abord une liaison épistolaire, née des lettres d'admiration que lui avait envoyée cette fervente lectrice. Quand ils se rencontrèrent enfin, le romancier n'eut plus qu'un rêve : attendre le trépas du comte Hanski pour pouvoir épouser sa femme !

En attendant, il continua de se consacrer à ses romans. Quand parut *Le père Goriot*, en 1835, Balzac se prit à réfléchir à la création d'un cycle romanesque, qui lui permettrait de faire réapparaître certains personnages d'un roman à l'autre. C'est ainsi que naquit l'idée qui devait regrouper la plupart de ses romans sous le titre de *La Comédie humaine*. Cette nouvelle ambition rendit son écriture encore plus prolifique.

En 1842, il apprit la mort du comte Hanski, qui déclencha chez lui une recrudescence d'activités pour éponger ses dettes – toujours abyssales car il n'était guère économe et menait la grande vie – et préparer le mariage tant espéré avec Ève Hanska. Celle-ci néanmoins mit un certain temps à se décider véritablement, ce qui ne manqua pas d'influer sur la production littéraire de Balzac, qui oscillait entre fol espoir et découragement.

Quand, après plusieurs voyages pour la retrouver, la belle Polonaise se laissa enfin épouser, Balzac était malheureusement si faible, du fait de ses années de travail harassant et de sa santé fragile, qu'il mourut quelques mois après à Paris en 1850. Il fut inhumé au Père Lachaise, en présence d'une grande foule, dans laquelle se trouvaient Victor Hugo et Alexandre Dumas.

Zoom sur…

Balzac, *Le Père Goriot* (1835)

En 1819, à Paris, la pension bourgeoise de Madame Vauquer accueille plusieurs locataires, dont le Père Goriot et Eugène de Rastignac. Le premier est un ancien commerçant arrivé là tout à fait riche et dont les moyens ont fondu progressivement. Il est le souffre-douleur des autres pensionnaires. Le second est un jeune provincial, venu à Paris pour y mener ses études de droit et pour faire fortune. Il y a également Vautrin, un homme à la fois fascinant et inquiétant ; et Victorine Taillefer, une jeune fille pauvre que son riche père refuse de reconnaître et de recevoir chez lui.

Eugène aspire à entrer dans le grand monde et va y être aidé par sa parente, la vicomtesse de Beauséant qui lui en dévoile les rouages. Elle lui conseille de devenir l'amant de la baronne Delphine de Nucingen après lui avoir raconté l'histoire de cette femme et de sa sœur, la comtesse Anastasie de Restaud. Toutes deux sont les filles de son voisin le Père Goriot. Celui-ci, veuf et passionnément dévoué à ses enfants, leur a sacrifié l'immense fortune qu'il avait acquise sous la Révolution afin de les marier dans la haute société. Pour tout remerciement, elles ont fini par avoir honte de leur père roturier, et ses gendres lui ont rapidement fermé leur porte une fois sa fortune presque entièrement entre leurs mains… Découvrant le secret du Père Goriot, Rastignac se rapproche de lui, tant par admiration et affection sincère, que parce qu'ils parlent ensemble de Delphine de Nucingen dont il est devenu l'amant. Entre-temps, tout comme l'avait fait Madame de Beauséant, Vautrin expose à Rastignac sa vision cynique du monde et les moyens d'y faire fortune. Il lui propose un marché aussi alléchant que malhonnête : lui faire épouser Victorine Taillefer, qu'il a prévu de transformer en riche héritière après avoir fait assassiner son frère aîné. Vautrin demande en échange un pourcentage de la dot. Peu après, il est arrêté et reconnaît être un forçat évadé du bagne de Toulon…

Rastignac, ayant refusé d'épouser Victorine par intérêt, s'apprête à emménager dans un appartement qui lui a été offert par Delphine de Nucingen, sur les derniers deniers du Père Goriot. Celui-ci prévoyait de s'installer dans une petite mansarde attenante, afin de voir sa fille le plus souvent possible. Mais juste avant le déménagement, Goriot reçoit la visite de ses deux filles, venues lui faire part chacune de graves revers de fortune, et lui demander de l'argent. Le vieil homme est désespéré car il n'a presque rien à leur donner. Le chagrin qu'il en éprouve déclenche peu après chez lui une crise d'apoplexie qui va rapidement l'emporter. Tandis que Mesdames de Nucingen et de Restaud sont rentrées chez elles et se préparent à assister au bal de Madame de Beauséant, Rastignac et un autre pensionnaire restent auprès de Goriot mourant. Le malheureux réclame sans cesse ses filles mais seule Anastasie arrive quelques instants avant sa mort, alors qu'il est déjà parfaitement inconscient. Elle repart ensuite aussi vite qu'elle était venue. Eugène échoue à obtenir des filles et des gendres de quoi payer un enterrement digne au Père Goriot. Il accompagne presque seul sa dépouille jusqu'au Père Lachaise après une cérémonie à bas coût, réglée sur ses propres économies. Depuis les hauteurs du cimetière, où il « ensevelit sa dernière larme de jeune homme », Rastignac contemple les quartiers riches de Paris et se promet de les conquérir non sans un certain cynisme.

Exposé sur une question transversale au récit du *Père Goriot* de Balzac

Sujet

À partir de la lecture de ces trois extraits du roman *Le Père Goriot*, quelle leçon de vie est donnée au jeune Rastignac ? Que révèle-t-elle des relations établies entre les personnages et le monde décrit dans lequel ils évoluent ?

Corpus

Texte 1 : Balzac, *Le Père Goriot*, Partie I, « Une pension bourgeoise », 1835

Rastignac vient d'arriver à Paris pour ses études. Sans le sou, mais de naissance aristocratique, il vient demander le soutien de sa lointaine parente, la vicomtesse de Beauséant, pour être introduit dans le grand monde. Celle-ci se trouve sur le point d'être abandonnée par son amant, le marquis d'Ajuda-Pinto. Elle vient tout juste, en outre, de recevoir la visite de la duchesse de Langeais, son « amie », arrivée chez elle pour lui parler du mariage prochain de M. d'Ajuda-Pinto. En présence du jeune homme, son désespoir se transforme en une leçon sur le fonctionnement du monde…

> — Eh ! bien monsieur de Rastignac, traitez ce monde comme il mérite de l'être. Vous voulez parvenir, je vous aiderai. Vous sonderez combien est profonde la corruption féminine, vous toiserez la largeur de la misérable vanité des hommes. Quoique j'aie bien lu dans ce livre du monde, il y avait des pages qui cependant m'étaient inconnues. Maintenant je sais tout. Plus froidement vous calculerez, plus avant vous irez. Frappez sans pitié, vous serez craint. N'acceptez les hommes et les femmes que comme des chevaux de poste que vous laisserez crever à chaque relais, vous arriverez ainsi au faîte de vos désirs. Voyez-vous, vous ne serez rien ici si vous n'avez pas une femme qui s'intéresse à vous. Il vous la faut jeune, riche, élégante. Mais si vous avez un sentiment vrai, cachez-le comme un trésor ; ne le laissez jamais soupçonner, vous seriez perdu. Vous ne seriez plus le bourreau, vous deviendriez la victime. Si jamais vous aimiez, gardez bien votre secret ! ne le livrez pas avant d'avoir bien su à qui vous ouvrirez votre cœur. Pour préserver par avance cet amour qui n'existe pas encore, apprenez

à vous méfier de ce monde-ci. Écoutez-moi, Miguel... (Elle se trompait naïvement de nom sans s'en apercevoir.) Il existe quelque chose de plus épouvantable que ne l'est l'abandon du père par ses deux filles, qui le voudraient mort. C'est la rivalité des deux sœurs entre elles. Restaud a de la naissance, sa femme a été adoptée, elle a été présentée ; mais sa sœur, sa riche sœur, la belle madame Delphine de Nucingen, femme d'un homme d'argent, meurt de chagrin ; la jalousie la dévore, elle est à cent lieues de sa sœur ; sa sœur n'est plus sa sœur ; ces deux femmes se renient entre elles comme elles renient leur père. Aussi, madame de Nucingen laperait-elle toute la boue qu'il y a entre la rue Saint-Lazare et la rue de Grenelle pour entrer dans mon salon. Elle a cru que de Marsay la ferait arriver à son but, et elle s'est faite l'esclave de Marsay, elle assomme de Marsay. De Marsay se soucie fort peu d'elle. Si vous me la présentez, vous serez son Benjamin, elle vous adorera. Aimez-la si vous pouvez après, sinon servez-vous d'elle. Je la verrai une ou deux fois, en grande-soirée, quand il y aura cohue ; mais je ne la recevrai jamais le matin. Je la saluerai, cela suffira. Vous vous êtes fermé la porte de la comtesse pour avoir prononcé le nom du père Goriot. Oui, mon cher, vous iriez vingt fois chez madame Restaud, vingt fois vous la trouveriez absente. Vous avez été consigné. Eh ! bien, que le père Goriot vous introduise près de madame Delphine de Nucingen. La belle madame de Nucingen sera pour vous une enseigne. Soyez l'homme qu'elle distingue, les femmes raffoleront de vous. Ses rivales, ses amies, ses meilleures amies, voudront vous enlever à elle. Il y a des femmes qui aiment l'homme déjà choisi par une autre, comme il y a de pauvres bourgeoises qui, en prenant nos chapeaux, espèrent avoir nos manières. Vous aurez des succès. À Paris, le succès est tout, c'est la clef du pouvoir. Si les femmes vous trouvent de l'esprit, du talent, les hommes le croiront, si vous ne les détrompez pas. Vous pourrez alors tout vouloir, vous aurez le pied partout. Vous saurez alors ce qu'est le monde, une réunion de dupes et de fripons. Ne soyez ni parmi les uns ni parmi les autres. Je vous donne mon nom comme un fil d'Ariane pour entrer dans ce labyrinthe. Ne le compromettez pas, dit-elle en recourbant son cou et jetant un regard de reine à l'étudiant, rendez-le-moi blanc. Allez, laissez-moi. Nous autres femmes, nous avons aussi nos batailles à livrer.

Texte 2 : Balzac, *Le Père Goriot*, Partie II, « L'entrée dans le monde », 1835

Vautrin, l'un des pensionnaires de Mme Vauquer chez qui loge Rastignac, vient d'emmener le jeune homme à l'écart dans le jardin. Les autres locataires croient qu'ils vont se battre, car ils viennent d'échanger quelques mots vifs, mais au contraire, le quadragénaire se met à parler longuement, donnant de nombreux conseils à Rastignac car il souhaite ensuite lui proposer une affaire très spéciale (cf. fiche 75)…

Voilà le carrefour de la vie, jeune homme, choisissez. Vous avez déjà choisi : vous êtes allé chez notre cousine de Beauséant, et vous y avez flairé le luxe. Vous êtes allé chez madame de Restaud, la fille du père Goriot, et vous y avez flairé la Parisienne. Ce jour-là vous êtes revenu avec un mot écrit sur votre front, et que j'ai bien su lire : Parvenir ! parvenir à tout prix. Bravo ! ai-je dit, voilà un gaillard qui me va. Il vous a fallu de l'argent. Où en prendre ? Vous avez saigné vos sœurs. Tous les frères flouent plus ou moins leurs sœurs. Vos quinze cents francs arrachés, Dieu sait comme ! dans un pays où l'on trouve plus de châtaignes que de pièces de cent sous, vont filer comme des soldats à la maraude. Après, que ferez-vous ? vous travaillerez ? Le travail, compris comme vous le comprenez en ce moment, donne, dans les vieux jours, un appartement chez maman Vauquer, à des gars de la force de Poiret. Une rapide fortune est le problème que se proposent de résoudre en ce moment cinquante mille jeunes gens qui se trouvent tous dans votre position. Vous êtes une unité de ce nombre-là. Jugez des efforts que vous avez à faire et de l'acharnement du combat. Il faut vous manger les uns les autres comme des araignées dans un pot, attendu qu'il n'y a pas cinquante mille bonnes places. Savez-vous comment on fait son chemin ici ? par l'éclat du génie ou par l'adresse de la corruption. Il faut entrer dans cette masse d'hommes comme un boulet de canon, ou s'y glisser comme une peste. L'honnêteté ne sert à rien. L'on plie sous le pouvoir du génie, on le hait, on tâche de le calomnier, parce qu'il prend sans partager ; mais on plie s'il persiste ; en un mot, on l'adore à genoux quand on n'a pas pu l'enterrer sous la boue. La corruption est en force, Le talent est rare. Ainsi, la corruption est l'arme de la médiocrité qui abonde, et vous en sentirez partout la pointe.

Texte 3 : Balzac, *Le Père Goriot*, Partie III, « Trompe-la-mort », 1835

Rastignac, suivant les conseils de Mme de Beauséant, est devenu l'amant de la baronne de Nucingen, l'une des filles du Père Goriot. Ce dernier a payé, avec la complicité de sa fille, un nouvel appartement au jeune homme pour que les amoureux puissent se voir tranquillement. Le père espère ainsi pouvoir rendre visite à sa fille le plus souvent possible. Mais Rastignac est très gêné devant un cadeau aussi imposant et hésite à l'accepter. Pour toute réponse, Delphine lui livre à son tour une leçon qui sert ses intérêts d'amante…

> — Comment ! dit madame de Nucingen, vous refuseriez ? Savez-vous ce que signifie un refus semblable ? Vous doutez de l'avenir, vous n'osez pas vous lier à moi. Vous avez donc peur de trahir mon affection ? Si vous m'aimez, si je… vous aime, pourquoi reculez-vous devant d'aussi minces obligations ? Si vous connaissiez le plaisir que j'ai eu à m'occuper de tout ce ménage de garçon, vous n'hésiteriez pas, et vous me demanderiez pardon. J'avais de l'argent à vous, et je l'ai bien employé, voilà tout. Vous croyez être grand, et vous êtes petit. Vous demandez bien plus… (Ah ! dit-elle en saisissant un regard de passion chez Eugène) et vous faites des façons pour des niaiseries. Si vous ne m'aimez point, oh ! oui, n'acceptez pas. Mon sort est dans un mot. Parlez ! — Mais, mon père, dites-lui donc quelques bonnes raisons, ajouta-t-elle en se tournant vers son père après une pause. Croit-il que je ne sois pas moins chatouilleuse que lui sur notre honneur ?
>
> Le père Goriot avait le sourire fixe d'un thériaki en voyant, en écoutant cette jolie querelle.
>
> — Enfant ! vous êtes à l'entrée de la vie, reprit-elle en saisissant la main d'Eugène, vous trouvez une barrière insurmontable pour beaucoup de gens, une main de femme vous l'ouvre, et vous reculez ! Mais vous réussirez, vous ferez une brillante fortune, le succès est écrit sur votre beau front. Ne pourrez-vous pas alors me rendre ce que je vous prête aujourd'hui ? Autrefois les dames ne donnaient-elles pas à leurs chevaliers des armures, des épées, des casques, des cottes de mailles, des chevaux, afin qu'ils pussent aller combattre e n leur nom dans les tournois ? Eh bien, Eugène, les choses que je vous offre sont les armes de l'époque, des outils nécessaires à qui veut être quelque chose. Il est joli, le grenier où vous êtes, s'il ressemble à la chambre de papa ! Voyons, nous ne dînerons donc pas ? Voulez-vous m'attrister ? Répondez donc ? dit-elle en lui secouant la main. — Mon Dieu, papa, décide-le donc, ou je sors et ne le revois jamais.

Exemple rédigé

Les trois textes issus d'un même roman de Balzac, *Le Père Goriot*, publié en 1835, présentent des discours prononcés par trois personnages différents, la vicomtesse de Beauséant, Vautrin et Delphine de Nucingen. Tous sont adressés à Eugène de Rastignac et ont la particularité d'expliquer le monde à cet étudiant arrivé à Paris sans expérience. Nous nous demanderons quelle est la leçon de vie donnée au jeune homme à travers les voix de ces différents mentors. Nous verrons que pour réussir dans le monde, il est invité d'une part à utiliser les autres, et d'autre part, à les écraser.

Les conseils que reçoit Rastignac l'exhortent avant tout à se servir des autres, et plus spécialement des femmes. Il est intéressant de constater que ce sont deux femmes qui l'invitent à utiliser la gent féminine comme un marchepied. En effet, Mme de Beauséant lui dévoile sans détour que ses semblables sont la clé du succès : « Voyez-vous, vous ne serez rien ici si vous n'avez pas une femme qui s'intéresse à vous. Il vous la faut jeune, riche, élégante » (texte 1). Quant à Mme de Nucingen, voulant Eugène pour elle-même, elle l'achète en quelque sorte par un cadeau démesuré, et lui suggère, dans un doux reproche, de profiter de cette aubaine en rejetant ses scrupules : « vous trouvez une barrière infranchissable pour beaucoup de gens, une main de femme vous l'ouvre, et vous reculez ! » (texte 3) Eugène est donc par là invité à renoncer à toute forme de mérite personnel s'il veut monter dans la société.

Par ailleurs, l'autre face de la leçon stipule que la réussite ne s'obtient qu'en écrasant les autres. Vautrin utilise, pour le dire, une métaphore d'une grande violence : « Il faut vous manger les uns les autres comme les araignées dans un pot » (texte 2). Voilà une image très claire qui exhorte à appliquer la loi du plus fort, sans le moindre souci de probité. D'ailleurs, le mystérieux personnage renchérit un peu plus loin avec un présent de vérité générale : « L'honnêteté ne sert à rien. » (texte 2) Madame de Beauséant, délivre le même message dans des injonctions : « Plus froidement vous calculerez, plus avant vous irez. Frappez sans pitié, vous serez craint » (texte 1). On devine ici l'amertume de la femme qui vient d'être abandonnée par son amant. Dans les propos de Vautrin, au contraire, se dessinent les calculs froids d'un homme qui a compris les règles du jeu, et s'en amuse.

C'est donc une leçon de vie pour le moins cynique que Rastignac reçoit à travers ces textes. En effet, à sa façon et pour des raisons qui lui sont propres, chacun de ces trois personnages apprend au jeune homme que la réussite s'obtient bien moins par le mérite personnel et par l'honnêteté que par toutes sortes de lâchetés et de corruptions. Ces descriptions du monde parisien sous la Restauration, faites par les voix de Mmes de Beauséant, de Nucingen et par Vautrin, ont le ton d'une vision amère qui laisse entrevoir une véritable critique de la part de Balzac. On peut établir un lien entre le regard désabusé présenté ici et *Bel-Ami* de Maupassant (1885), roman d'apprentissage comme *Le Père Goriot*, dans lequel le héros Georges Duroy fait l'expérience – mais sans scrupule, pour lui ! – d'une ascension sociale fulgurante basée sur la corruption et sur l'utilisation des femmes.

77 Biographie : Flaubert (1821-1880)

Styliste des mots qu'il voulait manier à la perfection, Flaubert est un grand écrivain réaliste, mais il fut aussi tenté par la veine romantique et exotique. Toujours insatisfait du monde qui l'entourait, il l'observait néanmoins avec acuité et se donna pour tâche immense de le retranscrire fidèlement dans ses œuvres.

Œuvres à retenir

- *Madame Bovary* (1857), roman
- *L'éducation sentimentale* (1869), roman
- *Salammbô* (1862), roman
- *Trois contes* (1877), nouvelles

Gustave Flaubert naquit à Rouen en 1821 dans une famille de médecins. Contrairement à son père chirurgien, il conçut très jeune le désir d'écrire et fut un auteur prolifique dès son adolescence, même s'il gardait ses textes pour lui. À l'âge de quinze ans, il tomba éperdument amoureux d'une femme mariée, Élisa Schlesinger, qui lui inspira une passion platonique et surtout, plus tard, le personnage inatteignable de Mme Arnoux dans *L'Éducation sentimentale*.

Après son baccalauréat, il partit suivre des études de droits à Paris, mais en profita surtout pour entrer dans les cercles artistiques et littéraires. Néanmoins, en 1844, il subit une crise d'épilepsie qui mit fin à cette vie mondaine. Il se retira à Croisset, près de Rouen, dans la propriété familiale où il se mit à écrire frénétiquement et presque exclusivement.

Il quitta parfois sa retraite solitaire pour quelques brefs séjours parisiens, et pour deux grands voyages en Orient qui lui inspirèrent des contes et surtout *Salammbô* (1862). Mais à ces quelques exceptions et mondanités près, Flaubert recherchait avant tout une vie d'ermite consacré à son écriture. Excessivement perfectionniste et rarement satisfait de ses productions, il travaillait avec douleur et acharnement. Ce fut notamment le cas pour *Madame Bovary*, dont l'écriture le fit passer par de nombreuses phases de lassitude et de découragement. Il fut d'ailleurs assez mal payé de sa peine puisque le roman fut condamné pour immoralité.

Si *La Tentation de Saint Antoine*, dont la troisième version fut publiée en 1873, révélait un élan lyrique et exotique, ses derniers ouvrages manifestèrent plutôt un profond pessimisme. Ainsi *L'éducation sentimentale*, roman retravaillé à plusieurs reprises, montrait les enthousiasmes déçus de toute une génération romantique à laquelle il s'identifiait. Enfin, dans *Bouvard et Pécuchet* (1881) il entreprit ni plus ni moins de démontrer l'étendue de la bêtise humaine...

Il mourut d'une hémorragie cérébrale à Croisset en 1880, et fut enterré à Rouen, en présence de quelques grands écrivains qui l'admiraient, dont Guy de Maupassant et Émile Zola.

78 Biographie : Maupassant (1850-1893)

Auteur de récits au carrefour du réalisme et du naturalisme, Maupassant est un conteur de la réalité extérieure, mais aussi des tumultes de la vie intérieure qu'il retranscrit et sublime dans certains récits à caractère fantastique.

Œuvres à retenir

- *Boule de suif* (1880), nouvelle
- *Les contes du jour et de la nuit* (1885), recueil de contes et nouvelles
- *Une vie* (1883), roman
- *Bel-Ami* (1885), roman
- *Pierre et Jean* (1888), roman

Né en 1850 au Château de Miromesnil en Normandie, Guy de Maupassant fut témoin très jeune de violentes disputes entre ses parents qui finirent par se séparer. Son frère et lui furent donc élevés par leur mère, amie de Flaubert. Elle les laissa profiter allègrement de la campagne normande et se familiariser avec les paysans, jusqu'à connaître parfaitement leur patois. Il suivit une scolarité sans grande passion à Yvetot puis à Rouen, jusqu'à la guerre de 1870 pour laquelle il fut mobilisé, et qui marqua en quelque sorte son entrée dans l'âge adulte.

Il se rendit ensuite à Paris pour y étudier le droit, tout en travaillant comme fonctionnaire dans un ministère pour assurer sa subsistance. À cette époque, il utilisait ses temps libres pour flâner dans les guinguettes des bords de Seine ou pour rendre visite à Flaubert, en qui il trouvait le père qui lui avait manqué. Ce dernier devint son mentor, relisant ses premiers écrits, le conseillant, le corrigeant et lui présentant les grandes figures littéraires du moment.

C'est ainsi qu'il participa sous la houlette de Zola, à l'aventure des *Soirées de Médan*, recueil de nouvelles naturalistes à plusieurs voix, publié en 1880. L'auteur des Rougon-Macquart avait réuni chez lui, à Médan, quelques écrivains, au nombre desquels se trouvaient notamment les frères Goncourt et Huysmans, pour écrire chacun une nouvelle naturaliste. Maupassant y conçut *Boule de suif* : la nouvelle reçut un succès immédiat et éclatant !

Fort de cette première victoire, le jeune écrivain renonça joyeusement à son poste de fonctionnaire pour devenir journaliste. Il publia ainsi toutes sortes de textes : contes, essais, romans, récits de voyages, qui furent divulgués sous forme de chroniques dans les journaux *Gil Blas, Le Gaulois* ou *Le Figaro*. La plupart de ses récits étaient influencés par sa jeunesse normande et sa connaissance précise des habitants. Avec le succès, vint aussi la fortune. Maupassant mena la grande vie, allant jusqu'à s'offrir un yacht baptisé le « Bel-Ami », en honneur de son roman du même nom...

Dans ses dernières années, il eut néanmoins à subir la maladie, souffrant physiquement, mais aussi mentalement. Cela, entre autres, le conduisit à explorer ses propres angoisses et lui fit écrire des contes à tonalité clairement fantastique dont le plus célèbre est sans doute *Le Horla* (1887).

Devenu presque fou, paralysé et suicidaire, il fut interné en 1892 et mourut en 1893 à Passy. Il fut inhumé au cimetière du Montparnasse.

79 Sujet corrigé d'un groupement de textes complémentaires au sein du parcours « Les romans réalistes et naturalistes au XIXe siècle »

Bulletin officiel

> Étudier un groupement de textes complémentaires destinés, par un travail de lecture comparée, à enrichir et préciser l'interprétation de l'une des œuvres étudiées.

Sujet

À partir des textes proposés ci-dessous en complément de votre lecture intégrale du *Père Goriot*, que pouvez-vous dire du traitement de la réalité dans les œuvres réalistes et naturalistes ?

Corpus

Texte 1

Si, en entrant à Verrières, le voyageur demande à qui appartient cette belle fabrique de clous qui assourdit les gens qui montent la grande rue, on lui répond avec un accent traînard : Eh ! elle est à M. le maire. Pour peu que le voyageur s'arrête quelques instants dans cette grande rue de Verrières, qui va en montant depuis la rive du Doubs jusque vers le sommet de la colline, il y a cent à parier contre un qu'il verra paraître un grand homme à l'air affairé et important.

À son aspect tous les chapeaux se lèvent rapidement. Ses cheveux sont grisonnants, et il est vêtu de gris. Il est chevalier de plusieurs ordres, il a un grand front, un nez aquilin, et au total sa figure ne manque pas d'une certaine régularité : on trouve même, au premier aspect, qu'elle réunit à la dignité du maire de village cette sorte d'agrément qui peut encore se rencontrer avec quarante-huit ou cinquante ans. Mais bientôt le voyageur parisien est choqué d'un certain air de contentement de soi et de suffisance mêlé à je ne sais quoi de borné et de peu inventif.

On sent enfin que le talent de cet homme-là se borne à se faire payer bien exactement ce qu'on lui doit, et à payer lui-même le plus tard possible quand il doit.
Tel est le maire de Verrières, M. de Rênal. Après avoir traversé la rue d'un pas grave, il entre à la mairie et disparaît aux yeux du voyageur. Mais, cent pas plus haut, si celui-ci continue sa promenade, il aperçoit une maison d'assez belle apparence, et, à travers une grille de fer attenante à la maison, des jardins magnifiques. Au-delà c'est une ligne d'horizon formée par les collines de la Bourgogne, et qui semble faite à souhait pour le plaisir des yeux. Cette vue fait oublier au voyageur l'atmosphère empestée des petits intérêts d'argent dont il commence à être asphyxié.
On lui apprend que cette maison appartient à M. de Rênal. C'est aux bénéfices qu'il a faits sur sa grande fabrique de clous, que le maire de Verrières doit cette belle habitation en pierres de taille qu'il achève en ce moment. Sa famille, dit-on, est espagnole, antique, et, à ce qu'on prétend, établie dans le pays bien avant la conquête de Louis XIV.
Depuis 1815 il rougit d'être industriel : 1815 l'a fait maire de Verrières. Les murs en terrasse qui soutiennent les diverses parties de ce magnifique jardin, qui, d'étage en étage, descend jusqu'au Doubs, sont aussi la récompense de la science de M. de Rênal dans le commerce du fer

Stendhal, *le Rouge et le noir*, chapitre 1

Texte 2

Au bout de trois heures de route, Loiseau ramassa ses cartes : « Il fait faim », dit-il.
Alors sa femme atteignit un paquet ficelé d'où elle fit sortir un morceau de veau froid. Elle le découpa proprement par tranches minces et fermes, et tous deux se mirent à manger.
« Si nous en faisions autant », dit la comtesse. On y consentit et elle deballa les provisions préparées pour les deux ménages. C'était, dans un de ces vases allongés dont le couvercle porte un lièvre en faïence, pour indiquer qu'un lièvre en pâté gît au-dessous une charcuterie succulente, où de blanches rivières de lard traversaient la chair brune du gibier, mêlée à d'autres viandes hachées fin. Un beau carré de gruyère, apporté dans un journal, gardait imprimé « faits divers » sur sa pâte onctueuse.
Les deux bonnes sœurs développèrent un rond de saucisson qui sentait l'ail ; et Cornudet, plongeant les deux mains en même temps dans les vastes poches de son paletot sac, tira de l'une quatre œufs durs et de l'autre le croûton d'un pain. Il détacha la coque, la jeta sous ses pieds dans la paille et se mit à mordre à même les œufs, faisant tomber sur sa vaste barbe des parcelles de jaune clair qui semblaient, là-dedans, des étoiles.
Boule de suif, dans la hâte et l'effarement de son lever, n'avait pu songer à rien ; et elle regardait, exaspérée, suffoquant de rage, tous ces gens qui mangeaient placidement. Une colère tumultueuse la crispa

d'abord, et elle ouvrit la bouche pour leur crier leur fait avec un flot d'injures qui lui montait aux lèvres ; mais elle ne pouvait pas parler tant l'exaspération l'étranglait.
Personne ne la regardait, ne songeait à elle. Elle se sentait noyée dans le mépris de ces gredins honnêtes qui l'avaient sacrifiée d'abord, rejetée ensuite, comme une chose malpropre et inutile. Alors elle songea à son grand panier tout plein de bonnes choses qu'ils avaient goulûment dévorées, à ses deux poulets luisants de gelée, à ses pâtés, à ses poires, à ses quatre bouteilles de bordeaux ; et sa fureur tombant soudain, comme une corde trop tendue qui casse, elle se sentit prête à pleurer. Elle fit des efforts terribles, se roidit, avala ses sanglots comme les enfants, mais les pleurs montaient, luisaient au bord de ses paupières, et bientôt deux grosses larmes, se détachant des yeux, roulèrent lentement sur ses joues. D'autres les suivirent plus rapides, coulant comme les gouttes d'eau qui filtrent d'une roche, et tombant régulièrement sur la courbe rebondie de sa poitrine. Elle restait droite, le regard fixe, la face rigide et pâle, espérant qu'on ne la verrait pas.
Mais la comtesse s'en aperçut et prévint son mari d'un signe. Il haussa les épaules comme pour dire : « Que voulez-vous, ce n'est pas ma faute. » Mme Loiseau eut un rire muet de triomphe et murmura : « Elle pleure sa honte. »

Maupassant, *Boule de Suif*

Texte 3

Il ne comprenait bien qu'une chose : le puits avalait des hommes par bouchées de vingt et de trente, et d'un coup de gosier si facile, qu'il semblait ne pas les sentir passer. Dès quatre heures, la descente des ouvriers commençait. Ils arrivaient de la baraque, pieds nus, la lampe à la main, attendant par petits groupes d'être en nombre suffisant. Sans un bruit, d'un jaillissement doux de bête nocturne, la cage de fer montait du noir, se calait sur les verrous, avec ses quatre étages contenant chacun deux berlines pleines de charbon. Des moulineurs, aux différents paliers, sortaient les berlines, les remplaçaient par d'autres, vides ou chargées à l'avance des bois de taille. Et c'était dans les berlines vides que s'empilaient les ouvriers, cinq par cinq, jusqu'à quarante d'un coup, lorsqu'ils tenaient toutes les cases. Un ordre partait du porte-voix, un beuglement sourd et indistinct, pendant qu'on tirait quatre fois la corde du signal d'en bas, « sonnant à la viande », pour prévenir de ce chargement de chair humaine. Puis, après un léger sursaut, la cage plongeait silencieuse, tombait comme une pierre, ne laissait derrière elle que la fuite vibrante du câble.
– C'est profond ? demanda Étienne à un mineur, qui attendait près de lui, l'air somnolent.
– Cinq cent cinquante-quatre mètres, répondit l'homme. Mais il y a quatre accrochages au-dessus, le premier à trois cent vingt.
Tous deux se turent, les yeux sur le câble qui remontait. Étienne reprit :
– Et quand ça casse ?

– Ah ! quand ça casse…

Le mineur acheva d'un geste. Son tour était arrivé, la cage avait reparu, de son mouvement aisé et sans fatigue. Il s'y accroupit avec des camarades, elle replongea, puis jaillit de nouveau au bout de quatre minutes à peine, pour engloutir une autre charge d'hommes.

Zola, *Germinal*, Chapitre 3

Correction

Problématique

Les auteurs réalistes et naturalistes sont-ils parfaitement objectifs dans leur reproduction du réel ?

Plan détaillé

I. Une reproduction fidèle du réel…
- **a.** La peinture d'une époque
- **b.** La peinture d'un milieu social

II. Souvent teintée de messages pessimistes
- **a.** L'accent mis sur les bassesses humaines
- **b.** Des leçons de vie désabusées, voire cyniques

Exemple rédigé

Après les élans lyriques du romantisme, le réalisme puis le naturalisme introduisent dans la littérature du XIXe siècle une volonté de révéler la réalité et d'en faire un portrait le plus juste possible. C'est d'ailleurs ainsi que la revue *Le Réalisme* détermine le but du mouvement en 1860 : « Le réalisme conclut à la reproduction exacte, sincère, du milieu social, de l'époque où on vit. » Il nous est demandé si la démarche des auteurs réalistes et naturalistes nous semble se limiter à cette définition. L'interrogation pourrait être précisée en ces termes : Les auteurs réalistes et naturalistes sont-ils parfaitement objectifs dans leur reproduction du réel ? Pour y répondre, nous verrons d'abord que leurs œuvres présentent effectivement une peinture fidèle du réel ; puis nous remarquerons que cette dernière est le plus souvent teintée de messages pessimistes.

Avant tout, il convient de rappeler que les œuvres réalistes et naturalistes offrent toutes une reproduction fidèle du réel.

Conformément à la définition qui en est donnée dans la revue *Le réalisme*, on y retrouve en effet toujours la peinture exacte d'une époque, révélant une véritable volonté d'objectivité de la part des auteurs. Cela tend d'ailleurs à donner à ces œuvres, bien que romanesques, l'intérêt d'une documentation historique. À cet égard, *Le Rouge et le Noir* (1830) de Stendhal, donne un exemple éclairant. Ce roman d'apprentissage, qui nous fait suivre la vie du jeune Julien Sorel depuis la Franche-Comté jusqu'à Paris, présente surtout la France de la Restauration. Nous découvrons, par le biais du héros, les ravages causés sur toute une génération par la chute de l'empire et les rêves qui y sont attachés. De la même façon, Stendhal décrit l'organisation de la société de cette époque, en faisant entrer son lecteur dans l'intimité d'une famille de l'aristocratie provinciale, les Rênal, puis dans celle du marquis de la Môle, grand aristocrate parisien. Le passage de Julien au séminaire de Besançon, nous renseigne aussi sur l'importance particulière de l'Église sous la Restauration. C'est effectivement par cette voie seule que le héros, homme du peuple, peut espérer monter dans la société, et non par le métier des armes, comme cela eût été possible au temps de son idole, Napoléon.

Les œuvres des auteurs réalistes et naturalistes sont aussi fidèles à la définition déjà citée, dans la mesure où l'on y retrouve toujours les portraits fouillés d'un ou plusieurs milieux sociaux. Zola a poussé cet aspect encore plus loin que les réalistes, comme on peut l'observer par exemple à la lecture de *Germinal*. Dans ce roman emblématique du naturalisme, les aventures et mésaventures du personnage principal, Étienne Lantier, forment un documentaire extrêmement précis sur le monde de la mine. Il faut se rappeler que Zola, qui n'était guère familier de cet univers, est allé jusqu'à séjourner lui-même à la mine pour y réaliser divers croquis et prendre des notes. Sa démarche évoque donc aussi bien celle d'un reporter ou d'un photographe, que celle d'un romancier. Le lecteur fait ainsi connaissance avec le milieu des ouvriers miniers. Il découvre leurs conditions de travail déplorables, tant les risques encourus au fond des galeries souterraines que les salaires ridicules ne permettant pas aux familles de se nourrir suffisamment. En même temps, une certaine grandeur émane de ces hommes en partie déshumanisés par un travail éreintant : ils nous apparaissent relativement attachés à leur terre et révèlent face au danger un immense courage presque capable de balayer les rivalités. À cet égard, l'écriture de Zola, comme celle de Stendhal, montre un fort désir d'objectivité dans la reproduction du réel.

Pour autant, la description objective du réel oblige à faire le constat de la médiocrité humaine, somme toute plus répandue que l'héroïsme... Cela conduit les auteurs réalistes et naturalistes à teinter le plus souvent leurs textes de messages pessimistes.

Ainsi le miroir de la société renvoyé dans ses écrits par un auteur réaliste ou naturaliste peut-il avoir tendance à mettre en exergue les bassesses humaines. Maupassant se révèle à cet égard un exemple très parlant. La plupart de ses romans et nouvelles montrent l'humanité sous un jour peu amène et laissent entrevoir une désillusion personnelle rejaillissant sur son œuvre. Sa nouvelle *Boule de suif* (1880), si elle donne une peinture très soignée de la débâcle consécutive à la guerre de 1870, met aussi en lumière la cruelle hypocrisie des hommes. En effet, nous y voyons le personnage éponyme, une jeune prostituée au grand cœur, partager aimablement ses provisions avec ses compagnons de diligence, fuyant comme elle Rouen occupé par les Prussiens. Après une halte dans une auberge envahie par les ennemis, les voyageurs apprennent qu'ils n'auront pas l'autorisation de partir, à moins que Boule-de Suif ne laisse l'officier profiter de ses charmes. Refusant d'abord, par pur esprit patriotique, la jeune femme finit par céder sous la pression de ses compagnons. Une fois la diligence repartie, Boule-de-Suif est remerciée par des regards outrés et un mépris total, matérialisé par le refus clair et net de lui partager des provisions bien fournies, qu'elle-même n'a pas eu le temps d'emporter...

Dans le même élan, les auteurs réalistes et naturalistes peuvent livrer, par leurs récits, des leçons de vie terriblement désabusées, voire cyniques. C'est le cas du *Père Goriot* de Balzac. Nous suivons dans ce roman d'initiation les pas de Rastignac faisant son entrée dans le monde parisien de la Restauration. Il reçoit au passage divers conseils de certains personnages ou des événements eux-mêmes. Deux leçons identiques lui sont délivrées par des personnages très loin l'un de l'autre : Mme de Bauséant, la reine des mondanités parisiennes, et Vautrin, son voisin intrigant de la pension Vauquer. Ce qu'ils affirment chacun tient dans une même phrase : pour réussir dans le monde, rien ne sert d'être honnête ou brillant, seuls comptent l'égoïsme, l'absence de pitié et surtout de scrupule ! Ces conseils sont tristement illustrés par le terrible sort du Père Goriot, abandonné de ses filles après leur avoir sacrifié son confort et toute sa fortune. Balzac accorde cependant un cœur noble et généreux à son personnage de Rastignac, qui accompagne le Père Goriot jusqu'à la tombe. Mais les dernières paroles du jeune homme s'écriant face à Paris : « À nous deux maintenant ! », laissent entendre clairement qu'il a assimilé la sombre leçon et se sent désormais décidé à réussir sans plus se laisser aller à la moindre marque d'empathie...

En conclusion, il semble juste d'affirmer que si les auteurs réalistes et naturalistes sont bien objectifs dans leur reproduction du réel, ils ne le sont pas parfaitement, dans la mesure où leurs écrits manifestent une insistance sur les aspects négatifs des réalités humaines. Il y a donc un effet de loupe révélant parfois les déceptions ou les angoisses des auteurs face à un monde dont les imperfections leur sautent particulièrement aux yeux. Maupassant présente d'ailleurs ce phénomène comme une acuité visuelle propre aux observateurs que sont les écrivains : « Pourquoi donc cette souffrance de vivre ? C'est que je porte en moi cette seconde vue qui est en même temps la force et toute la misère des écrivains. J'écris parce que je comprends et je souffre de ce qui est, parce que je le connais trop. » (*Sur l'eau*, 1876)

80 Victor Hugo (1802-1885)

Auteur prodige et particulièrement fécond, Victor Hugo s'illustra dans la poésie, le théâtre et le roman. Il fut non seulement le chef de file des écrivains romantiques, mais également un homme politique engagé. Grand orateur, il paya d'un long exil ses prises de position contre le Second Empire.

Œuvres à retenir

- *Hernani* (1830), drame romantique
- *Notre Dame de Paris* (1831), roman
- *Les Châtiments* (1853), recueil de poésie
- *Les Contemplations* (1856), recueil de poésie
- *Les Misérables* (1862), roman

Panorama

Né à Besançon en 1802, Victor Hugo était le fils d'un officier bonapartiste et d'une mère royaliste. Cet antagonisme entre ses parents, qui finirent par se séparer, marqua profondément l'imagination et les œuvres du futur écrivain. Contrairement aux projets traditionnels que son père formait pour lui, Hugo se découvrit vite une passion pour la poésie. Ses ambitions littéraires furent encouragées par les succès rencontrés dans des concours proposés par plusieurs académies auxquelles il avait envoyé ses poèmes. Aussi, à seulement dix-sept ans, il décida d'arrêter ses études pour créer un journal avec ses frères : le *Conservateur littéraire*. En 1822, il épousa son premier amour, Adèle Foucher, qui lui donna cinq enfants.

Meneur autant qu'auteur, il devint rapidement le chef de file des écrivains romantiques qui donnèrent à leur groupe et à leur école littéraire le nom de « Cénacle ». Dans la préface de *Cromwell*, drame romantique, il exposait les règles de cette nouvelle esthétique. Mais la liberté qu'il voulait donner à l'art, et en particulier à la poésie et au théâtre n'était pas du goût de tout le monde. Ainsi, en 1830, sa nouvelle pièce *Hernani* déclencha une bataille littéraire restée aussi célèbre que celle du *Cid* en son temps.

En 1833, il rencontra Juliette Drouet qui devint rapidement sa maîtresse et fut le deuxième grand amour de sa vie. La décennie qui suivit fut particulièrement féconde sur le plan littéraire et un nouveau drame romantique, *Ruy Blas* (1838), contribua à le rendre encore plus célèbre qu'il ne l'était déjà. Ce bonheur fut assombri violemment en 1843, par la mort accidentelle de sa fille chérie, Léopoldine, noyée dans la Seine avec son époux, alors qu'elle avait à peine dix-neuf ans. Le terrible chagrin qu'il en conçut fut sublimé dans de nombreux, et très sombres poèmes des *Contemplations*. Peut-être ses réflexions intimes l'amenèrent-elles aussi à s'engager en faveur des malheureux, puisque c'est à cette époque qu'il commença l'écriture des *Misérables*, roman dans lequel il voyait un moyen d'alerter les consciences sur les injustices et les misères sociales.

Non content de s'engager dans ses écrits, il devint aussi député sous la Seconde République et défendit à la tribune de nombreux thèmes ayant trait aux droits de l'homme, qu'il avait déjà traités dans ses récits. Après le coup d'État de Louis-Napoléon Bonaparte, le 2 décembre 1852, et les émeutes qui suivirent, Hugo se rangea clairement du côté des insurgés. Sa tête fut mise à prix, et il dut fuir la France. Il se retrouva en exil dans les îles anglo-normandes de Jersey et Guernesey. Il ne revint en France qu'en 1870, après la chute de Napoléon III ! Ces vingt années, bien qu'éprouvantes, n'en furent pas moins productives. Toujours auteur et toujours publié, il devint avec *Les Châtiments*, le symbole de la résistance au Second Empire. C'est durant son exil également que parurent *Les Misérables* et *La légende des Siècles*, prouvant respectivement que sa veine narrative et mystique ne l'avait en aucun cas abandonné !

Son retour en France en 1870 fut un véritable triomphe, car il était devenu une sorte de légende. Ses dernières années furent donc remplies de gloire. Mais la tristesse aussi vint les ternir, par la mort de Juliette Drouet, après celle de ses fils. C'est dans ses petits-enfants qu'il trouva le réconfort, écrivant pour eux *L'art d'être grand-père*.

Il s'éteignit en 1885 et reçut des funérailles dignes d'un grand homme d'État : deux millions de personnes suivirent son cortège funèbre, avant son inhumation au Panthéon !

81 La littérature de guerre au XXe siècle

La littérature en prose sur la Première Guerre mondiale

Œuvres à retenir

- *Le Feu*, Henry Barbusse, 1916, roman
- *Les Croix de bois*, Roland Dorgelès, 1919, roman
- *À l'Ouest rien de nouveau,* Erich Maria Remarque, 1929, roman
- *Voyage au bout de la nuit*, Louis Ferdinand Céline, 1932, roman
- *Un long dimanche de fiançailles*, Sébastien Japrisot, 1991, roman
- *La chambre des Officiers*, Marc Dugain, 1998, roman
- *Au-revoir là-haut,* Pierre Lemaitre, 2013, roman

Panorama

La Première Guerre a fait, au niveau mondial, environ **neuf millions de morts** parmi les **soldats** et **sept millions** de morts parmi les **civils**. Elle laisse des millions de **veuves** et **d'orphelins**. On parle de **guerre totale** car elle a mobilisé la société entière : les soldats sur le **Front** mais également tous les **civils** à l'arrière.

Elle se définit également par de nouvelles stratégies de combat : la **guerre de position** fait que la guerre s'installe dans le temps, les soldats sont ainsi nommés les **Poilus** en référence aux barbes qui leur poussent et au manque d'hygiène qu'ils subissent dans les **tranchées** où ils doivent côtoyer les **rats**. Par là, cette guerre est une **guerre d'usure**. Les tentatives de **mutinerie** et d'**abandon de poste** sont punies de mort par le Conseil de guerre : les soldats rebelles sont **fusillés** par leur propre camp.

Les survivants de la Grande guerre eurent des **traumatismes** psychologiques tels que, pour une grande partie d'entre eux, la réinsertion dans la société civile fut extrêmement compliquée. On comptabilise environ six **millions de « Gueules cassées »** c'est-à-dire de soldats amputés d'un membre ou défigurés. À la fin de la guerre, tout est à reconstruire et la main d'œuvre manque alors que les productions ont été détruites et que les systèmes commerciaux sont à réorganiser.

Zoom sur les œuvres à retenir

Le Feu **d'Henry Barbusse,** écrit en 1916, est un roman à la première personne : le narrateur est un poilu imaginé par l'auteur qui tire de sa véritable expérience les terribles descriptions de la guerre de tranchée qu'il a vécue sur le front. Dans ce roman d'une réalité impressionnante, il donne à voir le véritable quotidien des combattants de la Grande Guerre.

> « Tac ! Tac ! Pan ! Les coups de fusil, la canonnade. Au-dessus de nous, partout, ça crépite et ça roule, par longues rafales et par coups séparés. Le sombre et flamboyant orage ne cesse jamais, jamais. Depuis plus de quinze mois, depuis cinq cents jours, en ce lieu du monde où nous sommes, la fusillade et les bombardements ne se sont pas arrêtés du matin au soir et du soir au matin. On est enterré au fond d'un éternel champ de bataille [...] »
>
> Extrait du *Feu* de Barbusse

Erich Maria Remarque est un écrivain allemand qui a participé à la Première Guerre mondiale : son roman ***À l'Ouest rien de nouveau*** est pacifiste, il raconte l'histoire d'un jeune Allemand qui se bat sur le front de l'ouest et poignarde un soldat français avec lequel il se retrouve dans un refuge, il est alors confronté à l'agonie de cet homme qu'il a tué. Le Français vient de mourir, le jeune Allemand prend alors ses affaires pour pouvoir écrire à sa famille comme il lui a promis et le portefeuille s'ouvre :

> « Il en tombe des portraits et des lettres. Je les ramasse pour les remettre en place ; mais la dépression que je subis, toute cette situation incertaine, la faim, le danger, ces heures passées avec le mort, ont fait de moi un désespéré ; je veux hâter le dénouement, accroître la torture pour y mettre fin, de même que l'on fracasse contre un arbre une main dont la douleur est insupportable, sans se soucier de ce qui arrivera ensuite.
> Ce sont les portraits d'une femme et d'une petite fille, de menues photographies d'amateur prises devant un mur de lierre. À côté d'elles il y a des lettres. »
>
> Extrait d'*À l'Ouest rien de nouveau*, A. M. Remarque

Louis Ferdinand Céline est médecin de profession et a vécu la Première Guerre mondiale. Dans ses romans, il en dénonce l'absurdité avec un style très personnel qui mêle la langue vulgaire et les recherches de style en créant un récit aux rythmes déconcertants et heurtés visant à brusquer le lecteur et à lui permettre de ressentir les émotions de l'auteur-narrateur.

Voyage au bout de la nuit raconte en effet l'histoire d'un jeune médecin nommé Ferdinand Céline qui s'engage dans la Première Guerre mondiale sans avoir mesuré la portée de son acte. Blessé, soigné puis réformé, il voyage et découvre les atrocités dont est capable l'homme ; au cours de son existence, il connaît entre autres expériences, la colonisation en Afrique, l'indigence aux États-Unis ou encore l'ennui en France. Sa vie va d'échec en échec. Ce livre frappe au cœur le lecteur tant par la manière d'écrire qui est novatrice en 1932 que par le fond de l'histoire emprunt d'un pessimisme noir.

> Serais-je donc le seul lâche sur la terre ? pensais-je. Et avec quel effroi !... Perdu parmi deux millions de fous héroïques et déchaînés et armés jusqu'aux cheveux ? Avec casques, sans casques, sans chevaux, sur motos, hurlants, en autos, sifflants, tirailleurs, comploteurs, volants, à genoux, creusant, se défilant, caracolant dans les sentiers, pétaradant, enfermés sur la terre, comme dans un cabanon, pour y tout détruire, Allemagne, France et Continents, tout ce qui respire, détruire, plus enragés que les chiens, adorant leur rage (ce que les chiens ne font pas), cent, mille fois plus enragés que mille chiens et tellement plus vicieux ! Nous étions jolis ! Décidément, je le concevais, je m'étais embarqué dans une croisade apocalyptique.
>
> Extrait de *Voyage au bout de la nuit*, F.F. Céline

***Un long dimanche de fiançailles* de Sébastien Japrisot** raconte l'enquête de Mathilde, une jeune femme handicapée à la jambe d'une volonté à toute épreuve. Pour retrouver son fiancé Manech, réquisitionné en 1917 dans les tranchées de la Somme, qui a disparu durant la guerre et que l'on dit mort, elle remue ciel et terre. Ce roman mêle plusieurs genres : le roman d'amour, le roman policer et bien sûr le roman historique. Il a été adapté au cinéma par **Jean-Pierre Jeunet** en 2004.

***La chambre des Officiers* de Marc Dugain** – dont vous trouverez un exercice de carnet de lecture à réaliser à la fiche suivante – est l'histoire de « gueules cassées », des hommes défigurés, notamment par les éclats d'obus, que l'on transporte à l'hôpital du Val-de-Grâce où l'on opère les grands blessés. Adrien, Pierre Weil, Henri de Penanster et Marguerite, infirmière mutilée sur le Front, en se liant d'amitié, essaient d'accepter leur nouveau corps et reprendre goût à l'existence mais les douleurs que leur procurent la réinsertion dans la vie « normale » et le regard des autres seront pour certains d'entre eux d'une trop grande violence. **François Dupeyron** a adapté ce roman au cinéma dans un film qui porte le même titre en 2001.

***Au-revoir là-haut* de Pierre Lemaitre** traite de la difficulté des Poilus à retrouver une place dans la société au retour de la guerre ainsi que des comportements humains capables du meilleur comme du pire lors de tels événements historiques : en effet, alors que dans le livre, Pradelle, un lieutenant assassine froidement d'une balle dans le dos deux de ses hommes pour faire croire à une offensive allemande, Édouard, un poilu, est défiguré par un éclat d'obus en sauvant son camarade Albert, enterré vivant. Cet ouvrage a également fait l'objet d'une adaptation cinématographique par le cinéaste **Albert Dupontel** en 2017.

Bien sûr, si nous devions aborder la poésie, il faudrait parler de Guillaume **Apollinaire** et de ses ***Calligrammes*** de 1918 sur les horreurs de la guerre. En peinture, l'Allemand **Otto Dix** en a montré les traumatismes dans des toiles aux techniques mixtes mêlant huile et collage comme ***Les Joueurs de skat*** de 1920 qui représente trois poilus défigurés par la guerre, les fameuses « **gueules cassées** ».

La littérature en prose de la Seconde Guerre mondiale

Œuvres à retenir

- *Inconnu à cette adresse*, Katherine Kressmann Taylor, 1938
- *Le Journal* d'Anne Franck
- *Si c'est un homme*, Primo Levi, 1947
- *Hiroshima mon amour*, scénario et dialogues du film, 1958, Marguerite Duras
- *L'ami retrouvé*, Fred Uhlman, 1971
- *La vague*, Todd Strasser, 1981
- *La Ferme des animaux*, George Orwell, 1984
- *L'Écriture ou la Vie*, Jorge Semprun, 1994
- *Elle s'appelait Sarah*, Tatiana de Rosnay, 2007

Panorama

La Seconde Guerre mondiale a été une guerre d'anéantissement : quatre-vingt douze millions d'hommes ont été mobilisés et il y eut entre cinquante et soixante millions de morts. On parle de **crimes contre l'humanité** quand on évoque la sauvagerie des responsables nazis et leur politique de déportation et d'extermination des Juifs lors de la Shoah. En plus des génocides juifs et tsiganes, les bombardements commis de façon massive, grâce notamment à la bombe atomique utilisée à l'occasion de cette guerre, ont tué des millions de civils. Les artistes vont être durablement marqués par l'empreinte des atrocités de cette guerre.

Zoom sur quelques œuvres à retenir

Dans son roman ***Si c'est un homme***, **Primo Levi**, qui a été déporté dans le camp de concentration d'Auschwitz, décrit la **déshumanisation** des prisonniers par les nazis : leur **numérotation** tels des objets, leur perte d'identité et de dignité, leur entassement, la séparation des familles, la violence, le froid, les immondices, la maltraitante psychologique et physique.

> « « Häftling : j'ai appris que je suis un Häftling. Mon nom est 174517 ; nous avons été baptisés et aussi longtemps que nous vivrons nous porterons cette marque tatouée sur le bras gauche. »
> [...] Il semble bien que ce soit là une véritable initiation : ce n'est qu' » en montrant le numéro « qu'on a droit au pain et à la soupe. Il nous a fallu bien des jours et bon nombre de gifles et de coups de poing pour nous habituer à montrer rapidement notre numéro afin de ne pas ralentir les opérations de distribution des vivres il nous a fallu des semaines et des mois pour en reconnaître le son en allemand. »
>
> Extrait de ***Si c'est un homme*** de Primo Levi

Jorge Semprun lui aussi est un déporté : il a été emmené par les nazis au **camp de Buchenwald**. Dans ***L'Écriture ou la Vie*** c'est sa propre histoire qu'il raconte. À la libération du camp par les Britanniques et les Américains, Jorge Semprun découvre la maigreur de son corps à travers leur regard :

> « Je me suis vu dans leurs yeux horrifiés pour la première fois depuis deux ans. Ils m'ont gâché cette première journée, ces trois zigues. Je croyais m'en être sorti, vivant. Revenu dans la vie, du moins. Ce n'est pas évident. À deviner mon regard dans le miroir du leur, il ne semble pas que je sois au-delà de tant de mort. »
>
> Extrait de *L'Écriture ou la vie*, J. Semprun

La Seconde Guerre mondiale a donné naissance à une littérature très dense et très variée : les deux œuvres décrites précédemment font le récit de l'expérience terrible des camps de la mort, d'autres œuvres, comme ***La vague* de Todd Strasser** ou encore ***La ferme des animaux* de George Orwell** traitent, elles, du **totalitarisme**. De même que les romans sur la Première Guerre mondiale ont donné lieu à des interprétations cinématographiques, de même, de nombreux romans sur la Seconde Guerre mondiale ont été adaptés au cinéma comme par exemple *La Vague* par Denis Gansel en 2008 et *Elle s'appelait Sarah* par Gilles Paquet-Brenner en 2010.

Au théâtre, **Ionesco** dans ***Rhinocéros*** invite les spectateurs à s'interroger sur l'instinct grégaire des foules et sur le processus de naissance puis de mise en place des systèmes totalitaires. **Anouilh** dans ***Antigone*** interroge lui les relations de l'homme au pouvoir et les poreuses frontières entre la politique du bien public et la dérive dictatoriale possible en incarnant les différents types de devoirs dans les personnages d'Antigone et de Créon (Confer Fiche sur le carnet de lecture *Antigone* d'Anouilh). Cependant, nous ne développerons pas davantage sur le théâtre dans ce chapitre et, de la même manière que nous n'avons pas abordé la poésie de la Première Guerre, nous ne développerons pas la poésie de la Seconde Guerre mondiale qui compte dans ses rangs **René Char**, **André Breton**, **Paul Éluard**, **Louis Aragon**, poètes ayant marqué le siècle par leur poésie engagée qui a apporté un soutien moral aux Français pendant la guerre et l'Occupation et a été une véritable arme de défense et de résistance.

82 Carnet de lecture sur *La chambre des officiers* de Marc Dugain

Travail en amont

Faites des recherches au CDI avant de commencer la lecture.

1. Quelles sont les **nations** qui s'opposent lors de la **Première Guerre mondiale** ?

2. Faites une recherche sur **l'hôpital du Val-de-Grâce** : où est-il ? Quels furent les blessés qui y furent soignés ? Existe-t-il encore aujourd'hui ?

3. Donnez les **dates clefs** de la guerre 14-18.

4. Qu'est-ce que la **Légion d'honneur** ?

5. Qui est **Clemenceau** ? Pourquoi le surnomme-t-on le Tigre ? Qu'a-t-il fait le 28 juin 1919 ?

6. Recherche lexicale. Trouvez la définition des mots suivants : **un fiacre, un aréopage, simiesque, une déflagration, une vareuse, un escadron, une débâcle, un biplan, une convalescence.**
Ces définitions faciliteront votre lecture.

7. Peinture et littérature. Quel passage du livre pourrait être la description du tableau d'**Otto Dix** intitulé ***Les joueurs de Skat*** de 1920 ?

Au fil de la lecture

1. Analyse à réaliser au fur et à mesure de la lecture.

- a. Que représente **Clémence** pour Adrien ? Pourquoi occupe-t-elle toutes ses pensées ?
- b. Exprimez votre point de vue sur l'**amitié** entre Bonnard et Adrien.
- c. Que ressentez-vous pour **Marguerite** à la fin du roman ?
- d. Comment réagit la **famille** d'Adrien ? Qu'en pensez-vous ?

2. Quel **personnage** vous a le plus marqué ? Pourquoi ?

3. Donnez votre **avis général** sur le livre en exprimant votre opinion personnelle et en illustrant vos arguments d'exemples précis.

Expression orale et expression écrite

Adaptez un passage du roman en scène de théâtre.

Seul, à deux ou trois, choisissez un passage du livre puis réécrivez-le sous forme de pièce de théâtre et préparez-vous à le jouer. Vous devrez être capable de situer correctement le passage avant de le jouer.

Le Nouveau Roman 83

Œuvres à retenir

- *L'ère du Soupçon*, Nathalie Sarraute, essai, 1956
- *Tropismes*, Nathalie Sarraute, roman, 1957
- *Le Vent*, Claude Simon, roman, 1957
- *La Jalousie*, Allain Robbe-Grillet, roman, 1957
- *La modification*, Michel Butor, roman, 1957
- *Planétarium*, Nathalie Sarraute, roman, 1959
- *La route des Flandres*, Claude Simon, roman, 1960
- *Pour un nouveau roman*, Alain Robbe-Grillet, essai, 1963
- *Problèmes du Nouveau Roman*, Jean Ricardou, essai, 1967
- *Enfance*, Nathalie Sarraute, autobiographie, 1983

Panorama

Il n'existe pas de manifeste du Nouveau Roman, appellation sous laquelle sont regroupés des **auteurs très différents** qui ont pour point commun, au lendemain de la Seconde Guerre mondiale, de **remettre totalement en cause les règles d'écriture du roman.**

Les auteurs du Nouveau Roman, Nathalie Sarraute, Jean Ricardou, Michel Butor ou encore Alain Robbe-Grillet, **défont le personnage** en le réduisant au strict minimum comme à une initiale sans identité par exemple et s'attaquent au sujet même du roman, **son histoire**, en revendiquant de n'en pas construire réellement. Ce qu'ils **refusent aussi catégoriquement c'est de faire de l'écriture un moyen d'action dans la cité ou le miroir d'une philosophie**, ils s'opposent ainsi à la conception du roman de Sartre et de Camus qui écrivent à la même époque.

Ainsi, ces romanciers font de l'écriture **un terrain d'expérience de l'écriture pour elle-même** à travers notamment des descriptions d'objets qui prennent une place dominante au sein du roman. Jean Ricardou résume ainsi le concept du Nouveau Roman : « *Ainsi le roman est-il pour nous moins l'écriture d'une aventure que **l'aventure d'une écriture**.* »

Zoom sur…

Natalie Sarraute

Dans ses romans, Nathalie Sarraute transcrit en quelque sorte **les conversations intérieures que sa pensée** lui offre sans cesse. Elle met sur la page, les **fluctuations de son être intime** qui dialogue avec lui-même et qui change de sentiments au gré des situations. Elle définit par le mot de **tropismes** tous **ces changements d'âme qui sont ressentis mais jamais dits et qui sont la réalité profonde de l'être** : c'est sur cela qu'il convient d'écrire pour elle et non plus sur des fictions mettant en scène des personnages à la manière de Balzac. Son but en écrivant est d'**explorer la vie de la pensée humaine**.

Enfance, Nathalie Sarraute, 1983

Enfance est un récit **autobiographique** dans lequel Nathalie Sarraute fait entendre **deux de ses voix intérieures : l'une interroge l'autre** pour lui permettre de toucher au plus juste son être profond. Elle permet ainsi au lecteur de lire ses pensées, ses angoisses, ses souvenirs d'enfance, en un mot elle met en scène son âme d'enfant qu'elle donne à voir nue comme filmée de l'intérieur d'elle-même.

La Modification, Michel Butor, 1957

Dans ce roman, le lecteur est plongé dans les pensées de Léon Delmont qui est installé dans la voiture d'un train en direction de Rome pour un voyage de vingt-et-une heures. Ayant décidé de quitter sa femme, le personnage part rejoindre sa maîtresse sans qu'elle le sache. Lors de ce voyage en train, nous sommes invités, nous lecteurs, à faire un voyage intérieur au sein de la pensée fluctuante du personnage qui s'interroge sur ses actions, se souvient d'événements passés, se projette dans le futur et laisse sa pensée vagabonder dans des lieux relevant du rêve.

La Jalousie, Alain Robbe-Grillet, 1957

La Jalousie d'Alain Robbe-Grillet répond aux codes du Nouveau Roman : le lieu de l'histoire n'est pas clairement identifié même si il est longuement décrit – il peut en effet s'agir de l'Afrique comme des Antilles – et les contours des trois personnages, Franck, Madame A sa voisine et le narrateur que le lecteur a tendance à considérer comme le mari de Madame A mais sans aucune certitude, sont difficiles à comprendre autant que les relations qui les lient, à l'image du soupçon de relation adultère qui plane au-dessus de Madame A et Franck, tous deux mariés. Ainsi, le lecteur lit l'histoire à travers les pensées du narrateur qui ne s'exprime qu'au présent d'une réalité immédiate sans prendre en considération une chronologie nette.

À retenir

Dans le Nouveau Roman, il n'y a **plus de personnage** décrit avec précision **ni même de véritable histoire** car l'objectif est de **casser les règles d'écriture traditionnelles** du roman et ainsi de ne plus suivre les exigences d'une écriture portant un message et revendiquée comme engagée ou humaniste. Les nouveaux romanciers nous donnent à voir **l'écriture en train de se faire**.

84 Carnet de lecture sur les *Douze nouvelles du monde contemporain, Regards sur le monde*, Belin-Gallimard

POUR CHAQUE QUESTION, VOUS CHOISIREZ UNE NOUVELLE DIFFÉRENTE.

1. Vous tenez un **blog littéraire** et souhaitez faire partager à vos lecteurs l'une de vos lectures : **rédigez la critique** d'une des nouvelles du recueil à **l'ordinateur** puis imprimez-la et collez-la dans votre carnet.

2. Réalisez la **page de couverture** d'une nouvelle. Vous **justifierez** vos choix sous votre production.

3. Choisissez un **personnage** dans une des nouvelles et faites sa **description** puis expliquez-en quoi il vous a marqué(e).

4. Trouvez une **œuvre d'art** à associer à un passage d'une des nouvelles ; imprimez une reproduction de cette œuvre, collez-la dans votre carnet, recopiez à côté le passage de la nouvelle qui vous a fait penser à cette œuvre et expliquez les rapports entre cette image et le passage avec lequel vous l'avez mise en relation.

5. Quelle a été **votre nouvelle préférée ?** Pourquoi ?

QUATRIÈME OBJET D'ÉTUDE : LE THÉÂTRE DU XVIIE AU XXIE SIÈCLE

Le vocabulaire du théâtre 85

Définitions

- Les **répliques** forment l'ensemble des paroles prononcées par les personnages sur scène. On parle d'une réplique quand la prise de parole du personnage n'est ni particulièrement courte, ni particulièrement longue.
- Les **tirades** sont de très longues répliques dans lesquelles un personnage fait par exemple un récit ou une démonstration rhétorique à un autre personnage qui l'écoute et sera amené à réagir.
- Le **monologue** est également une longue réplique, mais sa particularité réside dans le fait que le personnage qui le prononce est le plus souvent seul sur scène. Il exprime ainsi sa pensée et s'adresse en réalité au public seul.
- L'**aparté** est en général une réplique assez courte, insérée comme une parenthèse dans une conversation avec un autre personnage, mais que ce dernier, par la magie de la fiction théâtrale, n'entend pas. Ainsi, le personnage qui prononce l'aparté livre secrètement sa pensée au public, comme un commentaire direct de la conversation jouée sur scène.
- On appelle **stichomythies** des répliques très courtes échangées rapidement et en grand nombre par deux personnages (Pour parler de stichomythies, on doit observer un enchaînement d'au moins quatre ou cinq répliques de même brièveté).

Effets sur le lecteur

Les effets produits par ces différentes sortes de répliques sont relatifs à leur place dans la pièce (scène d'exposition, dénouement...), à l'importance du personnage qui les prononce (personnage principal, secondaire...) et bien sûr aussi au thème qui y est abordé (l'amour, la mort, la vengeance, le ridicule...). En revanche, en ce qui concerne la forme, chaque type de réplique défini plus haut peut être rattaché à un effet général, qu'il conviendra d'affiner en commentaire, par l'observation des circonstances particulières que l'on vient d'évoquer.

Ainsi, la forme de la **tirade** se prête particulièrement à la présentation d'une situation ou d'un personnage au début de la pièce, dans les scènes d'exposition. De même, elle permet à un personnage de faire à un autre le récit d'un événement qui s'est produit hors de la scène, soit pour des raisons de bienséance, soit parce qu'il s'agit d'un événement antérieur à la pièce. Enfin, elle peut donner à un personnage l'occasion de présenter une argumentation à caractère rhétorique pour chercher par exemple à se justifier ou à obtenir quelque chose.

Le **monologue** a pour effet immédiat de renseigner le public sur la pensée intime du personnage qui le prononce, sur son épaisseur psychologique : par exemple, une passion dévorante, un défaut ridicule, un grand amour... Dans une tragédie, cela peut être l'occasion de montrer l'étendue du désespoir d'un personnage, avec une forte tonalité pathétique. Dans une comédie, cela peut être l'occasion de mettre en lumière le défaut d'un personnage avec un très gros effet comique.

L'**aparté** quant à lui, crée une connivence entre le personnage qui le prononce et le public auquel il s'adresse exclusivement, tout cela au détriment de l'autre personnage présent sur scène avec lui. On en trouve surtout dans les comédies, car ils peuvent avoir un effet comique assez fort.

Les **stichomythies** ont pour effet de rendre palpable une certaine tension entre deux personnages. C'est une joute verbale au cours de laquelle ils se renvoient des « piques » langagières comme ils pourraient échanger des coups, le tout très souvent sans qu'aucun accord ne puisse être trouvé. C'est une sorte de dialogue de sourds, mettant en évidence un nœud *a priori* impossible à dénouer.

- La **didascalie** est une indication scénique, écrite en italique dans un texte imprimé. Elle est destinée au metteur en scène et aux comédiens, et n'est pas déclamée sur scène. Elle renseigne les professionnels du théâtre sur le lieu, les costumes, les décors, les accessoires, ou encore les gestes, les mimiques et les divers tons de voix qui doivent être utilisés. Elle peut également signaler un aparté.
- On parle de **didascalie interne** lorsque la réplique prononcée par un personnage donne une information d'ordre logistique, sur un geste par exemple.
- La liste des personnages donnée au début de la pièce, avec éventuellement des précisions pour chacun d'eux, est appelée la **didascalie initiale**.

Effets sur le lecteur

La présence plus ou moins abondante des didascalies renseigne sur la précision voulue par l'auteur pour la mise en scène. Elles servent à créer une ambiance, à convoquer un univers précis et peuvent aussi renforcer les effets comiques ou tragiques. Dans les pièces classiques, elles sont « raisonnablement » utilisées, tandis qu'au XVIIIe et au XIXe siècles, des dramaturges comme Beaumarchais ou Victor Hugo iront jusqu'à écrire des pages entières de didascalies, et même parfois faire des croquis pour encore plus de précision !

Tragédie au XVIIe siècle : naissance du classicisme

86

La rencontre entre les tragédies antiques et les auteurs du XVIIe siècle contribue à l'avènement d'un nouveau mouvement littéraire et artistique : le classicisme. Essentiellement déclinées dans la tragédie, les règles qui le régissent sont très strictes. Elles ont pour ambition de conjuguer la perfection et le vraisemblable.

Termes clés et problématiques

- Après le Baroque, dont l'esthétique consacrait la variété, le foisonnement et la liberté, allant jusqu'au refus des règles, le **Classicisme** fait triompher la régularité, la mesure et le retour aux thèmes antiques.
- Avec **les règles de bienséance** et de **vraisemblance**, la **règle des trois unités** assure l'efficacité dramatique d'une pièce classique : l'action doit se dérouler en vingt-quatre heures (**unité de temps**), dans un seul lieu (**unité de lieu**), et se concentrer sur une intrigue essentielle, dont le nœud sera dénoué dans les dernières scènes (**unité d'action**).
- Les œuvres de **Corneille** le situent entre Baroque (*L'Illusion comique*) et Classicisme (*Le Cid*) ; mais c'est incontestablement **Racine** qui est le maître de la tragédie classique.
- Comment les tragédies classiques articulent-elles les règles du genre, formalisées par les académiciens, et l'exigence suprême de plaire aux spectateurs ? Quel rapport le dramaturge classique entretient-il avec le pouvoir ?

Panorama

La création de **l'Académie française** par **Richelieu** en **1634** donna le premier souffle du **classicisme**. Il s'agissait d'élever le français au rang noble qu'avait toujours occupé le latin, langue des savants. Soutenus par le pouvoir, de nombreux grammairiens s'attachèrent à formaliser les règles d'une langue qu'ils voulaient précise, élégante et rayonnante. Concurrencer ne signifiant pas effacer, les théoriciens du Classicisme comme Chapelain, d'Aubignac ou encore Boileau, puisaient volontairement dans les modèles grec (la *Poétique* d'Aristote[1]) et latin (l'*Art Poétique* d'Horace[2]) pour définir les règles du théâtre. Ce mouvement s'épanouit véritablement dans la deuxième moitié du siècle. Mêlant célébration du pouvoir et amour de la perfection, il fit triompher dans l'art la règle et la mesure. **Plaire** et **instruire**, **imiter le réel** sont les autres grands principes qui animaient, ou devaient animer les artistes. Le Classicisme ayant marqué tout le siècle, on retrouve son influence dans les châteaux et leurs célèbres « jardins à la française » conçus, pour les plus illustres, par l'architecte Le Vau et le jardinier Le Nôtre. Les beaux-arts également ont leurs œuvres classiques. En peinture, ce sont celles de Lebrun, Mignard, Poussin, Le Lorrain, ou Philippe de Champaigne. Pour la sculpture, on retient surtout Coysevox, Girardon et Puget. En musique, Charpentier et Lully font référence.

Née dans la Grèce antique au Ve siècle avant J.-C., puis reprise par les Romains, la **tragédie** est le genre noble par excellence. Dans l'esprit des anciens, elle surpassait de beaucoup la comédie. Les représentations théâtrales avaient lieu lors des fêtes religieuses. Dans sa *Poétique,* Aristote définit le genre tragique comme l'outil essentiel de la **catharsis** : la purgation des passions. Par leurs fautes et par leurs malheurs, les personnages doivent susciter l'effroi et la pitié des spectateurs. Ces derniers sont exhortés à réfléchir à leur propre condition, en voyant sur scène les conséquences terribles des fautes commises par les personnages…

Héritières des pièces antiques, les tragédies françaises du XVIIe siècle en reprennent les **ingrédients essentiels** :

- **Personnages de haut rang** : ils sont de sang divin, royal ou aristocratique. Ils sont Grecs, Romains ou orientaux, jamais français. **Leurs caractères sont constants**.
- **Fin catastrophique et inévitable**.

Elles obéissent aussi aux règles définies par les théoriciens du Classicisme :

- **Vraisemblance** : la pièce doit être crédible et l'on doit pouvoir s'identifier aux personnages.
- **Bienséance** : pas de grossièreté ni de violence sur scène. Tout cela n'est rapporté qu'indirectement, par la narration d'un messager.

1. Aristote, philosophe grec du IVe siècle avant Jésus-Christ. Disciple de Platon et précepteur d'Alexandre le Grand.
2. Horace, poète latin du Ier siècle avant J.-C.

- **L'intrigue** est **simple**, basée sur **un conflit tragique** : héros écartelés entre leurs intérêts personnels et l'intérêt commun, entre honneur et passion, amour et devoir...
- L'action se déroule en **un jour**, qui concentre à lui seul toute l'intensité tragique.
- La scène se tient dans **un seul lieu** central et neutre, par exemple l'entrée d'un palais.

Les trois derniers points forment **la règle des trois unités**, résumée par Boileau dans cette belle formule :

> « Qu'en un lieu, qu'en un jour, un seul fait accompli
> Tienne jusqu'à la fin le théâtre rempli[1] »

Zoom sur...

Racine, *Andromaque* (1667)

Les principaux personnages :

Grecs	Troyens
Pyrrhus, roi d'Épire, fils d'Achille **Hermione**, fiancée officielle de Pyrrhus **Oreste**, fils d'Agamemnon, messager des Grecs, amoureux d'Hermione	**Andromaque**, veuve d'Hector (**Astyanax**, tout jeune fils d'Andromaque et d'Hector, n'apparaît pas sur scène, mais forme l'objet de l'intrigue)

Cette tragédie en cinq actes et en vers se déroule dans une époque reculée : juste après la guerre de Troie qui vit les grands héros de l'Antiquité se livrer un combat à mort. Au terme de dix ans de siège, grâce à la ruse d'Ulysse, les Grecs ont fini par anéantir Troie en une nuit. Beaucoup de Troyens ont été massacrés, mais il restait des femmes et des enfants, que les Grecs ont ramenés chez eux comme captifs. Parmi ceux-ci se trouvaient Andromaque et Astyanax, l'épouse et le fils du prince Hector. Ce dernier avait été tué en combat singulier par Achille, qui avait ensuite traîné sa dépouille autour des remparts de Troie... La pièce de Racine commence en Épire, chez le propre fils d'Achille, Pyrrhus, qui a reçu cette belle veuve en partage et en est tombé amoureux. Mais Andromaque n'est animée que par la haine des Grecs et la fidélité à son défunt mari...

1. Nicolas Boileau (1636-1711) *L'Art Poétique*, chant III.

Résumé

Oreste arrive chez Pyrrhus, porteur d'un message officiel des Grecs, mais caressant l'espoir secret de repartir avec Hermione qu'il aime depuis toujours alors qu'elle est fiancée à Pyrrhus. Il réclame au nom des Grecs la mort du petit Astyanax. On craint en effet de voir ressusciter un jour en lui la fougue d'Hector. Pyrrhus, y voit un moyen d'être enfin agréable à Andromaque. Il lui promet donc de sauver son enfant si elle accepte de l'épouser. La veuve d'Hector finit par s'y résoudre, tout en méditant secrètement de s'éliminer aussitôt le mariage conclu.

Hermione, en apprenant la noce prévue, devient ivre de jalousie. Elle jure alors à Oreste de s'enfuir avec lui s'il tue Pyrrhus juste après le mariage. Oreste, horrifié mais fou d'amour, s'exécute à contrecœur. C'était sans compter les contradictions d'Hermione : celle-ci, pour toute récompense, se suicide devant le corps de Pyrrhus, qu'elle n'a jamais cessé d'aimer. Quant à Andromaque, délivrée par la mort de Pyrrhus, elle appelle contre toute attente ses nouveaux sujets à venger son nouvel époux. Oreste est désespéré. Il perd la raison, pris par la folie que les déesses de la vengeance réservent aux meurtriers.

Une tragédie classique

Dans cette pièce de Racine, qui fut son plus grand succès, les règles essentielles du classicisme se trouvent parfaitement respectées.

Le thème antique est puisé dans les ouvrages grec[1] et latins[2], dont Racine avait une connaissance quasi parfaite. Il adapte librement les mésaventures d'Andromaque pour respecter la vraisemblance et la bienséance conformes aux goûts de son époque. La pièce n'excède pas vingt-quatre heures et se déroule dans un seul lieu : « *une salle du palais de Pyrrhus* ». L'intrigue est simple, elle réside dans une cascade amoureuse sans aucune réciprocité possible : Oreste aime Hermione, qui aime Pyrrhus, qui aime Andromaque, qui aime Hector, qui est mort ! L'affection d'Andromaque se reporte sur son fils Astyanax, pour qui elle est prête à tout. Une seule question va mettre en mouvement cette cascade tragique et placer chaque personnage devant son destin : Faut-il livrer Astyanax aux Grecs ? Andromaque répond « Non » en acceptant d'épouser Pyrrhus. C'est ainsi qu'elle déclenche, en quelque sorte, la « machine infernale ». Contrairement à ce que pourraient faire croire, à première vue, les détours pris par les personnages, leurs caractères sont

1. Source grecque : *Andromaque* d'Euripide (Ve siècle av. J.-C.).
2. Sources latines : l'*Énéide* de Virgile (Ier siècle av. J.-C) et la *Troade* de Sénèque (Ier siècle après J.-C.).

bien constants, ce qui contribue à les inscrire dans les règles du théâtre classique. En effet, Pyrrhus et Oreste n'existent que par l'amour qu'ils portent respectivement à Andromaque et Hermione. Cela cause leur perte à tous deux. Les femmes, elles, sont plus complexes, mais obéissent aussi à une logique unique. Hermione est dévorée intérieurement par la passion qu'elle éprouve pour Pyrrhus. Cela la conduit à manipuler Oreste pour ourdir une vengeance qu'elle ne souhaite pas vraiment et qui la perdra aussi. Andromaque, elle, incarne jusqu'au bout le devoir conjugal. C'est ce principe qui guide toutes ses actions : d'abord le rejet de Pyrrhus – en mémoire d'Hector – ; ensuite la promesse de l'épouser pour protéger Astyanax ; et enfin, veuve pour la seconde fois, l'appel à venger ce nouveau mari qui a permis de sauver son fils.

À retenir

Tous ces personnages illustrent le **conflit tragique**. Le **devoir** leur dicte des décisions sages mais terribles pour eux-mêmes, et la **passion** les pousse le plus souvent à commettre l'irréparable. Ils ne sont donc **ni parfaitement innocents**, **ni tout à fait coupables** et peuvent s'attirer par là la **compassion** des spectateurs, opérant ainsi la purgation des passions, chère aux anciens : la **catharsis**.

87 Le registre tragique

Définitions

Le **registre tragique** – ou la tonalité tragique – est l'ensemble des procédés stylistiques qui tendent à donner un ton tragique à un texte. Il y a donc une insistance sur la **grandeur des personnages**, qui se traduit par l'utilisation fréquente du **vouvoiement** et par **l'absence totale de mots vulgaires ou familiers**. De même, on trouve une mise en exergue[1] de la **fatalité inhérente[2] à leurs malheurs** à travers les procédés suivants : **champ lexical** de la **mort**, du **destin**, du **malheur**, du **désespoir** ; **apostrophes** (interpellations) ; **interjections** ; **exclamations**.

Effets sur le lecteur

Le registre tragique reposant majoritairement sur des champs lexicaux, ces derniers peuvent évidemment être utilisés dans le cadre d'autres figures de style (par exemple : **synecdoques**, **métaphores**, **antithèses**, **hyperboles**...) qui ont pour effet de renforcer encore la tonalité du texte.

Le registre tragique a pour effet de susciter **la terreur et la pitié du spectateur** devant le destin « majestueusement terrible » des personnages.

Exemples

Dans la *Bérénice* de Racine (acte IV, scène 5), le personnage éponyme exprime sa douleur devant l'empereur Titus, qui doit se résoudre à l'abandonner malgré l'amour qu'ils ont l'un pour l'autre. Cette scène, dont voici des extraits choisis, mêle les tonalités tragique et pathétique. Elle met en avant la souffrance liée au renoncement amoureux, et la fatalité – ici la raison d'État – qui s'apprête à broyer leur bonheur sans qu'ils ne puissent rien faire contre.

1. Mise en exergue : mise en lumière
2. Inhérent à : lié intrinsèquement à, faisant partie de

« BÉRÉNICE
[...]
Je n'écoute plus rien ; et **pour jamais**, adieu.
Pour jamais ! Ah, **Seigneur**, songez-**vous** en **vous**-même
Combien ce mot **cruel** est **affreux** quand on aime ?
Dans un mois, dans un an, comment **souffrirons-nous**,
Seigneur, que tant de mers me **séparent** de **vous** ?
[...]
TITUS
Je n'aurai pas, **Madame**, à compter tant de jours.
J'espère que bientôt la **triste** Renommée
Vous fera confesser que **vous** étiez aimée.
Vous verrez que Titus n'a pu, sans **expirer**...
BÉRÉNICE
Ah ! Seigneur, s'il est vrai, pourquoi nous séparer ?
[...]
TITUS
Hélas ! Que vous me déchirez !
BÉRÉNICE
Vous êtes empereur, **Seigneur**, et vous **pleurez** ! »

88 Biographie : Pierre Corneille (1606-1684)

Auteur à la fois baroque et classique, Corneille est surtout célèbre pour avoir dépeint avec brio le dilemme héroïque entre amour et devoir. Paradoxalement, sa vie privée est d'une banalité presque décevante au regard des personnages qu'il a créés.

Œuvres à retenir

- *L'Illusion Comique* (1636), comédie
- *Le Cid* (1637), tragi-comédie
- *Horace* (1640), tragédie
- *Cinna* (1641), tragédie
- *Polyeucte* (1642), tragédie
- *Nicomède* (1651), tragédie
- *Suréna* (1674), tragédie

Panorama

Pierre Corneille naquit à Rouen en 1606 dans une famille de la petite bourgeoisie. Il reçut une instruction classique dans un collège tenu par les Jésuites. À dix-huit ans, après de brèves études de droit, il devint avocat au Parlement de Rouen. Mais son goût personnel le porta assez vite vers l'écriture théâtrale. Ainsi à seulement vingt-trois ans, il fit représenter sa première comédie, *Mélite*, au théâtre du Marais à Paris : ce fut un triomphe ! Dans les années suivantes, il écrivit plusieurs autres comédies, dont *L'Illusion comique*.

Son succès le plus éclatant fut celui du ***Cid* (1637)**. Dans cette tragi-comédie il peignait avec génie le dilemme éternel entre amour et devoir. Mais comme il arrive souvent, cela lui attira bon nombre de jalousies. Elles furent d'une telle ampleur que l'on tient aujourd'hui « **la querelle du *Cid*** » pour un événement majeur de l'histoire littéraire. Des hommes comme Scudéry ou Chapelain, éminentes figures soutenues par Richelieu, lui reprochèrent notamment d'avoir pris trop de libertés avec les règles du genre tragique. Mais si les savants firent les fines bouches, le public fut unanime. Le roi, quant à lui, décida d'anoblir Corneille.

S'en suivit une période féconde, durant laquelle il donna ses autres pièces les plus célèbres : *Horace*, *Cinna* et *Polyeucte*. Auréolé de succès, il fit en 1647 son entrée à l'Académie française. Malheureusement quatre ans plus tard, sa nouvelle tragédie, *Pertharite*, connut un échec cuisant. Cela le poussa à se retirer temporairement du théâtre pour se concentrer sur une écriture plus mystique, aujourd'hui moins célèbre.

La décennie suivante fut cruelle pour Corneille car elle lui révéla qu'il plaisait de moins en moins. C'est à la fin de l'année 1670 qu'il eut à subir la pire humiliation. Quand il créa *Tite et Bérénice*, elle fut tout simplement éclipsée par une autre *Bérénice* traitant du même sujet, présentée huit jours plus tôt par le jeune et fringant Jean Racine… Peu de temps après, Corneille mit définitivement fin à sa carrière théâtrale.

Quelques-unes de ses pièces furent néanmoins reprises à la cour et dans l'Europe entière. Ainsi lorsqu'il mourut le 1er octobre 1684, il jouissait finalement d'une immense réputation.

89 Biographie : Racine (1639-1699)

Auteur d'une seule comédie tombée dans l'oubli, Racine est surtout le maître de la tragédie classique, qu'il a portée à la perfection dans la plupart de ses œuvres. Peintre des passions humaines, il les met à nu dans ce qu'elles ont d'effroyable, de sublime et d'intemporel.

Œuvres à retenir

- *La Thébaïde* (1664), tragédie
- *Alexandre le Grand* (1665), tragédie
- *Andromaque* (1667), tragédie
- *Britannicus* (1669), tragédie
- *Bérénice* (1670), tragédie
- *Iphigénie* (1674), tragédie
- *Phèdre* (1677), tragédie
- *Esther* (1689), tragédie
- *Athalie* (1691), tragédie

Panorama

C'est en 1639, à La Ferté-Milon, que naquit Jean Racine. Orphelin dès l'âge de quatre ans, il passa son enfance auprès de sa grand-mère qui était très proche des milieux jansénistes. Aussi son éducation se trouva-t-elle assurée par les « Messieurs de Port-Royal », fervents adeptes de l'évêque flamand Jansenius. Le jeune homme reçut donc une formation empreinte de la vision désespérée de l'Homme, propre aux Jansénistes ; mais également un excellent enseignement en latin et plus encore en grec. Tout cela marqua indéniablement son œuvre.

Après son passage à Port-Royal, Racine commença à Paris une vie mondaine autant que littéraire. Mais ses premiers écrits théâtraux furent refusés. À vingt-deux ans, rattrapé par ses maîtres de Port-Royal qui voyaient d'un mauvais œil sa vie de « distraction », il fut envoyé chez son oncle, vicaire général d'Uzès. Le but de ce séjour était de faire entrer le jeune homme dans le rang ecclésiastique. Mais très vite, l'ennui poussa Racine à regagner Paris, consommant ainsi sa rupture avec Port-Royal.

Ce fut alors le temps des premiers succès poétiques. Cela lui valut l'honneur, à vingt-quatre ans, d'être présenté à Louis XIV. Dans cet élan, il put faire jouer sa *Thébaïde*, par la troupe de Molière. Mais il ne tarda pas à faire un drôle de tour à ce dernier. En effet, quelques jours après la première représentation de sa seconde tragédie, *Alexandre le Grand*, par les comédiens de Molière, il remit brusquement la pièce à leurs rivaux de l'hôtel de Bourgogne, jugés moins vulgaires pour jouer de la tragédie. Il n'avait pas pris la peine de prévenir directement Molière ! Dès ce moment, les deux auteurs furent brouillés... Par ailleurs, à la même époque, Corneille vieillissant signifia assez sèchement à Racine que son travail était médiocre... Les trois génies du théâtre n'étaient pas faits pour partager la gloire !

Le véritable triomphe vint pour Racine en 1667, avec la représentation d'*Andromaque*. La décennie qui suivit fut extrêmement féconde sur le plan théâtral, reflétant peut-être la vie sentimentale de l'auteur. D'abord amoureux fou de la splendide Du Parc, pour laquelle il avait écrit le rôle d'Andromaque, il brûla ensuite pour la tragédienne Champmeslé, dont l'excellence recueillait tous les suffrages. Racine produisit alors ses plus grandes tragédies : *Britannicus*, *Bérénice*, *Bajazet*, *Mithridate* et *Iphigénie*. L'année 1677 mit un coup d'arrêt à sa fièvre théâtrale, puisque l'échec de *Phèdre* le conduisit à suspendre momentanément sa production tragique.

Il n'en était pas moins comblé d'honneurs et devint, avec Boileau, historiographe du roi, ce qui fit de lui un véritable courtisan. Bien plus tard, Mme de Maintenon dont il s'était attiré les bonnes grâces, lui demanda d'écrire des pièces pour ses demoiselles de Saint-Cyr. Ce fut donc pour Racine, à cinquante ans, le retour au théâtre qu'il avait délaissé depuis douze ans. Mais il s'agissait de proposer des tragédies bibliques et morales : *Esther*, puis *Athalie*.

Marié depuis de nombreuses années, autant dire assagi, Racine termina sa vie auprès de son épouse et de ses nombreux enfants, tout en retrouvant la fidélité aux maîtres jansénistes de sa jeunesse. Il mourut en 1699, après avoir demandé à être inhumé à Port-Royal.

90 Commentaire composé d'un extrait de *Bérénice* de Racine

Texte commenté : Racine, *Bérénice*, acte IV scène 5 (voir fiche suivante)

Plan détaillé

Problématique

En quoi cette tirade fait-elle de Bérénice un personnage tragique ?

I. Un personnage qui se débat dans l'agonie d'une passion contrariée

a. Entre tentatives d'amadouer son amant...

b. Et accusations

II. Un personnage qui souffre face à l'inéluctable

a. Une tirade pathétique...

b. Où se dessine la fatalité toute puissante

Exemple rédigé

La plupart des tragédies classiques donnent à voir la mort de personnages toujours plus ou moins responsables de leur malheur, même si celui-ci est de toute façon décidé par une force qui les dépasse : le destin. Avec *Bérénice* (1670), Racine introduit une nouveauté dans le genre qui a pu lui être reprochée par certains : ses héros ne meurent pas, mais après s'être aimés avec bonheur, ils voient leur passion sacrifiée à la raison d'État. D'aucuns n'ont pas manqué de voir un lien entre les amours malheureuses de l'empereur de Rome et celles du jeune Louis XIV, qui dut se séparer de la charmante Marie Mancini, nièce de Mazarin, pour une raison similaire. Le texte étudié ici, issu de l'acte IV, scène 5, présente une tirade de Bérénice, dans laquelle elle répond à Titus qui vient de lui annoncer officiellement la nécessité de leur rupture. Nous nous demanderons dans quelle mesure ses paroles font d'elle un personnage tragique. Pour cela nous verrons tout d'abord qu'elle se débat dans l'agonie d'une passion contrariée. Ensuite nous observerons sa souffrance face à l'inéluctable.

Dans un premier temps, nous pouvons remarquer que Bérénice apparaît comme un personnage se débattant dans l'agonie d'une passion contrariée. Son discours oscille entre deux attitudes opposées.

D'un côté, elle tente d'amadouer son amant pour trouver une échappatoire à leur séparation. Cela est particulièrement palpable dans l'enchaînement de trois vers qui forment une seule et même phrase : « Que le jour recommence et que le jour finisse, / Sans que jamais Titus puisse voir Bérénice, / Sans que de tout le jour je puisse voir Titus ? » (v. 13 à 15). Le premier de ces trois vers est formé d'un parallélisme de construction, ainsi que d'une antithèse entre « recommence » et « finisse ». Cette tournure soignée évoque l'enchaînement des jours, en montrant que la séparation ne serait supportable ni le matin, ni le soir. Il s'agit là de dire l'absurdité qu'il y aurait pour eux à vivre éloignés. Les deux autres vers ont la spécificité de présenter un chiasme, c'est-à-dire un croisement, entre les mots désignant les deux amoureux. En effet, le vers 14 nomme d'abord Titus, puis Bérénice ; le vers 15 fait l'inverse en évoquant Bérénice avec le « je », puis en nommant ensuite Titus. On peut interpréter une telle construction poétique par la volonté de créer un nœud entre les deux personnages, comme s'il était possible d'éviter leur rupture en enchaînant entre eux les mots par lesquels ils sont désignés. Par ailleurs, la reine de Judée appelle l'empereur « Seigneur » (v. 9 et 12), à deux reprises. Cette apostrophe très respectueuse, contrairement à la première de la tirade, révèle sans doute moins la déférence due au souverain, que la volonté de flatter l'amour-propre de son amant. Il y a peut-être là une tentative de séduction désespérée...

D'un autre côté, Racine fait prononcer à son personnage des mots profondément accusateurs. On peut relever par exemple les adjectifs dépréciatifs par lesquels Titus est qualifié au début et à la fin de la tirade : « cruel » (v. 1) et « ingrat » (v. 17). Lexique typique de la déception amoureuse, ces mots semblent avoir pour but de faire peser sur Titus toute la culpabilité de la séparation. De même, Bérénice l'accuse en utilisant une synecdoque : « Que cette même bouche[...] / Cette bouche [...] / M'ordonnât elle-même une absence éternelle » (v. 3-5-6). La figure consistant à désigner le tout, à savoir Titus, par la partie, sa bouche, met cette dernière en exergue et rappelle qu'elle avait prononcé « mille serments » (v. 3). La bouche évoque aussi bien sûr les baisers donnés. Cette tournure rend très graves les paroles de Bérénice : elle traite indirectement l'empereur de parjure, et sous-entend ainsi que l'amour qu'il lui portait était peut-être factice. Enfin, le dernier vers de la tirade donne à voir un nouveau chiasme, construit entre les deux hémistiches, et croisant les termes « longs » et « moi » d'un côté, avec « lui » et « courts » de l'autre : « Ces jours si longs pour moi lui sembleront, trop courts » (v. 19). Les deux adjectifs se répondent l'un l'autre, de même que les deux pronoms personnels. Il s'agit cette fois, non de créer un lien, mais au contraire d'établir une opposition entre les amants. La figure de style permet ici de fustiger l'indifférence de Titus, en sous-entendant que lui se remettra très rapidement de leur rupture, tandis qu'elle-même en souffrira éternellement. Il est intéressant de remarquer que ce chiasme répond en quelque sorte à celui relevé plus haut (v. 14-15), en mettant en lumière la contradiction de Bérénice, qui accuse avec violence, après avoir cherché à amadouer. On a donc bien là un personnage qui se débat entre des sentiments contradictoires, générés par la souffrance d'un amour contrarié.

Dans un second temps, il semble intéressant de noter la souffrance de Bérénice face à l'inéluctable.

En effet, comme tout personnage tragique, Bérénice éprouve une véritable douleur qui donne à ses paroles une forte tonalité pathétique. La tirade commence par l'interjection « Eh bien ! » (v. 1), plaçant d'emblée l'ensemble du texte sous le vocable de l'amertume et de la déception. De plus, dans la phrase exclamative : « Mais quelle est mon erreur, et que de soins perdus ! » (v. 16), le personnage laisse éclater la douleur cuisante d'une femme abandonnée et désespérée. Enfin, plusieurs mots disséminés tout au long du texte font apparaître un champ lexical de la souffrance : « cruel » (v. 1 et 10) ; « affreux » (v. 10) ; « séparent » (v. 12) ; « absence » (v. 6 et 18) ; « adieu » (v. 18). À travers ces termes sont évoqués le deuil de la relation amoureuse ainsi que la solitude à laquelle Bérénice est vouée. Tout cela contribue donc à la rendre particulièrement pathétique.

Enfin, dans cette tirade, se dessine l'ombre d'une fatalité toute puissante. De même que pour la souffrance, le champ lexical de l'inéluctable habite le texte avec des termes forts : « éternelle » (v. 6) ; « pour jamais » (v. 8 et 9) ; « jamais » (v. 14). Ces mots désignent un infini tout puissant et laissent entendre que la force par laquelle les amants vont être séparés est aussi indomptable que la mort. Il s'agit en l'occurrence de la raison d'État, personnifiée, dans le reste de la pièce, par la volonté du Sénat Romain imposée à Titus lui-même. Par ailleurs, en dépit de la colère et de l'énergie du désespoir manifestées par Bérénice, il est à noter que dès le deuxième vers, elle s'écrie : « Je ne dispute plus » (v. 2). La tournure négative de cette phrase sonne comme une reddition devant un ennemi trop puissant : la fatalité. Bérénice paraît trop faible face à cette sorte d'étau qui vient inéluctablement briser son bonheur.

Ainsi, cette tirade fait de Bérénice un personnage tragique, car elle vit une passion qui, pour avoir été heureuse un temps, se trouve néanmoins vouée à un échec très proche. La souffrance qui en découle la rend pathétique et en fait une victime de cette fatalité s'acharnant avec force sur tous les personnages de tragédies classiques. Il est intéressant de remarquer que même sans mort physique, puisque le malheur des personnages résidera dans leur séparation définitive, le thème d'un destin tout puissant s'acharnant sur les hommes, reprend les règles édictées par Aristote dans l'Antiquité. Il trouve également un écho dans les mots par lesquels Jean Cocteau introduisit au XXe siècle *La Machine infernale* (1934), tragédie dans laquelle il réexplorait l'ancien mythe d'Œdipe : « Regarde, spectateur, remontée à bloc, de telle sorte que le ressort se déroule avec lenteur tout le long d'une vie humaine, une des plus parfaites machines construites par les dieux infernaux pour l'anéantissement mathématique d'un mortel ».

Prolongement sur la tragédie 91

Bulletin Officiel

> Le nouveau programme préconise d'étudier « un groupement de textes complémentaires destinés, par un travail de lecture comparée, à enrichir et préciser l'interprétation de l'une ou l'autre des œuvres étudiées. »

Question

En quoi ces trois textes illustrent-ils la passion tragique ?

Corpus

Texte 1 : Racine, *Andromaque* (1667), Acte IV, scène 5

Texte 2 : Racine, *Bérénice* (1670), Acte IV, scène 5

Texte 3 : Racine, *Phèdre* (1677), Acte I, scène 3

Texte 1 : Racine, *Andromaque* (1667), Acte IV, scène 5

Après avoir été officiellement fiancée à Pyrrhus, Hermione a été délaissée au profit de sa rivale, la captive troyenne Andromaque (cf. fiche 86). Sans cesse tourmentée entre un désir de vengeance et l'amour violent qu'elle éprouve encore pour Pyrrhus, la princesse grecque laisse éclater son amertume devant cet homme qui se défend de l'avoir abandonnée, arguant qu'elle ne l'a jamais vraiment aimé…

HERMIONE

Je ne t'ai point aimé, cruel ? Qu'ai-je donc fait ?
J'ai dédaigné pour toi les vœux de tous nos princes ;
Je t'ai cherché moi-même au fond de tes provinces ;
J'y suis encor, malgré tes infidélités,
Et malgré tous mes Grecs honteux de mes bontés.
Je leur ai commandé de cacher mon injure ;
J'attendais en secret le retour d'un parjure ;
J'ai cru que tôt ou tard, à ton devoir rendu,
Tu me rapporterais un cœur qui m'était dû.
Je t'aimais inconstant, qu'aurais-je fait fidèle ?
Et même en ce moment où ta bouche cruelle
Vient si tranquillement m'annoncer le trépas,
Ingrat, je doute encor si je ne t'aime pas.
Mais, Seigneur, s'il le faut, si le ciel en colère

Réserve à d'autres yeux la gloire de vous plaire,
Achevez votre hymen, j'y consens ; mais du moins
Ne forcez pas mes yeux d'en être les témoins.
Pour la dernière fois je vous parle peut-être.
Différez-le d'un jour, demain, vous serez maître...
Vous ne répondez point ? Perfide, je le vois :
Tu comptes les moments que tu perds avec moi !
Ton cœur, impatient de revoir ta Troyenne,
Ne souffre qu'à regret qu'un autre t'entretienne.
Tu lui parles du cœur, tu la cherches des yeux.

Texte 2 : Racine, *Bérénice* (1670), Acte IV, scène 5

Reine de Judée et depuis longtemps maîtresse du nouvel empereur romain Titus, Bérénice se voit congédiée par son amant, à cause de la raison d'État qui veut qu'aucune reine ne devienne impératrice des Romains. Elle répond ici à Titus qui vient de lui confirmer leur rupture inévitable...

BÉRÉNICE
Eh bien ! régnez, cruel, contentez votre gloire :
Je ne dispute plus. J'attendais, pour vous croire,
Que cette même bouche, après mille serments
D'un amour qui devait unir tous nos moments,
Cette bouche, à mes yeux s'avouant infidèle,
M'ordonnât elle-même une absence éternelle.
Moi-même j'ai voulu vous entendre en ce lieu.
Je n'écoute plus rien, et pour jamais : adieu...
Pour jamais ! Ah, Seigneur ! songez-vous en vous-même
Combien ce mot cruel est affreux quand on aime ?
Dans un mois, dans un an, comment souffrirons-nous,
Seigneur, que tant de mers me séparent de vous ?
Que le jour recommence et que le jour finisse,
Sans que jamais Titus puisse voir Bérénice,
Sans que de tout le jour je puisse voir Titus ?
Mais quelle est mon erreur, et que de soins perdus !
L'ingrat, de mon départ consolé par avance,
Daignera-t-il compter les jours de mon absence ?
Ces jours si longs pour moi lui sembleront trop courts.

Texte 3 : Racine, *Phèdre* (1677), Acte I, scène 3

Épouse de Thésée et reine d'Athènes, Phèdre se meurt d'un mal mystérieux qui la ronge sans qu'elle n'ait jamais osé s'en ouvrir à qui que ce soit. Voici qu'en l'absence de son mari, elle avoue enfin la véritable cause de son mal à sa nourrice Oenone...

PHÈDRE
Mon mal vient de plus loin. À peine au fils d'Égée
Sous les lois de l'hymen je m'étais engagée,
Mon repos, mon bonheur semblait être affermi ;

4 Athènes me montra mon superbe ennemi :
Je le vis, je rougis, je pâlis à sa vue ;
6 Un trouble s'éleva dans mon âme éperdue ;
Mes yeux ne voyaient plus, je ne pouvais parler ;
8 Je sentis tout mon corps et transir et brûler :
Je reconnus Vénus et ses feux redoutables,
10 D'un sang qu'elle poursuit tourments inévitables !
Par des vœux assidus je crus les détourner :
12 Je lui bâtis un temple, et pris soin de l'orner ;
De victimes moi-même à toute heure entourée,
14 Je cherchais dans leurs flancs ma raison égarée :
D'un incurable amour remèdes impuissants !
16 En vain sur les autels ma main brûlait l'encens !
Quand ma bouche implorait le nom de la déesse,
18 J'adorais Hippolyte ; et, le voyant sans cesse,
Même au pied des autels que je faisais fumer,
20 J'offrais tout à ce dieu que je n'osais nommer.
Je l'évitais partout. Ô comble de misère !
22 Mes yeux le retrouvaient dans les traits de son père.
Contre moi-même enfin j'osai me révolter :
24 J'excitai mon courage à le persécuter.
Pour bannir l'ennemi dont j'étais idolâtre,
26 J'affectai les chagrins d'une injuste marâtre ;
Je pressai son exil ; et mes cris éternels
28 L'arrachèrent du sein et des bras paternels.

Exemple rédigé

Les trois textes de ce corpus sont issus de tragédies de Racine et se rattachent donc au mouvement du classicisme. Le texte 1 est un extrait d'*Andromaque* (1667). Le texte 2 est tiré de *Bérénice* (1670), et le texte 3 est issu de *Phèdre* (1677). Tous montrent une tirade déclamée par un personnage féminin, Hermione pour le texte 1, et le personnage éponyme pour les textes 2 et 3. Elles y parlent toutes à un homme, ou d'un homme, qu'elles aiment. En quoi ces trois textes illustrent-ils la passion tragique ? Pour répondre à cette question, nous verrons d'abord qu'il s'agit d'une passion malheureuse, pour ensuite remarquer que ces personnages sont victimes de la fatalité.

La passion tragique est avant tout illustrée dans les textes du corpus par le fait que ces trois femmes sont malheureuses en amour. En effet, Phèdre aime son beau-fils, Hippolyte, d'un amour coupable et secret : « J'adorais Hippolyte [...] / Je l'évitais partout. Ô comble de misère ! / Mes yeux le retrouvaient dans les traits de son père. » (texte 3, v. 18-21-22) De même, Hermione a beau avoir été officiellement fiancée à Pyrrhus, cette passion n'est pas partagée puisque ce dernier aime sa captive Andromaque : « Ton cœur impatient de revoir ta Troyenne, / Ne souffre qu'à regret qu'une autre t'entretienne. » (texte 1, v. 22-23) Enfin Bérénice, malgré son avantage considérable sur les deux précédentes, puisqu'elle est la maîtresse de Titus, se voit congédier par son amant : « J'attendais, pour vous croire, / Que cette même bouche, après mille serments / [...] M'ordonnât elle-même une absence éternelle. » (texte 2, v. 2-3-6)

Le corpus illustre aussi la passion tragique par la fatalité présente dans chaque texte, comme pour broyer ces personnages qui ne sont « ni tout à fait coupables, ni tout à fait innocents » (Racine). Dans le texte 3, la fatalité a le visage de la vengeance divine orchestrée par Vénus à l'encontre de Phèdre : « Je reconnus Vénus et ses feux redoutables, / D'un sang qu'elle poursuit tourments inévitables » (v. 9-10). Dans le texte 1, le destin a emporté Hermione, tout comme les autres personnages de la pièce, dans une cascade amoureuse à sens unique. Elle ne peut faire autrement que d'aimer Pyrrhus, et lui-même ne peut faire autrement que d'aimer Andromaque. Dans la tirade de *Bérénice*, (texte 2, v. 1) c'est la politique qui endosse le rôle de la fatalité, en même temps que celui de rivale : « régnez [...] ; contentez votre gloire ». On le voit, chacune de ces femmes est en proie à une force qui les domine et les détruit sans qu'elles puissent opposer la moindre résistance.

En conclusion, ces trois textes illustrent la passion tragique dans la mesure où ils montrent chacun un personnage dévoré par le feu d'un amour aussi violent que subi et impossible. Chacune de ces femmes court à sa perte, se lamentant sur un bonheur fuyant ou inaccessible. Nous avons là l'un des nœuds essentiels de la tragédie classique. L'intensité de ces passions fatales et malheureuses est accentuée dans les règles mêmes du genre classique, puisque Boileau commande dans son *Art Poétique*, d'en accélérer le rythme : « Qu'en un lieu, qu'en un jour, un seul fait accompli / Tienne jusqu'à la fin le théâtre rempli ».

Comédie au XVIIe siècle : des lettres de noblesse pour un genre mineur

92

La comédie a été portée à sa perfection par les auteurs classiques. Ils ont su lui garder son âme propre à rire, tout en lui conférant la gravité et la hauteur autrefois réservée aux tragédies.

Termes clés et problématiques

- À l'heure de la grande comédie classique, des auteurs comme Thomas Corneille (petit frère de Pierre Corneille) ou Philippe Quinault jouissaient d'un certain succès. Mais la postérité n'a retenu que le **véritable chef d'orchestre** de cette mutation du genre : **Molière**.
- Bien que toutes les comédies classiques n'observent ni strictement ni systématiquement la règle des trois unités, elles sont facilement fidèles aux **règles de bienséance** et de **vraisemblance**. Leur classicisme réside surtout dans la **constance des personnages**, représentant toujours un **type humain précis**, et dans la **régularité des intrigues**, orchestrées autour d'un **conflit** qui sera toujours **résolu de façon heureuse**.
- Conformément aux préceptes édictés par les doctes, une comédie classique délivre toujours un message moral. C'est la reprise du précepte antique : « ***castigat ridendo mores*** » (elle « corrige les mœurs par le rire »).
- Comment peut-on expliquer l'actualité des comédies de Molière, jouées encore aujourd'hui avec succès ? Quel message contiennent-elles qui constitue leur secret ?

Panorama

La comédie est née en Grèce au Ve siècle avant J.-C. Genre théâtral mineur, elle n'avait droit qu'à **un seul jour de représentation** lors des **Grandes Dionysies**, fêtes athéniennes en l'honneur du dieu **Dionysos**. On jouait en revanche de la tragédie trois jours durant. Les personnages comiques étaient de condition ordinaire et les intrigues, comme les propos, n'étaient pas exempts d'une véritable vulgarité.

Le Moyen Âge transforma la comédie en farce, que l'on jouait sur les parvis d'églises entre deux représentations sérieuses des mystères[1] chrétiens ;

1. Au Moyen Âge, les mystères étaient des épisodes bibliques ou des vies de saints que l'on mettait en scène pour catéchiser la population.

ou bien sur des tréteaux au milieu des places publiques. Ce théâtre de foire fut progressivement **stylisé en Italie** pour devenir la **Commedia dell'Arte**, avec ses personnages typiques : Arlequin, Pantalon, Colombine...

Le XVIIe siècle français théorisa cette nouvelle forme de comédie sous l'influence de Richelieu, mais surtout de **Molière** qui fut l'artisan le plus efficace de l'élévation morale du genre, dans la seconde moitié du siècle. Bien qu'il n'eût pas été le seul auteur comique apprécié à cette époque, l'ascension de la comédie épousa dans les faits sa carrière personnelle.

En délaissant souvent les rouages de la farce pour proposer des pièces à l'humour plus subtil et plus travaillé, il finit par emporter l'adhésion des publics raffinés et courtisans. Dans cet élan, les comédies développèrent leur propension à devenir des outils de critique ou de réflexion. Au lieu de la seule farce, qui utilisait un comique « gras » et facile, comme le comique de gestes (coups de bâtons...) on vit s'épanouir d'autres formes de comédies.

Trois autres sous-genres peuvent être distingués. Dans la **comédie d'intrigue**, comme *Le Dépit amoureux* (1656), le comique repose sur de nombreux rebondissements et des effets de suspens. Dans la **comédie de mœurs**, comme *Tartuffe* ou *L'École des Femmes*, le comique sert à analyser des problèmes de société sérieux. Enfin, dans la **comédie de caractère**, l'humour sert à dépeindre et à critiquer des défauts humains comme l'avarice, dans *L'Avare*, ou la prétention, dans *Le Bourgeois Gentilhomme*. Évidemment, chaque œuvre de Molière ne correspond pas obligatoirement à un seul sous-genre : s'il y en a généralement un qui prédomine, plusieurs peuvent se côtoyer dans une même pièce.

De même que la tragédie, la comédie du XVIIe siècle est largement inspirée des pièces antiques. Elle en reprend les ingrédients majeurs et se pare d'un rôle éducatif, propre aux œuvres classiques.

En voici les éléments essentiels :

- Des **personnages de rang ordinaire**, le plus souvent **stéréotypés** : vieillards amoureux, jeunes premiers peu dégourdis, valets rusés... Ils vivent dans la même époque que leur auteur.
- Un **conflit**, souvent orchestré autour d'un mariage forcé : les intérêts financiers d'un père égoïste s'opposent à l'amour sympathique d'un couple d'amoureux dont le jeune homme est souvent sans le sou...
- Une **fin heureuse** : après plusieurs péripéties, tout rentre dans l'ordre, l'amour vrai triomphe et la fortune elle-même se range du côté des tourtereaux !

Son but : **plaire et instruire**. Le spectateur doit rire aux larmes, et si possible de ses propres défauts représentés sur scène, ce qui lui permettra peut-être de réfléchir aux conséquences de ses décisions personnelles.

Le registre comique 93

Définitions

- Le **registre comique** – ou la tonalité comique – regroupe l'ensemble des procédés stylistiques qui amènent à rire le lecteur/spectateur. Il existe plusieurs sous-catégories de comiques : de gestes, de mots, de situation, de caractère. Se mêlant souvent, ils sont créés chacun par des procédés particuliers.
- Le **comique de gestes** repose, comme son nom l'indique, sur la gestuelle que les personnages vont adopter sur scène : coups de pieds, gestes déplacés, mimiques ou regards appuyés, gifles, chutes... Dans le texte, ils sont indiqués par les didascalies pures, ou les didascalies internes.
- Le **comique de mots** est fondé sur une **utilisation particulière du langage** : fort accent qui déforme les sons habituels ; répétition d'un mot ou d'une phrase ; enchaînement de mots faussement savants ; quiproquo entre le sens propre et le sens figuré d'un mot...
- Le **comique de situation** naît lorsque l'un des personnages ignore une donnée essentielle que connaissent éventuellement d'autres personnages, mais surtout le public. Il peut s'agir d'un personnage caché sur scène à l'insu d'un autre, ou bien d'une imposture sur un rôle (un personnage qui se fait passer pour un autre). Il y a aussi comique de situation lorsque deux personnages se trouvent pris dans un quiproquo qui les enferme dans une sorte de dialogue de sourds.
- Le **comique de caractère** est créé par tous les procédés qui tendent à mettre en valeur le défaut d'un personnage : répétition d'un mot montrant son obsession, hyperboles, accumulation...
- Dès lors qu'il y a une répétition, de mots, de gestes, de situation, on pourra parler également d'un **comique de répétition**.

Effets sur le lecteur

Le registre comique a pour effet direct de faire rire ou sourire le spectateur. Mais au-delà de cette première fonction, il crée un plaisir intellectuel certain, par la connivence établie entre le spectateur/lecteur et l'auteur « sur le dos » des personnages. Ce pacte implicite peut aussi donner au spectateur le sentiment de maîtriser ce qui se passe sur scène, c'est-à-dire les défauts et problématiques réels qui y sont représentés. Ainsi se trouve réalisé le fameux « *castigat ridendo mores* » (cf. fiche 92) qui confère à la comédie le pouvoir de corriger les hommes en les faisant sourire...

Exemples

Dans *L'Avare* (acte I, scène 5), Harpagon confie à Valère sa joie de voir sa fille Élise demandée en mariage par le seigneur Anselme, vieil homme riche, qui accepte de l'épouser sans dot[1]. À travers la répétition de l'expression « sans dot », va se dessiner un **comique de caractère**, insistant sur l'avarice du personnage. Dans le même temps, la scène présente un beau **comique de situation**, car Harpagon ignore que Valère, officiellement son secrétaire, est surtout amoureux d'Élise, dont il est aimé en retour. Le jeune homme tâche de ménager la susceptibilité d'Harpagon pour rester dans ses bonnes grâces, tout en hasardant des remarques qui vont dans l'intérêt de son amour pour Élise. Cette dernière est d'ailleurs présente, ce qui donne lieu, dans le cadre d'une représentation, à un jeu de regards et de mimiques entre les amoureux, créant en plus un **comique de gestes**.

> « HARPAGON
> [...] Je trouve ici un avantage, qu'ailleurs je ne trouverais pas ; et il s'engage à la prendre sans dot.
> VALÈRE
> Sans dot ?
> HARPAGON
> Oui.
> [...]
> VALÈRE
> Assurément, cela ne reçoit point de contradiction. Il est vrai que votre fille peut vous représenter que le mariage est une plus grande affaire qu'on ne peut croire ; qu'il y va d'être heureux ou malheureux toute sa vie ; et qu'un engagement qui dit durer jusqu'à la mort, ne se doit jamais faire qu'avec de grandes précautions.
> HARPAGON
> Sans dot.
> VALÈRE
> Vous avez raison. Voilà qui décide tout, cela s'entend. Il y a des gens qui pourraient vous dire qu'en de telles occasions l'inclination d'une fille est une chose sans doute où on doit avoir de l'égard ; et que cette inégalité d'âge, d'humeur et de sentiments, rend un mariage sujet à des accidents très fâcheux.
> HARPAGON
> Sans dot.
> VALÈRE
> Ah ! Il n'y a pas de réplique à cela. On le sait bien. Qui diantre peut aller là-contre ? »

1. La dot d'une jeune fille était l'héritage qu'elle apportait à son époux en se mariant : argent, propriété...

Biographie : Molière (1622-1673) 94

Molière est un homme plus que complet : acteur, metteur en scène, auteur et directeur de troupe. Il est aussi et surtout celui qui en France fit élever au range noble le genre de la comédie considéré avant lui avec un certain dédain par les gens de lettres. Ses pièces sont encore particulièrement appréciées aujourd'hui, preuve qu'elles disent quelque chose d'essentiel sur la nature humaine.

Œuvres à retenir

- *Les Précieuses ridicules* (1659), comédie
- *L'École des Femmes* (1662), comédie
- *Tartuffe* (1664), comédie
- *Dom Juan* (1665), comédie
- *Le Misanthrope* (1666), comédie
- *Le Médecin malgré lui* (1666), comédie
- *Amphitryon* (1668), comédie
- *L'Avare* (1668), comédie
- *Le Bourgeois Gentilhomme* (1670), comédie
- *Les Fourberies de Scapin* (1671), comédie
- *Le Malade imaginaire* (1672), comédie

Panorama

Né en 1622 à Paris dans une famille bourgeoise, Jean-Baptiste Poquelin était destiné à reprendre la charge de son père : « Tapissier ordinaire de la maison du roi ». C'était sans compter l'attrait puissant qu'il sentait pour le théâtre, découvert dans l'enfance grâce à son grand-père. Aussi, à vingt et un ans, choisissant une voie où l'on ne l'attendait pas, il se fit comédien et prit le nom de Molière. Avec l'aide de Madeleine Béjart, il fonda la troupe de L'Illustre Théâtre. Mais les débuts parisiens furent catastrophiques sur le plan financier ! Après quelques séjours en prison pour dettes, Molière décida de tenter sa chance en province. Entre 1645 et 1658, il fit voyager sa troupe sur tous les chemins de France. Ce fut pour lui l'occasion de perfectionner son métier pluriel : directeur de troupe, metteur en scène, comédien et auteur. Influencé par la Commedia dell'arte qui était très en vogue à Lyon, Molière aiguisa et nourrit son talent pour la farce.

Après diverses péripéties, la troupe revint à Paris, sous la protection de Monsieur, frère du roi. Elle triompha au Louvre, devant Louis XIV, avec la farce du *Docteur amoureux*. L'année suivante, le succès se confirma avec Les *Précieuses Ridicules*. À Vaux-le-Vicomte en 1661, Molière brilla encore grâce aux *Fâcheux*, qu'il présenta à l'occasion des célèbres fêtes imprudemment données par le surintendant Fouquet en l'honneur du roi.

L'année suivante, après avoir épousé Armande Béjart, la jeune sœur de son amie Madeleine, il joua *L'École des Femmes*, comédie en vers qui remporta également un immense succès. Molière reçut en récompense une pension royale, qui actait pour lui la protection du plus illustre des mécènes. Bienveillance non négligeable, car « l'impiété » de la pièce lui avait attiré des ennemis farouches. La réplique de l'auteur donna lieu à deux nouvelles œuvres : *La Critique de L'École des femmes* et *L'impromptu de Versailles*. En 1664, il prit un risque plus grand encore en présentant *Tartuffe ou l'hypocrite*. La comédie fit l'objet d'une cabale si forte de la part des dévots, évidemment visés, que le roi lui-même l'interdit très rapidement. Il fallut attendre cinq ans et quelques remaniements pour qu'elle fût à nouveau jouée en public, cette fois sous le titre de *Tartuffe ou l'Imposteur*. Entre-temps, Molière avait à nouveau fait parler de lui avec *Don Juan*, dont l'audace eut pour conséquence la suppression totale de la pièce, jusqu'à sa mort ! Cependant, Louis XIV restait attaché à lui puisqu'il le nomma en 1665 chef de la Troupe du Roi.

Un an plus tard, Molière donna deux pièces de grande valeur : *Le Misanthrope,* une comédie au ton grave et *Le Médecin malgré lui,* reprise magistrale d'une farce médiévale. Ses productions furent encore très variées dans les années suivantes. Il présenta entre autres *L'Avare,* incomparable comédie de caractère ; puis il réalisa la célèbre comédie-ballet du *Bourgeois Gentilhomme,* écrite en collaboration avec le musicien Jean-Baptiste Lulli.

Le soir du 10 février 1673, il jouait le rôle principal du *Malade Imaginaire* au théâtre du Palais-Royal, lorsqu'il fut pris d'un violent malaise. Il mourut quelques heures plus tard, à l'âge de cinquante et un ans.

Carnet de lecture sur *Le Malade imaginaire* de Molière

95

Recherches au CDI en amont de la lecture

- Qu'est-ce qu'une comédie-ballet ? Que sont le prologue et les intermèdes ?
- En quelques lignes, présentez Molière.
- Comment se nomme la troupe qu'il fonde avec Madeleine Béjart ?
- Citez deux autres pièces de théâtre inventées par Molière et résumez-les brièvement.
- Qu'arriva-t-il à Molière pendant qu'il jouait la pièce le 10 février 1673 ?

En lisant et en écrivant

1. Choisissez un personnage de la pièce et expliquez ses agissements. Quels intérêts défend-il ? Pourquoi agit-il comme il le fait ? **Aide :** Vous pouvez commencer vos phrases par « Si j'étais à la place de... » « Je suis étonné qu'il... » « Je trouve que ce personnage est... »

2. Certains passages ont pu vous faire penser à votre propre expérience. Dites-en quoi. Aide : Vous pouvez commencer vos phrases par « Ça m'a fait penser à... » « C'est comme... »

3. Qu'avez-vous pensé de cette pièce ? Quels passages avez-vous aimés ? Quels personnages avez-vous préférés ? Pourquoi ? **Aide :** Vous pouvez commencer vos phrases par « J'aime... car... » « J'apprécie... mais je ne comprends pas pourquoi... » « Je pense que l'auteur... »

4. Quels thèmes (sujets) aborde l'auteur dans cette pièce de théâtre ? Quels sont ses buts ? Comment souhaite-t-il que le lecteur réagisse ? Que pensez-vous de sa façon d'écrire ? **Aide :** Vous pouvez débuter vos phrases par « L'auteur veut nous faire... » « Moi à la place de l'auteur je... »

Organisation d'un concours artistique

Création d'une affiche de théâtre

1. Donnez les éléments d'informations essentiels pour le spectateur.

2. Mettez en évidence le titre de façon à attirer le regard, citez les noms des comédiens et du metteur en scène.

3. Choisissez un arrière plan adapté : rideau de scène, personnages, objets importants de la pièce.

4. Donnez la date, l'heure et le lieu de la représentation.

5. Trouvez une mise en page, des couleurs, une typographie qui correspondent au type de pièce.

6. Faites une belle affiche, agréable à regarder.

Jouer une scène

Seul ou avec des camarades de classe, choisissez une scène à apprendre et à jouer. Entrainez-vous à dire votre texte plusieurs fois en articulant, sans mettre les intonations puis en les mettant. Apprenez par cœur votre texte chacun de votre côté : ce n'est qu'une fois le texte en tête que vous pourrez vous concentrer sur tout le reste… Réfléchissez aux gestes. Dites votre texte en faisant les gestes et en occupant l'espace en vous déplaçant. Réfléchissez également aux objets : à leur place et à leur rôle dans votre mise en scène. Faites-vous filmer et regardez-vous. Analysez votre façon de parler, vos jeux de regards, vos gestes et vos déplacements. Échangez ensemble sur ce que vous devez changer. Rejouez et filmez de nouveau puis comparez. Vous pouvez également jouer la scène devant des proches (amis ou parents) en leur demandant d'avoir un regard critique afin de vous aider à améliorer votre performance.

96

Exercice de lecture comparée au sein du Parcours « La comédie au XVIIe siècle »

Bulletin Officiel

> Corpus constitué d'un groupement de textes complémentaires destinés, par un travail de lecture comparée, à enrichir et préciser l'interprétation d'une des œuvres étudiées.

Sujet : À la lumière des extraits proposés ci-dessous et de votre lecture personnelle de la pièce intitulée *Tartuffe*, vous réfléchirez aux visées du théâtre de Molière.

Texte 1

ARNOLPHE. – Oui, mais que faisait-il étant seul avec vous ?
AGNES. – Il disait qu'il m'aimait d'une amour sans seconde,
Et me disait des mots les plus gentils du monde,
Des choses que jamais rien ne peut égaler,
Et dont, toutes les fois que je l'entends parler,
La douceur me chatouille, et là dedans remue
Certain je ne sais quoi dont je suis tout émue.
ARNOLPHE, *bas, à part.* – O fâcheux examen d'un mystère fatal,
Où l'examinateur souffre seul tout le mal !
(*Haut.*) Outre tous ces discours, toutes ces gentillesses,
Ne vous faisait-il point aussi quelques caresses ?
AGNES. – Oh ! tant ! il me prenait et les mains et les bras,
Et de me les baiser il n'était jamais las.
ARNOLPHE. – Ne vous a-t-il point pris, Agnès, quelque autre chose ?
(*La voyant interdite.*) Ouf !
AGNES. – Eh ! il m'a...
ARNOLPHE. – Quoi ?
AGNES. – Pris...
ARNOLPHE. – Euh ?
AGNES. – Le...
ARNOLPHE. – Plaît-il ?
AGNES. – Je n'ose,
Et vous vous fâcherez peut-être contre moi.
ARNOLPHE. – Non.
AGNES. – Si fait.
ARNOLPHE. – Mon Dieu ! non.
AGNES. – Jurez donc votre foi.

ARNOLPHE. – Ma foi, soit.
AGNES. – Il m'a pris... Vous serez en colère.
ARNOLPHE. – Non.
AGNES. – Si.
ARNOLPHE. – Non, non, non, non. Diantre ! que de mystère ! Qu'est-ce qu'il vous a pris ?
AGNES. – Il...
ARNOLPHE, *à part.* – Je souffre en damné.
AGNES. – Il m'a pris le ruban que vous m'aviez donné.
À vous dire le vrai, je n'ai pu m'en défendre

Molière, *L'École des femmes,* Acte II, Scène 5

Texte 2

M. ROBERT. – Holà, holà, holà, fi, qu'est-ce ci ? Quelle infamie, peste soit le coquin, de battre ainsi sa femme.
MARTINE, *les mains sur les côtés, lui parle en le faisant reculer, et à la fin, lui donne un soufflet.* – Et je veux qu'il me batte, moi.
M. ROBERT. – Ah ! j'y consens de tout mon cœur.
MARTINE. – De quoi vous mêlez-vous ?
M. ROBERT. – J'ai tort.
MARTINE. – Est-ce là votre affaire ?
M. ROBERT. – Vous avez raison.
MARTINE. – Voyez un peu cet impertinent, qui veut empêcher les maris de battre leurs femmes.
M. ROBERT. – Je me rétracte.
MARTINE. – Qu'avez-vous à voir là-dessus ?
M. ROBERT. – Rien.
MARTINE. – Est-ce à vous, d'y mettre le nez ?
M. ROBERT. – Non.
MARTINE. – Mêlez-vous de vos affaires.
M. ROBERT. – Je ne dis plus mot.
MARTINE. – Il me plaît d'être battue.
M. ROBERT. – D'accord.
MARTINE. – Ce n'est pas à vos dépens.
M. ROBERT. – Il est vrai.
MARTINE. – Et vous êtes un sot, de venir vous fourrer où vous n'avez que faire.
M. ROBERT. Il passe ensuite vers le mari, qui, pareillement, lui parle toujours, en le faisant reculer, le frappe avec le même bâton, et le met en fuite, il dit à la fin. – Compère, je vous demande pardon de tout mon cœur, faites, rossez, battez, comme il faut, votre femme, je vous aiderai si vous le voulez.
SGANARELLE. – Il ne me plaît pas, moi.
M. ROBERT. – Ah ! c'est une autre chose.
SGANARELLE. – Je la veux battre, si je le veux : et ne la veux pas battre, si je ne le veux pas.
M. ROBERT. – Fort blen

Molière, *Le médecin malgré lui,* Acte I, Scène 2

Texte 3

CLÉANTE. – Il m'a pris tout à coup un éblouissement, et je me retire d'ici.
HARPAGON. – Cela ne sera rien. Allez vite boire dans la cuisine un grand verre d'eau claire. Voilà de mes damoiseaux flouets, qui n'ont non plus de vigueur que des poules. C'est là, ma fille, ce que j'ai résolu pour moi. Quant à ton frère, je lui destine une certaine veuve dont ce matin on m'est venu parler ; et pour toi, je te donne au seigneur Anselme.
ÉLISE. – Au seigneur Anselme ?
HARPAGON. – Oui. Un homme mûr, prudent et sage, qui n'a pas plus de cinquante ans, et dont on vante les grands biens.
ÉLISE. Elle fait une révérence. – Je ne veux point me marier, mon père, s'il vous plaît.
HARPAGON. Il contrefait sa révérence. – Et moi, ma petite fille ma mie, je veux que vous vous mariiez, s'il vous plaît.
ÉLISE. – Je vous demande pardon, mon père.
HARPAGON. – Je vous demande pardon, ma fille.
ÉLISE. – Je suis très humble servante au seigneur Anselme ; mais, avec votre permission, je ne l'épouserai point.
HARPAGON. – Je suis votre très humble valet ; mais, avec votre permission, vous l'épouserez dès ce soir.
ÉLISE. – Dès ce soir ?
HARPAGON. – Dès ce soir.
ÉLISE. – Cela ne sera pas, mon père.
HARPAGON. – Cela sera, ma fille.
ÉLISE. – Non.
HARPAGON. – Si.
ÉLISE. – Non, vous dis-je.
HARPAGON. – Si, vous dis-je.
ÉLISE. – C'est une chose où vous ne me réduirez point.
HARPAGON. – C'est une chose où je te réduirai.
ÉLISE. – Je me tuerai plutôt, que d'épouser un tel mari.
HARPAGON. – Tu ne te tueras point, et tu l'épouseras. Mais voyez quelle audace ! A-t-on jamais vu une fille parler de la sorte à son père ?
ÉLISE. – Mais a-t-on jamais vu un père marier sa fille de la sorte ?
HARPAGON. – C'est un parti où il n'y a rien à redire ; et je gage que tout le monde approuvera mon choix.
ÉLISE. – Et moi, je gage qu'il ne saurait être approuvé d'aucune personne raisonnable.

Molière, *L'Avare*, Acte I, Scène 4

Plan détaillé

Problématique

En quoi les comédies de Molière sont-elles fidèles à l'injonction classique de plaire en corrigeant les mœurs ?

I. **Des comédies avant tout divertissantes**
   a. Des intrigues simples et efficaces...
   b. Des comiques variés, du plus facile au plus subtil

II. **Des comédies corrigeant les mœurs**
   a. Mise en lumière des « vices de [son] temps »...
   b. ... Ou de défauts intemporels

Exemple rédigé

C'est au XVIIe siècle que la comédie, jusque-là considérée comme un genre mineur, devint tout à fait respectable. Cela est dû en grande partie à la personnalité et à l'œuvre de Molière, qui en fit l'un des genres classiques incontournables. Dans le *Premier placet sur Tartuffe* (1664), il écrit : « Le devoir de la comédie étant de corriger les hommes en les divertissant, j'ai cru que, dans l'état où je me trouve, je n'avais rien de mieux à faire que d'attaquer par des peintures ridicules les vices de mon siècle ». Il nous est demandé de justifier ce point de vue à partir du large éventail que représentent les pièces de Molière. Nous chercherons donc à expliquer en quoi ces comédies se montrent fidèles à l'injonction classique de plaire en corrigeant les mœurs. Il s'agira d'abord de montrer leur caractère divertissant, puis d'évaluer leur teneur morale.

En premier lieu, les comédies de Molière excellent évidemment dans leur finalité plaisante, et ce pour deux raisons essentielles.

Tout d'abord, les intrigues sont le plus souvent simples et efficaces, garantissant aux spectateurs le plaisir systématique de voir des personnages attachants, généralement jeunes, triompher d'hypocrites ou d'égoïstes qui les avaient tenus un temps dans leurs filets. Évidemment, dans la plupart de ces comédies, l'histoire repose sur la menace d'un mariage forcé, auquel espère échapper une jeune fille dont le cœur bat pour un autre, souvent plus pauvre que le promis élu par son père ou son tuteur. Ce schéma presque enfantin se retrouve dans *L'École des femmes*, où le barbon Arnolphe synthétise le personnage du tuteur et celui du promis non désiré, tandis que le jeune couple d'amoureux est incarné par l'innocente Agnès et le bel Horace. Dans *L'Avare*, c'est encore autour de cette disposition que la pièce se joue : Harpagon fait office de père intolérant cherchant à marier ses enfants contre leur gré, en même temps qu'il est le barbon amoureux d'une jeune fille, en l'occurrence Mariane. Cette dernière constitue avec le jeune Cléante, fils d'Harpagon l'un des deux jeunes couples dont l'amour va devoir traverser plusieurs péripéties avant de triompher. L'autre duo d'amoureux est formé par Élise, fille d'Harpagon, et Valère, secrétaire sans le sou... Le premier plaisir du spectateur est donc de découvrir comment les jeunes vont pouvoir berner les barbons et obtenir gain de cause, en satisfaisant tout le monde.

Ensuite, les comédies de Molière ont la particularité d'offrir des formes de comiques divers, allant du plus facile au plus subtil. Ainsi le plaisir trouvé dans l'efficacité des intrigues se trouve enrichi par des scènes où le rire est déclenché selon des procédés aussi divers qu'imparables. *Le Médecin malgré lui* propose de nombreux exemples de ces différents types de comiques. On peut évoquer l'ouverture de la pièce par une scène de bastonnade entre le personnage principal, Sganarelle, et son épouse Martine. Voilà illustré ici le plus simple des comiques, apparenté à la farce : le comique de gestes. Un peu plus loin, le spectateur est encore amené à rire des effets d'un comique de situation, lorsque Sganarelle, sous un faux costume de médecin, fait ouvertement des avances à la belle Jacqueline qui n'en paraît pas gênée le moins du monde. Ce que les personnages ignorent alors, c'est la présence du mari de Jacqueline, Lucas, qui ne perd pas un mot de la conversation... Enfin, on peut encore citer un comique de mots, lorsque Sganarelle délivre une conférence sur sa prétendue science médicale, mêlant ses propos de termes latins plus que douteux, sous les yeux admiratifs des autres personnages ! C'est ainsi, par ces tours heureux et variés, que les pièces de Molière emportent l'adhésion du public grâce au plaisir qu'elles lui procurent.

En second lieu, fortes de leur caractère divertissant, ces comédies ne manquent pas d'appliquer le précepte latin : « castigat ridendo mores », autrement dit, de châtier les mœurs par le rire.

Pour Molière, il s'agit d'une part de ridiculiser « les vices de [son] siècle », en mettant en scène des personnages incarnant les défauts de son temps. On peut prendre pour exemple *Le Bourgeois Gentilhomme*, comédie-ballet dans laquelle le personnage de M. Jourdain incarne à lui tout seul les ambitions des bourgeois ne reculant devant rien pour monter dans la société, en devenant nobles ou en cherchant à le paraître. Cette prétention est magistralement attaquée dans la célèbre scène où le Maître de Philosophie apprend à son élève, aspirant gentilhomme, à tourner ses phrases correctement et à déclarer habilement sa flamme à une « belle marquise » dont « les beaux yeux [le] font mourir d'amour ». Dans le même élan, la comédie de *Tartuffe*, présente une critique à la fois plus acide et plus sérieuse, bien que toujours traitée sur le mode comique, des dévots, ou plutôt des faux dévots qui prospéraient à la cour de Louis XIV. Le personnage éponyme de cette pièce est un archétype d'intrigant hypocrite qui cherche à obtenir de l'argent, ainsi que les faveurs de la maîtresse de maison, Elmire, en se faisant passer pour un pieux et austère homme d'Église auprès de l'époux, Orgon. L'attaque était manifestement trop efficace cette fois-ci, puisque les dévots se sentirent directement concernés et parvinrent à faire interdire la pièce pour un temps…

D'autre part, Molière met en scène des défauts parfaitement intemporels qui rendent son œuvre toujours aussi juste aujourd'hui. Le plus bel exemple en la matière est sans doute *L'Avare* qui, outre les caractéristiques évoquées plus haut, ridiculise merveilleusement l'avarice par le biais du personnage d'Harpagon. Le spectateur se plaît à rire de ce pauvre homme affublé d'une tare telle qu'il en oublie ses propres enfants et reporte sur sa chère cassette pleine d'or l'affection qu'il devrait leur prodiguer. Aussi le voit-on se réjouir d'avoir trouvé pour sa fille un prétendant d'un âge avancé : qu'importe le bonheur ou le malheur de la demoiselle, puisque celui-ci « s'engage à la prendre sans dot ! ». Son vice ne rend pas Harpagon seulement indifférent aux sentiments ou au bien-être de sa progéniture, mais il le transforme surtout en fou terriblement comique, dans le passage où, ayant perdu sa cassette, il est soudain pris d'une véritable crise d'hystérie ! Le monologue si célèbre déclamé alors par le personnage illustre parfaitement l'idée de corriger les mœurs en divertissant, tant est plaisant et puissant ce moment où les spectateurs rient d'un défaut qu'ils portent potentiellement en eux.

Nous voyons donc que les comédies de Molière sont fidèles à l'injonction classique de plaire en corrigeant les mœurs, dans la mesure où elles reprennent et renouvellent les ingrédients indispensables au plaisir du spectateur. Elles ont en même temps la vertu de mettre sous les yeux du public des défauts dont chacun peut être affligé. Rien de tel que de voir ses propres petitesses incarnées par des personnages ridicules, pour se réformer, ou tout au moins réfléchir… Ceci étant dit, il paraît important de rappeler qu'entre le fait de plaire, et celui de corriger les mœurs, Molière place le premier bien au-dessus du second, comme il le fait exprimer par le personnage d'Uranie dans *La Critique de L'École des Femmes* : « Pour moi, quand je vois une comédie, je regarde seulement si les choses me touchent, et lorsque je m'y suis bien divertie, je ne vais point demander si j'ai eu tort, et si les règles d'Aristote défendaient de rire. »

Écrit d'appropriation à partir d'un texte théâtral

97

Sujet

Écrivez un article de journal pouvant figurer dans les pages culturelles d'un hebdomadaire ou d'un mensuel. Vous y ferez la promotion d'une pièce de Molière ou de Racine que vous avez réellement vue, ou que vous imaginerez avoir vue.

Exemple rédigé

Culture – théâtre : le coup de cœur de la semaine

Les Femmes savantes de Molière, au théâtre de la porte Saint Martin !

Les amoureux de Molière seront enchantés de voir ce bijou mis en scène par Catherine Hiegel. Celle qui nous a régalés ces dernières années avec *L'Avare* et *Le Bourgeois Gentilhomme* nous offre une nouvelle plongée dans le XVIIe siècle : une adaptation respectant à la fois le classicisme de l'œuvre et les talents spécifiques des artistes.

C'est en véritable esthète que l'ancienne doyenne de la Comédie Française rappelle à la vie les personnages des *Femmes Savantes*, qui avaient vu le jour pour la première fois au Palais-Royal en 1672. Aucun détail n'a été laissé au hasard. Le décor travaillé à la perfection reconstitue un sol en damier noir et blanc meublé par une bibliothèque somptueuse et surtout des animaux empaillés, ainsi qu'un gigantesque squelette d'autruche ! Comment, dans un tel univers, imaginer que le reste puisse être médiocre ? Impossible bien sûr... Les costumes d'époque révèlent eux aussi un souci de perfection que n'aurait pas renié en son temps le grand Antoine Vitez. Si les yeux des spectateurs sont charmés, leurs oreilles ne le sont pas moins : le texte de Molière, en alexandrins s'il vous plaît, est déclamé par chaque comédien avec une maîtrise absolue des rythmes et des intonations, qui réjouira les plus exigeants amateurs de poésie classique.

Pour autant, que les béotiens se rassurent, il ne s'agit pas là uniquement d'un spectacle pour initiés. L'humour de Jean-Baptiste Poquelin est bien au rendez-vous, comme toujours, servi magnifiquement par la prestation de tous les comédiens, spécialement Agnès Jaoui, alias Philaminte, et Jean-Pierre Bacri, alias Chrysale. On nous passera cependant un très

gros faible pour la pétillante Évelyne Buyle, tout simplement irrésistible dans le rôle de Bélise, une vieille fille attachante et tordante qui ne craint pas de prétendre avoir gagné l'adoration du jeune Clitandre. Ainsi les personnages nous entraînent, quel que soit notre niveau de connaissance de la langue ou de l'histoire, dans ce tourbillon de rires aux accents tout à fait modernes. En effet, le sujet de la pièce évoque l'émancipation des femmes… Nous suivons donc les espoirs et les déconfitures de Philaminte, la maîtresse de maison, et de ses deux acolytes, piquées comme elle du désir d'être savantes : sa belle-sœur Bélise, et sa fille aînée Armande. Toutes trois se trouvent sous la coupe d'un triste sire prétendument cultivé, Trissotin, dont le véritable but est bien plus de faire main basse sur la fortune de la famille, que de participer à l'élévation intellectuelle de ses admiratrices… Ajoutons leur les autres principaux personnages : le mari Chrysale, un brave homme qui se laisse peu ou prou diriger par sa femme ; et un charmant couple d'amoureux : Clitandre et la douce Henriette, sœur cadette d'Armande. L'intrigue de la comédie réside dans l'espoir de mariage des deux tourtereaux, contrarié par le projet que poursuit Philaminte : marier Henriette à Trissotin, afin de faire définitivement entrer chez elle son mentor !
Si vous désirez connaître l'issue de ce chassé-croisé amoureux, intellectuel, et un brin hypocrite… filez le plus vite possible au Théâtre de la Porte Saint-Martin : vous ne serez pas déçus !

Le théâtre aux XVIIIe et XIXe siècles

98

Le théâtre au XVIIIe

Marivaux

Marivaux **renouvelle le genre de la comédie** en s'éloignant de Molière. Préférant la prose au vers, il puise son inspiration chez les Italiens, il prend le parti de créer des personnages qui ne répondent plus à une typologie fixe. Les sujets qu'il aborde, peuvent de prime abord paraître **badins**, mais en réalité, ils **interrogent la société de ce début de XVIIIe siècle** sur des sujets clés comme **le privilège, la naissance, l'argent, la place des femmes et leurs droits**.

Dans ses pièces, **l'amour** joue un rôle fondamental puisqu'il permet à l'individu d'accéder à son être profond, de se révéler à soi-même et aux autres et ainsi de **trouver sa place dans la société**. Avant que Beaumarchais remette clairement en cause les frontières établies par l'ordre social, Marivaux plante les jalons du questionnement et participe ainsi à la mise en place de cette réflexion qui nourrira tout le siècle.

Zoom sur…

Le jeu de l'amour et du hasard

Silvia doit prendre pour époux Dorante sans le connaître. Afin de découvrir qui est cet inconnu, elle décide d'**inverser son rôle avec celui de sa servante**, Lisette, mais Dorante, que tourmentent les mêmes inquiétudes, a agi de manière semblable avec son valet Arlequin. Le père et le frère de Silvia, au courant de la situation, se jouent des deux jeunes gens qui, à leur grand étonnement, dans l'ignorance de leur véritable identité, tombent amoureux. **Jeu de dupes, jeu de masques,** on peut parler dans cette pièce de **théâtre dans le théâtre** qui met en scène la question de **l'être et du paraître**.

Le drame bourgeois

Si l'on veut comprendre ce qu'est le drame bourgeois, il faut se tourner vers **Diderot** qui le définit comme « **une tragédie domestique et bourgeoise »** et « une **comédie larmoyante** » dans ses *Entretiens sur le Fils naturel.* Ce théâtre prend à dessein ses distances avec la tragédie, jugée par le public trop éloignée des préoccupations contemporaines, et avec la comédie qui, par essence, ridiculise la morale que l'on souhaite voir prôner. Ainsi, le drame bourgeois se veut **moralisateur** et **réaliste** afin de provoquer chez le spectateur de vives **émotions**.

Beaumarchais

Beaumarchais aborde le théâtre comme un **art total**. Il fait de ses pièces de **véritables spectacles**. Sa principale réalisation est sa **trilogie** composée du *Barbier de Séville* (1775), du *Mariage de Figaro* (1784) et de *La mère coupable* (1792). Les personnages ne sont pas figés mais au contraire évoluent au fil des situations **sans être prédéfinis par leur condition sociale.** Figaro en est l'illustre exemple puisque, bien que valet, il est au centre de la pièce qui porte son nom et dans laquelle il est le rival amoureux de son maître et réussit à lui imposer une **leçon morale et politique**.

Le théâtre de Beaumarchais, **novateur** par cet aspect, l'est aussi par la richesse des **situations qui s'enchaînent** à un **rythme** effréné, ponctuées par la **musique**, les jeux de **circulation** des objets, les changements de décors et les déguisements. Au cœur de ce théâtre, la **parole – expression de l'intelligence de l'individu** – permet de **redistribuer** le pouvoir entre les personnages et de **remédier à l'inégalité de classes**. Beaumarchais, juste avant la révolution, à **la fin du siècle**, prône ainsi la reconnaissance du mérite et non plus celle de la naissance.

Le théâtre au XIXe siècle

Le mélodrame

Le mélodrame est un **drame populaire** dont l'objectif est de faire naître des sentiments violents chez le spectateur comme la **pitié et la tristesse**. Les pièces mettent en scène des personnages proches de la **caricature** qui s'affrontent dans des univers **impressionnants** tels des châteaux ou des forêts. Aujourd'hui le terme a un sens péjoratif mais, au début du XIXe, ce théâtre triomphait en haut de l'affiche !

Le drame romantique

Le drame romantique, théorisé dans *La Préface de Cromwell* par **Victor Hugo** qui écrit vouloir **mêler « l'ombre à la lumière, le grotesque au sublime », s'oppose au théâtre classique** et s'émancipe de ses règles strictes de vraisemblance, de bienséance, d'unités de lieu, de temps et d'action. Il prend en considération **tous les visages de l'homme, capable de ressentir de la peine comme de la joie, de fomenter un meurtre**

mais aussi de faire don de soi ; c'est la raison pour laquelle, le drame bourgeois utilise tous les registres, **du tragique au comique**, et mélange les tons, en **multipliant les temps, les lieux et les actions**.

Il prend naissance dans la période troublée de la **Restauration**, période durant laquelle l'ordre social est remis en cause et, les héros du drame antique, sont tirés de **l'Histoire** – comme par exemple du XVIe siècle espagnol dans *Hernani* de Victor Hugo ou encore de la Renaissance italienne dans *Lorenzaccio* de Musset – ne venant plus ni de l'Antiquité ni de la commedia dell'arte, ils sont les **représentants des préoccupations politiques du siècle** et ont chacun leur propre identité.

Des œuvres clés

- *Hernani*, 1830, *Lucrèce Borgia*, 1833, *Ruy Blas*, 1838, de Victor Hugo
- *Lorenzaccio*, 1834, de Musset
- *Chatterton*, 1835, d'Alfred de Vigny
- *Cyrano de Bergerac*, 1897, d'Edmond de Rostand

Zoom sur…

***Chatterton* d'Alfred de Vigny**

Alfred de Vigny résume lui-même la pièce dans sa Préface de 1834 de la sorte : « C'est l'histoire d'un homme qui a écrit une lettre le matin, et qui attend la réponse jusqu'au soir ; elle arrive et le tue. » Puis le dramaturge, plus loin dans la préface, explique très clairement son projet : « J'ai voulu montrer l'homme spiritualiste étouffé par une société matérialiste, où le calculateur avare exploite sans pitié l'intelligence et le travail. » Vigny qualifie la vie de son héros romantique comme « un exemple à jamais déplorable d'une noble misère. »

Le vaudeville ou la comédie de boulevard

Quand on entend les noms de **Labiche**, **Feydeau** ou **Courteline**, on sait que l'on va voir un vaudeville. Mais qu'est-ce qu'un vaudeville ? C'est une **comédie d'intrigues souvent adultères** jouée à l'origine, et encore aujourd'hui, dans les théâtres des **Grands Boulevards**, d'où l'expression « théâtre de boulevard » ou la « comédie de boulevard ». Le but de ce théâtre est de **distraire** le spectateur en le faisant **rire** par des effets comiques insistants dus, le plus souvent, à la situation cocasse dans lequel se trouve un **mari trompé** qui, bien sûr, est le seul à ne rien voir.

99 Le théâtre au XXe siècle

Alfred Jarry

Jarry joue avec la langue et les codes. Les premières représentations d'*Ubu roi* ont d'ailleurs fait grand scandale mais son théâtre ne peut pas être résumé au « Merdre » si connu du début de la pièce… il dénonce aussi les dérives dangereuses qui peuvent toucher les sociétés comme **le pouvoir abusif** et autoritaire d'un dictateur. Il vilipende aussi **la bêtise et la méchanceté** humaines. Avide de pouvoir, lâche sur un champ de combat comme devant les remontrances de sa femme, Ubu est la caricature de la vulgarité et de la laideur. Relevant de la farce en même temps que du mythe, cette comédie prête tantôt à rire, tantôt à se lamenter sur les défauts des hommes.

Paul Claudel

Le théâtre de Claudel est **poétique** et prend son inspiration dans la **Bible** : ses vers épousent la forme du **verset biblique** et ses personnages et leurs actions sont **symboliques** et suivent inéluctablement leur destinée tracée de la main de **Dieu**. L'**amour adultère** est le catalyseur de la découverte totale de soi : l'Être humain, en bravant l'interdit, souffre de son péché alors qu'il accède par lui à la pleine connaissance de sa nature grâce au salut même que le péché nécessite. C'est le thème de ses deux chefs d'œuvre, ***Partage de Midi*** et le ***Soulier de Satin***. Chez Claudel, les deux faces distinctes de l'homme, son esprit et son corps, sont enfin réunies dans la mort car, seuls **la mort, la pardon et le miracle** peuvent apporter la paix aux drames intrinsèques à la nature de l'homme qui voit se confronter en lui **le désir de chair et le besoin de pureté.**

Zoom sur…

***Partage de Midi*, 1906**

Ysé, mariée à De Ciz, se trouve sur un paquebot en direction de la Chine, accompagnée d'Amalric et de Mesa. Mesa et Ysé tombent irrésistiblement amoureux. De leur union adultère, Ysé donne naissance à un enfant qu'elle emmène avec elle quand elle décide de suivre Amalric dont elle s'est éprise. La pièce s'achève en drame : alors que Mesa est revenu chercher Ysé et leur fils pour les sauver d'une révolte, Amalric, qui avait piégé la maison avec une bombe, blesse Mesa. Ysé tue alors leur fils pour lui éviter la torture et rejoint Mesa pour mourir avec lui.

Le retour de l'antique

Giraudoux

Giraudoux a un style varié et **poétique** qui trouve son inspiration dans les **mythes antiques**, la **Bible** et l'**actualité**. Il place au cœur de son théâtre la chance d'appartenir à la **condition humaine** et la puissance de l'amour du couple : dans *Amphitryon 38*, Alcmène, qui aime Amphitryon plus que tout, refuse l'immortalité, et, dans *La Guerre de Troie n'aura pas lieu*, Andromaque et Hector cherchent à éviter la guerre qui serait peut-être acceptable si Helène et Pâris formaient un couple véritable. Giraudoux lie aussi la poésie au **fantastique** dans certaines de ses réalisations comme *Ondine* et *Intermezzo*. En effet, dans la première, la nixe Ondine sacrifie ses pouvoirs divins par amour pour un homme, dans la seconde, Mlle Isabelle a des rendez-vous avec un spectre. Enfin, Giraudoux donne un autre sens à la tragédie, notamment dans *Électre*, pièce dans laquelle le personnage d'Egisthe acquiert une grandeur qu'il n'avait jamais connue chez les Antiques.

Anouilh

Pour Anouilh, la nature humaine est mauvaise et l'homme doit payer ses fautes. Son théâtre porte les marques d'une **vision noire du monde**. Dans *Antigone*, l'héroïne, refusant l'amour humain et la conciliation, se dirige vers une mort certaine parce qu'elle se bat contre le pouvoir en place pour que ses frères aient une sépulture. Dans *Le voyageur sans bagage*, on force un ancien amnésique à découvrir son passé, tissé d'actions honteuses, qu'il voudrait ne pas reconnaître. Dans *Becket*, Becket, ancien compagnon et conseiller du roi, promu Primat d'Angleterre par ce dernier, s'oppose désormais à lui en raison du devoir que lui impose son nouveau statut religieux, faisant de la sorte souffrir le prince auquel leur ancienne amitié manque terriblement. Beckett sera assassiné par des seigneurs.

Sartre

Sartre a écrit plusieurs pièces de théâtre qui mettent en scène sa philosophie. Dans *Les Mouches*, il revisite le mythe d'Électre : Oreste vient punir de mort Clytemnestre et Egisthe comme le souhaitait Électre, agissant sans hésitation, il est le symbole de la **liberté humaine.** Dans *Huis clos*, Garcin, Inès et Estelle sont enfermés ensemble, morts. Ils ont été condamnés à se supporter, tel est leur châtiment pour les crimes qu'ils ont commis de leur vivant, car, **subir le regard d'autrui,** c'est cela l'enfer pour Sartre.

Le théâtre de l'absurde

Le théâtre de l'absurde est essentiellement représenté par **Camus, Ionesco et Beckett.** Dans ce théâtre, **la parole** ne permet plus aux hommes de se comprendre. Les personnages vivent dans une profonde **solitude** intellectuelle car ils ne peuvent pas communiquer avec les autres : les mots ne servent à rien. Le **temps** aussi est remis en question, notamment dans le théâtre de Beckett, dans lequel les événements se répètent et se succèdent dans un présent sans passé ni avenir. Les personnages sont ainsi **enfermés dans leur existence** sans histoire, ni espoir, ni changement possible. Les dialogues incompréhensibles et les quiproquos qu'ils créent ainsi que les répétitions de gestes, sont à l'origine de ce qu'on nomme « le comique de l'absurde » qui laisse aux spectateurs le goût souvent amer du rire jaune.

Carnet de lecture sur *Antigone* de Jean Anouilh

Se documenter et contextualiser l'œuvre

Tout le travail de recherche et d'analyse pourra se faire au CDI avec l'aide du professeur documentaliste.

1. Anouilh **s'est inspiré de deux pièces antiques** : *Les sept contre Thèbes* et *Antigone*. Quels sont les auteurs de ces pièces ? Quelle était leur nationalité et à quelle époque ont-ils vécu ? Faites un résumé de ces deux pièces et montrez **en quoi Anouilh s'est inspiré de chacune**.

2. Selon vous, **pourquoi** le dramaturge a-t-il pris des sujets tirés de l'Antiquité ?

3. Réalisez **un schéma des personnages** suivants en indiquant leurs liens et leurs intérêts réciproques : Créon, Œdipe, Antigone, Étéocle, Polynice, Ismène, Jocaste, Hémon, Laïos, Labdacos.

Ajoutez à votre schéma des **notes de lecture** si vous le souhaitez.

4. Pour quelle raison la **famille des Labdacides** fut-elle maudite par les Dieux ?

5. **À quelle date** Anouilh écrit-il son œuvre ? Quel lien pouvez-vous faire entre le sujet de la pièce et l'époque de sa rédaction ?

Lecture personnelle de l'œuvre et expression écrite

1. Quel a été votre **personnage préféré** ? Expliquez les raisons de votre choix.

2. Écrivez un **article de presse** sur cette pièce que vous venez de lire.

Vers la dissertation sur l'œuvre

Relisez tranquillement **le prologue** d'Anouilh en étant attentif aux **portraits d'Antigone et de Créon**. Notez les **impressions** qui se dégagent de **leur corps et de leur attitude**. Essayez de repenser à tous les passages de la pièce dans lesquels ils sont en vis-à-vis. Quels sont **leurs rapports** ? En quoi sont-ils confrontés l'un à l'autre ? Quels sont leurs **arguments**

réciproques ? Que défend chacun ? Est-ce irréconciliable ? Quelle est cette « solitude » qui caractérise Créon au début et à la fin de la pièce ? Et par jeu de miroir, quelle est celle d'Antigone ?

Expression orale

Avec un ou plusieurs camarade(s) de classe, choisissez **un passage** de la pièce à mettre en scène et à jouer ; réalisez ensemble **une note d'intention** concernant **la mise en scène** en imaginant les **costumes**, des **gestes** et des **déplacements** sur scène. Puis **répartissez-vous ensuite les rôles**, **apprenez** par cœur vos répliques et **entraînez**-vous à les dire. Jouez la pièce **entre vous** puis **devant vos proches** et **faites-vous filmer** afin de vous rendre compte de votre jeu et de pouvoir l'analyser et l'améliorer.

Pistes de correction de « Vers la dissertation »

Antigone et Créon sont des **allégories du devoir** et le tragique naît de **l'irréconciliable de ce qu'ils représentent chacun**. Antigone doit honorer la mémoire de son frère car les liens du sang sont les plus importants à ses yeux. Peu lui importent les fautes commises par celui-ci. Elle ne peut pas vivre sans respecter **ce devoir fraternel**. Créon, lui, règne et seules les règles de la cité sont intouchables. Il en est le garant. **Gouverner c'est être seul.** Il assume cette condition du pouvoir. La solitude morale dans laquelle il se trouve, incompris de « ses » enfants, est démultipliée par la solitude physique de la fin tragique du texte puisqu'il se retrouve seul vivant au milieu des êtres aimés morts.

Il convient de s'interroger sur les systèmes antinomiques des deux personnages car leur force est aussi leur faiblesse. Ils ont des positions radicales qu'il convient d'interroger : quel est ce pouvoir politique de Créon ? Peut-on aller jusqu'à parler d'autoritarisme ? Que cherche Antigone en allant jusqu'à se donner la mort en y entraînant Hémon ? Les questions sont ouvertes.

À partir de la lecture de cette pièce, on peut réfléchir à ce qu'est **le tragique**. La tragédie naît de l'impossibilité de s'entendre, de se comprendre. Créon a son destin de chef de cité. Antigone celui de fille et soeur. Dans la situation de crise – du mot grec « krisis » la décision – leur confrontation est irrémédiable et, à force de détermination réciproque, elle n'a qu'une issue extrême : la destruction physique et morale des personnages.

CORRECTION DE TOUS LES EXERCICES FICHE PAR FICHE

Fiche 1

1. L'homme est accusé de troubler l'ordre de la mer.

2. La mer contribue à la vie sur terre.

3. La disparition d'une espèce est une atteinte à l'équilibre naturel.

4. L'homme doit prélever des ressources en quantité raisonnable.

5. L'homme a utilisé les progrès techniques pour tirer encore plus profit des ressources qu'offrait la mer.

6. Michelet nous invite à stopper cette machine destructrice et prendre soin de notre Mer nourricière.

Fiche 2

1.

Olympe de Gouges souhaite que les femmes aient moins de droits que les hommes.	**FAUX**
Olympe de Gouges écrit afin de permettre aux femmes d'avoir autant de droits que les hommes.	**VRAI**
Olympe de Gouges rédige cette déclaration pour que les hommes soient les seuls représentants de la nation.	**FAUX**
Olympe de Gouges désire que les femmes prennent le pouvoir à la place des hommes.	**FAUX**
Olympe de Gouges pense que les malheurs de tous viennent du partage de pouvoir entre hommes et femmes.	**FAUX**

2. Dans le texte, il est indiqué que les femmes de la nation doivent avoir des droits et des devoirs clairement définis à l'égal de ceux des hommes.

3. Selon ce texte, les droits de la femme sont évidents et sans contestation possible.

4. La phrase qui résume le mieux l'idée du texte est que les femmes et les hommes doivent avoir les mêmes droits et les mêmes devoirs reconnus par tous de la même manière.

5. Ce texte est une vraie proposition de déclaration des droits de la femme écrite à la fin du XVIIIe siècle juste après la révolution française.

Olympe de Gouges sera guillotinée sous la Terreur.

Fiche 3

1. Dans cette chanson, Charles Trenet se remémore son enfance.

2. Les souvenirs le rendent heureux.

3. La France est qualifiée de douce.

4. Charles Trenet a continué à chérir la France.

5. Charles Trenet préfère la France aux autres contrées qu'il a visitées.

6. La chanson a été écrite et chantée en 1943.

7. Charles Trenet écrit ce texte car il veut revoir la France libre et belle qu'il a connue et souhaite ainsi lui témoigner son amour dans les temps difficiles de la Deuxième Guerre mondiale.

8. Le « je » représente tous les Français qui lisent ce poème, aiment leur pays et souhaitent y vivre dans la paix.

9. Son amour pour la France insouciante et libre qu'il a connue.

10. Par ce poème, il souhaite donner à ses concitoyens l'espoir que le bonheur va revenir.

11. La musique est douce car elle accompagne l'idée des paroles, de ce bonheur de vivre simplement.

Dans cette chanson, l'enfance est le symbole de l'innocence du temps d'avant-guerre.

Fiche 4

Exercice 1

Il (pronom impersonnel construit avec l'expression verbale « il est temps de ») est temps de faire justice des critiques entassées [...] et de dire hautement que Molière occupe la sommité de notre drame [...] Chez **lui (pronom personnel – reprend « Molière »)**, le vers embrasse l'idée, s'**y (pronom personnel – remplace « l'idée »)** incorpore étroitement, **la (pronom personnel – reprend « l'idée »)** resserre et **la (pronom personnel – reprend « l'idée »)** développe tout à la fois, **lui (pronom personnel – reprend « l'idée »)** prête une figure plus svelte, plus stricte, plus complète, et **nous (pronom personnel – reprend l'auteur et les lecteurs et spectateurs potentiels)** **la (pronom personnel – reprend « l'idée »)** donne en quelque sorte en élixir. Le vers est la forme optique de la pensée. Voila pourquoi **il (pronom personnel – reprend « le vers »)** convient surtout à la perspective scénique. Fait d'une certaine façon, **il (pronom personnel – reprend « le vers »)** communique son relief à des choses **qui (pronom relatif – remplace l'antécédent « les choses »)**, sans **lui (pronom personnel – reprend « le vers »)**, passeraient insignifiantes et vulgaires. **Il (pronom personnel – reprend « le vers »)** rend plus solide et plus fin le tissu du style. **C'(pronom démonstratif – reprend « le vers »)** est le nœud **qui (pronom relatif – reprend « le nœud »)** arrête le fil. **C' (pronom démonstratif – reprend « le vers »)** est la ceinture **qui (pronom relatif – reprend « la ceinture »)** soutient le vêtement et **lui (pronom personnel – reprend « le vêtement »)** donne tous ses plis.

Exercice 2

1. Tout le groupe des jeunes filles est venu me voir car pour **elles**, les enjeux sont cruciaux.

L'antécédent est « Tout le groupe des jeunes filles », les jeunes filles est féminin pluriel, le pronom de reprise doit être elles.

2. La direction des ressources humaines souhaite le valider en tant que directeur du service, car pour **elle**, il a les compétences requises.

L'antécédent est « la direction des ressources humaines » au féminin singulier, donc le pronom de reprise est elle.

3. Le public a eu raison de l'empereur qui **lui** a cédé et **lui** a accordé la vie du gladiateur.

L'antécédent est public, masculin singulier donc le pronom de reprise doit être lui.

4. Le peuple qui a vécu cette diaspora a été traumatisé : **il a** perdu **ses** racines.

L'antécédent est « le peuple », masculin singulier donc le pronom de reprise doit être il.

Fiche 5

Exercice 1

- lourdes • noires • vagues • bombardent
- feuilles • mortes • amassées • prennent • passants • tristes • endormis • résonne • silences • infinis
- repartent • horizons • incertains
- regardée • admirateurs • captivés • étincelante • illuminée • seule
- sont • immaculé • sont prêts
- soirée • bleu vert • leur • allaient
- tous • sont • viennent • leur • tous
- misérables • va-nu-pieds • ont fait • ont suscité

Exercice 2

- apporté • nerveuse • posée
- bourrue
- têtue • constaté • seule • invariables
- seule • humaine • intervenue
- levé • large • telle • surprise • jeune • blancs
- tout • acquises
- augmentées • incalculable
- élargi • vaste • cette -toutes

Exercice 3

- existerait • avait
- trouverait • démontrât
- a osé • importait
- imputera • vint
- Considérons • apparaîtra • sut

Fiche 6

Exercice 1

Temps simples	Temps composés
elle brille • il serait • elle gagnât • vous enveloppiez • nous perdrons • tu connusses • je reçus • vous rendriez • il rende.	j'ai désigné • on aurait dû • ils avaient inséré • elles eussent soupçonné • vous eûtes pu • il est apparu • tu serais passé • j'eus voulu • j'aie mangé • nous ayons vu • il aura pris

Exercice 2

	Mode	Temps	Personne
elle brille	indicatif / subjonctif	présent	3e singulier
il serait	conditionnel	présent	3e singulier
j'ai désigné	indicatif	passé composé	1re singulier
on aurait dû	conditionnel	passé	3e singulier
ils avaient inséré	indicatif	plus-que-parfait	3e pluriel
elles eussent soupçonné	subjonctif	plus-que-parfait	3e pluriel
vous eûtes pu	indicatif	passé antérieur	2e pluriel

	Mode	Temps	Personne
elle gagnât	subjonctif	imparfait	3e singulier
vous enveloppiez	indicatif	imparfait	2e pluriel
il est apparu	indicatif	passé composé	3e singulier
nous perdrons	indicatif	futur simple	1re pluriel
tu connusses	subjonctif	imparfait	2e singulier
je reçus	indicatif	passé simple	1re singulier
tu serais passé	conditionnel	passé	2e singulier
j'eus voulu	indicatif	passé antérieur	1re singulier
vous rendriez	conditionnel	présent	2e pluriel
j'aie mangé	subjonctif	passé	1re singulier
nous ayons vu	subjonctif	passé	1re pluriel
il aura pris	indicatif	futur antérieur	3e singulier
il rende	subjonctif	présent	3e singulier

Exercice 3

vous eûtes été • tu aies eu • ils iraient • vous fîtes • je dise • ils prennent • vous aviez pu • je verrai • ils auront dû • je veuille • tu susses • il fallut • tu vaudrais.

Fiche 7

Exercice 1

a. j'amenais : indicatif, imparfait, 1re personne du singulier • j'amènerais : conditionnel, présent, 1re personne du singulier • j'amènerai : indicatif, futur, 1re personne du singulier • vous amènerez : indicatif, futur, 2e personne du pluriel • ils amèneraient : conditionnel, présent, 3e personne du pluriel • amenées : participe passé, féminin, pluriel • amener : infinitif, présent • en ayant amené : gérondif, passé • tu avais amené : indicatif, plus-que-parfait, 2e personne du singulier • j'aurais amené : conditionnel, passé, 1re personne du singulier • il ait amené : subjonctif, passé, 3e personne du singulier • amenez : impératif, présent, 2e personne du pluriel • avoir amené : infinitif, passé.

b. était • était • approchais • apercevais • était • regardait • sais • voûté • était • avait • déposé • était • est • était • avait • été • savais • sais.

Exercice 2

tu pr**ies** • vous avez serv**i** • méf**ie**-toi • (que) j'aie fin**i** • il acqu**it** • (qu')il sent**ît** • nous eûmes cueill**i** • faill**i** • (qu') il fu**ie** • j'aurais ou**ï**.

Exercice 3

a. Verbe moudre : il moulut = indicatif, passé simple, 3e personne du singulier / (qu')il moulût = subjonctif, imparfait, 3e personne du singulier / moulu = participe, passé

b. Verbe suivre : nous suivions = indicatif, imparfait, 1re personne du pluriel et aussi subjonctif, présent, 1re personne du pluriel / nous suivrions = conditionnel, présent, 1re personne du pluriel / (que) nous suivions = subjonctif, présent, 1re personne du pluriel

c. Verbe lire : j'ai lu = indicatif, passé composé, 1re personne du singulier / aie lu = impératif, passé, 2e personne du singulier / (que) j'aie lu = subjonctif, passé, 1re personne du singulier

d. Verbe connaître : ayons connu = impératif, passé, 1re personne du pluriel / nous avons connu = indicatif, passé composé, 1re personne du pluriel / (que) nous ayons connu = subjonctif, passé, 1re personne du pluriel

e. Verbe plaire : plu = participe passé / (qu')il plût = subjonctif, imparfait, 3e personne du singulier / je plus = indicatif, passé simple, 1re personne du singulier

Fiche 11

Exercice 1

- les conflits franco-britanniques
- des gens matinaux
- ces quelques chiens
- des passe-murailles
- des lunettes bleu gris
- des allume-cigares
- des rideaux roses
- des origines italo-suédoises
- des avant-gardistes
- des gâteaux artisanaux

Exercice 2

- Je t'ai **épousée** car tu **es** une femme délicieuse.
- **Venus** trop tard, vous **êtes repartis** trop tôt.
- **Arrête** de croire que tu **es** le **meilleur**.
- Que je **sois sûre** d'être gentille avec toi.
- Ils **ont passé leur** vie à commettre des **fautes**.
- Il **aurait** eu raison de **se rebeller** si **j'avais tenu** de **tels** propos.

Exercice 3

Extraits	Fonctions	Classe grammaticales
Tout de suite	Complément circonstanciel de temps	locution adverbiale
après mon arrestation	Complément circonstanciel de temps	préposition + GN (déterminant possessif et nom)
j'	Sujet du verbe interroger	pronom personnel
ai été interrogé	verbe	verbe (interroger au passé composé de la voix passive)
plusieurs fois.	complément circonstanciel de temps (commutation avec « fréquemment », « la plupart du temps »)	locution adverbiale
Mais	Pas de fonction grammaticale	conjonction de coordination
il	sujet du verbe s'agir	pronom personnel mais vide de sens car employé dans la construction impersonnelle du verbe « s'agir de »
s'agissait	verbe à construction impersonnelle	verbe (s'agir à l'indicatif imparfait)
d'interrogatoires d'identité	complément du verbe impersonnel « s'agir de »	préposition + nom + préposition + nom : GN prépositionnel dans lequel « d'identité » est le complément du nom « interrogatoires »
qui n'ont pas duré longtemps.	Complément de l'antécédent « interrogatoires d'identité »	Proposition subordonnée relative constituée du pronom relatif « qui » qui reprend l'antécédent et est sujet au sein de la relative, « ne... pas » adverbes de négation, « ont duré » verbe durer au passé composé, « longtemps » adverbe CC de temps
La première fois	CC de temps	GN (article défini + adjectif + nom)

au commissariat,	CC de lieu	article contracté (contraction de la préposition à et de l'article défini le) + nom
mon affaire	sujet du verbe sembler	GN (déterminant possessif et nom)
semblait	verbe d'état	verbe d'état à l'indicatif imparfait
n'	pas de fonction grammaticale	adverbe de négatif obligatoire avec l'emploi de « personne »
intéresser	attribut du sujet du verbe d'état « sembler »	verbe intéresser à l'infinitif présent actif
personne.	COD du verbe « interesser »	nom commun
Huit jours après,	CC de temps	GN et adverbe de temps
au contraire,	CC d'opposition	locution adverbiale
le juge d'instruction	sujet du verbe regarder	GN = article défini + nom + complément du nom constitué de « d' » (contraction de la préposition « de » et de l'article défini « la ») et du nom « instruction »
m'	COD du verbe regarder	pronom personnel
a regardé	verbe	verbe (passé composé)
avec curiosité.	CC de manière	préposition + nom

Fiche 14

1.a. vaincrait ou aurait vaincu • **b.** vainc • **c.** avaient vaincu ou eurent vaincu • **d.** vaincrons • **e.** avez vaincu / vainquiez • **f.** vainquais ou vainquis

2. a. gagnes (subjonctif présent) / gagnasses (subjonctif imparfait) • **b.** ayez gagné (subjonctif passé) / eussiez gagné (subjonctif plus-que-parfait) • **c.** gagnent (subjonctif présent) • **d.** ayons vieilli (subjonctif passé) / eussions vieilli (subjonctif plus-que-parfait) • **e.** aie vaincu (subjonctif passé) • **f.** vainque (subjonctif présent)

3. a. courrais ; rejoindrais • **b.** aviez mangé ; aurions dégusté • **c.** tendaient ; signeriez • **d.** vois ; prendrai • **e.** avions voyagé ; aurais ramené • **f.** finissait ; iraient

Fiche 15

- *que je te parle* : prop. sub. conj. en que – complément circonstanciel de but car on peut remplacer par « pour que je te parle ».
  Commutation : « afin que je te parle »
- *que tu vas réussir* : prop. sub. conj. en que – complément de l'adjectif certaine
- *dont tu parles* : prop. sub. relative – complément du nom temps
  ***Nota bene* : le relatif a une fonction propre au sein de la relative dans laquelle il remplace l'antécédent.**
- *si demain il fera encore ce froid hivernal* : prop. sub. interrogative indirecte – COD du verbe se demander
- *Même si tu venais me chercher* : prop. sub. conj. circonstancielle de concession à laquelle s'ajoute l'idée de condition- CC de concession
  Commutation : « Quand bien même tu viendrais »
- *que tu veuilles partir* : prop. sub. conj. en que – sujet du verbe de la principale
- *Si je l'avais vraiment voulu* : prop. sub. conj. circonstancielle de condition – CC de condition
- *comment cela finira* : prop sub. interrogative indirecte – COD du verbe ignorer
- *pour que tu puisses espérer faire partie un jour du sien* : prop. sub. conjonctive circonstancielle de conséquence précédée de « trop » dans la principale – CC de conséquence
- *que vous changiez* : prop. sub. conj. en que – COD du verbe souhaiter
- *qu'ils unissent enfin leur famille* : prop. sub. conj. en que – attribut du sujet « désir »
- *de crainte qu'on ne le reconnaisse* : prop sub conj. circonstancielle de but – CC de but
  Commutation : « pour qu'on ne le reconnaisse pas »
- *lequel nous choisirons* : prop. sub. interrogative indirecte – COD du verbe savoir
- *comme il est venu* : prop. sub. conj. circonstancielle de comparaison – CC de comparaison
- *Si grands que soient les rois* : prop. sub. conj. circonstancielle de concession – CC de concession
  Commutation : « Bien que les rois soient grands »

Fiche 16

1. Correction sous forme de tableau.

Propositions relatives relevées	**dont nous parlions hier ensemble**	**qui a pour titre *La valse du ciel et des étoiles***	**dans lequel il imagine la vie du célèbre peintre Van Gogh**
Pronom relatif	« dont »	« qui »	groupe préposition + relatif « dans lequel »
Antécédent	« Jean Michel Guenassia »	« un de mes romans préférés »	« un de mes romans préférés »
Fonction de la relative	Complément du nom propre Jean Michel Guenassia	Complément du groupe nominal « un de mes romans préférés »	Complément du groupe nominal « un de mes romans préférés »
Fonction du relatif	COI du verbe « parler » qui est transitif indirect (« parler de quelque chose »)	Sujet du verbe avoir	Complément circonstanciel de lieu introduit par la préposition « dans »

2. Rappel de la phrase

Jean-Michel Guenassia, dont nous parlions hier ensemble, a écrit un de mes romans préférés qui a pour titre La valse du ciel et des étoiles et dans lequel il imagine la vie du célèbre peintre Van Gogh.

Transformations et sens

- « dont nous parlions hier ensemble » :

  Correction possible : « comme nous en parlions hier ». Remplacement par une proposition subordonnée circonstancielle qui apparaît comme une justification au fait d'en reparler ; en effet, on pourrait dire « puisque nous en parlions hier ». La subordonnée ne complète plus le nom mais devient, dans cette formulation, un complément de phrase.

- « qui a pour titre *La valse du ciel et des étoiles* » :

  Correction : « intitulé La valse du ciel et des étoiles ». Effet de concision avec l'emploi de ce participe passé apposé mais le sens reste le même, seul le style est un peu modifié.

- « dans lequel il imagine la vie du célèbre peintre Van Gogh » :
  Proposition de correction : « récit imaginaire de la vie de Van Gogh ». Apposition d'un groupe nominal qui détermine davantage le type narratif du roman et qui supprime la présence de l'auteur.

La commutation vous permet de percevoir le sens du texte et les effets créés. En outre, force est de constater que l'analyse grammaticale est intimement liée à la compréhension…

Fiche 18

1. maudire • audience • auditeur • auditrice • audible • audimat • audition • audit.

2. mammectomie « mammo » mamelle en latin + « ectomè » ablation en latin • thalassothérapie « thalassa » la mer en grec + « therapeia » traitement en grec • cryptogramme « kriptein » cacher en grec + « gramma » la lettre en grec • calorifère « calor » la chaleur en latin et « ferre » porter en latin • phonographe « phone » la voix en grec et « graphein » écrire en grec • somnambule « somnus » le sommeil en latin et « ambulare » se promener en latin.

3. cataclysme vient du grec • hôpital vient du latin • timing vient de l'anglais • âcre vient du latin • eldorado vient de l'espagnol • légal vient du latin • blasphème vient du grec • master vient de l'anglais • alter ego vient du latin • pharmacie vient du grec • kayak vient du danois • thorax vient du grec • tragédie vient du grec • cavalier vient de l'italien.

Fiche 19

- franchement / résolument (c'est-à-dire sans hésitation) • se considérer / s'estimer (avoir une opinion sur soi) • l'obligation / le devoir (respecter une règle imposée).
- présager.
- laide / belle • déplut / plut • ternes / brillants.
- L'hyperonyme d'étoffe est tissu.
- Les hyponymes de soin sont une manucure, une pédicure, une thalassothérapie, un pansement, une chimiothérapie, une vaccination, une toilette, un gommage, etc.

Fiche 44

« Les/Turcs/ ont /pas/sé/ là./ Tout/ est /ru/i/ne et/ deuil. [rime : a]

Chi/o,/ l'î/le/des/ vins,/ n'est/ plus/qu'un/ som/bre é/cueil, [rime : a les 2 premières rimes sont donc suivies]

Chi/o,/ qu'om/bra/geaient/ les/ char/milles [rime : b]

Chi/o, qui/ dans/ les/ flots/ re/flé/tait/ ses/ grands/ bois, [rime : c]

Ses/ cô /teaux,/ ses/ pa/lais,/ et/ le/ soir/ quel/que/fois [rime : c]

Un/ chœur/ dan/sant/ de/ jeu/nes/ filles [rime : b]

Dans cette première strophe, les rimes sont donc d'abord suivies, puis embrassées.

Tout/ est/ dé/sert./ Mais/ non / ; seul/ près/ des/ murs/ noir/cis, (rime : a]

Un/ en/fant/ aux/ yeux/ bleus/, un/ en/fant/ grec,/ as/sis, (rime : a]

Cour/bait/ sa/ tête/ hu/mi/li/ée ; [rime : b]

Il/ a/vait/ pour/ a/sil/e, il/ a/vait/ pour/ ap/pui [rime : c]

U/ne/ blanch/e au/bé/pine,/ u/ne/ fleur,/ com/me/ lui [rime : c]

Dans/ le/ grand/ ra/vage/ ou/bli/ée. » [rime b]

De même dans cette deuxième strophe, les rimes sont donc d'abord suivies, puis embrassées.

NB : Les vers en gras sont des octosyllabes (8 pieds), tous les autres sont des alexandrins (12 pieds)

Table des matières

Aubin IMPRIMEUR

Achevé d'imprimer en juin 2019
Dépôt légal, juin 2019 / N° d'impression 1905.004
Imprimé en France